가지 않은 길

가지 않은 길

김문수 장편소설

좋은날

훗날에 훗날에 나는 어디에선가
한숨을 쉬며 이 이야기를 할 것입니다.
숲속에 두 갈래 길이 갈라져 있었다고
나는 사람이 적게 간 길을 택했노라고
그럼으로 해서 모든 것이 달라졌더니라고.

— 로버트 프로스트의
　「가지 않은 길(The Road not Taken)」의 끝연

■ 서문을 대신하여

주인공에게 띄우는 저자의 편지

강정길 씨.

　나는 금년에도 연하장용으로 12지支에 따른 동물 그림을 고무판에다 새겼소. 그런데 기묘생己卯生의 토끼띠가 기묘년의 토끼를 새기고 있자니 묘한 기분이 들면서 문득 일본의 이시카와 타쿠보쿠石川啄木의 "돌멩이 하나 / 산비탈을 굴러 내려오듯 / 나는 지금 이곳에 / 덧없이 다다른 것"이라는 시구가 떠올랐소. 어떤 사고로 팔이 잘렸다던지 다리가 잘렸다던지 했을 때 그 잘려나가 없는 신체 부위에 통증을 느끼게 되는 것을 팬텀 통증幻想肢痛(Phantom Limb pain)이라고 한다던데 어느 결에 후딱 지나온 과거, 이젠 잘려나간 팔다리처럼 돌이킬 수 없는 과거들이 팬텀 통증처럼 내게 남아 있는 그런 느낌이었소.

　강정길 씨. 누군가 이런 말을 했지요. 아마도 마키아벨리의 얘기인 듯한데 "사람들은 자기가 이로울 때만 정직을 지킨다. 그렇지 않을 때에는 거침없이 정직의 탈을 벗는다"라고. 나의 과거에도 내가 모르는 사이, 그런 일이 많았을 것이오. 그러나 나는 그런 삶이 되지 않도록 노력해 오긴 했었소. 그래서인지 사람들은 나를 두고 융통성이 없다고도 하고 또 어떤 사람들은 고집불통이라고도 한답니다.

강정길 씨.

당신도 잘 알겠지만 원래 융통融通이란 금전이나 물품을 돌려쓰는 것, 또는 임기응변으로 일이 바람직하게 잘 되도록 처리한다는 뜻인데 거기에는 투명성과 신속성이 전제되어야만 하오. 그렇다면 나도 남 못잖게 융통성이 있는 편이오. 또 고집불통固執不通이란 말은 고집이 너무 세어 조금도 융통성이 없음을 뜻하는 말이잖소. 융통성이 없다는 것은 문제가 되지만 원래 고집이란 자기 의견을 굳게 내세우는 것을 말하는 것이니까 그 자체만으론 나쁜 말이 아니오. 옳은 것을 끝까지 옳다고 주장하는 것이 왜 나쁘겠소. 옳지 않은 것을 옳다고 주장하는 옹고집이 나쁠 뿐이오. 사실 나는 고집쟁이긴 하오. 이젠 문학에도 거품이 빠져나가야한다, 본연의 문학이 재평가되어 그야말로 문단에도 온고지신溫故知新의 바람직한 기풍이 진작돼야만 한다는 것이 내 고집인데 그것이 왜 고집불통이냔 말이오.

강정길 씨.

요즘은 참으로 이상한 세상이오. 옳은 것을 옳다고, 검은 것을 검다고 고집하는 사람이 점차로 줄어드는가 하면 불의와 타협하고 부정을 눈감아 주는 사람을 융통성이 있다고 칭찬하며 또 그런 식으로 융통성을 발휘하는 사람들이 잘 사는 세상이오.

당신도 알지요? 여자와 다리 밑에서 만나기로 했는데 마침 폭우가 쏟아져 물이 불었는데도 그 약속을 어길 수 없다며 다리를 끌어 안고 물에 빠져 죽은 사람 말이오. 그 사람 이름이 미생尾生이지요.

 강정길 씨.

 당신은 그 미생같이 고지식한 고집불통이 아니란 것을 나는 알고 있소. 당신은 미생처럼 약속을 중히 여기긴 하지만 빠져 죽지 않게 다리 위나 다리 근처에서 여자가 오기를 기다릴 줄 아는 융통성 있는 사람이오. 그래서 나는 당신을 좋아하오. 그리고 당신은 당신 이웃을 해침으로써 자기 이익을 취하고 또 남의 손실로 행복을 추구하려는 사람은 더더구나 아니란 것을 나는 잘 알고 있소. 그래서 나는 당신을 좋아하고 많은 사람들로부터 당신이 사랑받기를 원하오. 그래서 당신을 이번 소설의 주인공으로 삼은 것이오.

 강정길 씨.

 나는 당신의 또다른 이야기, 외롭지만 보람된 삶을 많은 사람들에게 소개시킬 수 있기를 바라오.

기묘년 봄
만취재晩翠齋에서

■ 차 례

■ 주인공에게 띄우는 저자의 편지　7

*1*장 시인의 사랑　　13

열세 통째의 이력서　15
서설瑞雪　24
일진 나쁜 날　32
데칼코마니　46
퇴직　52
안면문답顏面問答　62
뜻밖의 소식 두 통　71
흔들리는 마음　79
엉뚱한 오해　91
용단勇斷　99
동종혐오론同種嫌惡論　110
시인의 사랑　120
희망 여관에서　127
후회　136

2장 어머니　147

중신어미　149
철새의 땅　161
사위질빵　170
역린逆鱗　179
속續 · 역린逆鱗　190
망년회　199
안 취하는 날　210
화해　227
쌍곡선　238
어머니　245
뜻밖의 제안　255

3장 가지 않은 길 267

줄어드는 키 269
스웨트숍 278
가방과 보따리 290
주석방담酒席放談 302
처제 315
발없는 말이 327
흥정 336
녹음 테이프 352
풀린 수수께끼 364
가지 않은 길 373

1장

시인의 사랑

그의 귀에 몰다우가 흐르기 시작했다.
보헤미아의 깊은 숲에서 솟아나는 두 샘.
각기 흐르던 두 샘이 한 줄기로 모아지고 그 흐름은
굽이굽이에서 바위에 부딪혀 유쾌하게 소리친다.
햇빛을 받아 반짝이는 물결, 사냥꾼들의 피리 소리,
목장 사람들의 떠들썩한 혼례 잔치……
강물은 쉼없이 흘러 급류에 이르고
물결은 바위를 삼켰다가 흩어지며 물보라를 이룬다.
그의 귀에는 아름답게 물결치는
몰다우 강이 쉬임없이 흐르고 있었다.

열세 통째의 이력서

 매서운 바람이 일고 있었다. 창유리는 쉽없이 덜커덩댔고 가로수는 거대한 악마의 손처럼 무수한 회초리를 들고 허공을 난타하고 있었다.
 강정길은 벌써 30분도 넘게 난롯불기조차 미치지 않는 다방 창가의 외진 자리에 앉아 있었다. 그의 차탁자 한가운데 덩그러니 놓여 있는 재떨이에는 꽁초가 가득했다.
 그가 창가에 자리를 잡은 것은, 이미 난로 가까운 자리가 다 차 있었기 때문이기도 했지만 춥더라도 조용한 곳이 더 낫겠다는 생각이 우선이었던 것이다.
 그는 자리를 잡기가 바쁘게 바지 뒷주머니에 찔려 있던 신문을 뽑아 광고란을 샅샅이 살피고 있는 중이었다. 오늘 제출할 열세 통째의 이력서가 묵살될 경우 다시 이력서 낼 곳을 찾기 위해서였다. 그러나 병역을 필한 건장한 대졸 실업자를 구제하겠다는 곳을 발견할 수가 없었다. 그의 실망은 고목의 수피처럼 한층 더 두텁고 견고해졌다.

그는 광고란에서 눈길을 옮겼다.

1967년 1월 27일, 그날 석간 1면의 머릿기사는 야당 통합을 위한 제1차 4자회담이 열렸으며 대통령 후보에 윤보선, 당수에는 유진오로 결정되었다는 것이었으나 그 머릿기사조차도 그의 실망을 희석시키지 못했다. 실망감을 떨쳐버리기는커녕 외려 분노가 치밀었다. 솔직히 말해서 그는 군대 생활 3년 동안에 정치판이 어떻게 돌아가는지 전혀 알 수가 없었으나 뭔가 잘못 돌아가고 있다는 느낌만은 확실했다.

문득 그의 머리 속에 폴리티션(politician)이라는 단어와 스테이츠맨(statesman)이란 단어가 들어와 박혔다. 둘 다 정치가라는 뜻으로 통하지만 폴리티션이 자신의 이해 관계에 급급한 소인배 정치가라면 스테이츠맨은 국가와 미래를 생각하는 지도자를 뜻한다고 배웠던 기억이 난 것이다.

'우리 나라에 스테이츠맨이 있는가? 만약에 그런 지도자가 있는데도 많은 젊은이들이 일자리를 구하지 못한다면 그것은 그들에게 자격이 없는 거야.'

강정길은 도리머리를 했다. 머릿속에 똬리를 틀고 있던 폴리티션과 스테이츠맨이 스르르 풀리며 마치 꼬리를 감추고 사라지는 뱀처럼 빠져 나갔다.

그는 펼쳐 들었던 신문을 차곡차곡 접어 차탁자 한 쪽에 밀어

놓았다. 그리고는 양복저고리 안주머니에 들어 있는 이력서 봉투를 꺼내며 중얼거렸다.
 '제발 너만은 잡아 먹히지 말거라. 벌써 열두 놈이나 잡아 먹혔으니 제발 너만은……'
 그는 트럼펫 주자처럼 봉투 아가리를 입에 대고 훅 입바람을 불어 넣었다. 그리고는 배가 잔뜩 불러진 봉투 속에서 꺼낸 이력서를 꼼꼼한 교정원처럼 읽어 나가기 시작했다.
 그의 시선은 입대 날짜인 1964년 7월 18일과 제대 날짜인 1967년 1월 24일 사이를 오르내렸다. 그는 31개월 동안 병영에 갇혀 있다가 28세에 풀려난 것이었다.
 "군대 3년 동안에 상전이 벽해가 된 거야."
 그는 누구에게 들려주기라도 하듯 소리내어 말했다. 서울 인구의 급속한 증가에 대해 생각하고 있었던 것이다.
 1960년의 서울 인구는 250만이 채 못되었으나 그로부터 6년이 지난 지금, 두 배가 된 것이었다.
 그가 대학을 졸업하던 1962년에도 서울의 인구는 기껏해야 270만에 불과했으나 일자리를 얻기란 '하늘의 별 따기'였었다. 그 때, 졸업도 하기 전에 모두들 취직 걱정이 태산 같았다.
 강정길은 휴전 직후 어떤 사진작가의 렌즈에 포착된 암울한 사진 한 장을 늘 머릿속에 넣고 지냈었다. '구직求職'이라는 큼직한 표찰을 가슴에 붙인, 벙거지를 눌러 쓴 머리가 푹 꺾여져 있는 젊은이의 사진이었다. 그 사진이 생각날 때마다 늘 암담하고 불안했었지만 그래도 병역만 필하면 어떻게 되겠지 하는 막연한 희망은 있었다. 그야말로 '상전이 벽해가 돼도 비켜설 곳은 있다'는 속담으로도 위안을 받을 수가 있었던 것이다. 그러나 제대한 지금, 그는 완전히 풀이 죽어 있었다. 제대복장으로 부대를 떠날 때의 그 걸음걸이가 얼마나 가벼웠던가를 생각하면 참으로 씁쓸할 따름이었다. 부대 정문의 경비병 얼굴이 떠올랐다. 선망의 눈으로 제대병 일행에게 거수 경례를 하며 축하한다고 외치던 소리도 아직 귀에 또렷했다.

일행 중 누군가가 이상한 답례를 했었다.

"어이, 김 일병! 내가 너라면 콱 자살해 버릴 거다!"

모두들 그 말 끝에 비슷비슷한 야유를 보내며 경비병의 야코를 죽였다. 그러면서 날아오르는 새떼처럼 서둘러 병영을 빠져나왔다. 물론 그의 마음도 가볍기 그지 없었다. 마치 더러운 누더기를 훌훌 벗어 던지고 깨끗한 새 옷으로 갈아 입은 느낌이었다.

그날의 기억들은 계속해 펼쳐졌다.

행정반에서 전역신고를 마치고 나오는데 작전관 이 중위가 뒤따라 나오며 그를 불러 세웠다. 그리고 말했다.

"강 병장, 진심으로 축하하네."

강정길이 의례적인 답변으로 감사하다고 말한 뒤 걸음을 옮기려 하자 작전관은 마치 강력한 자석에 이끌린 쇠토막 꼴로 그에게 달라붙으며 말을 이었다.

"요전번 그 일은 미안하게 됐네. 잊어버리라구. 잘 가게."

작전관이 불쑥 손을 내밀었으므로 그는 어정쩡한 상태로 악수에 응했다. 그러나 그는 작전관에게 잡힌 자신의 손에게 화를 냈다. '요전번의 그 일'을 잊어버리겠다고 협상을 한 꼴이 됐기 때문이었다. 악수란 원래 친밀이라든지 협상 따위가 밑바닥에 깔린

쌍방의 신체적 접촉이 아닌가. 그러나 그는 작전관과 친밀해지고 싶지도 않았거니와 협상도 하고 싶지 않았던 것이다. 그만치 '요전번의 그 일'이 그에게 준 상처가 깊었다.

'요전번의 그 일'은 1월 1일에 일어났다. 그 날, 그는 작전관의 전화를 받고 비오큐(B·O·Q)로 달려갔다. 세 명의 다른 행정반 장교들과 화투를 치고 있던 작전관이 그를 부른 것은 닭을 잡으라는 지시를 내리기 위해서였다. 벗어 놓은 워카들 옆에 과연 토종닭 한 마리가 묶여져 있었다. 아무리 계급 사회라지만 제대 날짜가 한 달도 채 남지 않은 고참병에게 그런 일을 시킨다는 것에 가리사니가 서질 않았다. 더구나 다른 날도 아닌, 새해 첫날 살생을 하라니 어이가 없었다.

"전 닭을 잡아 본 일이 없습니다."

"그렇다면 더 잘됐군. 한번 잡아봐. 강 병장 솜씨로 닭도리탕 한번 먹어 보자구."

"닭잡을 줄 아는 다른 사병을 보내겠습니다."

"거 짜식, 되게 말이 많네! 임마! 좆으로 밤송이 까라면 까는 게 군대라는 걸 몰라?"

"못하겠습니다."

"못하겠다구?"

작전관이 부채처럼 펼쳐 든 화투장들을 집어던지며 자리에서 일어섰다. 그리고 그에게 부동 자세를 취하게 한 후 따귀를 쳐댔다. 다른 장교들 앞에서 모욕을 당했다고 생각한 것이었다.

사실 그때 그렇게 구타까지 당하며 끝내 살생을 않은 까닭은, 마지막 휴가 때 써 맡기고 온 이력서들이 몇몇 출판사와 잡지사에 제출되어 있던 상태이고 한 곳으로부터는 취직이 가능할 것 같다는 서신 연락까지 받고 있었으므로 그 날의 살생으로 받을지도 모를 어떤 응보를 염려했던 때문이었다. 그러나 그에 대한 응보는 여태까지 나타날 기미조차 없었다.

강정길은 기억하기 조차 싫은 과거를 날려 보내며 손목시계를 들여다 보았다.

선배로부터 소개받아 만나려는 종합 교양지 "O"지誌의 주간이 귀사하기로 돼 있다는 시간이 되려면 아직도 20분이나 남아 있었다.

그는 화장실에 다녀온 뒤 커피를 한 잔 더 시켰다. 근 한 시간이나 죽치고 앉아 있었으며 앞으로도 20분이나 더 앉아 있어야 하니 그 정도의 자리값은 해야 옳다고 생각했던 것이다.

다방 아가씨는 그의 그런 속마음을 꿰뚫었는지 조그마한 입으로 새처럼 빠르게 지껄여댔다.

"추운 자리에 오래 앉아 계셨는데 빈 자리가 나야 옮겨 드리죠. 바깥 날씨는 춥지, 누구 한 사람 자리를 뜰 생각도 않네요. 누가 오시길 기다리시는데 이렇게 담밸 많이 피우셨어요? 애인인가요?"

"오기를 기다리는 게 아니라 가기를 기다리는 겁니다."

"그게 무슨 말씀이세요?"

"사람이 오는 걸 기다리는 게 아니라 시간이 가는 걸 기다린다는 애깁니다."

"어머, 말씀도 재미 있으셔라!"

얼마 뒤, 깨끗하게 비운 재떨이와 커피를 가져온 아가씨가 그의 앞자리에 앉으며 다시 조잘거리기 시작했다.

"좀 앉아도 되겠어요? 시간 가기를 기다리시기 지루하실 텐데 말동무나 해드릴까 해서요. 군인, 장교시죠? 소위는 아닌 것 같구, 중위?"
그녀는 강정길의 짧은 머리칼에 한번 더 눈을 주었다.
"일 주일 전까진 병장이었습니다."
"어머, 거짓뿌렁! 병장이라면 왜 그렇게 나이가 많아요? 차 사 달랄까봐 그러세요?"
"쫄병으로 제대를 했어도 아가씨한테 차 살 돈은 있으니까 아무거나 한 잔 드십쇼. 그렇지만 나이가 많다는 말은 서운합니다."
"어머머, 서운해 하실 얘기가 아닌데 그러시네. 미쓰 리이, 여기!"
아가씨는 마치 손님인 양 동료 아가씨를 호기 있게 불러 오른쪽 볼을 혀로 동그랗게 부풀리며 왼손 검지를 세워 보였다.
"그렇게 주문하면 뭐가 나옵니까?"
"우리끼리 통하는 싸인이예요."
그녀는 다시 한 번 아까처럼 오른쪽 볼을 동그랗게 부풀렸다간 풀고 말을 이었다.
"어때요? 계란 반숙처럼 동그랗잖아요?"
강정길은 고개를 끄덕여 수긍해 보이며 소리없이 웃었다. 군대 생활 3년 동안에 듣고, 보고, 겪지 못했던 여러 가지가 깜짝깜짝 놀라게 했는데 이번의 경우도 마찬가지였다. 어떤 때는 '그래 그런 말이 있었지' 하고 놀라게도 되고 '햐! 그 동안에 이런 말이 새로 생겼구나' 싶어 입을 벌릴 경우도 많았다. 또 어떤 때는 '3년 동안 슨 머리의 녹을 어떻게 벗기나' 싶어 은근히 두려워질 때도 있었다. 그럴 때마다 그는 로빈슨 크루소를 생각했다. 남태평양의 한 무인도에서 28년 2개월 19일을 살다 온 뒤, 그 사회 생활의 공백을 어떻게 극복했을까 궁금하기 짝이 없었다.

"뭔 생각을 그렇게 골똘하게 하세요?"

"로빈슨 크루소."

"어머머, 어쩌면! 저도 자주 그 생각을 한다구요."

"아가씬 왜요?"

"오랜 세월이 흐른 뒤에 죽은 줄로만 알고 있던 사람이 불쑥 나타난다면 그 기분이 어떨까 하는 생각 때문이예요."

"……."

"실례지만 결혼은 하셨나요?"

강정길은 고개만 저어 보였다.

"여자깨나 울렸겠어요. 그렇죠?"

"무슨 소립니까?"

"아랑드롱 닮았단 소리 많이 듣죠? 내 애인하고 많이 닮았거든요."

"아가씨 애인이 아랑드롱이란 얘깁니까?"

"어머머, 아까부터 말씀 정말 재밌게 하시드라. 내 얘긴요, 내 애인도 아랑드롱처럼 생겼단 얘기예요. 내 애인이랑 댁하고 같이 있으면 백 사람이면 백 사람, 모두 형제간으로 알 꺼예요. 눈이랑……."

강정길이 그녀의 말을 잘랐다.

"그렇다니 한번 만나보고 싶군요."

"이제 이 세상……."

"네?"

"월남에서 그렇게 됐걸랑요. 바보같은······."

그녀가 격해지는 감정을 억누르기 위함인지 말끝을 잘랐다. 어투로 보아 그 잘린 말이 '놈'이나 '새끼'나 '자식' 중에 어느 하나일 것 같았다. 그녀의 눈이 축축해졌다. 그는 그러한 그녀의 얼굴을 바라보기가 민망하여 창 밖으로 눈길을 옮겼다.

어느 샌가 바람은 잦으나 역시 꾸무리한 것은 마찬가지였다.

"눈 올 것 같죠?"

"그렇군요."

"술이 먹고 싶은데, 여자라 이럴 땐 참 불편해요. 여자 혼자 술집에 앉아 있을 수도 없고······ 술집에 동행해 주실 수 없으세요? 무사하게 군대를 마치고 제대하신 걸 축하도 해 드리고 싶고······."

"고맙습니다만 앞으로 일이 어떻게 될지 몰라서 확답을 할 수가 없군요."

"시간이 가기만 기다린다면서요?"

"정해진 시간에 볼일을 봐야 하니까 그때가 되도록 시간 가는 걸 기다린 겁니다. 이제 그 시간이 됐습니다."

그는 손목시계를 보고 나서 퉁겨지듯 자리에서 일어났다. 아가씨도 따라서 일어났다. 그러고는 수업을 마친 교사가 분필가루를 털 듯이 손등으로 가볍게 옷을 털고는 카운터로 가 계산을 한 뒤 출입문을 밀었다. 열세 통째 쓴 이력서를 내기 위해서.

서설瑞雪

"ㅇ"지의 주간실에서 강정길은 약식으로 입사 시험을 치르게 되었다. 2백자 원고지 20장 분량으로 '자기 소개서'를 쓰는 시험이었다. 주어진 시간은 60분, 장소는 주간실의 응접 소파였다. 그는 제 시간에 20장짜리 자기 소개서를 작성하여 제출했다. 그 글 속에 다음과 같은 대목이 들어 있었다.

……1962년, 나는 코스모스 졸업(9월 졸업)을 하게 되었다. 그 등록금 사건 때문이었다. 몰려 다니던 친구들이 다 졸업을 한 뒤 낙오병처럼 외톨이가 되어 한 학기를 더 다녀야 했지만 나는 학교에 나가지 않고 취직이라는 것을 했다. 학점을 따야 할 과목이 모두 세 과목뿐인데다 졸업학기일 경우, 취업증명서를 제출하면 출석은 눈감아 주는 게 통례였다. 그만치 취업의 문이 좁았다는 얘기이기도 하다.

어쨌든 나는 수강신청을 해 놓고 고향으로 내려가 지방 신문의 기자가 되었다. 전에 "ㅊ신보"라는 제호로 발행됐던 2면짜리 신문이었는데 자유당 말기에 이대통령李大統領의 '대大' 자가 개라는 뜻의 '견犬' 자로 오식되는 바람에 폐간되었다가 5·16 후 지방 유지들의 진정으로 복간케 되었으며 4면으로 증면하게 되었다. 나는 그때 입사하여 문화면을 창설하고 참으로 많은 일을 했다. 지방지인데다 문화면이라는 취약성 때문에 광고를 게재하려는 업체들이 없어 매일 연재소설이 맨 밑바닥에 깔려야 했다. 그러니 그 광장같은 지면을 문화면의 기사원이 뻔한 곳에서 무엇을 취재해다 채운단 말인가. 그것도 나 혼자서 취재해다 기사를 쓰고, 판을 내리고, 교정까지 봐야만 하니 혹사도 그런 혹사가 없었다. 더구나 월급이 책정은 돼 있었으나 한 번도 제대로 타 본 적이 없었다. 찔끔찔끔 푼돈을 가불해 쓰고, 친구들에게 꿔 쓰고 하는 판이었다. 그런 데에서 그 엄청난 양의 일을 1년여나 했는데 지금 생각하면 참으로 용케도 견뎌냈다 싶을 지경이다. 결국은 손을 털고 나올 수밖에 없었다. 그때 받은 퇴직금(실은 밀린 월급이지만)으로 그 동안 신문사 옆 칼국수집에서 점심 먹고 막걸리 마신 외상값을 갚고 나니 수중에 남은 돈은 불과 몇 푼에 지나지 않았다. 나는 그 겨울에 서울로 왔다.

서울은 춥고 그리고 사람들은 냉정했다. 학생 때에는 미처 느끼지 못했던 추위요 냉정이었다. 취직은 그야말로 '하늘의 별 따기'였다. 동가식서가숙으로 그날 그날을 지내던 중 하루는 신문 광고에서 대중 오락지 편집기자 모집 광고를 보고 이력서를 냈으나 보기 좋게 낙방하고 말았다. 병역을 필한 쟁쟁한 일꾼들이 줄을 섰다면 안양까지 이어질 정도로 이력서가 쌓였는데 군대도 갔다 오지 않은 애송이 시인인 나를 쓸 까닭이 있겠는가.

내가 군에 입대하지 못한 것은 그 "ㅊ일보"사에서 계속 부려먹기 위해 병무청 출입기자를 시켜 입영 통지서 발급을 연기시켰던 때문이었다.

어쨌든 서울에 더 이상 머물 수가 없게 되었을 때 입영 통지서가 나왔다는 연락을 받게 되고 드디어 1964년 여름, 나는 뒤늦게 입대하여 삼복을 끼고 전·후반기 훈련을 다 받았으며 훈련 복福이 터져, 전방 예비사단에 가서까지 신병교육이라는 또 다른 훈련을 받게 되었다.……

'자기 소개서'를 읽어 나가던 주간은 소리내어 웃고는 힐끗 강정길을 바라보고 나서 계속해 읽어 나갔다. 그가 웃은 것은 '대大'자를 '견犬'자로 오식하여 신문이 폐간되었다는 얘기 때문이었다.
 20장짜리 원고를 읽는 시간이 얼마나 걸릴까만은 결과가 초조한 강정길에겐 그야말로 일각여삼추였다. 아니, 주간이 다 읽은 원고를 책상 위에 내려놓고 응접소파에 와 앉기까지의 그 몇 초도 그에게 있어서는 그야말로 여삼추였다.
 이윽고 주간의 입이 열렸다.
 "좋소. 문장력도 있고 철자법도 정확하고…… 그런데 재학 중에 신춘문예로 등단 했다구?"
 "네, ㄷ일보 시 부문에……."
 "약관에 중앙지 신춘문예로…… 뛰어난 문재야! 자아, 담배……."
 주간은 담배를 꺼내며 다시 뜸을 들이기 시작했다. 그는 담배를 뽑아 물고 나서 강정길에게도 권했다.
 "왜, 담밸 안하시오?"
 주간이 사양하는 그에게 물었다.
 "피우긴 합니다만 자리가 자리인지라……."
 "괜찮소."
 주간이 다시 담배를 권했다.
 "아닙니다. 이따가 나가서 피우겠습니다."

주간은 더 이상 권하지 않고 담배갑을 응접탁자 위에 놓고 나서 다시 입을 열었다.
"나로서는 강정길 씨를 채용하고 싶지만 어디까지나 결정권은 사장님에게 있으니……."
그는 바짝 졸아들었던 심장이 일시에 탁 풀리는 기분이었다. 형식적인 절차만 남았지 채용된 것이나 다름 없다는 얘기가 아닌가 싶었던 것이다.
"감사합니다. 감사합니다."
그는 자신도 모르게 벌떡 일어서서 허리를 직각으로 꺾었다.
"아니, 아직 그런 인사를 받기엔 이르오."
주간은 손사래를 치며 벽시계를 흘끔 보고 나서 얘기를 이었다.
"사장님이 들어오셔야 되는데…… 곧 오실 것으로 알고는 있지만…… 어쨌든 좀 기다려야 될 것 같소."
"그럼 나가서 기다리겠습니다. 이층에 다방이 있던데 거기 가서 기다리겠습니다."
"그러시오. 그게 좋겠소. 사장님이 들어오시는대로 연락을 하겠소."
주간실에서 나와 계단을 내리밟는 강정길의 가슴은 계속 콩닥콩닥 뛰었다. 드디어 실업자 신세를 면하게 되는구나 싶어 여간 흥분되는 게 아니었다.
3층 층계참 유리창 밖에 눈발이 희끗희끗 서고 있는 게 보였다.
"서설이다. 서설!"
그는 자신도 모르게 소리를 냈다. 실은 고함이라도 질러대고 싶은 심정이었다.

 2층으로 내려온 그는 김이 모락모락 피어오르는 찻잔이 도안된 다방문을 밀치고 들어섰다. 아직도 아까 그 손님들은 난롯가에 죽치고 앉아 시시껄렁한 농담들을 즐기고 있었고, 그에게 반숙을 얻어 먹은 아가씨는 출입문을 등지고 서서 전화를 걸고 있는 중이었다. 그가 들어서자 카운터 아가씨가 그녀를 손가락으로 콕 찌르고는 눈짓으로 그를 가리켰다.

 그가 먼젓번 자리에 가 앉자 통화를 끝낸 아가씨가 와 아까처럼 마주 앉았다.

 그녀가 담배에 불을 붙이고 있는 그에게 물었다.

 "일은 다 끝나셨나요?"

 "아직 좀 남았습니다."

 "그럼 또 시간이 가기를 기다리러 오셨군요?"

 "아니, 이번엔 소식을 기다리기 위해서 왔습니다. 커피 한 잔 주십쇼."

 "또요? 그렇게 커필 많이 마셔도 괜찮아요? 벌써 석 잔째잖아요. 자리값으로 드시는 거면 안드셔도 돼요."

 "목도 마르고……"

 "아까 그거 기대해도 되나요?"

 "그거라니?"

 "술집에 동행해 주는 거 말예요."

 "가능할 것 같습니다."

 "첨 뵙는데 그런 부탁 한다고 욕하지 마세요. 아참, 저는 미쓰 윤이에요."

"욕은 왜 합니까. 미쓰 윤같은 미인과 함께라면 외려 내가 기쁘죠."

그의 입에서 나온 '미인'이라는 말은 공연한 말이 아니었다. 아까부터 '얼굴값 하느라고 이런 데에 나와 있구나' 생각하고 있었다.

"그럼 기대해도 되겠네요. 고맙습니다."

"아니, 아직 그런 인사 받기엔 이릅니다."

그는 아까 주간이 했던 말을 자신도 모르게 흉내낸 것을 깨닫고 실소했다.

"왜 웃으세요?"

"미인에게 술을 얻어먹게 될 것 같아 기뻐서 그럽니다. 실은 눈도 오고 해서 나도 술 한잔 하고 싶었습니다."

그는 미스 윤이 가져온 커피를 마시며 푸짐한 눈발로 변한 바깥 풍경을 즐기고 있었다. 한 40분쯤 그렇게 앉아 있자니 미스 윤이 송수화기를 아령처럼 들고는 큰 소리로 외쳤다.

"강정길 씨 계세요?"

그의 이름을 모르는 그녀는 난롯가에 모여 앉은 손님 쪽만 둘러보고 있었다.

"나요, 나!"

그는 그녀가 서둘러 전화를 끊을까봐 걱정되어 다급하게 소리치며 벌떡 일어섰다. 그리고는 잰걸음질로 다가서자 미스 윤이 송화기를 손바닥으로 막고는 나직하고 빠른 목소리로 말했다.

"한솥밥을 먹는 시어머니 성도 모른다더니만…… 잡지사에 볼일이 있었군요?"

그가 소리없는 웃음으로 그녀를 따라 웃으며 송수화기를 받아 들었다.

잠시 기다리라는 여자의 목소리가 끊기고 얼마쯤 지난 뒤 주간의 목소리가 들렸다. 사장의 결재가 났으니 올라와서 인사를 하라고 했다.

통화가 끝나기를 기다리고 있다가 미스 윤이 물었다.

"기다리던 소식인가요?"

그는 힘있게 고개를 끄덕였다.

"좋은 소식인가보죠?"

"물론입니다!"

"빨랑 다녀오세요."

미스 윤의 인사가 귓등에 와 닿았다.

"O" 잡지사로 올라간 그는 사장을 비롯하여 편집부장과 차장 그리고 앞으로 동료가 될 여럿과 인사를 나누었다.

인사를 마친 그는 다시 주간실로 불려가 몇 가지 얘기를 들었다. 이제 한 식구가 됐으니 성실하게 근무해 달라는 주문을 비롯해 신입 사원이 꼭 지켜야 할 사항들이었다.

"명심하겠습니다."

"내일이 토요일이니까 일요일까지 푹 쉬고 월요일부터 출근하시오. 그럴 수 있겠죠?"

"물론입니다. 감사합니다."

그는 다시 한 번 허리를 직각으로 꺾었다.

그가 잡지사에서 나와 시간을 보니 퇴근 시간이 가까워져 있었다. 그는 올라올 때와는 달리 아주 천천히 계단을 내리밟았다.

이미 밖은 어둠에 싸여 각양 각색의 네온들이 한층 더 화려하게 명멸하고 있었다.
 그는 3층 층계참의 유리창 앞에 아까처럼 멈춰 서서 밟다듬이질 시늉을 했다. 자신의 취직을 축하하듯이 계속해 내리는 눈발을 지켜보면서.
 그는 취업의 기쁨을 안겨준 선배의 얼굴을 떠올렸다. 한달음에 달려가 감사의 뜻을 전해야 옳지만 선배는 지금 서울에 있지 않았다.
 '선배님 덕분에 실업자 신세를 면하게 됐습니다. 시골에서 올라오시는 즉시 찾아 뵙고 인사 올리겠습니다.'
 그는 2층으로 내려와 다방 문을 힘차게 밀치고 들어섰다.

일진 나쁜 날

　난로의 화기가 다른 날보다 못한 것도 아니건만 사무실은 썰렁한 느낌이었다. 텅 비어 있기 때문이었다. 사환 아이마저 필자 기증본을 발송하러 우체국에 갔으므로 전화 당번은 자연 신입 기자인 강정길의 몫이었다.
　그는 난롯가에 의자를 옮겨 놓고 앉아 석간 신문을 보고 있었다. 펼쳐진 사회면의 머릿기사는 대처승 쪽에서 비구 측에 분종分宗을 선언한 내용이었다. 그 기사의 표제가 눈에 띈 순간, 어젯밤 선배가 농담투로 했던 얘기가 떠올랐다.
　어제 그는 퇴근하는 길로 새달치 잡지를 들고 선배를 찾아 갔었다. 그 잡지 책갈피엔 백화점의 나사부羅紗部에서 발행한 티켓이 끼워져 있었다. 취직을 시켜준 사은 상품권이었다.

"자네, 이게 뭔 짓인가!"

선배는 그의 낡은 양복과 책갈피에서 뽑아 든 양복 티켓을 번차례로 쳐다보며 심히 못마땅한 표정을 지었다.

"어제 첫 월급을 탔거든요. 제 조그만 성의입니다. 받아주세요."

그가 말했다. 그러자 선배는 진실성 없는 범인에게 하듯 반문했다.

"조그만 성의?"

선배는 그의 주머니에 티켓을 억지로 쑤셔 넣고는 위엄있게 한마디 덧붙였다.

"돈은 그렇게 함부로 쓰는 게 아니야. 소주나 한잔 사라구. 그것으로도 내게 대한 인사는 충분해. 자네 애인이 있는 걸로 아는데, 이제 직장도 잡고 했으니 결혼도 해야 되고 앞으로 돈 쓸 일이 수두룩하잖나, 안 그래?"

그는 선배의 입에 오른 '애인'의 얼굴을 떠올리며 쓴웃음을 지었다. 잔뜩 굳은 얼굴로 결혼 청첩장을 차탁자 위에 올려 놓고 말없이 돌아서던 그녀의 뒷모습을 지우며 그가 단호하게 말했다.

"전 결혼 않기로 결심했습니다."

"결심? 왜, 자네 중이라도 될 작정이야?"

선배가 말 끝에 너털웃음을 달았다. 뻔한 거짓말을 비웃는 것 같기도 했고 애인을 빼앗긴 어리석음에 대한 비웃음 같기도 해 그는 얼굴까지 붉혔다.

"그 여잔 떠났습니다."

"떠나다니?"

"다른 사내에게로 갔단 얘깁니다."

그는 그녀로부터 청첩장을 받던 날, 그 자리에서 그녀의 사진을 불살랐다. 왼손 엄지와 검지의 끝에 한 쪽 모서리가 잡힌 명함판 사진 속에서 그녀는 화사하게 웃고 있었다. 라이터의 불꽃이 그녀의 왼쪽 가슴부터 불태우기 시작했다. 그 불길은 계속해서 턱과 코와 눈과 이마를 순식간에 삼켜 버렸다. 배반자의 화형은 그토록 간단했다. 화형으로 인한 어떤 주술적인 힘이 작용해 그녀의 앞날에 불행이 닥쳤으면 하는 복수심으로 행한 것이었으나 결과는 후회뿐이었다. 불행해지면 어쩌나 싶은 괴로움 때문이었다. 그 괴로움을 잊기 위해 그는 아폴리네르의 시구를 암송했다.

> 미라보 다리 아래 세느 강이 흐르고
> 우리들의 사랑도 흘러간다
> 하지만 괴로움에 이어서 오는 기쁨을
> 나는 또한 기억하고 있나니
> ·······.

강정길의 뇌리에 두서없는 과거의 편린들이 어지러이 널려지고 있을 때였다.

"석간에는 뭐 읽을만한 기사가 있소?"

외출에서 돌아온 편집차장 박영호가 그의 옆에 붙어서며 물었다. 그가 대답 대신 신문을 건네려 하자 박 차장은 손사랫짓으로 사양하며 제자리로 향했다.

"대처승이 비구승에게 분종을 하쟀단 말씀인데…… 하기야 날고기 즐기는 육식파랑 초식파가 같을 순 없지."

박 차장이 자기 자리에 앉으며 혼잣말처럼 중얼거렸다. '날고기'라는 외설적 표현에 그는 참지 못한 웃음을 흘렸다.

"왜, 내 말이 틀렸소?"

"옳은 말씀입니다."

"요즘은 비구 쪽에서도 날고길 즐기는 스님들이 많다고 하더군. 그런데 거 날고기……."

박 차장이 갑자기 말허리를 끊고 그에게 주었던 시선을 거두어 출입구로 옮겼다. 그의 시선도 박 차장을 좇았다. 2층 '현대' 다방의 미스 리가 뻘쭘히 열린 문으로 고개만 디밀고 있었다.

"미쓰 리가 웬일이야? 하필이면 날고기 얘길 하고 있는데……."

박 차장이 허허거리고 웃었으나 그녀는 아랑곳도 않고 항의투로 제 말만 했다.

"전화 고장났어요?"

"왜?"

박 차장이 눈을 키웠다.

"계속 통화중 신호잖아요. 그래서 올라왔어요."

"그래애?"

박 차장이 '그럴 리가 있나' 하는 표정으로 자신의 책상 위에 놓인 전화기를 살펴보다가 냅다 소리쳤다.

"하, 이거 수화기가 잘못 놓였잖아! 도대체 누구 짓이야?"

강정길은 자기를 겨냥한 호통임을 알면서도 잠자코 있었다.

"언제부터 통화중 신호만 났다구?"

박 차장의 물음은 미스 리를 향한 것이었지만 그의 곱지 않은 눈초리는 또 강정길에게 꽂혔다.

"오래전 부터요. 처음엔 통화중이겠거니 했는데 계속 그렇잖아요. 그래서 할 수 없이 올라온 거라구요."

"이 전화가 사람 열 사람 몫을 하는 전환데……."

박 차장은 또다시 강정길을 겨냥했다. 그는 더 이상 참고만 있을 수가 없어 입을 열었다.

"제가 여태까지 사무실을 지키고 있었는데 차장님이 전활 쓰신 뒤론 온 전화도 없었고, 건 전화도 없었습니다."

그 말에 박 차장이 흠칫했다. 자신의 실수라는 것을 깨달은 것이었다.

두 시간쯤 전, 사무실에는 박 차장과 강정길 두 사람 밖엔 아무도 없었다. 새달치 잡지가 나온 날부터 약 1주일 동안은 출근부에 날인만 하면 지각을 하든 조퇴를 하든 하루 종일 외출을 하든, 자유였다. 사규에 그렇게 정해놓은 것은 아니고 관례가 그랬다. 새로 만들 잡지의 업무가 본격적으로 시작되면 그야말로 '오줌 누고 뭣 내려다 볼 새도 없이' 바쁘고 그렇게 해서 새 잡지를 만들고 나면 모두들 얼빠진 사람처럼 멍청해지기 마련인 것이다. 그런 머리로 일을 해봐야 능률도 오르지 않을 뿐만 아니라 참신한 아이디어도 나오지 않기 때문에 재충전再充電을 위한 기간이 마련된 것이었다. 그 기간을 편집부에서는 '만끽주간'이라 이름하고 있었다. 자유를 만끽할 수 있는 주간이라는 뜻이었다. 그러나 신입 기자인 강정길은 그 기간에도 사환과 더불어 '전화 당번'이 돼야만 했다.

그 만낏주간 이틀째인 그날, 박 차장은 주간실에 불려가 부옇게 닦기고 나왔다. 새로 나온 잡지에 오자誤字가 많았던 것이다.

주간실에서 나오기가 무섭게 박 차장이 전화를 건 곳은 조판소였다. 교정지校了紙에 지시된대로 정판整板을 해주지 않았기 때문에 오자가 많이 났으며 사진 동판까지도 서로 바뀐 사고가 생겼다며 공장장에게 책임 추궁을 했던 것이다. 그런 끝에도 분이 채 풀리지 않아 송수화기를 내던지다시피 놓고는 외출을 했으니 송수화기가 잘못 놓이게 된 것은 순전히 그의 탓이 아닐 수 없었다.

강정길의 일깨움에 박 차장은 어정쩡한 웃음으로 자신의 실수를 인정했다. 그러고는 넉살좋게 말했다.

"수화기가 잘못 놓여진 덕에 전화 당번 쉽게 했군. 안 그러오? 그건 그렇고 미쓰 린 뭣 때문에 우리 사무실에다 전화질을 했어?"

"강 기자님을 만나겠다는 분이 벌써 반 시간도 넘게 기다리고 있다구요."

"누구, 나?"

그는 믿기지 않아 오른손 검지로 자신의 가슴을 찌르며 물었다.

"네."

그래도 믿기지 않아 그가 앉은 채로 고개만 갸웃거리고 있는데 박 차장이 고개를 빼려는 미스 리를 향해 소리쳐 물었다.

"여자야, 남자야?"

"여자분이세요. 빨랑 내려오세요."

닫긴 문을 통해 미스 리의 대답이 들렸고, 뒤이어 계단을 내려 밟는 빠른 발짝 소리가 났다.

"그렇다면 나 때문에 강 기자 애인이 너무 오래 기다렸잖아? 그 벌로 내가 대신 전화 당번 할 테니 어서 내려가보시오. 그런데 인순이는 어딜 갔지?"

인순이는 야간 고등학교 2학년에 재학중인 사환이었다.

"필자 기증본 발송하러 갔는데 곧 올겁니다."

강정길은 사무실을 빠져 나와서도 계속 고개를 갸웃거렸다. 그를 근무처에까지 찾아 올 만한 사람이 없었기 때문이었다.

그가 다방으로 들어서기가 바쁘게 미스 리는 출입문과 대각에 위치한 구석자리를 턱짓으로 가리키며 묘한 웃음을 흘렸다. 그녀가 가리킨 곳에는 과연 여자가 혼자 앉아 있었다. 비록 옆모습이기는 했으나 처음 보는 여자라는 것은 식별할 수 있었다.

"난 첨 보는 여잔데."

"가보심 알아요."

미스 리의 입가에 다시 묘한 웃음이 번졌다. 그는 또 한번 고개를 갸우뚱거리고 여자에게로 다가갔다. 그녀도 숙였던 고개를 들며 그를 치켜보았다.

"강정길입니다. 날 찾아 오셨다구요?"

그녀 앞에 선 채 그가 말했다.

"네, 앉으시죠."

그는 여자의 맞은쪽에 앉으며 자세히 관찰했다. 짙은 밤색 파글란 코트에 남색 실크 머플러의 스포티한 차림이었다. 옷차림으로도 짐작할 수가 있었지만 다탁 위에 놓인 교재와 노트로 보아

대학생임이 분명했다.

"전에 미쓰 윤 언니 있었잖아요? 그 미쓰 윤, 친언니래요."

언제 왔는지 미스 리가 소개를 했다. 그 얘기를 듣고 난 그는 그제야 그녀가 미스 윤과 닮은 얼굴이라는 것을 깨달을 수 있었다. 갸름하면서도 이목구비가 또렷하고 우아함과 자신감을 함께 지니고 있는, 미모였다.

"그러고 보니 미쓰 윤이 언니를 많이 닮았군요. 그런데 왜 날?"

"미쓰 윤이 여기서 일한다는 소문을 듣고 찾아왔걸랑요."

미스 리가 대신 말했다.

"그런데 왜 날 찾아오셨는지?"

"눈 오던 날 있잖아요. 그 날, 강 기자님이 술 사주신다구 미쓰 윤을 데리고 나가셨잖아요."

"내가 데리고 나갔다구? 내가 술 산다며 데리고 나갔다구?"

그는 하도 어이가 없어 말을 잇지 못했다.

"어쨌든 그 날 같이 나가셨잖아요. 그 이튿날부터 미쓰 윤은 다방엘 안 나왔구요."

"그런데 그게 나하고 무슨 상관이 있다는 거야?"

그는 자신도 모르게 목청을 돋우고 말았다.

"여기 앉으세요. 앉아서 말씀 좀 해주세요."

그때까지 입을 봉한 채 다소곳이 앉아 있던 그녀가 미스 리에게 자신의 옆자리에 앉기를 권했다.

"카운타가 비어서 안 돼요."

미스 리는 선 채로 다시 말했다.

"전 없는 얘긴 하지 않았어요. 그 날 미쓰 윤이 저한테 그랬어요. 강 선생님한테 술 얻어먹게 됐다고. 물론 마담 언니한테는 집안에 급한 일이 생겼다고 거짓으로 허락을 받았구요. 그런데 그 이튿날부터 미쓰 윤이 나오질 않은 거예요. 돈까지 가불해 가고는……."

"아니, 그 이튿날 내가 말했잖아! 미쓰 윤하고 전날 이 다방에서 첨 만난 거라고. 난 오층 잡지사에 취직하러 왔다가 주간 선생님이 외출중이셔서 오랫동안 이 다방에서 기다린 것이라고. 안 그래?"

"그러긴 하셨죠. 어쨌든 이제부턴 두 분이서 말씀해 보세요."

미쓰 리가 스커트 자락을 살랑살랑 흔들어대며 카운터로 향하자 그녀는 여태까지와는 달리 강력한 어조로 말했다.

"지금 걔 어딨나요?"

그는 마치 복부를 강타당했을 때처럼 입만 벌리고 있었다. 어처구니가 없어 아무런 대답도 생각나지 않은 것이었다.

"있는 데만 알려 주세요."

"글쎄 내가 그걸 어떻게 압니까? 나 이런 답답한 노릇이 있나!"

그는 마치 생각지도 않았던 허방다리에 빠진 기분이었다. 치솟는 화를 가까스로 억누르고 나서 말을 이었다.

"아까 미쓰 리한테 했다는 얘긴 사실이 아닙니다. 그날 첨 만난 사인데 어떻게 댁에서 의심하는 그런 일이 있을 수……."

그녀가 그의 말을 잘랐다. 적의를 품은 눈빛이 인광처럼 번뜩였다.

"군에서 제대한 지 며칠 안된다고 하더래요."

"그건 맞는 말입니다. 그러나 아까도 얘기했듯이 난 그 날 이 건물 오층에 있는 잡지사에 이력서 내러 왔던 것이고……."

또 다시 그녀가 말을 끊었다.

"함께 나가신 건 사실이잖아요?"

"그건 그렇습니다."

그의 눈 앞에 미스 윤의 얼굴이 선명하게 떠올랐다.

그날, 그녀는 밖으로 나서기가 바쁘게 사하라의 모래바람을 막으려는 투아레그 족族처럼 외투깃을 세워 눈 밑까지 잔뜩 가렸었다. 눈보라가 사납게 쳐댔기 때문이었다.

"이런 눈보라에도 끄떡 않는 걸 보니 아직도 군기가 안 빠진 모양이네요."

"전방에 비하면 이깐 추윈 추위도 아닙니다."

그는 미스 윤과 눈보라 속을 20분쯤 걸어 명동 뒷골목의 한 밀주집으로 들어갔다. 애인을 따라 자주 들렀던 집이라 했다. 그들의 탁자 위에는 빈대떡·어리굴젓·깍두기 등의 안주와 밀주 한 주전자가 올려져 있었다.

그녀가 주전자를 들어 그의 대포잔을 찰랑찰랑 채웠다. 그리고 자기 잔에는 바닥에 장식된 '복福' 자가 간신히 묻힐 정도로만 따랐다.

"아니, 술집에 동행해 달래 놓구선……."

그가 잔을 채우려 했으나 그녀는 가늘고 긴 손으로 잽싸게 대포잔을 덮으며 고개를 살래살래 흔들었다.

"왜 그래요?"

"실은 저 아까 술이 취했었어요. 우리 다방에서 위스키를 따를로 석 잔이나 마셨거든요. 그래 술기운에 수달 떨은 거예요."
 "다방에서 마신 술이야 이제 다 깼을 거 아닙니까."
 "좀 깨긴 했지만…… 아까는 이 집 막걸리가 그렇게 먹고 싶더라구요. 그런데 혼자 오자니 그렇고 해서 초면에…… 그런데 막상 와 보니 냄새만 맡았는데도 속이 뒤집히는 거예요. 참, 성함이?"
 "강정길입니다."
 "아참, 그렇죠. 제 기억력이 이렇게 형편없다구요. 어서 드세요. 술 드시는 거 바라보는 것도 전 재미있더라구요. 오늘 월급 탔거든요, 맘껏 드세요."
 "정 그렇다면 안주라도……."
 그가 빈대떡을 권했으나 그녀는 그것도 바둑알만하게 뜯어 단한 번 입에 넣었을 따름이었다. 그러나 질문만은 열심히 해댔다. 잡지사엔 뭔 일로 왔는데 다방에 그토록 오래 앉아 있었느냐, 혹시 글 쓰는 사람이 아니냐, 월남 파병을 어떻게 생각하느냐……. 그는 그녀의 질문에 솔직히 대답했다.
 햇병아리 시인인데 뒤늦게 군대를 마치고 그 건물 5층에 있는 잡지사에 취직하러 갔다는 것, 다행하게도 취직이 됐다는 등의 대답이었다.
 "어머나, 그럼 나도 축하주로 한 잔 마시겠어요."
 그녀는 주전자를 들다가 빈 주전자임을 깨닫고 주모에게 술을 청했다.
 술주전자를 채워 온 주모에게 그녀가 시치미를 떼며 말했다.
 "우리 애인 딴 사람 같이 변했죠?"

"그러잖아도 처음엔 애인이 바뀌었나 했다우. 군댓살이 찌니까 더 미남이 됐네. 벌써 제대했수?"

"제대가 아니라 휴가 온 거예요."

그녀가 재빨리 대신 대답을 했다.

"아니, 월남 간 군인들도 휴가를 주나?"

그도 술기운을 빌어 거짓말을 했다.

"전공을 세워 훈장을 탔거든요."

"월남에 간 한국군은 먹는 것두 미군하구 똑같이 먹구 월급두 엄청 많다더니만 공연한 헛소문이 아니었구먼. 그래, 휴간 며칠 간이우?"

"한 달입니다."

"돈 버는 것두, 잘 먹는 것두 중요하지만 제발 몸조심 허우. 색씨를 생각해서라두."

"고맙습니다."

주모가 돌아선 뒤 그들은 키득키득 죽인 웃음을 웃느라고 눈물까지 흘렸다.

"지금, 저 아주머니가 속아 넘어가는 거 보셨죠? 얼마나 많이 닮았으면 그렇게 속겠어요."

문득 그녀의 얼굴에 짙은 그늘이 드리워졌다.

강정길은 그러한 그녀의 환영을 향해 담배 연기를 짙게 내뿜었다. 그리고 그는 미스 윤의 언니를 주시하며 분명한 어조로 끊었던 얘기를 이어 나갔다.

"내가 두 주전자를 다 마신 셈입니다. 내 취직을 축하해 준다며 따른 술을 한 모금 마시더니 화장실에 가서 토하구 오더라구요.

우리는 술집에서 나와 곧바로 헤어졌습니다. 내가 바래다 주겠다니까 어딘진 모르지만 꼭 들렀다 가야될 데가 있다는 겁니다. 처음 만난 여자가 거처하는 데까지 굳이 따라간다는 것도 이상하고 해서 더 이상 바래다 준다는 애길 할 수가 없었습니다. 내가 미쓰 윤에 대해서 아는 건, 애인이 월남에서 전사했다는 것뿐입니다. 그리고 이건 짐작입니다만 우연하게도 그 죽은 애인을 닮은 나를 만나게 되자 지난 날의 생각들이 났던 모양이구요. 나를 데리고 자기 애인과 자주 들렀던 술집에 간 것도 일종의 대리만족을 얻기 위한, 보상심리라고 할지, 어쨌든 여태까지 내가 얘기한 것은 사실입니다."

사실 그의 말에는 조금도 거짓이 없었다. 그럼에도 그는 한편으로 마음이 켕겼다. 자기가 미스 윤에 대해 알고 있는 모든 것을 다 털어놓지 못했기 때문이었다. 그는 그녀가 임신한 몸이라는 것을 눈치로 알고 있었던 것이다. 그러나 그것을 발설할 수가 없었다.

그 날, 미스 윤은 자신의 임신 사실을 우회적으로 알렸었다.

"그 사람이라면 같이 가야만 하는 곳이지만 다른 남자와는 같이 갈 수 없는 곳이에요."

눈물이 그렁그렁하여 돌아선 그녀의 뒷모습을 지켜보는 그의 눈에도 눈물이 돌았었다.

눈 덮인 길을 그녀는 고개를 푹 숙인 채 마치 스키를 신고 걷듯 발바닥을 떼지 않고 죽죽 밀며 나갔었다. 끊긴 데가 없는 평행선의 슈프르같은 발자국 선線이 모퉁이에서 그녀의 조그마한 뒷모습과 함께 사라지고 나서야 그도 뒤돌아설 수가 있었다.

"혹시 스스로 목숨을……."
미스 윤의 언니가 울음이 밴 소리로 묻는 바람에 그는 현실로 돌아왔다.
"그럴 리가 있겠습니까."
그는 자신없는 목소리로 대답했다.

데칼코마니

'…… 1937년, 스페인에서는 파시스트의 포학을 응징키 위해 세계 각국의 반反 파시스트 세력이 집결되었으며 이로써 스페인 내란은 전쟁의 성격을 띠게 되었다.
반 파시스트 군대인 정부군을 돕기 위해 세계 각국에서 많은 젊은이들도 의용군으로 스페인에 건너갔다. 소설가 헤밍웨이·마를로·에렌브르크, 독일의 망명 작가와 프랑스의 비오리스 테리와 같은 여류 작가들도 종군 기자나 병사 또는 장교가 되어 참전했다.
오늘날의 월남전쟁 역시……'

원고지를 메워 나가던 강정길의 펜이 멎었다. 그가 쓰고 있는 기사는 한국군 월남 파병의 당위성과 한국군이 이룩한 전승의 실태를 중점적으로 작성하는 일종의 정책 기사였다. 사장의 지시로 게재하는 기사라며 주간이 직접 맡긴 일이었다. 그러나 본론으로 접어들기 시작하자 원고지 위에 잡다한 환영들이 펼쳐져 펜을 놀릴 수가 없었다.

아오자이를 입은 여인들이 거닐고 람부제타가 달리는 평화스런 야자수의 거리가 아니었다. 초연으로 가득한 정글, 불을 뿜어대는 포문, 선혈을 흘리며 신음하는 병사들, 아랑드롱의 폭사한 시체, 절규하는 미스 윤.

그는 테이블에 붙였던 가슴을 떼고 의자 등받이에 기대며 담배를 뽑아 물었다. 그러나 미스 윤의 환영은 시시각각으로 다른 모습이 되어 그의 눈앞에 머물렀다.

미스 윤이 그에게 술을 권하며 물었다.

"장 선생님, 혹시 불면증에 시달려 보신 적이 있어요?"

"장이 아니라 강입니다."

"어머, 죄송해요. 벌써 몇 번째나 들었으면서도…… 아까도 말했지만 전 기억력이 빵점이에요. 오빠도, 언니도 모두들 머리가 좋은데 난 누굴 닮아서 그런지……."

그녀는 말끝도 맺지 않고 무슨 자랑거리라도 되는 양 깔깔깔 맑고 밝은 웃음을 터뜨렸다. 그녀의 웃음이 끝나기를 기다려 그가 말했다.

"난 이제서야 미쓰 윤이 왜 불면증으로 고생을 하는지 그 진짜 이유를 알아냈습니다. 미쓰 윤이 처한 불행한 사태나 고민 같은 것 때문이 아니라는 걸 알아냈습니다."

"어머머, 그럼 뭣 때문이죠?"

그는 한동안 뜸을 들이고 나서 진지한 표정을 지으며 말했다.

"조금 전에 기억력이 나쁘다고 했던가요?"
"나쁜 정도가 아니라 빵점이라구요."
"불면증의 원인은 바로 그 기억력입니다."
"아니, 기억력과 불면증이 도대체 무슨 상관이 있죠?"
"아주 깊은 관계가 있습니다. 기억력이 나쁘면 매일같이 그 날 자기가 얼마나 피곤했는지도 기억을 못하기 때문에 그래서 잠을 자지 못하니까."
 그의 반말 섞인 익살에 그녀는 또다시 한참 동안 허리를 펴지 못했다. 그런 웃음을 잦히고 나서 그녀가 입을 열었다.
"아까 다방에서도 계속 웃기더니만, 도대체 그런 재미난 말씀은 어디서 나오는 거죠?"
"사람한텐 말 나오는 구멍이 하나밖에 없잖습니까."
"어머머 또, 또. 난 다방에서부터 이미 강 선생님이 글 쓰시는 분인 줄 짐작하고 있었다구요. 그렇잖고야 그런 유머가 나올 수 없잖아요? 그러나 저러나 시인이시니까 근사한 시 한 수 읊어 주세요. 기억력은 형편 없지만 그래도 여고 땐 저도 문예반이었다구요."
 그는 잠시 생각에 잠겼다가 은근한 목소리로 말했다.
"데칼코마니라고 아시죠?"
"데칼코마니라뇨? 전 첨 듣는데요."
"미술 시간에 배웠을 텐데."
"전 국민학교 때부터 미술하곤 담을 쌓고 지낸 걸요. 시 한 수 읊으시라니깐 엉뚱하게 웬 미술 얘긴 꺼내시고 그러세요?"
"다 그만한 까닭이 있죠. 데칼코마니란 건 도화지에 물감을 떨어뜨리고 그걸 두 겹으로 접으면 양쪽에 똑같은 형태의 모양이 되는데 바로 그걸 말하는 거지."

"맞아요. 장난으로도 흔히 했죠. 그게 바로 데칼코마니였군요. 글쎄 제 기억력이 이 모양이라구요."

"난 지금, 미쓰 윤과 내 가슴이 그렇게 똑같이 닮았다고 생각하고 있거든."

"어째서요?"

"내 가슴도 사랑을 잃은 가슴이니까."

"어머, 강 선생님도 애인이 죽……."

"죽진 않았지만 날 떠났으니까 내 사랑은 죽은 거죠."

"언제 얘기예요?"

"제대하고 나서니까 최근이죠. 참 시를 낭송해 달랬던가? 아폴리네르의 시입니다. '미라보 다리'라는."

그는 아픈 기억을 털어버리려 서너 차례 헛기침으로 목을 고르고는 눈을 감았다. 집중력을 키우기 위함이었다.

  미라보 다리 아래 세느 강이 흐르고 / 우리들의 사랑도 흘러간다
  하지만 괴로움에 이어서 오는 기쁨을 / 나는 또한 기억하고 있나니
  밤이여 오라 종은 울려라 / 세월은 흐르고 나는 여기에 있다
  손과 손을 붙잡고 마주 대하자 / 우리들의 팔 밑으로
  미끄러운 물결의 / 영원한 눈길이 지날 때
  밤이여 오라 종은 울려라 / 세월은 흐르고 나는 여기에 있다
  흐르는 물같이 사랑은 지나간다 / 사랑은 지나간다
  삶이 느리듯이 / 희망이 강렬하듯이
  밤이여 오라 종은 울려라 / 세월은 흐르고 나는 여기에 있다

날이 가고 세월이 지나면 / 흘러간 시간도 / 사랑도 돌아오지 않고
미라보 다리 아래 세느 강만 흐른다
밤이여 오라 종은 울려라 / 세월은 흐르고 나는 여기에 있다.

깊이 있는 부드러운 목소리로 암송을 마친 그가 눈을 떴을 때 고개를 숙인 그녀는 끊어진 구슬처럼 눈물을 떨구고 있었다. 얼마 동안 그렇게 울고 난 그녀는 속이 조금은 풀렸는지 예의로 조금 웃으며 밝은 목소리로 말했다.

"고 2때 알게 된 대학생이었는데 집안이 가난해 일학년만 겨우 마치고 돈을 벌겠다고 이리 뛰고 저리 뛰며 기를 쓰다가 결국은 월남에 자원 입댈 한 거예요. 그렇게 말렸는데도요. 글쎄 전쟁터에 가서 돈을 벌겠다는 게 말이나 되는 소리예요? 머저리 같은……. 나까지 집에 붙어 있질 못하게 만들어 놓고는……."

"집에 붙어 있질 못하게 만들다니?"

"부끄러운 얘기예요. 집에선 내가 왜 가출을 했는지, 더구나 다방에서 레지 노릇을 하고 있는 걸 알면 당장이라도 불벼락이 떨어진다구요. 하지만 돈은 벌어야겠고 달리 마땅한 일자린 없고……."

말꼬리를 사린 그녀는 또다시 눈물을 흘렸다. 그러나 그녀는 자신의 얼굴에 못박혀 있는 그의 시선이 부담스러웠는지 헛웃음을 친 뒤 말했다.

"몇 년 전에 유행했던 외국 노래 '케세라 세라'가 '될대로 되라'라는 뜻이라면서요? 지금 내 인생이 그렇게 막가는 인생이에요."

천장을 향한 그녀의 눈이 전등빛을 반사했다. 고인 눈물을 억지로 잦히고 있는 것이었다.
"강 기자!"
그의 생각들이 일시에 소리처럼 흔적도 없이 사라졌다. 주간의 갑작스런 호명 때문이었다.
"네?"
"거 월남파병 기사, 마감 지킬 수 있겠어?"
"네, 지금 열심히 쓰고 있습니다."
그는 등받이에서 등을 떼고 책상에다 가슴을 붙였다.

퇴직

　시간의 흐름을 완급으로 따질 때 그것은 무릇 주관적으로 결정 지워지게 마련이다. 어떤 경우에는 일각여삼추―刻如三秋일 수도 있 겠으나, 그와 반대로 삼추여일각三秋如一刻으로 느껴질 경우도 있는 것이다. 그러나 보편적으로 따질 때는 인생에 있어 2년도 채 못 되는 기간을 길다고 말할 수는 없다. 더구나 한창 일할 나이에 보 낸 직장생활에 있어서는 더욱 그렇다.
　강정길에게 있어 "O"지 잡지기자 생활, 1년 4개월은 참으로 짧은 기간이었다. 어느 새 1년 4개월이나 흘렀지? 하고 손가락을 꼽아보기 까지 했다. 그러나 계산이 틀린 것은 아니었다.
　주간실에서 나온 강정길은 편집장과 편집차장 그리고 수석기 자 순으로 일일이 그들의 책상을 돌며 작별을 고했다. 한결같이

'회자 정리會者定離'를 테마로 한 인사말을 늘어 놓으며 손을 잡아 주었다. 특히 편집장의 악수는 요란했다. 물을 뽑아 올리기 위해 펌프질을 하듯 요란하게 팔을 흔들어대며 수다를 떨었다.

"우리 인생은 따지고 보면 이렇게 헤어지려고 만나는 것이라 할 수도 있겠지. 언제 헤어지느냐가 문제지만. 오늘 이렇듯 서운할 줄 알았다면 정을 들이지 않는 건데 말이야."

그는 아무 말 없이 무표정했으나 속으로는 많은 말을 하고 있었다.

'입술에 침이나 바르고 말하세요. 당신이 나한테 정을 주지 않았듯 나도 당신한테 정을 준 적이 없어요. 그러니 나나 당신이나 서운할 게 전혀 없잖습니까!'

그의 속마음을 헤아리지 못했는지 편집장은 계속해 수다를 떨었다.

"강 기잔 문장력이 있는데다 더구나 시인이니까 앞으로 얼마든지 여기보다 더 좋은 직장에서 일 할 수 있을 꺼야. 전화위복이 될지 누가 알아. 안 그러오?"

"그렇게 생각해 주시니 감사합니다. 그럼 이만……."

그는 편집장에게 잡힌 손을 뽑고 차장 책상으로 다가갔다.

고별 인사를 마친 뒤, 책상 서랍을 정리한 사물 보따리를 들고 사무실을 등지는 그의 뒤를 따르는 발짝 소리가 들렸다. 최준태와 김연호 두 기자였다. 그들과는 너나들이하는 사이였다.

사무실 문이 닫기기를 기다려 강정길이 그들을 향해 나직이 말했다.

"왜들 나왔어? 부장 눈 밖에 나면 어쩔려구."

그의 말에 두 사람이 동시에 입을 열었다.
"구데기 무서워 장 못 담궈?"
"걱정도 팔자로군."
그는 그들의 우정에 콧날이 저려옴을 느끼며 웃음으로만 고마움을 표했다. 최준태가 그의 어깨에 손을 얹으며 다시 입을 열었다.
"힘을 내! 그리고 이따가 퇴근 후에 만나."
"왜?"
"왜라니, 이별주라도 한잔 나눠야 되잖아!"
최준태의 말에 김연호가 꼬리를 달았다.
"그 보따리, 갖다 두고 저녁 때 나와. 아무리 세상이 험하긴 해도 이별주조차 나누지 못한대서야 말이 안되지. 일곱 시 정각에 명동극장 앞에서 만나자구. 알았지?"
"나야 기왕에 찍힌 몸이니 상관 없지만 '요시찰' 딱지가 붙은 날 만나서 자네들에게 득될 게 하나도 없잖나. 공연히 모진 놈 옆에 있다가 벼락 맞지 말고 몸조심하는 게 좋아."
"겁은 되게 많네. 달걀짐 지고 성 밑으로도 못간다더니만 꼭 그 짝이야. 잔소리 말고 이따가 시간 지켜서 나와. 명동극장 앞에서 일곱 시!"
그는 김연호의 말에 대답 대신 고개를 끄덕여 주고 나서 계단을 내리 밟기 시작했다. 그러한 그의 마음은 더없이 쓸쓸했고 괴로웠다. 비록 출입문 앞까지의 배웅이었지만 김연호와 최준태의 그런 배웅조차 없었다면 그의 마음은 한층 더 아팠을 것이다.
그가 "O"지의 잡지기자 생활을 1년 4개월로 막을 내리게 된 것은 형식상 의원依願 사직이었으나 실은 파면이었다. 그러므로 그의 입장에서 송별회 따위를 바랄 수도 없는 일이었고, 사무실 쪽에서도 그런 자리를 베풀 생각조차 않았던 것이다.

좁고도 어둑신한 계단에서 벗어나 초여름의 강렬한 태양 아래 서게 되자 현기증이 일었다. 그는 건물 벽에 기대어 눈을 감았다. 넓은 공간에서 밝은 광선을 받고 있음에도 비좁은 암흑 속에 갇힌 느낌이었다.

얼마 뒤, 현기증이 가시어 다시 발길을 옮기기 시작했으나 그는 여전히 암흑 속을 걷고 있는 듯한 기분을 떨쳐 버릴 수가 없었다.

그는 마치 어린이가 암흑 속을 걸을 때와 같은 두려움으로 한 발 한 발 옮겨 놓았다. 그의 뇌리는 좌절감으로 충만해 있었다.

"풀잎은 강하다!"

그는 좌절감을 떨치려 외쳤으나 외침이 되지 못했다. 겨우 혼잣말 같은 중얼거림이 되어 나왔을 뿐이다. 그의 그러한 중얼거림 끝에 마법에 의한 것처럼 한 얼굴이 떠올랐다. 비수처럼 날카로운 눈빛을 지닌 얼굴이었다. 그는 말했었다. 약하디 약하게 보이는 것이 풀잎이지만 폭풍우가 지난 뒤에 풀잎이 그 무엇보다도 강하다는 것을 알 수 있다고. 아무리 거센 폭풍우 뒤에도 풀잎은 꺾이지 않고 다시 일어선다고. 시 동인의 명칭 "풀잎"은 그렇게 정해졌다. 그도 "풀잎" 동인 중의 하나였다. 동인회가 결성된 것은 6개월 전이었고 동인지는 제2집이 발간되었다. 제3집 발간을 위한 모임이 보름 쯤 전에 있었다. 그러나 그 모임에서는 동인지에 대한 얘기가 나오지 않았다. 시종 3선 개헌에 대한 성토만이 무성했다.

박정희 대통령의 3선을 위한 헌법 개정은 국제적인 망신이며 집권당의 정치적 이익만을 위해 개헌을 해대는 행위는 역사를 후퇴시키는 반민족 행위라고 규탄했다. 박정희 정권의 정책구호인 '중단없는 전진'은 '중단없는 집권'을 뜻하는 것이냐고 울분을 토로하기도 했다.

그도 한마디 했다.

"아인슈타인은 이렇게 말했어. 자신의 정치에 관한 이상은 모든 사람이 개인으로 존중받고, 어떤 한 특정인을 우상으로 떠받드는 일이 없는 민주주의라고. 우리가 북한과 다른 것은 바로 그 민주주의인데 한 사람에게 계속 대권을 잡게 해주기 위해 헌법을 뜯어고친다는 것은 민주주의를 포기한다는 뜻이야. 독재야, 독재!"

그의 얘기에 누군가 맞장구를 쳤다.

"암흑이냐, 광명이냐? 그것이 문제로다!"

"광명을 택하면 문제될 게 없지."

"호랑이는 방 안에서 잡는 게 아냐!"

"그렇다면?"

"우선 개헌 반대 운동부터 벌이는 거야."

"계란으로 바윌 깨부수자고?"

"낙숫물이 돌을 뚫는 것은 모르냐? 개헌을 반대하는 서명 운동이라도 벌여야 해. 학생들도 반대 데모를 시작했는데 소위 시인이라는 우리가, 장님도 귀머거리도 아닌 우리가 어떻게 벙어리 노릇을 하느냔 말야."

"되지도 않을 일에 목숨을 걸 필요는 없잖아. 계란으로 바위를 치는 격이요, 개미가 정자나무를 건드리는 격이야."

"모든 행위, 그것이 개인적인 것이든 공익을 위한 사회적 행위이든, 모든 행위에는 으레 모험이 따르게 마련이야. 누군가 말했어. 행동은 사상의 종점이라고. 행동으로 발전하지 않는 사상은 기형이며 사기라고!"

결국 동인은 두 패로 나뉘고 말았다. 되지도 않을 일에 목숨을 거는 행위는 용기가 아니라 만용이라는 파와, 신념과 사상을 행동으로 발전시키지 못하는 기형이나 사기꾼이 될 수는 없다는 파로 나뉜 것이다. 그는 기형이나 사기꾼이 될 수 없다는 쪽에 서게 되었다. 그리고 그 "풀잎" 모임이 있은 지 나흘 뒤, 그는 사무실에서 관할 경찰서 정보과의 형사에 의해 연행되었던 것이다. 그가 풀려난 것은 연행된 지 닷새째 되는 아침이었다. 취조실에서 정보과로 끌려나와 보니 주간이 그의 신병을 인도하기 위해 기다리고 있었다.

"심려를 끼쳐 드려서 죄송합니다."

그의 인사에 주간은 아무런 대꾸도 없이 담배를 권했다. 그가 망설이자 주간이 그제야 입을 뗐다.

"괜찮네. 피워, 이 사람아."

"죄송합니다."

그는 담배를 받아 돌아서서 불을 붙이고 깊숙이 빨아들였다. 모처럼만에 피우는 담배라 어질증 때문에 하마터면 그 자리에 주저앉을 뻔했다.

"어서 나가세."

그는 앞장선 주간의 뒤를 따르며 물었다.

"어떻게 직접 예까지 오셨습니까?"

주간은 대답도 않고 그의 몸을 샅샅이 훑어보고 나서 물었다.
"상한 데는 없나?"
명치며 허리 등 이곳 저곳에 통증도 있고 결렸지만 그는 그런 내색을 하지 않고 말했다.
"괜찮습니다."
취조기간에 일어났던 모든 일들, 사소한 일까지도 밖에 나가서 절대로 발설치 않는다는 형사와의 약속을 지키기 위해서가 아니었다. 상사에게 더 이상 심려를 끼치고 싶지 않다는 충정 때문이었다.
"두 번 다시 올 곳은 못 되네."
"네?"
주간의 말을 미처 알아듣지 못해 그가 반문하였으나 대꾸는 않고 질문만 던졌다.
"어떤가, 걸을만 한가?"
"네, 괜찮습니다."
"그래도 이 정도로 풀려날 수 있었던 게 다행이라구. 다행이구 말구."
"여러 가지로 도와주셔서 고맙습니다."
"이 사람아, 나보다도 돌아가신 자네 부친께 감사드리게."
"네?"
"오늘, 자넬 담당했던 형사한테 들어서 알았네만 자네 부친께서 경찰 간부셨다면서?"
"네, 오래 전에 돌아가셨습니다."
"자네 부친 음덕인 줄 알게."

그의 눈 앞에 아버지의 모습이 선명하게 떠올랐다. 장례식 때 영정으로 썼다가 안방 벽에 걸리게 된 사진틀 속의 모습이었다. 경찰 제복으로 단정하게 차린 근엄한 모습이었다. 그의 아버지는 그가 국민학생일 때 지리산 공비토벌 작전에서 전사했다.

그 당시 중학생이었던 형은 사범학교를 나와 국민학교 교사가 되었고, 두 동생 중 바로 밑은 군복무 중이며 막내는 여고생이었다. 그의 어머니는 아버지가 남기고 간 어린것들을 남 못지않게 키우기 위해 그토록 긴 세월을 아버지의 사진 밑에서 밤낮없이 재봉틀을 돌려댔다. 지금도 그 삯바느질은 끝나지 않았다.

"자네 신원조휠 했더니만 그런 사실이 밝혀지더래. 빨갱이들의 총탄에 목숨을 잃은 경찰관의 아들이니까 빨갱이들과 한통속은 아닐 것 같아 풀어준다는 얘기였어. 우리 어디 가서 차라도 마시면서 얘기 좀 할까?"

주간은 벌써 들어갈 다방을 정해 놓고 있었던 모양으로 성큼성큼 앞장을 서더니만 한길가의 다방으로 들어섰다.

자리를 잡고 앉아 커피를 주문한 뒤, 주간은 양복저고리 안주머니에서 봉투를 꺼냈다.

"이거 받아 넣게."

"뭡니까?"

"약소하지만 내 성의야. 목욕탕에 가서 뜨거운 물에 들어가 몸을 확 풀고 집으로 들어가게. 참, 자취를 한다고 했던가?"

"그렇습니다."

"내일 나와도 좋고 모레 나와도 좋고……. 어쨌든 푹 쉬고 나오란 말일세."

주간의 얘기를 듣는 순간 그는 무엇인가 불길한 예감이 확 들었다. 그는 잠자코 주간의 다음 말을 기다렸다.

"내 나름대로 애는 쓰느라고 써봤네만 워낙 사장님의 노여움이 대단해서······."

"무슨 말씀인지 잘 알겠습니다."

"우리 사장님도 인간적으로는 나쁜 사람이 아닌데 젊은이들의 혈기를 이해하지 못해. 공화당이거든. 실은 우리 잡지도 자기 정치활동의 발판을 삼기 위해 만드는 거야."

"주간님 말씀 잘 알겠습니다. 내일 중으로 제 책상을 정리하겠습니다."

"오늘 다시 한번 얘기는 해보겠네만······."

"주간님께 더 이상 폐를 끼치고 싶지 않습니다. 죄송합니다."

"빈 말이 아니라 자네 같은 일꾼을 얻기가 쉽지 않네. 하지만 세상이 그런 세상인데 어쩌겠나. 나 먼저 나갈 테니 자유롭게 행동하게."

주간이 자리를 뜬 뒤, 그는 오랫동안 생각에 잠겨 있었다. 그는 자기가 1년 4개월 동안 사용했던 책상이며 의자를 생각했다. 책상 윗면의 여러 흠집들이랑 의자 오른쪽 팔걸이를 싸고 있는 비닐의 찢어진 모양 따위가 눈에 선했다. 사실 그 의자에 미련이 없는 것은 아니었으나 요행을 바랄 수도 없는 처지였다.

밤잠을 설쳐 뻑뻑한 눈인 채로 아침 일찍 회사로 나간 그는 전날 자신의 입으로 얘기했던 대로 주간에게 사표를 냈다.

사표는 주간의 책상 서랍으로 들어갔고 사표에 대한 거래처럼 다른 봉투가 나왔다. 2개월치의 급료와 맞먹는 퇴직금 봉투였다.

강정길은 그 퇴직금 봉투와 사물 보따리를 자취방에 두고 밖으로 나왔다. 그리고 "O"지 주간을 소개시켜 주었던 선배를 찾아갔다. 면목이 없었으나 그렇다고 발길을 끊을 수도 없는 노릇이었다.
　선배는 의외로 그의 마음을 편하게 해주었다. 주간으로부터 이미 전화로 자세한 얘기를 다 들어 알고 있었노라고 말한 뒤 덧붙여 말했다.
　"내게 미안한 생각을 가질 필욘 없어. 나라도 지금 자네 같은 처지라면 그렇게 행동했을 거야. 자네처럼 용기있게 행동은 못하지만 생각은 자네와 똑같아. 내게 부양가족만 없었다면 아마 자네보다도 더 용감했을지 몰라. 설마 산 입에 거미줄이야 치겠나."
　선배의 얘기는 그의 납같은 마음에 날개를 달아 주었다. 그렇듯 가벼운 마음으로 선배의 사무실에서 나온 그는 명동으로 향했다. 김연호와 최준태를 만나기로 된 시간이 되려면 아직도 세 시간 남짓 남았으므로 오랜만에 영화를 즐길 작정이었다.

안면문답 顔面問答

　게리 쿠퍼가 맹활약을 하는 서부활극에 빠져 있던 강정길이 극장 밖으로 나온 것은 10분 전 일곱 시였다. 바깥의 밝음에 채 익숙해지지 못해 눈살을 찌푸린 채 사방을 둘러보고 있는 그에게 최준태가 다가서며 말했다.
　"역시 투사는 어디가 달라도 다른 법이야."
　김연호도 뒤따라 와서는 그의 어깨를 치며 한 마디 거들었다.
　"암, 아무나 투사가 되는 건 아니고 말고!"
　그는 두 사람의 입에 오른 '투사'에 신경이 곤두서고 말았다. 분명 자기가 3선 개헌을 반대하는 서명운동에 참여한 것을 빗대어 하는 말이기 때문이었다. 분노심이 머릿속에서 덩어리로 뭉쳐 맴돌았다.

"남의 초상이라고 북 치고 장구 쳐도 되는 거야?"
 그의 굳어진 표정에 당황한 두 사람은 서로 난처한 눈빛을 교환하고 나서 한꺼번에 입을 열었다.
 "기분 상했나?"
 "오해 말라구."
 그가 그 말을 받았다.
 "기분을 상하게 만들어 놓고 그리고 오핼 말라구?"
 그가 계속 굳은 얼굴을 풀지 못하고 있자 최준태가 생각없이 내뱉은 자기들의 말에 대해 진지하게 해명하기 시작했다.
 "네가 떠나고 나서 부장이 한마디 하더라고. 제까짓 게 무슨 투사라고 까불어댔느냐는 거야. 그리곤 우리들더러도 강정길 꼴이 되지 않으려거든 조심하라는 거야. 그래 우리 장궤가 한마디 쏘아댔지. 투사는 까부는 사람을 뜻하는 것도 아니며 강정길의 개헌 반대 서명 행위는 까분 것도 아니라고. 뜻하지 않았던 일격에 얼굴이 삶은 게처럼 빨개져가지고 식식거리는 꼴이라니……."
 "우리가 이리로 오다가 너한테 투사라는 별명을 붙이기로 합의한 건 사실이지만 그건 널 얕보거나 놀려대느라고 붙인 게 아냐. 네 앞이라고 해서 하는 말이 아니라 사실 우린 널 보기가 미안한 거야. 우리도 너와 같은 생각을 하고 있지만 너처럼 그 생각을 행동으로 옮기는 용기가 없기 때문이야."
 "그게 투사와 졸장부와의 차이지. 어때? 그래도 계속 화 낼 테야?"
 김연호가 강정길의 어깨에 손을 얹으며 웃었다. 그제서야 그의 목소리도 누그러졌다.

"아니, 아냐. 미안하게 됐어. 아마 요즘 내 신경이 무척 예민해져 있는 모양이야."
"길에서 이러고 있을 게 아니라 자리를 잡자."
최준태의 말 끝을 이어 김연호가 그에게 말했다.
"오늘 주빈은 너니까 어디든지 네가 안내해. 술값 걱정일랑 말고……. 거 문인들 모이는 술집이 있으면 그런 곳도 괜찮지."
"그럼 실비집 아는 데가 있는데 그리로 갈까? 예서 가깝기도 하고 안주도 깔끔해."
강정길을 가운데로 하고 김연호와 최준태가 양쪽으로 붙어서서 걸었다.
강정길이 그들을 안내한 술집은 "ㅇ"지 기자로 취직이 확정됐던 날, 미스 윤에게 이끌려 처음 들렀던 바로 그 술집이었다. 그 뒤로도 몇 차례 들르긴 했었으나 단골집이랄 수는 없었다.
주문한 안주가 차려지자 김연호가 주전자를 들어 올리며 강정길에게 권했다.
"자아, 망우물 한 잔 받으라구."
어떤 술자리에서건 입버릇처럼 으레 하는 말이었다. 강정길이 처음으로 그 소리를 들은 것은 입사 축하회식 때였다.
어느 누구 못잖게 술을 즐긴 도연명陶淵明이 "음주飮酒"라는 시에서 술이 근심을 잊게 하는 것이라는 뜻으로 '망우물忘憂物'이라 표현했다는데 그것을 몰랐던 강정길이 망우리에서 물을 길어다 빚은 술이냐고 물어서 좌중을 웃긴 적이 있었다.
"가을 국화가 하도 고와 / 이슬 맺힌 꽃잎을 따 / 망우물에 띄우니 / 속세가 내게서 멀어지누나."

술자리가 벌어질 때마다 김연호가 늘 하는 투를 흉내내어 이번에는 강정길이 술잔을 받으며 선수를 쳐 읊조렸다.
"우리 투사의 낭송 솜씨가 장궤를 내다 앉으라는군."
최준태가 감탄하여 말했다. 장궤掌櫃란 부자 또는 상점 주인을 뜻하는 중국말로 중문과 출신인 김연호의 별명이었다.
"서당 개도 삼 년이면 풍월을 한다잖아? 귀에 못이 박히도록 들어 왔는데 그걸 흉내 못낸다면 등신 중에서도 상등신이지."
강정길이 입으로 대포잔을 가져가며 받았다. 그러자 김연호를 향해 최준태가 말했다.
"장궤, 아까 술자리에서 한다고 아껴뒀던 얘기 좀 해봐. 이제 더는 뜸들이지 못하겠지."
"안달뱅이는 어쩔 수가 없다니까. 그러잖아도 왜 여태 가만 있나 싶었다!"
무슨 일이건 가만 있질 못하고 서둘러대기 일쑤인 최준태의 별명이 안달뱅이였다.
세 사람은 이미 알근하게 취기가 올라 있었다. 술기운에 높아진 목청들로 제각기 떠들어대다가 잠시 너누룩해진 틈을 타 김연호가 두 사람을 주목시킨 뒤 '이제는 뜸을 다 들였다'는 투로 말했다.
"옛날에 말야……."
최준태가 잽싸게 그의 말을 끊었다.
"멍석을 펴 놓으니까 않던 지랄이, 멍석을 말아 놓으니까 나오는구나."
"옛날 얘긴데 말야, 재밌는 얘기야."

"얼씨구! 어디 재미만 없어봐라."

강정길이 최준태의 옆구리를 찔러 입을 봉하게 만들고 김연호에게 눈짓으로 얘기를 재촉했다.

"옛날, 하루는 눈과 코와 입 그리고 귀가 모여서 회의를 열었단 말야. 눈썹이 아무런 일도 않으면서 자기들 윗자리에 떠억 버티고 앉아 거드름만 피우고 있는 게 못마땅했던 거지. 그래서 눈이랑 코랑 입이랑 귀가 눈썹을 성토했어. '넌 왜 아무런 일도 하는 게 없이 언제나 우리 위에 군림하고 있냐?'고. '우리들은 음식을 섭취하고 호흡을 하며 사방을 살펴보기도 하지. 또 모든 소리를 듣기도 하고. 이렇게들 수고를 하고 있으니 너는 마땅히 우리들에게 늘 고마워 해야 마땅해. 그런데 너는 아무런 일도 않으면서 우리들의 윗자리에 올라 앉아 거드름만 피우고 있을 뿐이야.' 귀·코·눈·입의 성토가 대단했단 말야. 어때? 이만하면 재밌는 얘기잖아?"

김연호의 말에 최준태가 즉각 고개부터 갸웃거리고 나서 말했다.

"듣고 보니 그거 어째 우리 얘기 같다."

이번에는 강정길이 최준태에게로 눈길을 옮기며 물었다.

"우리 얘기라고?"

"우리라기 보다는, 우리 부장의 얘기 같단 말이야. 아무것도 하는 일 없이 맨 윗자리에서 회전의자만 빙글빙글 돌리며 되나가나 목청만 높이는 그 꼬라지를 빗댄 얘기 같단 말야. 안 그래?"

최준태가 강정길에게 동의를 구하는 듯한 눈길을 보냈다. 그러자 그가 말했다.

"그러나 우린 그 못된 눈썹에게 찍소리도 못했잖아. 그런 우리의 비겁함을 일깨우려고 꾸민 얘기구나. 나야 이제 그 집 식구는 아니다만."

"꾸민 얘기였군."

최준태가 흥미 없다는 듯 성급하게 단정적으로 말했다. 그러나 강정길은 최준태와는 달리 김연호의 얘기에 깊은 관심을 보였다. 그는 그 얘기로 이 시대를 풍자할 수 있는 훌륭한 패러디로 성공시킬 수 있다고 생각했던 것이다.

"천만에, 내가 꾸민 게 아냐. 중국 거야. 청나라 때 유월俞樾이라는 사람의 '안면문답顔面問答'이라는 글이야."

"역시 장궤는 장궤다. 그런데 별로 재미도 없는 얘길 뭣 때문에 그렇게 뜸들였다 하는 거야?"

최준태가 눈을 끔벅거리며 물었다. 상대방의 의중이 궁금할 때 하는 그의 버릇이었다.

"되게 따지네. 굳이 설명한다면 요즘 우리의 시대는 곳곳에서 눈썹들의 횡포가 심한 시대니까 그런 얘기가 필요하다고나 할까, 어쨌든 그런 얘기야. 이제 이해가 돼?"

강정길이 크게 고개를 끄덕이자 김연호가 최준태에게 무안을 주었다.

"외양간에서 '퍽' 하고 떨어지는 소리가 나면 그게 뭔 소린지 알아 들어야지, 꼭 찍어 먹어 봐야만 쇠똥인 줄 안다면 그 사람은 문제가 있는 사람이야."

무안을 당한 최준태가 즉각적인 반응을 보였다. 눈깜짝할 사이에 꿀밤을 된통 맥인 것이었다. 자칫하면 술좌석이 엉망으로 될 수도 있는 일이어서 강정길이 순발력을 발휘했다. '눈에는 눈. 이에는 이'라는 식으로 꿀밤 반격을 하려고 치켜 든 김연호의 손에 대포잔을 안기며 말했다.
"자고로 술자리에선 계집 얘기가 제격인 거야."
말뿐만 아니라 표정이며 태도 까지도 난봉꾼 같았다.
"역시 투사다운 데가 있어."
최준태가 말했다.
"그렇다니 고맙군."
강정길은 아무런 걱정거리도 없는 사람처럼 밝고 큰 소리로 웃었다. 사실 그는 자신의 불행을 숨겨두고 내색치 않는 점에 대해서는 누구에게도 뒤지지 않았다. 그렇다고 성격 자체까지 내숭스러운 것은 아니었다. 오히려 누구보다도 솔직한 데가 있었다. 그렇듯 속에 담아두고 있는 성격이 아니기 때문에 여러 면에서 득보다는 실이 많은 편이었다.
"기왕에 얘기가 그런 쪽으로 흘러가고 있으니까 나도 한 가지 물어보고 싶은 게 있는데, 어디 믿는 구석이라도 있는 거야?"
"그건 또 뭔소리지?"
"도대체 실직자답잖게 늠름하니 하는 말이지."
최준태도 김연호의 질문 공세에 합세했다.
"개헌 반대 서명을 했다는 것도 그렇지만 도대체 실직을 당하고도 그렇게 만사태평이니까 하는 말이라구. 시골에 땅깨나 있는 모양이지? 편집장도 그러더군. 강정길의 똥배짱을 자기로서는 이해할 수가 없다는 거야."
얘기를 듣고 있는 동안 강정길의 눈 앞엔 부장의 얼굴이 자연스럽게 떠올랐다. 그는 끓어오르는 울화를 억누를 수가 없어 입에서 나오는대로 내뱉기 시작했다.

"비겁한 놈! 난 그 자가 왜 날 그렇게 미워하는지 알아. 내가 입사할 때 자기가 추천한 사람이 떨어지고 내가 붙었거든. 그러나 그건 어디까지나 시험을 치고 그 시험 결과 내가 붙은 거였어. '자기 소개서'라는 이십 장 짜리 원고를 쓰는 게 시험이었는데 주간님 말씀은 내 글이 그 사람 글보다 월등 낫다는 거였어. 문장도 맞춤법도 구성력도……. 그래서 내가 뽑힌 건데 편집장은 자기가 추천한 사람이 안되고 내가 됐다는 것 때문에 입사 첫날부터 날 미워하기 시작한 거야. 그런데 그게 언젯적 얘기냐구. 벌써 일 년하고도 사 개월 전의 일이잖아? 그런데도 아직까지 날 못 잡아 먹어 으르렁거린다니, 비겁한 놈!"

"그래서 부장이 기회는 이때다 하고 우리 투사를 그토록 난도질 한 거로군. 우린 그런 사연이 있는 줄을 전혀 몰랐어. 넌 여태 한 번도 우리한테 그런 얘길 한 적이 없잖아!"

최준태가 항의하듯 말했다.

"……."

최준태의 말을 김연호가 받았다.

"나도 그 얘긴 금시 초문인데 아까 내가 얘기한 '안면문답'도 부장 때문에 생각난 거야. 윗자리에 앉을 자격이 없는 작자라구. 자기가 하는 일이 뭐 있어. 모두 차장에게 떠맡기고는 회전의자만 돌리고 있는 게 고작이잖아. 안 그래?"

"이제 그 얘긴 이쯤에서 끝내는 게 좋겠다. 내가 안할 얘기를 했나봐. 화제를 돌리자구."

말뿐만 아니라 실제로 그는 자신이 발설한 부장 얘기를 주워담고 싶은 심정이었다.

"술안주로는 십상인 얘긴데, 오늘의 주빈께서 입에 맞지 않는다니 할 수 없지."

김연호가 자못 아쉽다는 투로 익살스럽게 입맛까지 다셔 보였다.

"그럼, 투사께서 앞으로의 계획이나 털어 놔 보라구."

최준태가 강정길에게 빈 잔을 건네며 말했다.

"백지 상태야. 그야말로 시골에 땅뙈기라도 있다면 땅이라도 일군다지만…… 막막해."

그의 눈 앞에 재봉틀을 끼고 앉은 어머니의 돋보기 쓴 모습이 떠올랐다. 그리고 계속해 형과 아우들의 얼굴이 차례로 어머니의 얼굴에 겹쳐져 보였다. 그 모습들이 문득 백거이白居易의 시를 떠올리게 만들었다.

객지에서 동짓날, 등불 앞에 무릎깍지를 끼고 앉아 자신의 외로운 그림자를 바라보고 있자니 고향 집에서 온 식구들이 모여 앉아 타향에 떨어져 있는 자신에 관한 얘기를 두런두런 나누고 있을 모습이 눈에 선하다는 내용의 시였다.

어느 새 그의 눈시울이 촉촉히 젖어 있었다.

뜻밖의 소식 두 통

ㅅ자 꼴로 펼쳐진 책이 강정길의 얼굴을 덮고 있었다. 책을 읽다 잠이 든 것이었다. 낮잠이긴 했으나 지난 밤에 잠을 설쳤기 때문에 곤하게 잠들어 있었다.

그 잠을 깨운 것은 철대문을 두드려대는 소리였다. 단잠을 방해한 소음에 짜증이 일었으나 집을 봐달라며 외출한 주인 아주머니의 얼굴이 떠올라 벌떡 상체를 일으키고 마당 쪽으로 난 여닫이를 뻘쭘히 열며 물었다.

"누구세요?"

잠기가 덜 가서 쉬지근하게 잠긴 그의 목소리가 채 끝나기도 전에 퉁명스런 고함이 귓전을 때렸다.

"강정길 씨, 등기 속달이요!"

"……."
"도장 갖고 나오세요!"
"저요?"
그는 얼떨결에 내지른 자신의 어리석은 반문에 쓴웃음을 짓지 않을 수가 없었다. 배달부가 자신을 얼마나 멍청하다고 흉볼 것인가 싶자 얼굴까지 달아올랐다.
"강정길 씨, 도장 갖고 나오세요!"
"네, 나갑니다."
마음이 급하면 으레 뻔한 곳에 있는 물건도 눈에 잘 띄지 않는 법이었다.
허겁지겁 도장을 찾아들고 밖으로 나오자 햇살이 눈을 찔렀다. 마치 한낮에 영화관에서 나온 것 같았다. 부신 눈을 삼빡거리며 빗장을 벗기고 대문을 열자 중년의 배달부가 자전거를 비스듬이 뉘어 자신의 허리춤에 기대 놓고 서 있었다.
"강정길 씨 본인입니까?"
과중한 업무 탓인지 배달부의 목소리에는 짜증이 배어 있었다. 그는 강정길이 미처 대답도 하지 않았는데 손부터 내밀었다. 도장을 달라는 손짓이었다. 그의 다른 한쪽 손에는 쟁반처럼 들려 있는 편지봉투 위에 장기알만한 휴대용 인주곽이 벌써 뚜껑까지 열려 얹혀 있었다.
도장을 받아 새겨진 글자를 들여다 보며 배달부가 다시 물었다.
"강정길 씨 도장입니까?"
그가 그렇다고 대답하자 배달부는 도장에 인주를 묻혀 편지봉투에 붙어 있는 특수 우편물 수령증에 날인했다. 그 시간이 불과 2~3초일 텐데도 발신인에 대한 궁금증 때문에 그는 조바심이 났다.

"어디서 온 겁니까?"

배달부는 대답 대신 봉투에 붙은 수령증을 잡아 떼고 편지를 건네 주었다. 그가 봉투를 들여다보며 발신인을 확인하는 동안 배달부는 벌써 자전거에 올라 앉아 페달을 밟아대고 있었다. 그의 입에서 나온 '수고하셨습니다'는 빈 인사가 되고 말았다.

"뭐가 들었기에 등기 속달로 보냈지?"

그는 대문 안으로 들어서며 마치 옆 사람에게 하듯 소리내어 말했다. 편지봉투는 얼마 전까지만 해도 그가 몸담고 있던 "O" 잡지사의 로고가 인쇄된 것이었다. 등기 속달이라는 우편제도는 그 우편물이 수신자에게 신속하고도 정확하게 배달되게 하기 위한 제도이므로 지금 그의 손에 들려 있는 봉투 속에는 그럴듯 중요한 내용물이 들어 있다는 얘기였다.

'뭐지?'

그는 잔뜩 긴장되었다. 연신 고개를 갸웃거리며 봉투를 뜯는 그의 손조차 가볍게 떨리고 있었다. 뜯긴 봉투 속에서 사연이 적힌 원고지와 함께 밀봉된 또 다른 편지봉투가 나왔다. 우표에 소인이 찍혀 있는 조그맣고 깜찍한 꽃봉투였다. 그것은 그에게 어미 캥거루의 육아낭 속에서 나온 귀여운 새끼 캥거루를 연상시켰다. 그의 급한 눈길이 꽃봉투에서 발신인을 찾았으나 거기에는 발신인이 밝혀져 있지 않았다.

그는 우선 원고지 뒷면을 깨알같은 글씨로 채우고 있는 김연호의 눈에 익은 글씨부터 급히 훑어내렸다. 그가 품고 있는 모든 궁금증들이 그 속에 다 들어 있을 것으로 믿었다.

강형.
요즘 어떻게 지내나? 이곳은 나도 그렇고 최형도 늘 그 날이 그 날이야.
다름이 아니라 주간께서 강형에게 연락을 하라기에 몇자 적는 것인데 주간 말씀인즉 생각지도 않게 한 지기로부터 믿을만한 사람을 추천 좀 해달라는 부탁을 받았다는 거야. 어디라고는 확실히 말씀은 않으시는데 어떤 기관지 편집부에서 사람을 구한다는 거야. 기관지기 때문에 외부 인사들에게 글을 청탁하여 싣는 것은 몇 꼭지 안되고 주로 내부에서 취재를 하여 쓴 글과 자료를 정리하여 싣는 원고가 태반인 모양이네. 때문에 특히 문장력이 있는 사람을 구한다는데 주간 말씀으로는 강형이 그런 일이라도 할 의향이 있다면 추천하겠다고 해. 또 주간 말씀으로는 자기가 천거했다고 해서 꼭 그곳에 취직이 된다는 보장도 없거니와 촌각을 다투는 급박한 상황도 아니라곤 하나 내 생각으로는 만약 강형이 의향만 있다면 이 편지를 받는 즉시 이력서를 가지고 와서 주간을 만나 뵙는 게 좋을 듯해.
곧 만나게 될 테니 다른 얘기는 그때 하기로 하고 오늘은 이만 줄이겠네.

김연호.

*추신 : 며칠 전, 강형에게 온 편지가 있어 동봉하네. 여러 모로 보아 아가씨로부터 온 핑크빛 사연임이 분명해 한잔 얻어먹고서 전해 줄 작정이었어. 아마도 숨겨 놓은 애인인 모양이지? 이런 아가씨를 두고도 강형이 우리에게 그토록 철저하게 내숭을 떤 생각을 하니 어이가 없어. 물론 최형도 괘씸하게 생각하고 있구. 속히 와서 모든 걸 명명백백하게 밝히라구. 하하하.

김연호의 편지를 읽기가 바쁘게 그는 서둘러 예의 그 꽃봉투를 뜯고 알맹이를 꺼냈다. 글씨가 눈에 선, 여자의 필체였다.
'미스 윤인가?'
편지 끝에도 발신인이 밝혀져 있지 않았으나 그는 아무런 근거도 없이 그렇게 중얼거렸다. 순전히 짐작이었던 것이다. 그런데 그 짐작은 적중했다.
그는 바탕에 은은한 연록색으로 꽃무늬가 인쇄된 고급 편지지 위에 펼쳐 놓은 사연을 읽어 내렸다.

강 선생님께.
선생님, 그간 안녕하셨는지요? 선생님을 뵌 지 참으로 오랜 세월이 흘렀습니다. 그 동안 몇 번이나 찾아 뵐려고 생각을 했지만 그때마다 용기가 나지 않아 뒤로 미루곤 하다가 오늘에야 이렇게 글월을 올리게 되었습니다. 선생님, 제가 누군지 궁금하시죠? 선생님께서 "o"잡지사에 취직이 결정되던 날, 어떤 여자 하나를 만났던 일 기억 나세요? 전, 그때 그 미스 윤이예요.
선생님 꼭 한번 뵈었으면 해요. 선생님의 사정이 어떠신지 알아보지도 않고 일방적으로 만날 장소와 날짜를 통보해드리는 점 널리 용서하십시오. 10월 10일(금), 오후 7시(약도 뒷면) 명동에 있는 커피숍 코지코너에서 뵈었으면 합니다.
그럼 뵙는 날까지 내내 편안하시기 빕니다.

강정길은 그녀가 편지지 뒷면에 그린 약도를 보지 않아도 커피숍 코지코너를 잘 알고 있었다. "o"지에 근무하는 동안 청탁 원고를 받기 위해 자주 들르던 곳이었다. 뿐만 아니라 다른 일로도 명동에서 약속을 하는 경우, 가끔 이용했었다.

그는 또 다시 대청에 걸려 있는 괘종으로 눈길을 보냈다. 미스 윤이 통보해 온 시간까지는 아직도 여덟 시간이나 남아 있었다. 또 주인 아주머니는 점심 때가 되기 전에 들어오겠노라고 하고 나갔기 때문에 그것도 염려할 일이 아니었다. 그러나 그는 '왜 하필 오늘이냐' 싶어 은근히 신경을 쓰게 되었다.

그가 혼자서 작정하고 있는 일이었지만 실은 오늘 저녁, 그는 ㄷ출판사 편집장에게 술대접을 할 생각이었다. 돈을 받기로 된 데다가 또다시 일거리를 맡게 되어 있는 날이기 때문이었다.

그가 아르바이트로 ㄷ출판사와 인연을 맺게 된 것은 시 동인지 "풀잎"으로 인한 인연 때문이었다. 동인지의 제작·발행을 위탁한 곳이 바로 ㄷ출판사였던 것이다. "풀잎" 제3집의 교정 때문에 들른 그에게 그곳 편집장이 호의를 베풀었다. 3선 개헌을 반대하는 서명운동의 주동자로 몰려 직장을 잃게 됐다는 얘기를 들었노라며 많은 양은 아니지만 직장이 생길 때까지 일거리를 마련해 주겠노라고 했다. 그가 그 동안 강정길에게 마련해 준 일거리는 매끄럽지 못한 번역 원고를 윤문潤文하는 일이었다. 그렇듯 고마운 사람에게 여태 저녁도 한 끼 대접치 못해 그는 늘 그것이 마음에 걸렸던 것이다. 그래서 일삯을 받는 날이겠다, 술대접 한번 하려던 것인데 꿈에도 생각지 못했던 일이 벌어진 것이었다.

'벼르던 제사에 찬 물도 못 떠 놓는다더니만 하필이면 오늘일 게 뭐야. 그러나 저러나 왜 만나자는 거지?'

그는 방으로 들어가 벌러덩 누우며 궁시렁거렸다. 천장에 미스 윤의 여러 환영들이 나타났다가 사라지곤 했다. 모래바람을 막으려는 투아레그 족처럼 외투 깃으로 얼굴을 가려 눈만 빠끔히 내

놓은 모습이기도 했고, 눈물이 그렁그렁한 얼굴이기도 했고, 눈 덮인 보도 위를 스키 타듯 길게 신발을 끌며 슈프르같은 평행선의 발자욱을 남기는 모습이기도 했다. 그녀의 목소리와 웃음소리도 귀에 생생했다.

그는 그녀를 만나던 날 취직이 결정됐던 것을 상기하며 오늘 받은 그녀의 소식 또한 그렇듯 길조가 아닐까 생각해 보았다. 더구나 "o"지의 주간이 어떤 기관지의 편집요원으로 천거할 의향이 있다는 김연호의 편지와 함께 온 소식이고 보니 그가 그런 생각을 품게 되는 것도 당연했다. 마치 아이들이 까치 소리를 듣고 반가운 손님이 오리라고 기대하듯이.

그는 뉘었던 몸을 일으켜 엉덩걸음으로 책상 앞까지 다가가서 그 위에 던져둔 편지를 다시 한 번씩 읽었다.

그 때 철대문을 가볍게 두드리는 소리가 들렸다. 뒤이어 주인 아주머니의 목소리가 났다.

"총각, 총각!"

"네, 나갑니다."

그가 날렵한 동작으로 대문에 달려가 붙다시피 하며 빗장을 벗겼다.

"혹, 잠들어 있는데 깨운 건 아니우? 새벽녘까지 공불 하는 모양이던데……."

빗장이 벗겨지기 바쁘게 엷은 화장 내음을 풍기며 들어서는 주인 아주머니가 그의 얼굴을 유심히 살피고 나서 말했다.

"아닙니다."

"나 없는 동안에 별 일은 없었수?"

"네. 저한테 편지가 온 것 말구는 아무런 일도 없었습니다."

주인 아주머니의 눈길이 다시 한번 그의 얼굴을 훑었다.

"낯색을 보니 좋은 소식인 모양이구랴? 혹여 애인한테서 온 소식 아니우?"

"원, 아주머니두. 좋은 소식이긴 하지만 그런 소식은 아닙니다."

그는 밝게 웃음지어 보이고 나서 방으로 들어섰다.

흔들리는 마음

　서둘러 자취방에서 나온 강정길은 시장으로 향했다. 시장 안 깊숙히에 자리잡고 있는 해장국집을 찾아가는 길이었다. 술병 난 속을 달래기 위해서가 아니라 점심으로 해장국을 먹을 작정이었다.
　"충청도집"이라는, 있으나 마나 한 간판이 붙은 그 해장국집은 그의 단골이었다. 시장 사람들을 상대로 하는 집이어서 값도 헐하거니와 양 또한 많았다. 뿐만 아니라 주인 노파의 음식 솜씨가 맛깔스러워 외려 고급 음식점보다도 나았다. 때문에 그는 씻거나 끓이는 게 귀찮으면 그곳으로 달려갔고 연탄불이 꺼져도 찾곤 했다. 대문을 나서면 5분도 채 안 걸리는 가까운 곳에 위치한다는 점도 그 집을 단골로 만들게 한 이유 중의 하나였다.

추석을 쇤 지도 벌써 두 파수나 지나서인지 시장은 썰렁한 분위기였다. 그러나 "충청도집"만은 그런대로 북적거렸다. 점심 식사를 하는 축들이 있는가 하면 낮술을 마시는 축들도 있었다. 또 불콰해진 얼굴을 하고 국솥이 올려져 있는 화덕을 둘러싸고 선 채로 입정을 놀려대는 축들도 있었다.

그는 들어서면서 해장국을 시키고는 화덕을 둘러싸고 서 있는 축들의 뒤에 난 빈 자리에 앉았으므로 자연 그들의 얘기가 낱낱이 귀에 들어왔다.

한 사내가 말했다.

"이번 투표엔 공술 먹을 일이 없겠지?"

"생길지도 모르지. 공화당에서 찬성표 찍으라고 돈을 뿌려댈 수도 있으니까."

그들이 말한 투표는 개헌안 국민투표를 말하는 것이었다. 그의 귀는 그 소리에 민감하게 반응했다.

"오밤중에 여당 국회의원들만 모여 육 분만에 삼선 개헌안을 통과시킨 실력인데 술은 뭔 술!"

"이 사람아, 그러니까 국민들한테 찬성표를 많이 얻어야 하고 또 그러기 위해 돈을 풀 게 아닌가! 왜 내 말이 틀려?"

"여보게들 정신차리게. 거 시시껄렁한 얘긴 집어 치우고 재미난 얘기나 하자구."

다른 사내가 강정길을 눈짓으로 가리키며 화제를 돌렸다. 시장 사람이 아닌, 낯선 양복쟁이를 경계하는 것이었다. 그러고는 한동안 걸쭉한 음담패설이 이어졌다.

화덕을 둘러싸고 있는 사내들이 놀려대는 입길은 끝이 없었다.

어떤 과부와 정을 통하다 마누라에게 덜미를 잡힌 한 사내가 그들의 도마 위에 오르기 시작했다.
"과부가 먼저 꼬리를 쳐댔대니까 김씨를 나무랄 수도 없지."
"말이 그렇지. 김씨가 먼저 찍접대잖았어도 과부가 꼬리질을 했을까."
"그건 모르는 소리야. 여자가 사내를 굶으면 남자는 내다 앉으라는……."
"아무리 그럴라구."
"허, 이 사람. 뭘 몰라두 한참 모르는구먼. 내 재밌는 얘기 하나 해 줄까? 우리 고향에, 지금은 없어졌지만 '효불효다리'라는 다리가 있었는데……."
"뭔 다리?"
"효자다리라고 해야 되느냐, 불효자다리라고 해야 되느냐 판가름이 나질 않아서 붙게 됐다는 다리 이름인데, 그 '효불효다리'에 재미난 얘기가 있거든."
그는 자신도 모르게 숟갈질을 멈추고 얘기를 늘어 놓는 사람에게로 눈길을 보냈다. 감색 점퍼 차림인 40대 중반의 그 사내와 눈길이 마주쳐 그는 무렴한 웃음을 흘리며 고개를 내리 박고 말았다. 그러나 귀만은 계속 그 쪽에 머물러 있었다.
감색 점퍼가 늘어 놓은 얘기는 다음과 같았다.
옛날, 강가에 한 과부가 살았다. 그 과부에게는 힘깨나 쓰는 총각 아들이 하나 있었다. 그런데 과부는 밤마다 그 아들이 잠들기를 기다렸다가 강 건너 마을로 가서 새벽녘에야 돌아오곤 했다. 그러던 어느 날, 과부의 그런 짓이 아들에게 발각되고 말았다. 아들은 깊은 밤에 강 건너 마을에 갔다가 이튿날 새벽녘에야 돌아오곤 하는 어머니의 행동이 수상하여 그 뒤를 밟은 것인데 뒤따라 가보고 나서야 그곳에 자기 어머니와 정을 통하는 사내가 있다는 것을 알게 된 것이다. 그 뒤, 아들은 아들대로 어머니 몰래 큰 돌들을 강으로 날라다 놓곤 하였다. 그리곤 얼마 동안 그렇게 날라다 놓은 돌로 징검다리를 놓았다. 징검다리가 완성되자 그 뒤로 과부는 옷을 벗지 않고도 강 건너 마을을 다녀올 수가 있게 되었다. 그런데 세상에 비밀은 없는 법이어서 그런 사실이 입에서 입으로 전해져 동네 사람들이 모두 알게 되었다. 그러자 동네 여론이 둘로 나뉘게 되었다. 한편에서는 그 징검다리를 놓은 아들을 칭찬했고, 다른 한편에서는 욕을 했던 것이다. 칭찬하는 축은 과부 어머니를 위해서 다리를 놓았으니 효자라는 것이었고, 욕하는 축들의 주장은 죽은 아버지를 생각한다면 어떻게 그런 짓을 할 수가 있느냐며 불효라는 것이었다. 그래서 다리 이름을 효자 다리라고 부르는 사람들이 있는가 하면, 불효자 다리라고 부르는 사람들이 있었던 것이다. 그러나 그 주장들에 똑같이 일리가 있었으므로 다리 이름이 '효불효다리'가 됐다는 얘기였다.

"자네들 같으면 그 다리 이름을 뭐라고 부르겠나?"

감색 점퍼의 질문에 모두들 '효자다리'로 불러야 된다고 대답했다. 그러나 깡마른 얼굴에 도수 높은 안경을 낀 사내가 잠시 여짓거리고 나서 입을 열었다.

"그런데 그 얘기, 잘못된 거 아냐?"

"잘못되다니?"

감색 점퍼의 키운 눈에서 검은 단추처럼 똥그란 눈동자가 반들거렸다.

"홀애비가 바람이 나 밤마다 강을 건너다니고 그 아들이 징검다리를 놔야 되는 거 아니냐구."

모두들 거침없는 웃음을 쏟아냈다. 웃음 끝에 감색 점퍼가 핀잔을 주듯 말했다.

"엎어치나 메치나 마찬가지 아냐!"

"마찬가지가 아니지."

"그러니까 자넨 아까 그 김씨 얘길 하려는 거지? 김씨가 먼저 찝적거려서 벌어진 일이란 말이잖아!"

"내 얘긴 김씨 사건도 사건이지만 아무리 과부라도 여자 쪽에서 어떻게 매일같이 사내를 찾느냐 이거야."

안경이 지지 않고 대거리를 했다.

"여자가 남자들보다 더 독한 거 몰라? 그리고 이치도 그렇잖냐 말야. 굶는 사람이 몸달지 주는 사람이 몸달아 찾아 다니는 거 봤어?"

감색 점퍼도 물러서지 않았다. 그러자 이번에는 그 옆의 대머리가 나섰다.

"아따, 이 사람들 이러다 쌈 나겠군. 이제 그 얘긴 그만두라구. 기왕에 과부 얘기가 나왔으니 하는 말인데 과부한테는 뭐니 뭐니 해도 육보시가 최곤 거야."

또 다시 사내들은 웃음보를 터뜨렸지만 해장국집 노파는 이맛살을 찌푸렸다.

"아니, 대포 한잔씩들 했으면 나가서 장사들이나 할 일이지…… 장사들은 아예 작파했어?"
 "손님이 있어야 장사를 하든지 보시를 하든지 하지요."
 대머리가 대꾸를 하자 이번에는 노파가 발끈해서 소리쳤다.
 "저, 저놈의 입정! 사내들이란 모이기만 하면 그저…… 아니, 그래 그놈의 육두문자 아니면 할 얘기가 없냐구!"
 "할 얘기는 많지만 어디 세상이 그렇습니까. 그리구 말이야 바른 말이지, 이 세상 보시 중에 육보시 따를 게 어딨으며 문자 중에 육두문자 당할 문자가 어딨습니까?"
 "또 저놈의 입정! 어여들 나가! 나가서 한 푼이라도 벌 궁리를 해! 어여 못 나가?"
 노파는 출입문까지 드르륵 열어 젖히고 사내들을 몰아냈다. 그들이 우루루 밀려나간 뒤에도 그녀는 못마땅한 마음이 냉큼 가셔지지 않는지 계속 궁시렁거렸다.
 그는 해장국 뚝배기를 깨끗하게 비운 뒤 물을 청해 우물우물 입안을 헹구고나서 담배를 피워 물었다. 그리고는 아까 그 사내들의 얘기를 듣다가 잠시 떠올렸던 생각을 되펼쳐 놓았다.
 '그럴지도 모르지.'
 속으로 뇌까리는 그의 눈 앞에 미스 윤의 환영이 떠올랐다. 그는 그녀가 자신을 성적 대상으로 삼기 위해 만나자는 것이 아닌가 생각했던 것이다. 미스 윤의 환영은 그녀가 알몸이 되어 강을 건너는 모습으로 바뀌었다. 그는 도리질로 그 환영을 지웠다.
 '도대체 왜 날 만나자는 거지?'
 만남을 요구하는 행위는 그것이 무엇이든 어떤 필요에 의한 것이라고 그는 생각했다. 그의 생각은 계속해 가지를 벋어 나갔다.

'미스 윤에게 내가 왜 필요한가?'

그는 자리에서 벌떡 일어섰다. 자신의 부질없는 생각들을 떨쳐 버리기 위해서였다.

해장국집에서 나온 그는 버스 정류장으로 발길을 옮겼다. 월간 "ㅇ"지 주간을 만나려는 것이었다. 그곳에서 볼일을 마치면 ㄷ출판사로, 그리고 ㄷ출판사에서 볼일을 마친 뒤에는 미스 윤을 만나러 갈 예정이었다.

그가 커피숍 코지코너에 도착된 것은 여섯시 10분이었다. 찾아 간 곳마다 일이 너무 빨리 끝났기 때문이었다. 아니, "ㅇ"지 주간을 찾아 간 일은 헛걸음질이 되고 말았다. 주간이 조모상을 당해 고향으로 내려갔던 것이다. 삼우재를 지내고 곧장 올라온다 해도 앞으로 1주일 뒤가 되는 것이었다.

ㄷ출판사의 볼일은 다 본 셈이었으나 그곳 이부일 부장도 마침 출타중이어서 만날 수가 없었다. 그는 강정길에게 줄 윤문료와 새로운 윤문거리 그리고 간단한 메모를 직원에게 맡겨 놓고 자리를 비운 것이었다. 그가 남긴 메모의 내용은 귀사 시간이 부정확하므로 기다릴 필요가 없다는 것이었다. 그러나 강정길은 혹시나 해서 묵은 신문까지 뒤적이며 시간을 보냈으나 허사였다. 미스 윤이 만나자는 시간이 되려면 한 시간도 넘게 여유가 있었다. 하지만 남의 사무실에 너무 오래 죽치고 앉아 있기가 민망해 나온 것이었다.

커피를 시켜 놓고 앉아, 50분이라는 짧지 않은 시간을 어떻게 보내나 걱정을 하고 있는데 그때 뜻하지 않게 미스 윤이 나타났다. 그도 또 그녀도 다같이 깜짝 놀랐다. 시계를 잘 못 봤나 싶어 손목시계부터 들여다 보는 그에게 그녀가 물었다.

"강 선생님, 제가 시간을 일곱 시로 적어 보냈는데 혹시 여섯 시로 착각하신 거 아닌가요?"

"일곱 시가 맞아요. 난 일이 묘하게 되어 시간 보낼 데도 없구해서 일찍 와 앉았지만……."

"어머머, 어쩌면! 저랑 마찬가지네요."

그녀는 한참 깔깔거리고 나서 다시 잰입을 놀렸다.

"선생님하고 전 뭐가 잘 맞는다아. 전에 언젠가 저한테 그런 얘길 하셨지요? 그게 뭐드라, 왜 있잖아요? 물감 떨군 종이를 접으면 양쪽에 똑같은 그림이 만들어지는 거요."

"아, 데칼코마니. 그런 얘길 했지."

"그래요. 데칼코마니랬어요. 글쎄 제 머리가 이렇게 나쁘다구요."

무슨 자랑이라도 하듯 말하고는 그녀가 다시 한참 동안 깔깔깔깔 웃어댔다. 그러고는 태도를 돌변시켜 입을 꼭 다물었다. 그 침묵상태가 어색해 그가 말문을 열었다.

"전에도 미인이었지만 그 동안 한층 더 예뻐졌습니다."

어색한 분위기를 깨려고 한 말이긴 했으나 맘에 없는 말은 아니었다. 그러나 입에 발린 칭찬처럼 들릴까 염려스러워 그는 다시 입을 다물고 말았다.

"그때는 제 몸도 그렇고 마음도 그렇고, 전혀 편칠 못했거든요."

다행하게도 그녀가 자연스레 얘기를 받아 이었다.

"그런데 선생님은 전보다 훨씬 못해지신 것 같네요. 전처럼 재미있는 말씀도 안해주시고요. 일이 고되신 모양이죠?"
 그는 멋적게 웃어 보인 뒤 바닥에 깔리듯 남아 있는 싸늘한 커피로 입을 축였다. 그러고 나서 내키지 않는 말을 꺼냈다.
 "난 신역이 아주 편해졌습니다."
 "그런데 어째 얼굴은……."
 "군댓살이 빠져서 그렇겠죠. 그리고 참, 까딱했더라면 나 오늘 못 나올 뻔했습니다."
 "바쁘시면 안 나오셔도 되는데…… 제가 일방적으로 정한 거잖아요."
 "그런 게 아니고 내가 그 잡지살 그만 뒀거든요. 그러니까 편지를 오늘 이후에 전해 받았을 수도 있고 또 못 받을 수도 있었지요."
 "어머, 왜 그만두셨어요?"
 "얘길 하자면 길어서."
 시간이 흐르자 그녀와 마주한 자리가 차츰 익숙해져 그의 입에서는 전처럼 반말이 섞여져 나오기 시작했다.
 "그러면 제 편진 어떻게 받으셨어요?"
 "그곳 친구가 보내줘서 받았거든. 오늘 점심 때 등기속달로."
 "그랬군요. 전 그런 걸 까맣게 모르고……."
 "그 친구가 속달로 보내지 않았더라면 오늘 못 받아 볼 뻔했지요. 그랬으면 사정도 모르고 미쓰 윤이 날 얼마나 욕했겠어. 안 그래요?"
 "제가 왜 선생님 욕을 해요. 제가 일방적으로 한 약속, 아니 그러니까 약속이 아니지요. 그런데 제가 어떻게 선생님 욕을 할 수가 있겠어요?"

"욕은 안하더라도 서운해하긴 했을 테지. 그건 그렇고 아직도 집안 식구들과 연락을 않고 지내나요?"
 그는 아까부터 궁금했었으나 입을 떼기가 거북했던 질문을 했다.
 "언니랑은 두어 달 전부터 연락을 하고 지내요. 언니한테 얘기 다 들었어요. 언니가 강 선생님께 큰 실수를 했다고. 언제 기회를 만들어 사과를 올리겠다고 전하랬어요. 우리 언니, 참 착한 사람이에요. 용서하시겠죠?"
 짙은 밤색 파글란 코트를 입었던, 우아한 느낌이 강한 그녀의 얼굴을 떠올리며 그가 온화한 얼굴로 말했다.
 "용서는 무슨 용서, 동생 행방이 묘연하니까 그런 의심도 생기는 게 당연하지."
 "강 선생님, 우리 옛날 그 집에 가요. 그 때 갔던 그 술집요. 그러잖아도 제가 술대접하려고 했거든요."
 그가 빙긋이 웃고 나서 혼잣말처럼 했다.
 "취직 됐다고 축하주 얻어 마신 게 엊그제 같은데 그 동안에 실직자가 되어 오늘은 위로주를 얻어 마시게 됐군."
 "그러고 보니 강 선생님하고 저하고는 보통 인연이 아니네요. 어서 일어나세요."
 그가 그녀를 따라 일어서며 말했다.
 "위로주보담은 축하주를 마시는 게 낫잖을까? 뭐 축하받을 일 없어요? 이번에는 내가 살 테니까."
 "전혀 없어요."
 밖으로 나온 그가 그녀와 어깨를 나란히 하며 말했다.

"날 만나자고 한 용건이 혹 축하받을 일인가 했는데."
"그런 용건이면 좋게요?"
그는 그녀의 대답을 듣고 나서 '나를 만나자는 이 여자의 용건이 뭔가' 하고 다시 생각하기 시작했으나 도저히 짐작도 할 수가 없었다.
"그럼 뭔 용건일까?"
"선생님을 만나 뵙고 싶었던 게 용건이라고 하면 믿으시겠어요?"
"믿고는 싶지만 믿을 수가 없군요."
"그건 어째서죠?"
"거짓말이니까."
"어머머, 선생님은……."
그녀가 곱게 흘긴 눈으로 그를 바라보았다. 남의 맘을 몰라도 그렇게 모를 수가 있느냐는 힐난의 눈길 같았다. 그러한 그녀의 눈길에서 그는 강한 성적 매력을 느꼈다.
'그래, 이 여자는 나한테서 죽은 자기의 남자를 느끼고 싶은 거야.'
그가 이런 단정적인 생각을 하고 있을 때 그녀가 왼팔로 그의 오른팔을 휘감듯 끼며 새처럼 빠르게 입을 놀렸다.
"선생님, 이래도 되죠? 보세요, 남들은 다들 팔을 끼고 다정하게 걷는데 우리만 안 그러니까 이상하잖아요. 싫으세요?"
"싫긴, 싫을 리가 없잖아?"
그가 입가에 웃음을 지어 보였다. 그러면서 그는 속으로 뇌까렸다.

'나도 네가 필요하다.'
　그의 눈 앞에는 해장국집에서 그려보았던 환영이 다시 나타났다. 그녀가 알몸으로 강을 건너는 모습이었다. 그때, 묘하게도 그녀가 마주오는 행인을 피하기 위해 몸을 트는 바람에 왼쪽 젖가슴이 그의 팔뚝에 와 눌렸다. 비록 옷을 사이에 둔 접촉이었으나 강정길, 아니 건강한 노총각의 성충동을 유발시키기에는 충분한 것이었다.

엉뚱한 오해

 강정길의 얼굴은 술이 들어갈수록 자못 심각해졌다. 마치 술로 삭이려는 괴로움이 외려 술로 인해 더욱 팔팔하게 되살아나고 있는 듯했다. 적어도 미스 윤의 눈에는 그렇게 보였다.
 "어서 드세요. 밝은 날이 오겠죠. 안 그래요?"
 뜬금없는 미스 윤의 한 마디에 그는 마치 바늘에라도 찔린 사람처럼 숙였던 고개를 쳐들고 멋쩍은 웃음을 흘렸다. 사실 그는 그녀가 얘기한 내용이 무엇인지를 알지 못했다. 그렇듯 골똘한 생각에 묻혀 있었던 것이다.
 그 '골똘한 생각'이란 자신의 성적 욕구를 해결하기 위한 방법에 관한 것이었다. 젊은 여성이 젊은 남성의 육체를 요구하는데 그것을 외면한다는 것은 속된 말로 받아 놓은 밥상을 물리치는 것과 다르지 않다는 생각을 이미 굳혀 놓고 있었던 것이다. 그녀에게 남편이 있는 것도 아니요, 또 자신도 아내가 있는 몸이 아니고 보면 두 남녀가 서로 성적 욕구를 해결한다는 것은 지극히 자연스러운 일이라고 생각한 것이었다. 서로의 필요에 의한 육체 결합이요, 게다가 둘 다 유부녀와 유부남이 아니니 그 육체 결합을 음행淫行이라 할 수는 없다는 생각이었다. 그런 생각에 골똘해 있을 때 그녀의 목소리가 의식됐던 것이다. 그 소리가 새떼를 후리듯 그의 생각들을 일시에 날려버렸다.
"지금 나한테 뭘 물었었나?"
"뭘 물은 게 아니라 살다보면 밝은 날도 많단 얘기였어요."
인생의 쓴맛 단맛을 다 본 사람같은 그녀의 말투에 그는 그냥 웃을 수밖에 없었다.
"뭔 생각을 그렇게 열심히 하고 계셨어요?"
"대답할 수 없음."
그의 분명한 대답에 그녀가 눈을 키우며 물었다.
"어머, 왜요?"
"거짓말을 하게 될지도 몰라서……. 오악이란 말 들어봤겠죠?"
"아뇨, 그게 뭔데요?"
"불교에서 다섯 가지 계율을 어기는 악한 일을 오악이라고 하는데……"
그의 목소리는 홀 안의 소음에 묻힐 듯 묻힐 듯하며 간신히 이어지고 있었다.
"그 첫째가 살생이고 둘째가 투도, 즉 도둑질이고 셋째가 사음이고……"

"사음은 뭐예요?"

그녀가 그의 얘기를 중동무이 되게 했다.

"자기 아내나 남편이 아닌 사람과 음행을 저지르는 것."

"넷째는요?"

"망어라고 해서 진실치 못한 허망한 말, 즉 거짓말을 뜻하는 것이고, 다섯째는 지금 우리가 하고 있는 일."

"지금 우리가 하고 있는 일이라뇨?"

"음주."

"그럼 술 마시는 것도…… 아니, 술 마시는 것도 살생하는 거랑 도둑질하는 거랑 아내나 남편 있는 사람이 다른 남자나 여자랑 바람 피우는 일처럼 그렇게 나쁜 일이란 말예요?"

"그렇다고 돼 있다구."

말을 마치고 난 그는 마치 어깃장이라도 부리듯 대폿잔을 들어 입에 붙였다. 술을 넘기는 그의 목울대가 서너 번 오르내렸다. 그는 반쯤 남은 대폿잔을 내려 놓으며 입을 열었다.

"날 만나자는 건 나를 필요로 한다는 얘긴데 세상에 날 필요로 하는 사람도 있구나 생각하니 기쁘더군."

그녀는 적면증에라도 걸린 사람처럼 바알갛게 물들인 얼굴에 웃음만 가득 띤 채 아무런 말도 하지 않았다. 빤히 쳐다보고 있는 그의 시선이 부담스러웠는지 그녀는 자신의 빈 잔으로 눈길을 떨구며 말했다.

"제 잔도 좀 채워 주세요."

"일부러 따르지 않고 있는데…… 괜찮을까?"

"석 잔밖에 안 마셨는 걸요."

"아니, 석 잔이 적은 술이 아닌데."

"저 이래 봬도 술 잘 마신다구요."

그는 염려스러운 눈으로 그녀의 상기된 얼굴을 쳐다 볼 뿐 잔 채울 생각을 않았다.

사실 말이 쉬워 석 잔이지 대폿잔으로 석 잔이라면 한 되 가까운 양이었다.

"전엔……."

"전에도 술 잘 마셨다고요. 그리고 전엔 이렇게 얼굴이 달아오르지 않았었어요. 냄새만 풍기지 않으면 술 마셨다는 걸 아무도 눈치채지 못했다고요. 그런데 체질도 세월 따라 변하더라고요. 제 얼굴, 흉하게 붉어요?"

그녀의 물음에 그는 대답 대신 큰 소리로 웃어주었다. 2년 남짓한 기간을 거창하게 '세월'이라고 말한 것에 대한 반응이었다.

"보기 흉해요?"

"흉하진 않지만 술을 마셨다는 건 역력해요. 전엔 술을 못했던 걸로 기억하는데."

"오히려 전보다 술이 줄었어요. 나이 탓인가 봐요."

그는 소나기 웃음을 쏟았다. 그리고 웃음 끝에 입을 열었다.

"세월이니 나이니 하니까 마치 할머니 얘길 듣고 있는 기분이군."

"이 년쯤 되는 기간이지만 제겐 십 년도 훨씬 넘는 것 같아요. 십 년이 뭐예요, 이십 년도 더 되는 것 같다고요. 참으로 괴로웠어요."

그녀의 얼굴에 짙은 그늘이 드리워졌다. 그 그늘로 그녀가 그동안 얼마나 신산한 삶을 살았는지 능히 짐작할 수가 있었다.

그가 그녀를 위로해 줄 양으로 말했다.

"아까 미쓰 윤이 그랬잖아? 살다 보면 밝은 날도 많다고. 자아, 술이나 들자구."

그가 그녀의 빈 잔을 채웠다. 그녀는 잔이 차기 바쁘게 양 손으로 받쳐들고 입으로 가져가 약 마시듯 오랫동안 마셨다. 그는 그 모습을 지켜보며 속으로 뇌까렸다.

'그래, 어서 마셔라. 그리고 취한 혀로 말해라. 나의 육체가 필요하다고. 그러면 나도 말하마. 나도 네 육체가 필요하다고.'

그녀가 술대접을 비워 내려 놓았으나 그의 눈은 아직도 그녀의 얼굴을 훑고 있었다. 바알갛게 상기된 얼굴에 엷게 스민 우울기가 그에게는 고혹적인 아름다움으로 느껴졌다.

그는 초조했다. 심장의 박동이 고막을 두드려댔다.

'뭐라고 말할까? 너와 단 둘이서만 시간을 보낼 수 있는 곳으로 자리를 옮기자고 할까? 그 동안에 새 애인이 생겼느냐고 물어볼까? 아냐, 아무 말도 필요 없어.'

그는 탁자 위에 올려진 그녀의 손을 바라보았다. 고막을 울려대는 심장의 박동은 한층 더 격렬해졌다. 가늘고 긴 손가락 끝의 진분홍 매니큐어가 영산홍으로 그의 뇌리에서 소담스레 꽃을 피우고 있었다.

'꽃은 벌을 부르고 벌은 꽃을 찾는 거야.'

그의 손이 안주 접시 위를 지나 그녀의 손등에 살포시 내려 앉았다. 순간 그녀의 손이 움찔 굳어졌다. 그 움찔거림에 그의 손은 반사적인 힘을 냈다. 마치 달아나는 것을 쫓으려는 추적 본능과도 같은 것이었다. 그녀의 손등을 누르고 있던 그의 손은 이제 완전히 그녀의 손을 쥐고 있었다. 주변의 시선을 의식한 그녀가 손을 탁자 밑으로 옮겼으므로 그 손을 놓치지 않으려는 그의 팔이 탁자 위에서 크게 활을 그렸다.

탁자 밑에서 마주잡고 있는 둘의 손바닥에 땀이 배어 축축해졌다. 그녀가 강렬한 시선으로 그의 눈을 쏘아보며 물었다.

"강 선생님, 애인 있으시죠?"

뜻밖의 질문을 받고 당황해진 그의 손에 힘이 빠졌다. 이제는 그녀의 손에 그의 손이 잡혀 있는 꼴이었다. 그는 대답 대신 고개를 흔들어 보였다.

"정말이세요?"

계속된 그녀의 질문에 그는 이번에도 고개만 끄덕였다. 그녀가 손에 힘을 뺐으므로 둘의 손은 자연스럽게 풀어졌다.

"그럼 제가 중신할까요?"

"……"

"졸업반인 여대생이에요."

그가 쓰다 달다는 말 없이 애매한 웃음만 띠고 있자 그녀가 다시 확인했다.

"정말로 애인 없어요?"

"왜, 애인이 있는 것 같아서?"

"강 선생님같은 미남에게 아직 애인이 없다는 게 이상하잖아요. 군에 계실 때 다른 남자와 약혼했다는 그 여잘 아직도 못 잊으시나봐?"

그가 세차게 도리질을 했다. 그러나 그것은 진실이 아니었다. 그의 뇌리에는 떠난 여자의 모든 것들이 너무나도 깊이 각인되어 있었다. 오랜 풍상 속에서도 마모되지 않는 비문처럼. 그러나 그 여자 때문에 다른 여자를 사귈 수 없다거나 더욱이 독신을 고집할 생각은 추호도 없었다. 오히려 복수심으로 당장에 여봐란 듯이 결혼식을 올리고 싶은 심정이었다. 아니, 남의 여자라도 뺏고 싶은 그런 심정이었다.

"강 선생님, 주소 좀 알려 주세요."

"주소?"

"네, 제가 연락을 드리려면 편지를 보낼 수밖에 없잖아요? 저한테도 연락할 전화가 없으니까. 미국 같은 나라는 한 집에서 전화를 몇 대씩 놓고 산다던데 우리는 전화 한 대 따내기가 하늘에 별 따기 보담도 어려우니……. 주소 좀 적어 주세요."

"날 만나자고 한 게 여자 소개시켜줄려고 그런 거야?"

"그 생각은 조금 전에 한 거예요. 실은 제가 소설을 한 편 썼거든요. 소설이라고 쓰긴 썼는데 이런 것도 소설이 되는 건지 한번 봐주십사는 부탁 드릴려고요."

그는 일시에 맥이 탁 풀리는 것을 똑똑히 느낄 수 있었다.

"소설가도 아닌 내가?"

"그렇지만 시인이시잖아요."

그녀가 자신의 왼쪽 빈 의자에 놓았던 핸드백을 집어들고는 딸깍 쇠를 풀었다.

"난생 처음 써본 소설이예요."

그녀가 핸드백에서 꺼낸 원고묶음을 내밀며 말했다. 그녀로부터 받아든 원고에서 꽤 짙은 화장품 냄새가 풍겼지만 이제는 그 냄새도 그를 성적으로 자극하지는 못했다. 그의 가슴은 썰물로 드러난 개펄처럼 스산했다.
'이 여자가 날 만나자고 한 용건이 바로 이거였군.'
그는 허탈한 웃음을 웃고 나서 풀기 없는 목소리로 말했다.
"읽어는 보겠지만 미쓰 윤에게 도움을 주게 될지 모르겠군."
"연락 드릴 수 있는 주소 좀 가르쳐 주세요."
핸드백에서 수첩과 볼펜을 꺼내 든 미쓰 윤의 눈길이 그의 입에 머물렀다.
그가 불러주는 주소를 받아 적고 나서 그녀가 다시 한 마디 했다.
"제가 강 선생님께 소개하려는 여자, 아주 괜찮은 여자예요. 기대하셔도 된다고요. 되도록이면 빠른 시일 안에 연락 드릴께요."
"……."
"솔직하게 털어 놓는 건데요, 만약 제가 남들처럼 제대로 배운 게 있고 또 강 선생님께서도 알고 계시는 그런 과거만 없었다면 강 선생님을 절대로 남에게 소개시킬 생각은 않았을 거예요."
그녀의 목소리가 술기에 젖어 있긴 했으나 어눌한 편은 아니었다. 맘속에 지니고 있던 말이기 때문인 듯했다. 그녀의 얘기는 계속되었다.
"강 선생님, 전 이제 그만 일어나야겠어요. 생각 같아선 밤새도록 취하고 싶지만요, 남의 밥을 먹는 처지라 너무 늦게 들어가면 눈치가 뵈걸랑요. 편지 드릴께요."
"그렇다면 일어나야지."
핸드백을 들고 일어서는 그녀를 따라 그도 어쩔 수 없이 일어났다.

용단 勇斷

 '누운 소를 탔다'는 속담은 일을 아주 쉽게 이루었을 때 쓰는 말인데 이번 강정길의 취직이야말로 누운 소를 탄 것이나 진배없었다.
 그가 새 직장인 "B"지 편집부의 한 책상을 얻게 된 것은 어제의 일이었다.
 어제 아침, 그는 "O"지 주간을 찾아 갔었다. 그가 나타나자 주간은 인사조차 받는둥 마는둥 하고 취직에 관한 얘기부터 꺼냈다. 재무부 산하기관에서 발행하는 기관지 편집부에서 사람을 하나 구하는데 의향이 있느냐는 것이었다.
 "제 입장으로는 감지덕지입니다."
 그는 하던 얘기를 멈추고 잠시 여짓거리다가 계속해 말했다.

"혹시 지난번에 있었던 그 일 때문에 저쪽에서 절 꺼리지 않겠습니까?"

그 일이란 3선 개헌 반대 서명운동을 가리킨 것이었다. 물론 주간도 그 일이라는 게 무엇을 뜻하는 것인지 냉큼 알아차렸다.

"그 일이야 당국에서 일단 접어두기로 한 일이 아닌가. 난 지리산 공비토벌 때 전사한 자네 부친 음덕으로 그 일이 완전하게 잘 풀린 것으로 알고 있네."

"그렇습니까?"

"그때 내가 만난 형사의 얘길세."

"하지만……."

"하지만 어떻단 말인가? 왜, 무슨 문제라도 있나?"

"아, 아닙니다."

"그러면 됐네. 3선 개헌 반대 서명운동자라고 써 붙이고 다닐 것도 아닌데 뭔 걱정인가. 내가 추천서를 써줄 테니 그걸 갖다 주면 돼. 그리고 그 일에 관해선 시치미 뚝 떼고 있으면 되는 거야. 이력서에단 우리 잡지사에 정식 기자로 근무 했다고 밝히지 말고 임시 사원으로 있었다고 쓰게. 그래야 내가 저쪽에다 말하기가 좋으니까, 뭔 뜻인지 알겠지?"

그 추천서의 내용은 간단했다. 강정길이 임시 사원으로 "O" 잡지사에 1년 반 정도 근무했다는 것과 그 동안 겪어본 결과 매우 성실하며 문장력이 뛰어나다는 것, 그리고 자기가 책임지고 천거하니 선처 바란다는 것이었다.

그에게 그 추천서와 이력서를 받아 꼼꼼히 훑어본 "B"지 편집 부장은 마치 지정좌석표를 받아 든 안내인이 자리를 찾아주듯이,

그렇듯 간단하게 빈 자리를 가리키며 말했다.

"우선 저 끝 빈 책상을 쓰시오. 며칠 후 전체적으로 좌석 배치를 다시 조정할 예정이오."

"오늘부터 근무합니까?"

"왜, 바쁜 일이라도 있소?"

"그렇진 않습니다만 이렇게 빨리 결정될 줄은 몰랐습니다."

"그럼 내일부터 근무하는 걸로 하시오."

"아닙니다. 일거릴 주시면 오늘부터 근무하겠습니다."

"그럼 오늘은 우리가 만드는 게 어떤 잡진지 그 성격이나 파악한 뒤 일찍 퇴근하시오."

편집부장은 사환을 시켜 지난 달치들을 한데 철한 보관본을 가져오게 하여 그에게 건네주며 말했다.

"기관지가 돼 놔서 상업지처럼 아기자기한 맛은 없지만 그 대신 상업지처럼 경쟁지가 있는 게 아니니까 그다지 골치 아픈 일은 없을 거요."

"부장님, 여러분에게 인사부터······."

"아, 그렇지! 내 정신 좀 봐."

편집부장은 무렴함을 날리려는 듯이 한바탕 너털웃음을 웃고 나서 그가 제출한 이력서를 펼쳐 들고 죽 읽다시피하고는 편집부 직원들을 하나 하나 소개했다. 소개가 끝난 뒤 제 자리로 돌아온 그는 "B"지 과월호過月號들을 대충 검토하고 나서 사무실을 빠져나왔다.

이틀 째가 되는 날이었다. 아직 새달치의 잡지 일이 시작되지 않아 그는 오늘도 묵은 잡지를 뒤적이는 일로 하루를 보냈다. 신입인 주제에 일이 없다고 다른 직원들처럼 외출을 하기도 민망하고 신문을 보자니 눈치가 뵈고 그렇다고 다른 직원들의 얘기판에 끼어 들기도 쑥스러워 하루 종일 그야말로 절에 간 새색시 꼴로 책상을 지키느라고 엉덩이가 무를 지경이었다. 그런 판국에 퇴근시간을 맞이했으나 그렇다고 냉큼 사무실을 빠져 나올 수도 없는 노릇이었다. 퇴근에도 '신입'이라는 딱지가 걸리적거렸다. 그래서 이때나 저때나 하고 눈치를 살피고 있자니 하나둘 씩 사무실을 빠져 나가고 남은 인원이 그를 포함한 3명이었다. 그 중 하나는 사환 아이였고 다른 하나는 책상의 위치로 미루어 고참에 속하는 것 같았다.

강정길이 그에게 먼저 퇴근하겠다고 인사를 하고 나갈까 망설이고 있는 참인데 그가 읽던 신문을 접어 놓고 자리에서 일어서며 말을 걸었다.

"강형이라고 하셨던가요?"

"네, 강정길입니다."

강정길은 그의 성씨가 뭔지 도통 생각이 나지 않아 은근히 켕기는 마음이었다. 혹 얘기를 나누다가 호칭을 쓸 경우가 생긴다면 어쩌나 싶었던 것이다. 그런데 다행하게도 그가 강정길의 그런 속마음을 헤아리기라도 했는지 자신의 성명을 밝혔다.

"난 최명남이오. 강형, 오늘 뭔 약속이라도 있습니까?"

"없습니다."

"그럼 나하고 대포 한잔 나눌 수 있겠습니까?"

"물론입니다. 제가 사겠습니다."

"술 얘길 꺼낸 건 나요. 어쨌든 나갑시다."

강정길이 최명남의 뒤를 따르며 말했다.

"신고주라는 게 있잖습니까. 그러잖아도 언제 신고줄 내려던 참인데······."

앞장서서 걷던 최명남이 걸음을 멈추고 놀란 눈으로 뒤돌아 보며 물었다.

"나한테요?"

"그게 아니라 우리 편집부 전원에게 신고식을 겸해서 술 한잔 내려고 했단 얘깁니다."

그의 말에 최명남은 놀란 표정을 풀고 다시 앞장서서 걸었다. 마치 자신의 큰 키를 자랑이라도 하듯 긴 다리로 성큼성큼 걷는 것이었다.

그는 보폭을 넓히고 잰걸음질을 쳐 최명남의 옆으로 다가서며 고개를 갸웃거렸다. 좀 전에 자신의 의례적인 얘기에 왜 그가 그렇듯 놀란 표정을 지었는지 아무리 생각해도 이해가 되지 않았기 때문이었다. 그러나 그는 뭔가 오해를 했었겠지 싶어 그 생각을 접어두기로 했다.

"이 골목 사정에 밝으십니까?"

최명남이 걸음을 늦추며 돌린 고개를 숙여 강정길을 내려다 보았다. 그의 키가 최명남의 귀에 닿을 정도로 작은 것은 사실이었으나 그 태도에는 확실히 그를 턱없이 낮춰보려는 의도가 역력했다. 걸음걸이만 해도 왠지는 모르나 일부러 보폭을 크게 떼놓아 그로 하여금 종종걸음을 치지 않을 수 없게끔 만드는 듯했다.

"난 이동넨 첨입니다. 좋은 데라도 있습니까?"

"썩 좋은 곳은 아니지만 실비집이 있어요. 안주도 다양하고 값도 싸고 내 단골집입니다."

그가 최명남의 단골집에 들어섰을 땐 이미 퇴근한 샐러리맨들로 홀 안이 붐비기 시작했다. 그러나 편할 듯한 곳에 빈 자리가 남아 있어 둘은 자리를 잡고 앉았다.

"여러 가지 안주가 있긴 한데…… 제육볶음은 어떻습니까?"

"난 원래 잡식성이라 가리는 음식이 없습니다."

잡식성이라는 말에 최명남은 한 차례 너털웃음을 쏟아 놓고 나서 술과 안주를 시켰다. 그리고는 담배에 불을 붙이며 물었다.

"김진학이하곤 그전부터 아는 사입니까?"

김진학은 편집부장의 이름이었다. 직장의 상사이기도 하거니와 나이도 10년 쯤은 위인 사람을 마치 아랫사람이라도 가리키듯 했으므로 슬며시 불쾌해져 그는 부러 대답을 늦추고 있었다. 그러자 최명남이 다시 입을 열었다.

"김진학이랑 어떤 관곕니까?"

"부장님 말이죠?"

그의 반문에 최명남은 고개를 끄덕였다.

"어제 첨 만나 뵈었습니다. 전에 근무했던 잡지사 주간 선생께서 추천서를 써 주시기에 찾아 뵈었는데 뜻밖에도…… 사실 난 이렇게 쉽게 취직이 되리라곤 생각도 않았었습니다."

"그 잡지사가 더 나을 텐데 왜 이리로 자리를 옮겼지요?"

그는 최명남의 무례한 질문 공세에 기분이 상했으나 텃세를 부리는 것이려니 생각하고 꾹 눌러 참았다.

"스카웃 되어 온 겁니까?"

"그게 아니라 거기선 임시직이었거든요."

그는 "O"지 주간이 추천서에다 쓴 그대로 거짓말을 했다. 그러나 그러고 나서도 은근히 켕겼다. 거짓말을 시켰다는 것보다 혹시 이 사람이 자기가 그곳에서 해고된 내막을 알고 있는 게 아닐까 하는 염려 때문이었다.

"여기 오기 전에 혹 우리 사무실에 대한 얘기 들은 게 있나요?"
"아니요, 전혀 없습니다!"

그의 목소리가 잔뜩 굳어져 나왔다. 마치 심문하듯 하는 최명남의 질문에 더 이상 참을 수가 없었던 것이다.

때마침 주문한 술과 안주가 나왔고 그것을 기화로 최명남이 슬며시 말머리를 돌렸다.

"술이 왔으니 우리 목부터 축이고 봅시다."

최명남이 그의 빈 잔을 채웠으며 그는 최명남의 잔을 채웠다. 최명남이 잔을 들면서 말했다.

"우리 건배 합시다."

좀 전에 비해 훨씬 나긋나긋해진 목소리였다. 그러나 강정길의 굳어진 표정은 풀리지 않았다. 만만하게 보여서는 안되겠다고 마음을 도사리고 있었다.

"건배도 좋지만 그보다 우선 지금 이 술자리가 어떤 술자린지 그것부터 명확하게 해둘 필요가 있을 것 같습니다."

의외의 반격에 최명남이 들었던 술잔을 내려 놓으며 물었다.

"무슨 뜻이지요?"

"내가 사는 신고주인지 아니면 최형이 사는 환영주인지, 이도 저도 아닌 다른 어떤 목적이 있어 마련한 술자린지, 그런 것을 명확하게 밝히고 마시자 이겁니다."

강정길이 말했다. 온화한 목소리긴 했으나 강철처럼 강한 의지가 담겨 있었다. 최명남도 더 이상 어쩔 도리가 없었던지 자신의 속내를 털어놓기 시작했다.

"우리가 초면이나 진배 없는 그런 사인데 이것 저것 꼬치꼬치 물어대서 기분이 상했다면 사과하지요. 그런데 나로서는 또 그럴 만한 사정이 있거든요."

"사정이라니요?"

최명남은 괘라도 짚으려는 점쟁이처럼 두 눈을 지그시 감고는 한참 동안 뜸을 들이고 나서 입과 눈을 동시에 열었다.

"하긴 술김에 하기보담 맑은 정신으로 얘기하는 게 낫겠소. 실은 김진학이가 까닭없이, 아니 그 사람 나름대로 까닭이야 있겠지만 어쨌든 날 못 잡아먹어 난리를 피우는 거요. 그래서 결국은 날 내쫓기 위해 강형을 채용했다, 이겁니다."

강정길은 깜짝 놀라지 않을 수가 없었다. 그의 얘기가 진실이라면 그것은 참으로 어처구니 없는 일이었다.

"그래요? 난 이해가 안됩니다. 미운 사람을 쫓아내기 위해 필요하지도 않은 인원을 한 사람 채용했다는 얘긴데 그럴 수가 있는 일입니까? 상식적으로 생각해도……."

"김진학이란 자는 능히 그러고도 남을 인간이오!"

최명남의 어조는 단호했다.

"그렇다면 그 이유가 있을 거 아닙니까. 이유가 뭡니까?"

"교정 실력이 없다, 문장력이 없다는 게 표면적인 이유이긴 한데 실은 몇 달 전, 회식 때 술을 먹고 직원들 앞에서 망신을 시켰더니만 그 일 때문에 그러는 거요."

"……."

"제 놈은 새 잡지가 나올 때마다 내가 쓴 기사, 내가 본 교정을 가지고 날 얼마나 모욕했는데…… 지렁이도 밟히면 꿈틀거린다는 속담이 있잖습니까!"

"우선 잔부터 비웁시다."

이번에는 강정길이 먼저 잔을 들어 최명남의 잔에다 짤강 부딪뜨렸다. 둘은 똑같이 단숨에 비운 잔을 서로 교환하여 말없이 잔을 채웠다. 그들은 그렇게 됫술 세 주전자를 말없이 비워냈다.

술기운으로 알근해진 최명남이 한숨 끝에 말을 달았다.

"사실 나는 전문 문인이 아니니 기사 작성이나 문장력이 문학하는 사람보다야 못하겠지요. 하지만 우리 잡지가 문학 잡지도 아닌데…… 내 자랑이 아니라 나도 좋은 기살 쓰려고 열심히 노력합니다. 그리고 제까짓 놈은 뭐 그렇게 실력이 빵빵하냐 이겁니다. 장갈 좀 일찍 들긴 했지만 나도 애가 셋이다 이겁니다. 그런데 제까짓 놈은 나한테 별별 모욕을 다해도 괜찮고 난 제까짓 놈에게 망신을 주면 안된단 법이 있습니까?"

"그보다도 우선 이 문제부터 명확히 밝히고 넘어 갑시다."

"명확히 밝힐 문제가 뭐요? 아까부터 뭘 자꾸만 명확히 밝히자는 겁니까?"

최명남의 혀가 자연스럽게 돌지 못했다.

"이건 중요한 문젭니다. 뭐냐하면, 최형을 내보내기 위해 나를 채용했다는 걸 나는 무얼로 믿느냐는 겁니다."

"세상에 비밀이 어딨습니까? 낮 말은 새가 듣고 밤 말은 쥐가 듣는 법 아닙니까! 새로 사람을 채용해서 그 사람에게 그 동안 내가 맡았던 일들을 몽땅 넘기고 나한텐 아무 일도 안 줘 그저 빈 책상 앞에서 빈둥빈둥 놀린다는 겁니다. 그러면 제깟 놈이 얼마나 버티겠느냐, 기껏 한 달이면 제 풀에 지쳐 출근을 안할 게 아니냐. 작전이, 그 김진학이란 놈이 세운 작전이 바로 그런 작전인 겁니다. 사무실에서 그걸 모르는 사람이 있는 줄 압니까? 어디 한번 알아 보시오. 내가 없는 말을 지어내는 것인지!"

강정길의 심정은 착잡하기 그지 없었다. 추천해 준 주간을 비롯해 채용해 준 김진학 부장 그리고 자기 일처럼 기뻐해주던 장궤와 안달뱅이……. 숱한 얼굴들이 떠올랐다. 그 끝에 퍼뜩 스친 생각이 있었다. 연緣이 닿지 않는 직장이라는 생각이었다. '없는 연을 억지로 맺으려고 하면 결국 나만 추한 꼴이 되는 거야.' 그는 속으로 자신에게 말했다. 그러자 그 생각이 그에게 해방감을 가져다 주었다.

"자아, 우리 서로의 건강과 행복을 비는 뜻에서 건배하고 일어납시다. 최형은 나 때문에, 적어도 나 때문에 최형이 밀려나는 일은 없을 겁니다. 그것만은 자신있게 말할 수 있습니다."

강정길은 속으로 결심을 굳혔다.

'미운 털 박힌 사람을 내쫓기 위해 날 채용했다구?'

그는 다시 김진학 부장의 얼굴을 떠올렸다. 마치 수치스런 범죄의 공범같은 느낌이었다. 그는 잔을 들어 다시 한 번 최명남의 잔에 자신의 잔을 부딪뜨리고 나서 마치 갈증난 사람처럼 벌컥벌컥 술을 들이켰다. 그러고는 미련없이 자리에서 일어나 계산대로 향했다.

술집 앞에서 최명남과 헤어진 그는 네온이 휘황한 도심의 밤거리를 걷기 시작했다. 안고 걷는 늦가을의 바람이 그의 머리칼을 사정없이 흐트러뜨렸다. 넥타이도 어깨 너머로 날려댔다.
"겨울을 재촉하는구나!"
앙상하게 헐벗은 나뭇가지들이 씨융씨융 바람을 갈갈이 찢고 있었다.
그의 눈앞에 문득 탄알과 그 꽁무니의 뇌관을 치기 위한 공이, 그리고 그 공이를 퉁겨 나가게 하는 방아쇠가 크게 나타났다. 마치 투명한 총포의 내면을 들여다 보고 있는 듯했다. 그것은 다시 커다란 한 폭의 만화로 둔갑했다. 편집부장의 몸뚱이가 방아쇠로, 최명남의 몸뚱이는 탄환으로 그리고 그 자신의 몸뚱이는 공이의 모습으로 그려진 그런 만화였다.
"…… 장갈 좀 일찍 들긴 했지만 나도 제까짓 놈처럼 애가 셋이다 이겁니다……."
최명남의 목소리가 고막을 울려댔다. 그의 눈 앞에 펼쳐진 그 괴상한 만화 속에서는 이제 공이로 변신해 있는 자신의 모습을 볼 수가 없었다.

동종혐오론 同種嫌惡論

"O"지 주간실에서 강정길은 김세준 주간과 마주 앉아 있었다. "B"지 편집부에 근무한 지 사흘만에 사표를 내게 된 경위를 해명키 위해 강정길이 찾아간 것이었다. 그것은 그 자리에 소개해 준 이에게 차려야만 하는 당연한 인사이기도 했다.

그가 소상하게 밝힌 경위를 다 듣고 난 김 주간은 필터 가까이까지 타들어간 꽁초를 재떨이에 지그시 눌러 끄곤 잠시 생각에 잠겨 있다가 무겁게 입을 열었다.

"김 부장은 자네가 그만두는 까닭을 모르고 있더라구."

"사표에는 그냥 일신상의 문제라고만 적었습니다. 게다가 마침 지방에 출장을 가셔서 부재중이시라 자세하게 말씀을 드릴 수도 없었습니다."

"그거야 어쨌든 간에…… 저쪽에서 사표를 반려하겠다면 어쩔 텐가?"

"그럴 리도 없겠지만 저로서는 근무할 생각이 없습니다."

"확고한 결심인가?"

"그렇습니다."

"허어, 내 삼일천하라는 말은 들어봤네만…… 취직이 돼서 사흘 근무하고 사표 내는 경운 뭐라고 얘길 해야 할지 모르겠군. 삼일천하는 삼 일만에 실각한 것이지만 이건 삼 일만에 스스로 사표 던진 것이니까 삼 일…… 뭐라구 해야 되지?"

김 주간은 갑신정변에 실각한 개화당의 얘기를 내세워 비아냥댔다. 그의 입가에 번져 있는 것도 그런 비웃음이었다. 어찌 보면 어떤 의도가 숨어 있는 웃음 같기도 했다. 구직난 시대에 어렵사리 얻은 일자리를 헌신짝 버리듯 하는 뱃심이 어디서 생긴 것인지 모르겠다는 투의 웃음 같기도 했고, 아직 때묻지 않은 순수성이 부럽다는 뜻의 웃음인 것도 같았다. 그가 김 주간의 웃음 번진 입 언저리에서 눈길을 거두지 못하고 있을 때 그의 입이 다시 열렸다.

"자네 동종혐오란 말 들어봤나?"

"동종혐오요? 처음 듣습니다. 동종이란 같은 족속을 뜻하는 그 동종입니까?"

"그렇지. 주위에서 자주 듣게도 되고 또 우리도 별 생각 없이 내뱉게 되는 말 중에 이런 게 있잖나 '도대체 뭣하러들 서울로 몰려들어 서울을 이렇게 복잡하게 만드는지 몰라' 라든가 '어중이 떠중이들이 다 서울로 오니까 서울이 이렇게 만원인 거야' 라는 말들 말일세."

강정길은 김 주간의 말 뜻을 냉큼 헤아릴 수가 없어 의아한 눈길로 계속 그의 입을 주시하고 있었다. 그의 얘기는 계속되었다.
"사실 서울에 인구가 집중되는 것에 불만을 터뜨리는 사람들을 보면 결국 그 사람들도 시골에서 올라온 사람들이란 말이야. 그런데 자기네도 서울을 만원으로 만들게 한 바로 그 장본인 중의 하나이면서 남들이 서울에 올라와 사는 걸 그렇듯 못마땅하게 여긴단 말일세. 안 그런가?"
"그렇긴 합니다만……"
강정길이 아직도 자기의 말뜻을 제대로 알아차리지 못했음을 간파한 김 주간은 답답하다는 듯이 말했다.
"바로 그게 동종혐오란 말일세."
"……"
이번에는 강정길이 고개까지 갸웃거렸다. 그는 교사 앞에 선 열등생과도 같은 표정이었다.
김 주간의 목소리는 한층 더 높아졌고 그리고 빨라졌다.
"사르트르가 한 말이 있네. 그가 뭐라 했느냐 하면, 모든 인간이 원천적으로는 서로 적대관계에 있다는 거야."
강정길은 그제서야 '결국 그 얘기를 하려고 여태까지 그렇게 열심히 변죽을 울려댔었군' 하고 고개를 끄덕였다. 김 주간의 얘기는 계속되었다.
"사르트르의 얘기로는, 사람들이 경치가 훌륭한 전원지대를 산책하면서 그곳에 자기 아닌 다른 사람이 와 있는 걸 보고 아주 못마땅하게 여기고 혀를 차댄다는 거야. 자기 혼자였더라면 그 자연 경관이 더 아름다웠을 텐데라고 생각하면서. 또 버스를 타려고 줄을 서 있을 때 자기 앞에 서 있는 자들은 모두가 경쟁자라는 거지. 자기 차례가 됐을 때 차장이 만원이니 다음 차를 타라며 문을 닫을지도 모르니까 말야. 그게 바로 우리 인간들이 원천적으로 지니고 있는 동종혐오라는 거야. 이제 내 말 뜻을 알아듣겠나?"

강정길의 입에서는 대답이 나오지 않았다. 그는 동종혐오의 뜻도 알았고 또 김 주간이 왜 그런 이야기를 꺼냈는지 그 까닭도 알고 있었다. 그러나 그는 그 나름대로 동종혐오에 대해 골똘한 생각을 하고 있는 중이었다.

'물론 내게도 동종혐오의 본능은 있지. 그렇다고 그 본능을 억제치 못하고 최명남을 내쫓기 위한 김 부장의 작전에 말려들 수는 없어. 모든 사람들이 본능대로 행동한다면 그 사회는 뻔하쟎는가. 그렇기 때문에 금기라는 게 생겨난 것이 아닌가.'

강정길의 생각은 더 이상 뻗어나가지 않았다. 그는 그 생각에서 헤어나고 싶었다. 사실 그에게는 투명하고 정확한 것이 아닌, 복잡미묘한 문제를 외면하려는 습성이 있었다.

그가 별다른 반응을 보이지 않자 김 주간은 약간 초조한 투로 말했다.

"결국 내 말은, 요즘 같은 구직난 시대에 왜 힘들게 얻은 일자리를 호락호락 내놓느냐는 말이야. 솔직히 말해서 지금 자네는 찬밥 더운밥 가릴 처지가 아니잖아!"

그는 '그렇게 궁한 처지도 아닙니다' 라고 대답하려 했지만 입밖으로 내뱉지는 못했다.

"사흘 굶어 도둑질 아니할 놈 없다는 속담도 있네. 아무리 착한 사람이라도 몹시 궁핍해지면 악한 짓을 하게 되는 법이야. 지금 자넨, 자네 코가 석 자나 빠져 있다는 걸 알아야 해. 그런 처지에 남의 사정을 보게 됐냔 말야. 내 말이 틀린 말인가? 어디 한번 속 시원하게 자네 대답이나 들어보세."

그는 잠시 생각을 가다듬은 뒤 천천히 말문을 열었다.

"그렇지만 제가 그 자리에 가 앉으면 최라는 사람이 밀려나게 된답니다. 그 얘길 안 들었다면 또 모르지만 들어서 알고 있으면서 어떻게 남의 자리를 밀고 들어가 앉을 수가 있습니까! 더구나 그 사람은 애가 셋이나 된답니다. 본인에게 직접 들었습니다."

한숨짓던, 분노에 이글거리던 최명남의 얼굴을 떠올리며 그가 말했다. 그의 얘기는 계속되었다.

"최라는 사람의 그런 얘기들이 거짓은 아닌 것 같았습니다. 진실이 아니라면 그 사람이 저한테 뭣 때문에 거짓말을 했겠습니까? 제가 그곳에서 일하게 되면 최라는 사람이 쫓겨나게 되는 게 확실합니다."

"실은 오늘 아침에 김 부장이 내게 전활 했더라구. 자세한 얘기는 않았지만 자넬 채용한 뒤 어떤 한 사람을 내보낼 계획이었다는 얘길 하더군. 김 부장 얘기로는 그 자가 인간성도 못돼먹었지만 무능력자라는 얘기였어. 이 세상은 어차피 우승 열패가 아닌가. 차라리 그런 사람은 일찍 내보내서 그 사람 적성에 맞는 다른 일을 찾게 하는 것이 그 사람을 위해서도 좋은 일이라는 거야. 백번 옳은 얘기 아닌가!"

"하지만 그 사람이 나가고 난 빈 자리라면 몰라도 본인이 나가지 않겠다고 버티고 앉았는데 어떻게 그곳에 가 일을 하겠습니까? 시퍼렇게 살아 있는 사람더러 어서 죽으라고 제사를 지내는 격 아닙니까?"

"허어, 이 사람 보게. 김 부장이 자네더러 그 자를 내보내라고 하던가? 자네는 자네에게 맡겨지는 일만 열심히 하면 되는 거야. 그러면 김 부장이 모든 일을 다 알아서 처리할 게 아니냐 말야. 김 부장은 자넬 자기 사람으로 만들 생각인 게야. 날더러 그러더군. 자넬 잘 설득시켜서 내일부터라도 출근하게 해달라구. 그 최라는 자가 얼마나 능력이 없으면 그리고 또 얼마나 맘에 안 들었으면 그러겠나."

"비유가 좀 심한 것 같습니다만 '도둑질은 내가 하고 오라는 네가 져라' 는 속담대로가 아닙니까. 최라는 사람의 원망을 어떻게 감당합니까? 뭣하러 원수질 일을, 뻔히 알면서 합니까?"

"자네 얘긴 비유가 심한 게 아니라 비약이 심해. 아까도 얘기했네만 스펜서가 제창한 게 뭔가? 적자 생존, 즉 이 사회는 능력 사회가 아닌가! 능력이 없으면 능력이 있는 사람에게 밀려나는 게 당연한 거야."

그는 김 주간의 얘기에 동의할 수가 없었다. 반박하고 싶었다. 더불어 사는 삶에 대한 김 주간의 생각을 알고 싶었다. 그러나 그는 입을 꾹 다물었다. 그럴 처지도 또 그럴 장소도 아니었다.

"생각을 바꾸는 게 어때?"

김 주간은 마치 마지막 기회를 놓치지 말라는 투로 말했다. 뿐만 아니라 생각할 수 있는 기회도 충분히 주겠다는 듯이 천천히 담배를 뽑아 물며 여유를 부렸다. 그러한 그의 태도에 강정길의 머릿속은 갑자기 혼란스러워졌다. 굳어 있던 생각이 흐물거리기 시작했다. 마치 냉온으로 솔아 있던 엿가락이 열기를 받아 눅진거리 듯.

'나를 필요로 하는 곳에서 내 노동으로 먹고 사는 일은 떳떳한 일이다. 그야말로 세상은 적자 생존의 원칙에 의해 돌아가게 마련이고 그것은 또 자연의 섭리이기도 하지 않은가. 공연히 고집을 부릴 필요는 없다. 그들은 나를 필요로 하고 나는 그들이 필요로 하는 노동을 제공해 주면 되는 것이다. 그렇다면 능력이 없는 자를 위해 내가 희생된다는 것 또한 바람직하지 못한 일이다. 그것은 그 기관지와 그 기관의 발전을 위해서도 그렇다. 나 개인의 문제로만 국한시켜서 생각할 일이 아니잖는가?'

그는 골똘한 생각에 묻혀 있다가 자신도 모르게 도리머리를 했다. 최명남의 분노에 찬 목소리가 생생하게 의식되었던 것이다.

'인간 사회는 우승 열패, 적자 생존만이 전부가 아냐. 더불어 사는 지혜가 우선이야.'

강정길의 머리 속에서 흐물거리던 생각들은 다시 솔기 시작했다.

"번복할 수 없습니다."

그의 목소리는 분명했다.

"도리없지. 평안 감사도 제가 싫으면 그만이라는데 더 이상 어쩌겠나. 하기야 좋은 일에도 나쁜 면이 있고 나쁜 일에도 좋은 면이 있는 법이지."

김 주간은 설득에 실패는 했어도 격려하듯이 따뜻한 웃음을 띠고 자리에서 일어나 책상 쪽으로 향하며 말했다.

"다른 볼일도 있을 텐데 내가 너무 시간을 많이 빼앗은 모양이야."

주간실에서 나오는 강정길을 보자 빈 사무실을 지키고 있던 최준태가 다가왔다.

"뭔 얘기가 그렇게 길었어?"

최준태가 자못 궁금하다는 듯이 물었으나 그는 대답 대신 질문을 던졌다.

"다들 인쇄소에 나가 있는 모양이지?"

"그래. 오늘이 이달치 손 터는 날이거든. 그런데 무슨 일이 있어?"

강정길은 또다시 그의 질문을 묵살했다.

"장궤도 공장에 갔어?"

"허, 참! 내 말은 아예 들리지도 않는 모양이군. 도대체 뭔 회담이었어?"

그는 그제야 비죽 웃으며 대답했다.

"회담은 무슨 회담. 일이 좀 묘하게 돼서……. 시간 있으면 차나 한잔 할까?"

"물론이지. 그렇잖아도 심심도 하려니와 커피 생각이 굴뚝같은데 영 나와야지. 뭔 일이 어떻게 묘하게 됐다는 거야?"

최준태는 편집실에서 나오기가 바쁘게 또 채근을 해댔다.

"이런 안달뱅이! 네 별명이 누구 작품인 줄은 몰라도 노벨 별명상 감이다. 노벨 별명상!"

"주간님이랑 단 둘이 삼십 분도 넘는 마라톤 회의를 했는데 궁금한 게 당연하지."

1장 시인의 사랑 117

"회담을 한 게 아니라 강일 들었다."

"강의? 점점 한다는 소리가……."

"정말야. 동종혐오론에 대해 강의를 들었단 말야."

"동종혐오론은 또 뭐야?"

아래층 다방으로 내려간 그들은 마주 앉아 커피를 시켰다.

강정길은 영 내키지 않았으나 "ㅂ"지 편집실에서 사흘 동안 근무하고 사표를 내게 된 사연을 털어 놓지 않을 수가 없었다. 그러고 나서 그는 최준태에게 물었다.

"네가 내 입장이었다면 어떻게 했겠니?"

"글쎄. 나 같아도 사표 냈을 거야. 무슨 일에든 악역을 떠맡는다는 건 불쾌한 일이니까."

"동조자가 생기니까 한결 기분이 풀리는군."

"갈등이 심했던 모양이지?"

"갈등도 갈등이지만 주간님한테 죄송해서말야. 나한테 그렇게 호의를 베풀어 주셨는데…… 이번 일뿐만 아니었잖아."

최준태가 껄껄껄 웃고 나서 말했다.

"그렇잖아도 장궤하고 그 얘길 했었어. 뭣 때문에, 왜 주간이 네 일이라면 그렇게 발벗고 나서는지 모르겠다구 말야."

"글쎄 나도 그게 의문이야. 그러니 내가……."

"걱정할 것 없어. 주간님도 이해하실 거야. 뿐만 아니라 어떤 면에서는 널 한층 더 기특하게 생각하실지도 몰라. 남을 내쫓는 자리를…… 생각없는 사람 같았어봐. 어떻게든 그 자리에 가 앉아 추한 쌈질을 했을지도 모르지. 그러나 저러나 또 취직 걱정을 해야 되겠구나. 오랜만에 일자리를 얻게 돼 다행이다 싶었는데."

"설마한들 산 입에 거미줄이야 치겠어?"
"그래. 이젠 전화위복을 기대할 수밖에. 악한 끝은 없어도 선한 끝은 있는 법이거든."
최준태의 위로에 강정길은 이제 완전히 마음이 풀려 있었다.

시인의 사랑

커피숍 '코지 코너(cozy corner)'는 이름 그대로 길 모퉁이에 위치해 있었으며 아늑한 곳이었다. 분위기는 물론 의자 역시도 푹신하고 아늑한 느낌을 갖게 했다. 음악도 늘 클래식만을 고집했기 때문에 커피숍이라기 보다는 음악 감상실 분위기였다.

그날도 그곳에서 강정길의 귀를 즐겁게 한 것은 스메타나의 교향시 "몰다우"였다. 하프와 바이올린의 피치카토로, 물이 숲으로 떨어져 흐르는 것을 묘사하고 그 물이 모여 강을 이루면 바이올린과 오보에가 아름답게 물결치는 몰다우 강의 테마를 노래했다. 이윽고 달빛 아래 펼쳐지는 아름다운 풍경이 호른에 의해 묘사되기도 했다.

"몰다우"가 끝나고 홀 안을 누비기 시작한 것은 슈만의 가곡집

"시인의 사랑"이었다.

전 16곡 중 변심한 애인을 체념치 못하는 안타까움을 노래한 제7곡 "나는 슬퍼하지 않으리"와 실연의 쓰라림을 꽃이 안다면 어떻게 위안해 줄까 하는 것을 노래한 제8곡 "꽃이 안다면" 그리고 실연의 쓰라림이 고조에 이르는 제10곡 "애인의 노래를 들을 때"가 흘러 나오자 그는 하마터면 눈물을 떨굴 뻔했다. 마지막 곡 "저주스런 추억의 노래"가 끝나고 피아노의 조용한 후주음이 사라질 때까지 그는 깊은 잠에라도 빠진 것처럼 눈을 감은 채 미동도 않았다. 사실 "시인의 사랑" 전곡은 그의 첫사랑 전말顚末, 그 자체라 해도 지나침이 없을 정도의 노래였다.

그는 그 노래들이 계속되는 동안 줄곧 떠올리고 있던 변심한 연인의 환영을 쫓기 위해 번쩍 눈을 뜨고 척추를 세워 자세까지 바로 잡았다. 그리고는 다탁 위에 놓인 대형 봉투 속에서 미스 윤의 원고를 꺼냈다. 그녀가 '난생 처음 써 본 소설'이라며 읽어 달랬던 바로 그 원고였다.

이미 꼼꼼하게 읽어 두었었지만 그는 다시 훌훌 넘기며 띄엄띄엄 읽어 나갔다. 원고를 다시 읽을 필요가 있었던 것이 아니라 첫사랑의 애인을 생각 속에서 몰아내기 위함이었다.

200장 가까운 그것은 소설이 아니라 수기였다. 여고 2학년 때 한 친구의 소개로 알게 된 대학생과 하루가 멀다며 만나던 끝에 순결을 잃게 되었고 그로 인해 학교 생활에 충실치 못해 대학 입시에 실패한 것, 대학 낙방으로 부모님들의 불같은 꾸중을 듣고 가출하여 애인의 자취방에서 동거한 얘기, 애인이 가정 형편상 대학 2학년을 마치고 돈을 벌겠다고 이리 뛰고 저리 뛰며 기를 쓰다가 결국은 월남전에 참전하여 전사한 얘기, 애인의 전사 소식과 함께 그의 아이를 임신한 사실을 알게 됐으나 출산하느냐 중절하느냐는 갈등을 안고 다방 종업원으로 생활했던 얘기, 다방 생활을 청산하고 남해안 ㅇ시에 있는 죽은 애인의 집을 찾아가 유복자를 출산한 얘기, 그 젖먹이를 떼어놓고 상경하여 여공 생활로 돈벌이를 하며 고생한 얘기, 얼마쯤의 저축이 있어 아이를 찾으러 갔으나 그 어린 것의 조부모가 어디론지 솔가하여 도저히 찾을 길이 없게 된 이야기 등을 상세하게 기록한 것이었다.

그가 원고를 뒤적이고 있을 때 미스 윤이 나타났다.

"오늘도 역시 먼저 나오셨군요. 저도 일찍 나온다고 나왔는데……, 많이 기다리셨어요?"

"한 이십 분쯤."

"죄송해요. 그럴 일이 좀 있었거든요."

"괜찮아. 실업자라 바쁠 일도 없으니까."

"어머머! 늦은 걸 빙 돌려서 욕하시는 거죠?"

"천만에. 사실이 그렇잖아?"

"그래도 제 귀엔 비꼬시는 말씀으로 들린다구요."

"내 입은 비꼬지 않았는데 듣는 귀가 비꼬아 들었다면 그게 누구 잘못이지?"

"어쨌든 화나시진 않은 것 같으니 다행이예요. 그거 다 읽으셨어요?"

그녀가 다탁 위에 놓인 자신의 원고를 턱짓으로 가리키며 물었다.

"물론이지."

"어때요? 재미 없죠?"
"재밌는 내용이 아니잖아! 잘 읽었어."
"저도 강 선생님 식으로 말해 볼까요?"
"내 식이라니?"
"잘 쓴 글이 아닌데 어떻게 잘 읽으실 수가 있습니까!"
두 사람은 잠시 유쾌한 웃음을 모았다. 웃음을 거두며 그녀가 계면쩍은 표정으로 물었다.
"글도 글같잖은 거 읽느라고 혼나셨죠? 공연한 부탁을 드렸다고 얼마나 후회했는지 몰라요. 난생 처음 써본 소설이걸랑요."
"소설이 아니라 수기더군."
그는 솔직하게 말하리라 마음을 다잡으면서 천천히 입을 열었다.
"솔직히 말해서 수기라고 해도 잘 된 글은 못 돼. 꾸밈없는 글이긴 하지만."
"소설이나 수기나 그게 그거 아닌가요?"
"엄연히 다르지."
"어떻게요?"
그는 소설과 수기의 차이점에 대해 자세히 설명한 뒤, 잘못된 문장이며 틀린 철자법 등을 일일이 지적해 주었다. 그러고 나서 물었다.
"어디에 투고할 생각으로 쓴 건가?"
"아녜요. 감히 어디다 투골 하겠어요. 그냥 써 보고 싶어서 쓴 거예요."
"……."

"왜 있잖아요. 누구한테 속에 있는 얘길 죄다 털어놓고 싶을 때가 있잖아요? 신세타령을 하고 싶을 때 말예요. 제 신세타령을 들어줄 사람은 없지, 그렇다고 아무한테나 할 수도 없지, 혼자서 속에다 넣고 있자니 속이 썩을 것만 같아서 원고지한테다 신세타령을 해댄 거라고요."

그는 그녀의 그런 심정을 충분히 이해할 수 있어 고개를 끄덕였고 그녀는 그의 고개짓에 힘을 얻은 듯 계속 입을 놀렸다.

"제 글을 읽어달라고 부탁드린 것도 실은…… 강 선생님께 신세타령을 하는 기분으로 그런 거예요. 제 글을 다 읽으시고 나면 제 신세타령을 다 들어주신 거나 마찬가지라고 생각한 거죠."

"그래, 마음이 좀 후련해졌나?"

"잘 모르겠어요. 후련해진 것도 같고……. 아무한테도 제 얘길 한 적이 없고 또 이 글도 읽힌 적이 없어요. 그래서 강 선생님께 꼭 부탁드리고 싶은 게 한 가지 있어요."

"뭔데?"

"혼자만 아시고 계시라고요. 제 얘길 아무한테도 하심 안된다고요! 비밀 지켜주실 수 있죠?"

그가 갑자기 큰 소리로 웃었다. "이발사의 비밀"이 생각났던 때문이었다.

"왜 웃으세요?"

그녀의 눈에 의심의 빛이 가득했다.

"마치 당나귀 귀 닮은 임금 궐 본 기분이군."

그의 말에 그녀는 까르륵 웃고 나서 흘깃 벽시계를 보더니 급히 자리에서 일어났다.

"선생님, 저 어디 다녀올 데가 있는데요."
"다녀오라구."
"정말 죄송합니다. 실은 선생님하고도 관계가 있는 일이예요."
"나하고? 무슨……."
"곧 아시게 돼요."
그녀가 핸드백에 자기 원고를 넣고는 카운터로 다가가 종업원과 잠시 뭔 얘기를 나누더니 밖으로 나갔다.
홀 안을 누비고 있는 것은 비발디의 "사계" 중 제 3곡이었다. 그는 담배불을 달렸다. 음률에 귀를 기울이려 했으나 정신이 집중되지 않았다. 그녀의 원고를 너무 혹평했나 싶은 후회가 들었기 때문이었다. 사실 적당히 칭찬을 해줄 수도 있는 문제이기는 했다. 또 그런 생각을 안한 것도 아니었다. 그러나 성격상 그런 사탕발림은 끝내 할 수가 없었다.
그가 잡념을 떨치고 다시 바이올린의 선율에 귀를 기울이려 할 때, 카운터에 앉았던 종업원이 그에게로 다가와 딱지처럼 네모지게 접힌 메모를 건네주었다.
"이게 뭡니까?"
"함께 계셨던 아가씨가 나가면서 준 거예요."
"나한테 전해 주라던가요?"
"네. 자기가 나간 뒤, 십 분쯤 있다가 손님께 갖다드리라구요."
그는 급히 쪽지를 펼쳤다.

강 선생님께.
요즘 직장 문제도 그러실 테고 여러 가지로 편치 않은 마음이실 텐데 제가 보잘 것 없는 글을 읽어달라고 부탁드려 죄송합니다. 부족한 글을 읽으시느라고 많이 힘드셨지요? 언제 기회를 잡아 근사하게 한턱 내겠습니다.
　선생님. 오늘 제가 선생님 앞에 다시 나타나지 않는 점을 용서해 주셔야 합니다. 왜냐하면 선생님께 한 여성을 소개하기 위해서니까요. 그 여성은 금년 대학 졸업반 학생으로 제 친언니(윤진미)입니다. 작년에 제가 현대다방을 그만둔 직후, 저를 찾기 위해 선생님을 찾아 가서 무례한 행동을 했던 모양이던데 바로 그 언니를 선생님께 소개합니다. 저와는 성격이나 모든 게 판이하게 다른 모범 여성이며 선생님과 잘 어울릴 것이라고 생각됩니다.
　아마 오래 기다리시지 않아도 그 언니가 나타날 것입니다. 제가 자리를 피하는 까닭은, 제가 없는 편이 더 낫겠다는 판단 때문입니다.
　선생님. 모쪼록 제 언니와 재미난 시간을 보내시기 바랍니다.
　선생님. 다음에(될수록 빠른 시일 안에) 또 연락 드리겠습니다.
　선생님. 내내 편안하세요.
윤선미 올림.

　그는 자잔한 글씨가 빼곡하게 들어찬 쪽지 위에서 눈길을 거둘 줄 몰랐다. 정성들인 글씨는 물론이려니와 그 길이로도 그것이 미리 준비된 메모임을 알 수 있었다.
　쪽지 위로 윤진미의 언니 얼굴이 어리기 시작했다. 마치 인화지 위에 서서히 영상이 잡히듯.
　갸름하면서도 이목구비가 또렷하고 우아함과 자신감을 지닌 얼굴, 짙은 밤색 파글란 코트에 남색 실크 머플러로 스포티하게 멋을 부렸던 그녀의 옷차림도 떠올랐다.
　그는 그녀의 모습이 어려 있는 쪽지를 다시 읽었다. 그리고는 원래 접혔던 대로 다시 접어 윗주머니에 찔러 넣었다.
　윤진미가 코지 코너에 나타난 것은 홀 안에 베토벤의 "크로이체르 소나타"가 물결치고 있을 때였다.

희망 여관에서

 희망 여관은 ㅅ시 변두리에 있었다. 강정길은 그 여관 2층 외진 방에 투숙했다. 윤진미를 그녀의 집 대문 앞까지 바래다 주고 나서 든 것이었다. 그녀와 헤어진 뒤, 서둘기만 했더라면 통행금지 시간이 되기 전에 충분히 서울에 도착하여 자신의 자취방에 들 수가 있었다. 그러나 그는 잠든 주인을 깨워 대문 빗장을 풀게 하고 싶지 않았다. 아니, 그것은 구실일 따름이었고 자기도 윤진미가 있는 ㅅ시에서 그녀와 같은 공기를 마시며 머물고 싶은 마음이 더 간절했던 것이다.
 그러나 그녀는 그의 그런 바램을 알지 못하고 집앞에 다다르자 다급하게 말했다.
 "어서 가세요. 통행금지에 걸리겠어요."

"난 대답을 들어야 간다구."

그가 이곳으로 오는 찻속에서 그녀에게 청혼을 했으나 그녀는 그냥 얼굴만 붉힐뿐 아무런 대답도 하지 않았었다.

"이러다 식구들 눈에 띄기라도 하면 큰일난다구요. 어서 가세요. 어서요!"

"오늘로 우리가 사귀기 시작한 지 꼭 백 일이 되는 날이야. 오늘이 오기를 얼마나 기다렸는데…… 난 꼭 확답을 받고 싶어."

그는 집요했다.

"우리 집 분위긴 이미 다 말해서 알잖아요. 선미 때문에……. 난 부모님들 축복을 받는 결혼을 하고 싶어요."

"부모님들 승낙은 나중 문제고 난 진미 생각을 알고 싶은 거야. 내가 싫은 거야?"

그녀는 고개를 한 번 가볍게 저었다. 그리고는 춤의 한 동작처럼 빙그르 몸을 돌렸다. 치렁한 머릿채가 달빛을 받아 윤기를 내며 흔들렸다.

그는 그녀가 대문 안으로 사라진 뒤에도 한참 동안이나 그 앞에서 서성이다 가겟방에서 소주와 오징어 따위를 사들고 여관에 들었던 것이다.

'내가 진정 진미를 사랑하고 있는 것인가. 사랑이 아니라 배신한 여자에 대한 일종의 보복이 아닐까? 사랑 때문이든 보복 심리 때문이든, 어쨌든 나는 진미와 결혼해야 해. 나도 이젠 가정을 이루어야 돼!'

그는 마음 저 깊은 바닥에서 괴어 오르는 고독감을 떨쳐버릴 수가 없어 줄담배를 태우고 있었다.

"어머, 뭔 생각을 그렇게 하세요? 앞에 사람이 앉아 있는데 이렇게 무심할 수가 있어요?"

여자의 목소리로 그는 회상의 나래를 접게 되었으나 여전히 굳은 표정이었다.

"나한테도 술 한잔 권해 보세요."

미울 것도, 고울 것도 없는 여자의 얼굴에 교태 어린 웃음이 가득했다. 그는 여자가 들이대고 있는 빈 컵에 술을 따랐다.

"그야말로 옆구리 찔러 절 받기네요!"

여자는 말을 마치기 바쁘게 컵을 샛빨간 입술에 붙이더니 고개를 발딱 재켜 단번에 비웠다. 그리고는 마치 꿀물이라도 마시고 난 뒤처럼 혀를 쏘옥 내밀어 입술에 한바퀴 돌렸다. 그러나 그것은 술맛 때문이 아니라 색정을 자극시키기 위한 행위였다. 비로소 그가 시치미를 떼며 말했다.

"허, 술이 그렇게 맛있어?"

"술이라는 게 맛으로 먹는 건 아니지만 이왕이면 맛있는 체 하면 더 좋잖아요. 근데 손님은 뭔 걱정이 그리 많아요?"

여자는 그가 대답할 틈도 주지 않고 계속 입을 놀렸다.

"부부쌈 하셨죠? 싸우고 나와보니 갈 데는 없지, 그래서 여관방에 앉아 홧술 드시는 거죠?"

그가 어이없어 흘린 웃음을 여자는 자기의 말에 대한 수긍의 뜻으로 착각한 모양이었다.

"누구든 날 못속인다고요."

"쪽집개로군. 복채로 술이나 한 잔 더 드셔."

그는 여자의 빈 컵을 채우고 나서 다시 시치미를 뗐다.

"점을 친 건가, 관상을 본 건가?"

"관상이죠."

여자는 자신만만했다.

"허어, 그럼 한 가지만 더 봐줘. 앞으로……."

"앞으로 마누라하고 잘 살 것 같으냔 말이죠? 잘 살 수 있어요. 희망을 가지세요. 여기가 희망 여관이잖아요! 가만있자, 학교 선생님이시죠?"

"허!"

그의 입에서 바람 빠지는 소리가 나왔다. 기가 막혀서 웃은 헛웃음을 여자는 또 감탄으로 오해했다.

"척하면 삼천리죠. 여러 직업 중에서 선생 알아 맞추는 게 젤 쉽다고요. 국어 선생님, 맞죠?"

그는 또 한번 헛웃음을 흘렸다. 교편을 잡게 되었더라면 여자의 말대로 '국어 선생' 밖에 할 수가 없는 처지였으므로 그는 고개만 끄덕여 보였다. 그러고는 술병을 들어 자신의 빈 컵에 따랐다. 병 바닥에 깔린 술은 술잔 대용인 물컵의 4분의 1밖엔 차지 않았다. 그가 술을 마시고 있는 틈을 타 여자는 무릎걸음으로 잽싸게 다가앉으며 사타구니로 손을 디밀었다.

"선생님 콜 보니까 이것도 크겠어요."

여자는 까르르 웃으며 다른 한 손으로는 점퍼를 벗겼다. 그리고는 그의 귓밥에 뜨거운 입김을 훅훅 끼쳐가며 말했다.

"봐요. 이렇게 화가 잔뜩 나 있잖아요."

그야말로 직업에 걸맞는 노련한 솜씨였다.

여자는 그가 불러들인 것이 아니었다. 들고 온 봉지 속에서 술

병이며 안주 따위를 꺼내 방 한가운데 늘어 놓고 있을 때 숙박부를 들고 온 50대의 여 종업원이 '끝내주는 색시'가 있노라며 그를 꾄 것이었다. 그는 생각없이 입에서 나오는 대로 농담을 던졌다.

"끝내주는 색시요? 아직도 앞길이 구만 린데 끝내주는 색시를 들여다 어쩌란 말입니까? 시퍼런 이 청춘을 오늘 밤으로 끝장내라구요?"

"에그머니나. 흉칙한 소리도 다 하시네. 안 녹아나는 사내가 없다는 얘기유."

"아니, 더구나 사내들을 끝장낼 때 녹여서 끝장내는 색시란 말입니까?"

"젊은이가 싱겁긴……. 내 내려가서 얼른 올려보내리다."

"일없습니다. 나도 타고난 명대로는 살다가 죽고 싶은 인생입니다."

숙박부를 기재하며 그가 다시 한번 거부의 의사를 밝혔으나 그 목소리에는 힘이 없었다. 크로모좀과 호르몬의 작용에 의해 이미 성적 본능이 발동하기 시작했던 때문이었다.

눈치 빠른 여인이 그의 느슨해진 마음에 쐐기를 박았다.

"올려 보낼 테니 한번 품어보시우. 그러면 내 말이 뭔 말인지 알게 되우."

"허, 그 아주머니 참 끈질기시네."

그의 목소리엔 이제 완전히 힘이 빠져 있었다. 여인이 숙박부를 들고 일어서며 말했다.

"그 색시 품어 본 손님 중에 나한테 고맙단 인사 안하고 간 사람이 없다우. 늙은이구 젊은이구 한결같이 고맙다구들 합디다."

"허, 이 아주머니 참! 쓸데 없는 소리 마시고 병따개나 좀 갖다 주세요."

여인은 그가 봉지에서 꺼내 놓은 술병과 안주를 일별하고 나서 말했다.

"아니, 술동무도 없이 뭔 멋으루다 혼자 술을 자시우. 뽕두 따구 님두 보게끔 내 얼른 올려 보내리다."

그가 '사양합니다'라고 말했으나 '사양' 만 밖으로 나갔을 뿐 뒤는 여인이 급히 닫은 방문에 부딪혀 갇히고 말았다. 그렇게 여인이 나간 지 2분도 채 되지 않아 '끝내준다' 는 색시가 나타났던 것이다.

"병따개 갖고 빨랑 올라가라고 해서……."

여자는 전혀 망설이는 기색도 없이 그가 벌일 술자리에 마주 앉았다. 마치 응급환자가 있어 달려왔다는 투였다. 그러고는 연신 눈을 가리는 머리채를 뒤로 쓸어 넘기곤 했던 것이다. 도발적인 제스처임이 분명했으나 그는 전혀 마음이 흔들리지 않는다는 투로 과장해서 말했다.

"그러잖아도 이 한 병 갖고는 간에 기별도 안 갈 것 같아 걱정인데 불청객까지 왔으니……."

"어머나, 무슨 섭섭한 말씀을 그렇게 하세요? 그게 걱정이면 당장 풀어 줄께요."

여자는 그가 뭐라고 말 할 틈도 주지 않고 발딱 일어나 밖으로 나갔다가 금세 소주 두 병을 양 손에 곤봉처럼 나눠 들고 들어왔다. 그는 여자의 그런 신속한 모습을 보고 깜짝 놀랐으나 이내 여자의 거처가 이 여관의 어떤 한 방일 것이라고 짐작했다. 그의 짐작은 적중했다.

"내가 먹을려고 사다 뒀던 거예요. 이젠 됐죠?"

"마술을 보는 것 같군. 빈 병이 눈 깜짝할 사이에 두 병을 만들었으니."

그가 어이 없어 하는 동안 여자는 벌써 병 하나의 마개를 따고는 물컵의 반을 채워 그에게 권했다. 이렇게 시작된 술자리가 한 시간 쯤 이어져 병 세 개가 모두 바닥이 났으며 두 사람 모두 알근하게 취해 있었다. 그렇게 취한 상태에서 그는 여자가 요구하는대로 돈을 치뤘다.

이윽고 술상 대용이었던 대형 봉지가 여자에 의해 윗목으로 옮겨졌고 이부자리가 펴졌다. 온몸에 한기로 인한 소름이 돋아 이불 속으로 들어가려고 할 때 그녀가 잽싸게 그의 팬티를 잡아당겨 내렸다. 팬티가 마치 족쇄처럼 그를 벌거숭이로 쓰러트렸다.

"어머나! 추우신가봐. 이 소름······."

여자는 그에게 이불을 덮어주고 나서 자신도 알몸을 만들어 그 속으로 파고 들었다.

"왜 이렇게 됐어요? 딴 생각을 하니까 요렇잖아요! 도대체 아까부터 뭔 생각이 그렇게 많아요?"

그의 아랫것을 열심히 애무하던 손에 힘이 주어졌다.

"뭔 생각이냐니깐?"

"창세기."

"어머나, 징그러워! 세상에 허구 많은 것들을 다 놔두고 왜 하필 창사구 생각을 해요?"

1장 시인의 사랑　133

그는 품에 안긴 여자의 알몸을 무시한 채 술기 가득한 정신으로 계속 창세기의 장면을 떠올리고 있었다.
"그런 징그런 생각 하지 말고 자아, 이거……!"
여자가 갓난쟁이에게 젖을 물릴 때처럼 발기된 유두로 그의 입술을 문질러댔다.
"사탄!"
그가 여자의 유두를 피하며 굳어진 혀로 말했다. 그러자 여자는 젖먹이를 어르듯 말했다.
"사탕이 아니라 젖이야, 젖! 아이 착하지."
말 끝에 여자가 깔깔댔다.
잠시 후, 여자의 혀가 그를 애무하기 시작했다. 그는 여자의 애무를 받으며 생각 없이 '뱀'이라는 말을 흘렸다.
"또 그런 징그런 소리! 창사구니 뱀이니 그딴 징그런 생각 집어 치라고요! 술 취했어요?"
그가 아무런 대꾸도 않자 여자가 계속해 쏘아댔다.
"딴 데에서 이런 써비스 받아 봤어요? 특별 써비스라고요. 그런데 뭐라고요? 뱀?"
"아냐, 딴 생각을 한 거야."
"어머, 점점. 난 그런 사람 젤 싫더라. 나랑 잘 땐 내 생각만 해야 해! 딴 생각하면…… 알죠?"
여자가 그의 것을 부러뜨리는 시늉했다. 그러나 그의 머릿속에는 아까부터 윤진미의 생각으로 가득 차 있었다. 그는 자신을 애무하고 있는 여자의 손 조차도 윤진미의 것으로 착각하고 있는 것이었다.

여태까지 그의 몸 속에 퍼져 있으면서도 마음에 불을 당기지 못했던 욕구에 그러한 그녀의 환영이 드디어 발화제의 구실을 하게 되었다.

그의 귀에 "몰다우"가 흐르기 시작했다.

보헤미아의 깊은 숲에서 솟아나는 두 샘. 각기 흐르던 두 샘이 한 줄기로 모아지고 그 흐름은 굽이굽이에서 바위에 부딪혀 유쾌하게 소리친다. 햇빛을 받아 반짝이는 물결, 사냥꾼들의 피리 소리, 목장 사람들의 떠들썩한 혼례 잔치……. 강물은 쉼없이 흘러 급류에 이르고 물결은 바위를 삼켰다가 흩어지며 물보라를 이룬다.

그의 귀에는 아름답게 물결치는 몰다우 강이 쉬임없이 흐르고 있었다.

후회

강정길의 잠을 깨운 것은 시끄럽게 지저귀는 참새떼였다. 눈을 뜨자 전田자 꼴의 반투명 유리창틀 두 짝으로 된 창문에 새벽빛이 가득했다. 그 창문 바로 앞 측백 울타리에 자리잡은 새떼가 늑장 부리는 아침 해를 재촉하고 있을 터였다. 술을 함께 마시고 육체까지 나누었던 여자는 없었다. 여자의 환영만이 창문 앞에 서 있었다. 지난 밤, 안개처럼 자욱한 담배 연기를 빼기 위해 여자가 창문을 열었을 때 달빛을 받은 측백 울타리가 한 폭의 수묵화를 이루고 있었다.

"나는요, 추운 건 얼마든지 참을 수가 있는데 담배 연기는 못 참겠더라고요."

열린 창문을 등지고 서서 웃음짓는 여자의 앞니가 전등빛을 받아 하얗게 빛을 내고 있었다. 그 여자의 모습을 밀어낸 것은 윤진미의 환영이었다.

'나는 잠시 여자의 몸을 샀던 거야. 여자는 돈이 필요했고 나는 어쩔 수 없는 성 본능을 충족시켰을 뿐이야. 서로의 필요에 의해 섹스를 나눴을 뿐이란 말야. 아니, 여자와 섹스를 나눴지만 난 줄곧 진미, 너만을 생각했었어. 돈으로 산 여자를 품고서 어떻게 너를 생각할 수가 있느냐고? 더럽다고?'

윤진미의 화난 얼굴은 좀체로 지워지지 않았다. 그는 그 환영을 향해 계속 중얼거렸다.

'난 네게 나를 주고 싶었던 거야. 너의 모든 것을 속속들이 다 알고 싶고 또 널 위해 무슨 일이든 다 하고 싶은 거야. 그런데 난 지금 그럴 수가 없는 처지야. 고국에 사랑하는 애인을 둔 선원이 이국의 항구에서 그 애인을 위해 무엇을 할 수가 있겠느냔 말야. 고국의 애인을 생각하기 위해 돈으로 여자를 살 수도 있는 거잖아. 나도 그런 기분으로 여자를 샀던 거야. 그러니까 육체적으로는 딴 여자와 결합되어 있었지만 정신적으로는 진미 너와 결합되어 있었던 거야! 궤변이라고?'

그는 눈을 감고 잠을 청했다. 어디에 매인 몸이 아니니 이른 아침부터 부지런을 떨 필요가 없는 것이었다.

참새떼들이 자리를 옮겼는지 정신없게 시끄럽던 지저귐 소리도 수굿해졌다.

그가 이런 저런 잡념들에 시달리다 다시 잠이 든 것은 햇귀가 피어오르기 시작할 무렵이었다. 그런데 그가 가첨잠에서 깨어난 것은 꿈 때문이었다. 깊은 숲속에서 길을 잃고 헤매다가 눈을 뜨게 된 것이었다. 혼자서가 아니라 윤선미와 함께였다. 베트공의 포로가 된 그녀의 애인을 찾아주기 위해 숲으로 들어갔다가 그만 길을 잃게 된 것이다. 애인을 찾을 수가 없게 됐노라며 서럽게 울어대는 윤선미를 달래느라고 애를 쓰다가 꿈에서 깨어난 것이었다.

꿈에 본 그녀의 우는 모습은 언젠가 술집에서 실제로 본 바로 그 모습 그대로였다.

그때, 그는 그녀에게 말했었다. 언제까지 전사한 애인 생각으로 괴로워할 것이냐고. 그리고 덧붙여 이렇게 말했었다.

"빅톨 프랭클이라는 철학자가 있었는데 어느 날, 한 사내가 그를 찾아와서 하는 말이, 자기는 2년 전에 아내를 잃었는데 그 충격으로부터 풀려나지 못하고 절망의 나날을 보내고 있다는 것이었어. 그토록 죽은 아내를 사랑했던 거야. 그 얘기를 들은 그 철학자는 어떻게 하면 그 사내를 도울 수 있을까 여러 모로 궁리를 했지. 궁리 끝에 이렇게 질문을 했다는군. '만일 선생께서 먼저 돌아가셨고 부인께서 살아 계신다면 어떻게 됐겠습니까?' 그러자 사내가 대답했어. '아내가 무척 고통스러워 하겠지요. 생각만 해도 가엾소.' 그 대답을 들은 철학자가 이렇게 말했어. '그렇겠지요. 하지만 부인께서는 선생께서 돌아가신 것을 보지 않았기 때문에 그런 고통은 겪지 않으셨습니다. 결국 부인께서 그런 괴로움을 겪지 않게 하신 분이 곧 선생이란 말입니다.' 라고. 그러자 사내는 말없이 고개를 끄덕이고는 아주 평안한 표정을 짓고 돌아갔다는 거야. 즉, 괴로움은 그 원인을 알아내면 이미 괴로움이 아니라는 얘기지. 그러니까 미쓰 윤도 괴롭게만 생각하지 말고 그 괴로움을 극복할 수 있게 생각의 폭을 좀 넓히는 게 좋겠어."

　그의 얘기에 그녀가 반발하듯 질문했다.

　"선생님도 사랑했던 여자분의 배신 때문에 괴로워하시고 있잖아요. 그건 어떻게 설명하실 수 있죠?"

　"미쓰 윤 말대로 상당히 괴로워 했어. 그 여자가 무엇 때문인진 몰라도 다른 사람과 결혼을 했으니 자존심도 상하고 애인을 잃은 괴로움도 컸어. 나는 생각했지. 그 여자는 내가 군대 생활을 하고 있는 동안, 다른 남자를 사귀게 되었고 사귀다 보니 그 사람이 나보다 훨씬 좋은 사람이라는 것을 느끼게 됐을 것이라고 말야. 그 여자에게 버림받은 나는 분하기도 하고 우울하기도 했어. 그 여자도 내가 괴로워할 것을 생각하고 갈등을 느꼈겠지. 하지만 연애란 동정은 아니거든. 마음이 더 끌리는 남자를 만나게 되었는데 그 동정심 때문에 처음 남자, 즉 나를 버리지 않고 결혼한다면 그 여자의 일생은 물론, 나의 일생 또한 얼마나 불행하겠냔 말야. 그러니까 일시적으로 분하고 슬프고 한 것이 오히려 낫다고 생각해. 그래서 나는 날 배신한 그 여자가 다른 남자와 결혼한 것을 축복하기로 했어. 그 여자가 행복한 한평생을 보내게 되길 진심으로 빌기로 했어. 물론 이렇게 생각하기까지 어려움이 많긴 했지만."

　"그럼 요즘은 그 여자분 생각은 전혀 안하세요?"

　"기억을 어떻게 지울 수가 있어. 생각은 하지. 하지만 과거에 얽매여 있는 건 아냐."

　"그럼 지금이라도 새로 연앨하실 수가 있겠네요?"

　"첨엔 화가 난 아이들이 밥을 안 먹겠다고 하듯, 나도 결혼을 않겠다고 큰소릴 쳤었지. 하지만 시간이 지나니까 생각이 바뀌더군. 더 좋은 여자를 만날 수도 있고 그렇게 되면 결혼도 해야겠다고 말야. 지금 생각하면 그 여자는 날 사랑하고 있었던 것이 아니었나봐. 그 여자는 그냥 친구로 날 만나고 있었는데, 그 여자도 내가 그 여잘 사랑하고 있는 것처럼 날 사랑하고 있다고 나 혼자 그렇게 믿고 있었던 모양이야. 이를테면 짝사랑을 했던 모양이야. 짝사랑은 깨지게 마련이래."

"제가 좋은 여자 소개할까요? 그 떠난 분이 어떤 분인진 몰라도…… 혹시 알아요? 내가 소개하는 사람이 그 여자보다 훨씬 더 좋은 여자일지."

그가 대답 대신 웃음만 띠고 있자 그녀가 다시 물었다.

"제가 여자 소개하는 것 싫으세요?"

"싫긴 왜. 그런데 지금 내게 중신하겠다는 거야?"

"중신이라면 중신이죠. 사귀어 보고 서로 좋으면 결혼할 수도 있으니까요."

"어떤 여잔데?"

"의향만 있으시면 앞으로 알아보겠단 얘기예요."

"중매는 잘해야 술이 석 잔이고 그렇잖으면 뺨이 석 대라는데 공연히 나 때문에 미쓰 윤이 뺨 맞을까봐 두렵군."

"선생님이 어디가 어때서요? 일등 신랑감이죠. 선생님 앞이라서 하는 말이 아니라 사실이 그렇다고요."

"뺨 맞을 짓은 않는 게 좋아."

"어머나! 선생님이라면 술 석 잔이 아니라 서 말이라도 얻어먹을 자신이 있다고요."

"실직자에다 노총각을 소개받고 좋아할 사람이 어딨어?"

"무능력해서 실직자가 된 게 아니잖아요. 양심적으로 옳게 살려다가 그렇게 된 거 잖아요. 그리고 게다가 시인이시고요."

"비행길 태워주니까 싫진 않은데 요즘 세상이 어떤 세상인데……."

"아무리 황금만능 시대라고 해도 모든 사람들이 다 돈독이 들어 있는 건 아니라고요. 선생님처럼 반듯하게 살려고 하는 사람들도 많이 있다고요."

"그야 물론이지만 그런 사람을 만나기가 어디 그렇게 쉬워야 말이지."

"걱정 마세요. 제 인생은 엉망이지만 그래도 전 사람 보는 눈은 있으니까요. 기대하셔도 된다구요."

그는 그때 술자리에서 나눴던 얘기들을 까맣게 잊고 있었다. 다만 그때 '이 여자가 그래도 건전한 생각은 지니고 있구나' 싶었던 기억은 남아 있었다. 그런데 그녀가 그때의 얘기를 현실화시켰던 것이다.

그 날, 그녀가 자기의 친언니 윤진미를 커피숍 코지코너에 불러낸 뒤로 강정길과 윤진미 둘이서만 만난 횟수는 여태까지 서른 번쯤 되었다. 그렇게 되자 그들의 사이는 어느 결에 친숙하게 되었고 그는 그녀에게 반말을 해도 무관한 사이로 발전했다. 그러나 그들도 처음엔 서로 어색해 할 말을 찾지 못해 침묵에 빠져 있다가 둘이 동시에 입을 열기도 하는 멋쩍은 대화를 나누기 일쑤였다.

그들의 만남이 일곱 번 쯤 되었을 무렵, 미스 윤이 강정길에게 편지를 보냈었다. 자기 언니가 강 선생님에 대해 호감을 지니고 있는 눈치이니 만약 강 선생님 쪽에서도 자기 언니에 대해 호감을 갖고 있다면 좀더 적극성을 띄는 것이 좋을 것 같다는 조언이 주내용이었다.

물론 그는 그러한 조언이 있은 뒤로 윤진미에게 적극성을 보였다. 전에는 그녀와 헤어질 때 ㅅ시로 가는 버스 정류장이나 역까지만 따라 나가 배웅했었지만 그 뒤부터는 함께 ㅅ시로 가 집 앞에 까지 데려다 주곤 했다. 어제의 경우도 그는 그녀와 헤어지기 위해 ㅅ시까지 왔던 것이다.

그들은 어제 서울에서 만나 "웨스트 사이드 스토리"를 관람했다. 1961년에 작품상 · 감독상을 비롯하여 남우 조연상 · 여우 조연상 등 8개 부문의 아카데미 상을 석권한 명화였지만 그도 또 그녀도 '놓친 영화'였다. 흡사 "로미오와 줄리엣"을 연상시키는 줄거리였으며, 남자 주인공 토니 역을 맡은 리차드 베이머와 여자 주인공인 마리아 역의 나타리우드의 열연이 일품이었다.

적대 관계에 있는 깡패 두목의 여동생을 열렬하게 사랑하는 토니가 편지 연락의 착오로 애인 마리아가 죽은 줄로만 알고 적의 부두목 앞에 나타났다가 총을 맞고 마리아의 품에 안겨 죽는 라스트 신에 그녀는 흐느껴 울기까지 했다. 자신의 애인 토니를 죽인 것은 총탄이 아니라 인간의 증오심이라고 절규하는 마리아가 윤진미 뿐만 아니라 강정길도 울렸다.

그는 자신의 눈물을 찍어내고 나서 마구 들썩이는 그녀의 어깨를 감싸 안았다. 그러면서 그는 그녀에게 '사랑해!'라고 말하고 싶었으나 그것은 입 밖으로 나오지 못했다.

"바보! 바보!"

그는 그녀의 어깨를 감싸안고 있는 자신의 환영을 향해 소리치고는 그 소리에 놀라 벌떡 일어나 앉았다.

순간, 그는 자신이 알몸인 채임을 깨닫게 되었다. 이불이 벗겨져 드러난 살갗에 한기를 느끼자 그는 다시 이불을 덮고 누웠다.

"여자를 들이지 않았어야 되는 건데."

그는 다시 한번 중얼거리며 자신의 내의가 있는 곳을 찾아보았다. 아래 윗도리 내의들이 발치에 어수선하게 널려 있었다. 마치 뱀 허물 같았다.

'그래. 나는 허물 벗은 뱀이다. 허물 벗은 뱀! 낡은 비늘을 새 비늘로 바꾸기 위한 탈피. 그래 이제 나는 새로운 비늘로 새로운 삶을 시작해야 하는 거다!'

그는 이불을 걷어차며 자리에서 일어났다. 그리고 주섬주섬 옷을 주워 입고 나서 벽에 걸린 거울 앞으로 다가섰다. 군데군데 수은이 일어나 있는 낡은 거울에 상반신이 담겼다.

"목욕탕부터 찾아가야겠다."

그는 거울에 비친 자신을 향해 말했다. 묘하게도 입 부분의 수은이 새까맣게 죽어 있어 마치 복화술사를 마주하고 있는 느낌이었다.

"야, 강정길! 넌 어제 너를 더럽혔어!"

"더럽혔다구?"

"넌 어제, 밤 여자와 잤잖니?"

"그래."

"그러고도 윤진미를 사랑한다구?"

1장 시인의 사랑 143

"난 다만 밤 여자의 몸을 빌렸을 뿐이야. 난 윤진미와 잤던 거라구!"

"궤변이다!"

"궤변이 아냐! 난 윤진미를 사랑해. 윤진미와 함께 밤을 보내고 싶었던 거야. 그런데 그것이 현실적으로 불가능했기 때문에 그 욕구를 충족시키기 위해 밤 여자의 몸을 빌렸던 거야."

"지금 넌 네 자신을 속이고 있는 거라구."

"난 그 여자와 자면서도 윤진미만을 생각했어. 내 품에 안긴 여자를 윤진미라고 생각했었어. 정말이야."

"임마, 강정길! 내 말 잘 들어둬. 섹스는 남녀 두 사람 사이에 나눠지는 깊은 사랑의 보디 랭귀지여야 하는 거라구. 너는 밤 여자를 대용으로 윤진미와 깊은 사랑의 보디 랭귀지를 나누었다고 생각하고 있지만 윤진미는 그때 네 청혼 때문에 한잠도 못 잤을 수 있어. 그런데 넌 딴 여잘 품고 있었던 거야."

"......"

"바꿔놓고 생각해 보라구. 만약 윤진미가 다른 남자의 품에 안겨 그 사람과 섹스를 나누고 그 동안 너만을 생각했었노라고 한다면?"

"야, 임마. 시끄럽다!"

그는 거울 앞에서 물러났다. 더 이상 여관방에 머물러 있을 수가 없었던 것이다.

희망 여관에서 나온 그는 절망적인 기분으로 거리를 걸었다. 나날이 다르게 봄기운이 무르익는 4월초였지만 아침 저녁으로는 오히려 겨울옷이어야 하는 날씨였다.

한기에 어깨를 움츠리고 걷던 그의 발길이 멈춘 곳은 설렁탕집 앞이었다. 우선 허기진 배를 채워야 했기 때문이었다.

설렁탕집에 들어선 그는 난롯가에 자리를 잡고 앉아 주문을 한 뒤, 탁자 위에 널려 있는 신문을 펼쳐들었다. 와우 아파트의 도괴로 33명이 사망했다는 기사가 전부이다 시피한 이틀 전 것이었다.

"죄송하지만 오늘 신문은 없습니까?"

그가 주방 쪽을 향해 물었다.

"거기 없수?"

주방에서 여인의 목소리만 흘러나왔다.

"그저께 신문입니다."

"그럼 또 누가 집어 간 모양이우. 신문이라구 하나두 신통한 얘기가 안 실리는데 뭣 때문에들 집어가는지 원!"

주방에서 궁시렁거리는 소리가 흘러나왔다.

얼마 후, 설렁탕 뚝배기에 김치 보시기 등이 얹힌 쟁반을 들고 나온 여인이 말했다.

"오늘 신문 못찾았수?"

"여긴 없는데요."

"신문이라구 뭐 신통한 얘기가 나와야 말이지. 점점 살기는 어려워지고……. 못사는 놈만 죽어라 죽어라 하니 원!"

"……."

"내년에는 좀 나아질까 내후년에는 좀 나아질까 하면서 살아왔는데 나아지긴커녕 점점 살아가기가 힘드니 사는 재미가 있어야지. 그리구 아파트는 왜 무너져. 얼마나 엉터리루 지었기에 그 모양이야. 그러니 백성들이 맘 놓구 살 수가 있느냐구."

그는 여인의 말에 고개를 끄덕여 동감임을 알린 뒤 숟갈을 집어들었다. 그의 그런 고갯짓에 신이 났는지 여인은 목청까지 높였다.

"요샌 위층에서 쿵 소리만 나도 가슴이 철렁 내려 앉는다우. 그러니 사람이 불안해서 살 수가 있어야지."

"옳은 말씀입니다."

그가 입엣것을 얼른 넘기고 대답했다. 급히 넘긴 음식 탓이 아닌데도 그는 갑자기 속이 답답하여 뚝배기에 숟갈을 꽂은 채 멍하니 앉아 있었다. 그런 그의 눈 앞으로 그 밤 여자 얼굴이 크게 떠올랐다.

'여잘 받아들이는 게 아니었어.'

순간, 윤진미의 얼굴이 밤 여자의 환영을 밀어내며 그를 비웃고 있었다. 그는 수치심에 진땀이 나는 것을 느끼며 서둘러 설렁탕을 먹기 시작했다. 한시 바삐 목욕이라도 해서 더럽혀진 몸뚱이만라도 씻어야겠다는 생각이었다.

어머니

달달달……

어머니가 돌리시는 미싱 소리 들으며

저는 먼저 잡니다.

책 덮어 놓고.

어머니도 어서 주무세요, 네?

자다가 깨어보면 달달달 그 소리.

어머니는 혼자서 밤이 깊도록 잠 안자고

삯바느질을 하고 계셔요.

돌리시던 재봉틀을 멈추시고,

왜 잠깼니? 어서자거라.

중신어미

　가을이었다. 그러나 도시 서민들이 맞는 가을은 가로수의 잎이 물들고 낙엽이 지거나 행인들의 복장, 그리고 캘린더에 장식된 풍경화나 사진 따위로 느끼게 되는 것이 고작이었다. 경제적으로나 시간적으로 여유가 있는 사람들은 아침 저녁으로 선들바람이 불기 시작하면 단풍놀이다 피크닉이다 하며 장소를 물색하고 날짜를 잡느라고 야단법석들이지만 서민들은 김장이나 월동 준비 걱정으로 내내 가슴앓이를 해야만 하는 비정한 계절이 곧 가을인 것이다. 총각 때와는 사뭇 달라 강정길에게 있어서도 역시 가을은 그토록 비정한 계절이었다.
　그러한 가을의 한복판, 정확하게는 1972년 10월 17일 저녁답에 강정길은 처제 윤선미와 회사 근처의 다방에 앉아 있었다. 그녀가 자기 자신의 결혼 문제를 상의하겠다고 찾아 온 것이었다.
 그는 처제의 얘기를 다 듣고 나서도 이렇다할 의견을 내놓지 못하고 있었다.
 그때였다. 시끌시끌하던 홀 안이 갑작스레 조용해졌고 손님들이 모두들 텔레비젼 화면으로 눈길을 옮겨 놓고 있었다. 이미 몇 차례나 예고했던 '대통령의 중대 발표'가 시작될 모양이었다.
 "형부. 어떻게 하면 좋겠어요?"
 "중대 발표라니까 저것부터 듣고 나서······."
 "칫, 형분 은근히 정치에 관심이 많더라. 그까짓 정치······."
 "쉿!"
 강정길이 오른손 검지를 세워 입에 붙이며 주위를 둘러보았다. 그러고는 자기들에게 관심을 두는 사람이 없다는 것이 확인되자 그는 나직한 목소리로 그녀에게 주의를 주었다.
 "지금이 어떤 세상인데 함부로 그런 얘길 해? 말조심 하라구."
 그의 눈과 귀는 이내 텔레비젼으로 향했다. 누군가 소리 좀 키우라고 소리치자 레지가 볼륨을 높였다.
 대통령이 특별 선언문을 발표하고 있는 중이었다. 그들이 앉은 외진 자리에서 대통령의 모습은 볼 수 없었으나 텔레비젼의 볼륨을 키웠기 때문에 그 육성만은 똑똑히 들을 수 있었다.
 "······ 나는 평화 통일이라는 민족의 염원을 구현하기 위하여 우리 민족 진영의 대동 단결을 촉구하면서, 오늘의 이 역사적 과업을 강력히 뒷받침해주고 민족 주체 세력의 형성을 촉성하는 전기를 마련하기 위해 다음과 같이 약 2개월 간 헌법 일부 조항의 효력을 정지시키는 비상 조치를 국민 앞에 선포하는 바입니다.

첫째, 1972년 10월 17일 19시를 기해 국회를 해산하고 정당 및 정치 활동을 금지하는 등 현행 헌법 일부 조항의 효력을 정지시킨다. ……."

대통령의 특별 선언문 낭독프로는 20분도 채 걸리지 않았고 다방의 텔레비젼은 아예 꺼지고 말았다.

그의 뇌리엔 문득 '불가능은 다만 시간이 좀 더 걸릴 뿐'이라는 미국 속담이 떠올랐다. 좀 더 더디게 해결된다는 차이만 있을 뿐이지 불가능한 일이란 없다는 뜻이며 '내 사전에 불가능이란 없다'와 다를 바가 없었다. 그러나 과연 그럴까 하고 그는 고개까지 갸웃거리며 혼잣말로 중얼거렸다.

"불가능은 없을지라도 해서는 안되는 일까지 불가능이 없으면 안되지."

"형부, 이제 내 얘기두 좀 하자구요. 형부 의견 좀 말씀해 보세요."

"글쎄, 내 생각은 그렇게 서둘 일이 아닌 것 같아."

대답이 없는 그녀의 얼굴은 약간 상기되어 있었다.

"가랑잎도 떨어질 때가 돼야 떨어진다구. 뭔 일이든지 다 때가 있는 법이거든."

"그럼 형부는 우리 결혼을 일단 찬성은 하신단 말이죠? 다만 시기가 너무 이르다, 그 말씀이시죠?"

"그렇기도 하고……."

"그럼 또 뭐가 문제예요?"

"결혼 자체를 심사숙고해야 할 단계잖느냐, 이런 뜻이야."

그녀는 그의 대답이 너무나 뜻밖이라는 듯이 잠시 의아한 눈으로 그를 지켜보고 있다가 갑자기 자리에서 일어났다.

그는 그녀가 자기를 더 이상 의논의 상대로 여기고 싶지 않아 자리를 뜨려는 것으로 알고 급히 그녀의 옷소매를 잡으며 말했다.

"아직 내 얘기, 안 끝났어."

"가는 거 아녜요. 잠깐……."

그녀는 일어선 자세로 그를 내려다 보며 턱짓으로 화장실 쪽을 가리켰다.

"난 또……."

그는 잡았던 그녀의 옷자락을 놓으며 큰 소리로 웃었다. 그 웃음은 토라져 나가려는 걸로 오해했던 자신의 무안함을 덮으려는 것이 아니었다. 느닷없이 고등학교 때의 한 사건이 떠오르며 자아내게 한 웃음이었다.

여학교에서 전근 온 지 얼마 안되는 수학 선생님의 시간이었다. 수업 도중에 한 학생이 선생님 앞으로 나가 소변이 급하다고 말했다. 그러자 선생님은 '여학생이면 허락하지 않을 수 없지만 너희 사내놈들에겐 절대로 수업 도중에 변소행을 허락할 수 없어!'라고 단호하게 자르고 그 학생을 제자리로 돌아가게 했다. 그러자 여기 저기에서 질문들이 터져 나왔다. 많은 학생들의 장난기 가득한 질문들이었지만 내용은 '어째서 여학생에겐 허락하는 일을 남학생들에겐 허락하지 않느냐'는 한결같은 것이었다. 선생님이 그런 질문들을 묵살하자 이번에는 학생들의 입에서 여러 대답이 쏟아졌다. 여자의 요도는 남자의 절반도 못되게 짧다느니, 소변이라고 말하지만 월경일 경우가 많다느니 하는 대답들이었다.

그는 옛 기억을 지우고 나서 처제가 내놓은 의논거리에 대해 다시금 생각해 보았다. 퇴근 시간이 임박해 있을 때 그를 느닷없이 전화로 불러낸 그녀가 내놓은 의논거리는 결혼 문제였다. 그녀는 자기의 결혼 상대자부터 밝혔다.

월남전에서 전사한 애인이 잉태시킨 아이를 남해안의 ㅇ시에 있는 그의 친가를 어렵사리 찾아가 출산한 뒤, 6개월 쯤 지나 일자리를 얻기 위해 혼자서 잠시 서울에 올라왔을 때 길거리에서 우연히 만나게 된 사내가 결혼 상대자라는 것, 그 사내는 그녀가 졸업한 ㅅ시의 남녀 공학인 중학교 동창생이라는 것, 그의 도움으로 그녀는 그가 다니는 피혁 공장에 일자리를 얻게 되었을 뿐만 아니라 물심 양면으로 많은 도움을 받았다는 것, 나중에 알게 된 사실이었으나 그가 그녀에게 그토록 헌신적인 도움들을 베푼 것은 단순히 동향이요 동창생이어서가 아니라 학교 때부터 열을 올렸던 짝사랑의 상대였기 때문이었다는 것, 그녀가 고등학교에 진학한 뒤에 그는 가정 형편이 어려워 중학교만을 가까스로 졸업하고 상경하여 온갖 고생을 다 했으며 그럼에도 성격이 삐뚤어지지 않았을뿐더러 오히려 어떻게 보면 바보스러울 정도로 성실하고 정직하다는 등등이었다.

그녀는 한 십 분쯤 그 사내를 만나게 된 경위와 사람 됨됨이를 아주 세세히 밝힌 끝에 그의 의견을 물었다.

"김진철, 그 사람 이름이 김진철이예요. 그 사람이 벌써 일 년 전부터 결혼을 하자고 졸라대고 있어요. 그래서 저도 생각을 굳혔어요. 형부 의견은 어때요?"

"내가 겪어본 사람도 아닌데 지금 이 자리에서 당장에 이렇다

저렇다 대답하기가 곤란하군."

"아까도 얘기했지만 사람은 그만이라고요. 보탠 얘기도 또 뺀 얘기도 없어요. 미처 생각이 나질 않아 못한 얘기가 있다면 모르겠지만."

"나야 처젤 믿지."

"그럼 의견도 말씀하실 수가 있잖아요?"

"처제 얘길 전적으로 믿지만 그래도 심사숙고해야할 문제라구."

"……."

"이 얘길 아는 사람이 누구누구야?"

"없어요. 오늘 첨으로 형부한테만 말씀드린 거예요."

그의 눈 앞에 장인·장모의 얼굴이 번차례로 떠올랐다. 그는 가볍게 도리질을 하고 나서 난처한 표정을 지으며 물었다.

"뭣보다두 아버님이랑 어머님께서……."

그녀가 잽싸게 그의 말을 잘랐다.

"제가 형불 찾아온 게 바로 그 때문이예요."

그는 눈을 좁히며 생각에 잠겼다.

'그렇다면 장인·장모를 설득시켜 달라는 부탁을 하러 온 것이구나. 악역 중에서도 악역이야.'

그는 그런 악역을 과연 자기가 감당해 낼 수 있을지, 전혀 자신이 없었다.

"갑작스레……."

입엣말처럼 중얼거리는 말을 그녀가 또 잽싸게 잘랐다.

"우리들에겐 갑작스런 일이 아니예요. 그리고 빨리 해결돼야 하거든요."

그는 여태까지 처제와 나눴던 얘기들을 떠올리다가 문득 뭔가 수상하다는 생각이 들었다. 갑자기 찾아와 서둘러대는 데에는 다 그만한 까닭이 있지 않겠느냐 싶었던 것이다.
'혹시 또 임신이 된 게 아닌지 모르겠군.'
그는 고개를 갸웃거리고 나서 담배에 불을 달렸다.
바로 그때, 화장실에서 돌아온 그녀가 자리에 앉으며 물었다.
"그 동안 생각 좀 해보셨어요?"
그가 대답 대신 담배 연기만 내뿜고 있자 그녀가 재우쳐 물었다.
"뭐 좋은 생각 없으세요?"
"글쎄."
"아버지랑 엄마만 설득시키면 되는 건데……."
"아니, 그게 전부지 무슨 문제가 또 있어?"
"그야 그렇죠."
"그러니까 내가 아까부터 하는 얘기는 두 분의 반승낙이라도 받아 놓은 다음에 저쪽, 김진철이라고 했던가? 그 사람한테 얘길 하는 게 좋단 말이야."
"……."
"그리구 처제도 객관적인 입장이 돼서 다시 한 번 냉정하게 생각해 보고."
"아까도 얘기했지만 제 결심은 이미 굳어졌어요."
"글쎄 내 생각은 처제의 결심이 너무 성급하다는 거야. 그리구 너무 감정만을 앞세운 결심이 아닌가 하는 생각도 들구."
"뭔 뜻이에요?"
그는 처제의 물음에 짜증이 났다. 못 알아들을 얘기가 따로 있지, 그 얘기를 못 알아들으면 어쩌느냐 싶었던 것이다.

"우선 두 사람의 학력만 해도 그렇잖아? 김진철이란 사람은 중학 졸업자고 처젠 여고 졸업자 아냐!"

"그래요. 그렇지만 왜 그게 문제가 되죠? 형부, 그 사람은 날 죽자사자 사랑하고 있어요. 형부, 나도 이제 사랑 좀 받으면서 살고 싶어요. 난 그 동안 너무 힘들었었다고요. 그러다가 이제 겨우 날 사랑하는 사람을 만나게 된 거라구요. 지금 내게 필요한 건 날 사랑하는 사람이지 학력이 높은 사람이 아니라구요. 그리고 난 여고 때 늘 공부가 뒷전이었으니까 중학교만 나온 그 사람과 아무것도 다를 게 없어요. 다른 게 있다면 그 사람한테는 없는 고등학교 졸업장이 내겐 있다는, 그 종이 한 장이 더 있다는 차이 뿐이예요. 형부, 지금 내게 필요한 사람은 학력이 높은 그런 사람이 아니라 날 진정으로 사랑해주는 그런 사람이예요."

긴 얘기를 마친 그녀는 눈물을 잦히기 위해 고개를 젖히고 있었다.

그는 그녀의 마음이 진정되기를 기다리기로 했다.

그의 입에서 뿜겨져 나오는 담배 연기는 유난히 짙었다. 그는 계속해 자신이 뿜어댄 담배 연기를 지켜보고 있다가 도우넛 형으로 떠 있는 연기를 발견하게 되었다. 작정을 하고 그렇게 만들려 해도 번번이 실패했던 도우넛이 생각지도 않게 만들어졌던 것이다. 문득, 담배 연기로 하트를 만든 뒤, 다시 연기로 화살을 만들어 쏘아 관통시키는 한 컷짜리 외국 만화가 생각났다. 그의 생각은 나래를 폈다. '누군가 말했지. 투 리브 이즈 투 러브To live is to love 라고.'

그의 눈 앞에 잎을 다물고 있는 꽃 한 송이가 떠올랐다. 그 꽃 주위의 어둠이 서서히 걷히며 꽃은 꽃잎을 열기 시작했고 이내 활짝 피었다.

'밤에 다물렸던 꽃잎이 따뜻한 아침 햇살을 받으며 활짝 피어나듯, 처제의 삶도 이제 어둠에서 벗어나 활짝 피기 시작한 거야.'

"형부."

그가 생각의 나래를 접고 고개를 돌렸다. 도저히 잦힐 수 없는 눈물을 손수건으로 찍어내며 그녀가 입을 열기 시작했다.

"형부, 우리 집안에선 형부만 알고 있는 사실이지만, 만약 저쪽 집안에서 내 과거를 안다고 해보세요. 날 며느리로 맞아들이겠냐고요."

그는 그녀의 얘기에 속으로만 수긍을 했다. 여고 졸업자의 남편감에게 중학교 졸업장밖에 없다는 것은 흠이 될 수 있다. 그러나 그에 비한다면 색시감에게 다른 남자와 동거생활은 한 과거가 있고 게다가 출산까지 한 적이 있다는 것은 얼마나 큰 흠인가.

그가 도장이라도 찍어대듯 재떨이에 담배를 꾹꾹 눌러대면서 말했다.

"이왕 처제가 먼저 꺼내 놓은 얘기니까 그와 관련된 몇 가지만 물어볼 테니 솔직히 말해줘."

"형분 아까부터 솔직, 솔직, 그러시는데 내가 언제 형부 앞에서 솔직하지 않았던 적이 있었어요? 형불 첨 만났던 날, 그 날도 내가 내 과걸 죄 털어 놨었잖아요."

"어휴 그만해. 미안하다구."

그가 손사래를 치고 나서 말을 이었다.

2장 어머니 157

"혹시 처제가 그 과거 때문에, 말하자면 자학적으로 그 김진철과 결혼하겠다고……."

"아까 얘기했잖아요. 그 사람이 날 죽자사자 사랑하고 있고 나도 또 사랑한다고요."

"그럼 또 한 가지. 김진철이라는 사람이 처제의 그 과거에 대해 알고 있어?"

그의 물음에 그녀는 대답 대신 힘없는 도리머리를 했다.

그가 다시 물었다.

"그 얘길 할 거야?"

그녀는 한동안 생각에 잠겨 있다가 입을 열었다.

"그 문제로 오랫동안 괴로웠어요. 그러나 결국 얘길 않기로 했어요. 왜냐하면, 모르는 게 약이라는 말도 있잖아요. 그리고 난 내 아일 완전히 포기했거든요. 그 집에선 내가 그 앨 데리고 사라질까봐 나 없는 사이에 도망쳤다기보다 결혼식도 올리지 않은 처녀가 전사한 자기네 아들의 유복자 때문에 앞길을 망쳐서는 안된다는 생각으로 내가 찾지 못할 곳으로 이살 했을 수도 있거든요. 하기야 죽은 외아들이 남긴 단 하나밖에 없는 손잔데 내가 그 아일 데리고 간다든지 혹은 내가 잘못 키워서 그 아이의 장래가 어떻게 될지, 그런 것도 맘에 걸렸을 테지만요. 또 그 앨 미끼 삼아 내가 돈이라도 울궈낼지 모른다고 걱정했을지도 모르는 일이고……. 그래서 내가 그 앨 못찾게 만든 것이거든요. 한마디로 그 집에선 내 장래도 염려했지만 또 날 믿지 못했던 점도 있다고 봐요. 그래서 내가 찾을 수 없게 숨었는데 내가 무슨 수로 걜 찾을 수가 있겠어요? 그래서 걜 포기한 거예요. 낳지 않으려다 난 아이라고 생각하니까 포기하기가 좀 수월해지더라고요. 어머나, 내가 뭔 얘길 하려다가 이렇게……. 아, 그 얘기였지. 긁어서 부스럼 만들 필요가 없다는 생각이라구요."

"그래, 나도 같은 생각이야. 실은 아까부터 그 문제가 걱정이 됐었거든."

그는 말을 끝내고도 계속 고개를 끄덕여댔다. 그러면서 다시 입을 열었다.

"처제, 아까두 말했지만 이 일은 서둘 일이 아냐. 괜히 서둘다가 일을 그르칠 수도 있단 말야. 내 어떻게 해서든 성사되도록 해 볼 테니까 그 대신에 시간 좀 줘."

"형부, 난 형부나 언니처럼 아버지랑 엄말 모시고 축복받는 결혼식 올리고 싶어요."

"그러니까 서둘지 말란 말야."

"형부가 아버지랑 엄말 설득시킬 자신만 있다면……."

"처제. 미국 속담에 '불가능은 다만 시간이 좀 더 걸릴 뿐'이라는 말이 있어. 뭔 뜻인지 알지?"

"형분 날 등신으로 아시나봐."

그는 그녀의 밝은 웃음에 마음을 놓으며 자리에서 일어섰다.

다방에서 나와 시계를 들여다 보며 그는, 약속 시간을 지키려면 바쁘겠구나 생각했다.

"형부, 형부가 꼭 책임지셔야 해요. 알았죠?"

"중신에미의 명인데 어찌 거역하겠나이까!"

그가 사극 배우의 흉내를 내자 그녀는 깔깔거리고 나서 또 빠르게 입을 놀렸다.

2장 어머니 159

"형부, 준용이 잘 크죠? 요즘 옹알이가 한창이라데요? 우리 언니 못 만났다면 그런 아들을 어떻게 얻었겠어요?"

"그게 다 처제 덕이지. 품앗이는 책임지고 해 줄 테니까 이제 그 중신에미 공치사 그만 좀 해."

그는 그녀의 어깨를 가볍게 쳐주고는 돌아서서 건널목 쪽으로 달렸다. 막 신호등이 파랗게 밝혀졌기 때문이었다.

철새의 땅

 눈이 떠졌을 때 창문이 훤했으므로 강정길은 깜짝 놀라 윗몸을 일으켰다. 아주 잠깐, 늦잠 때문에 지각을 하게 됐다는 걱정을 했었던 것이다. 그러나 이내 창문으로 쏟아져 들어오는 것이 달빛임을 깨달을 수 있었다.
 그는 창에서 거둔 눈길로 머리맡의 자명종 문자판을 쓸었다. 비쳐든 달빛을 등지고 있는 자명종의 야광침이 네 시가 채 안된 시각을 가리키고 있었다. 7분 후면 통행금지를 풀어주는 싸이렌이 울릴 것이었다.
 그의 시선은 다시 자명종의 문자판 위를 더듬었다. 종을 울리게 하는 바늘은 '6' 자 위에 얹혀 있었다. 지난 밤, 잠들기 전에 맞춰 놓은 그대로였다. 여섯 시에 일어나야만 여덟 시에 시작하는 회의에 늦지 않게 출근할 수 있었다. 사장은 이상한 취미(?)가 있는 사람이었다. 출근 시간은 엄연히 아홉 시인데 회의가 있는 날은 그 회의에 참석할 사람을 꼭 한 시간 전에 소집하곤 했다. 그러나 아무도 그 이유를 정확하게 아는 사람은 없었다.

그는 자명종에서 시선을 거두며 다시 눈을 붙일까 하다가 조용히 자리에서 일어나 창문 앞, 앉은뱅이책상으로 다가가 앉았다. 달아난 잠을 억지로 청하느라고 애를 쓸 것이 아니라 책이라도 몇 쪽 읽는 게 낫겠다 싶었던 것이다.

그는 뒤를 돌아다 보았다. 달빛이 비치는 자리는 아니었으나 어린것을 끼고 모로 누운 아내의 모습이 어렵잖게 분간되었다. 해종일 어린것에게 시달린 에미나 그 에미를 시달리게 한 어린것이나 한결같이 깊은 잠에 빠져 있었다. 그렇긴 했지만 그래도 혹 잠을 깨우게 될지도 모른다 싶어 조심조심 책상서랍을 열고 비상용으로 마련해 둔 초를 꺼내어 불을 밝혔다. 그리고 책꽂이에서 디어도어 드라이저의 『아메리카의 비극』 하권을 뽑아 서표가 끼워져 있는 갈피를 펼쳤다. 열심히 읽는다고 읽어 왔건만 구입한 지가 한 달도 넘는데 아직도 하권의 반 이상이 남아 있었다. 핑계가 아니라 그만치 바쁘고 피곤한 나날이었던 것이다.

그의 근무처 ㅎ출판사는 외판外販조직이 강하기로 정평이 나 있었다. 외판이란 판매 사원이 상품의 견본이나 카탈로그 등을 가지고 직접 가정 또는 직장 등으로 고객을 찾아다니며 판매하는 것이므로 그 조직이 강하다는 것은 유능한 판매 사원이 많다는 얘기였다.

이 ㅎ출판사 최 사장은 원래는 출판인이 아니었다. 한창 나이

때 ㄷ시에서 사업을 하다가 집까지 날리고 빈 손으로 상경하여 밥
술이라도 벌까하여 서적 외판원 노릇을 시작했던 사람이다. 그러
나 그는 워낙 부지런한 데다 낯이 두텁고 간도 커 외판원 십 년 동
안에 큰 돈을 모았고 또 그 돈으로 서적 외판 업체를 설립하여 크
게 성공한 것이다. 이렇듯 서적 외판 사업이 성공을 거두게 되자
그는 또다시 그것으로만 만족할 수가 없었다. 남들이 잡은 고기를
떼다 파는 것보다 이왕이면 내 손으로 직접 잡아서 팔고 싶었던
것이다. 그가 거느리고 있는 외판 사원들은 대개 정년 퇴직을 한
공무원들이었으며, 그런 사람들이 아니라도 소위 말하는 '마당발'
들이 주를 이루었다. 그들은 주로 한 질이 20권 또는 30권씩 되는
전집류를 월부로 판매했는데, 그 판매액에 비례하여 수당이 높아
졌으므로 어떤 수단으로든 판매 실적을 올리려고 기를 써댔다. 그
러므로 교사로 정년 퇴직을 한 판매 사원들은 대기업의 간부사원
봉급의 반 년치도 넘는 월수입을 올리는 경우가 드물지 않았다.

그가 맨처음 ㅎ출판사 사장을 면담하던 날, 그는 '우리 외판 조
직은 종이에다 먹칠만 해 놓아도 순식간에 팔 수 있다' 고 장담했
었다. 그 말에 허풍깨나 떠는구나 생각하며 그가 웃자, 최 사장은
정색을 하고 다시 입을 열었다.

"뭔 책이든 만들어만 내시오. 삼십 권짜리 아니라 삼백 권짜리
전집이라도 오천 질은 눈깜짝할 사이에 팔 테니!"

최 사장의 그 자신만만한 말투로 보나 그의 표정으로 보나 순
전히 허풍만은 아닌 듯하여 그는 기가 질렸었다.

그를 최 사장과 연결시켜 준 사람은 ㄷ출판사 편집부장인 이부
일이었다.

재작년 가을 어느 날이었다. 강정길은 그날, 매달 잊지 않고 아르바이트 거리를 마련해 주는 그에게 감사의 뜻도 표시할 겸 술대접을 하겠다고 제의했다. 벌써 오래 전부터 그런 뜻을 전했었으나 그는 그때마다 선약이 있네, 문상을 가야 하네, 집안에 뭔일이 생겼네 하며 응하질 않았었다. 그런 사람이 그날은 왠지 마치 강정길의 입에서 그런 얘기가 나오기를 기다리고나 있었다는 듯이 말했다.

"그러시오. 이 근처에 불고기 잘하는 집이 있습니다. 강 형한테 할 얘기도 있고 하니……."

"마침 잘됐군요. 그렇잖아도 불고기 생각이 나던 참이었습니다."

그가 맞장구를 쳤다. 실은 불고기 생각이 났던 것은 아니었으나 불고기 얘기를 듣는 순간 저절로 침이 고인 것은 사실이었다. 그만치 고기맛을 본 지가 오래됐던 것이다. 그런데 이 부장이 그를 데려간 곳은 음식점이 아니었다. 푸줏간이었다. 그 푸줏간 안쪽에 4인용 탁자가 딱 세 틀 놓여 있었는데 그 탁자들은 모두 비어 있었다.

"아니, 좀 좋은 데로 가시지요."

그가 탐탁치 않은 눈으로 이 부장을 바라보았다.

"난 여기보다 더 좋은 데가 없습디다. 고기가 싱싱하고 게다가 싸거든요. 그리고 등심, 안심, 곱창, 간……. 여러 부위를 맛볼 수도 있고요."

앞장서서 앉을 자리를 찾아가는 이 부장에게 푸줏간 사내가 말했다.

"마누라가 병이 나서 오늘은 불고기 재어 놓은 게 없는뎁쇼."
"불고기만 고깁니까. 고기보다도 세상 좀 씹으려고 왔어요."
이 부장이 40대의 텁석부리 주인을 웃기고 나서 그를 돌아다 보며 계속 입을 놀렸다.
"이 집은 고기도 싸고 좋지만 그보다도 조용히 얘기를 나누는 데 아주 십상이거든요."
그는 이 부장의 말에 대꾸를 하지 못했다. 자기에게 뭔가 은밀한 얘기를 할 모양인데 그게 무슨 얘기일까 하는 생각에만 골똘해 있었다.
그들이 그곳에서 구워 먹은 고기는 등심, 곱창, 양, 염통 등이었다. 소주도 세 병이나 비웠다. 그런데도 그들이 나눈 얘기라고는 물가 오르는 얘기, 책 만드는 얘기, 여자 얘기, 취중에 실수한 얘기 따위가 고작이었다.
강정길은 진작부터 이제나 저제나 하고 이 부장의 입에서 나올 얘기를 기다리고 있었으나 그의 입에서는 아직도 '할 얘기'와 '은밀한 얘기'가 나올 기미조차 없었다.
참다 못한 그가 변죽을 울렸다.
"뭐 좀 다른 얘기는 없습니까?"
"강 시인 요즘 시 많이 썼습니까?"
동문서답에 맥이 빠져 그가 입을 다물고 있자 이 부장은 계속 입을 놀렸다.
"강 시인, 칼같은 시 좀 쓰시오! 폭탄같은 시 좀 터뜨리시오! 속이라도 후련하게 한 방 터뜨리시오!"
"……."

"강 시인, 강 시인은 유신을 어떻게 생각하시오?"
"내가 아는 건 김유신 장군의 유신과 삼강오륜의 붕우유신, 그리고 일본의 명치유신인데 어떤 유신을 말씀하시는 겁니까?"
그는 분위기가 너무 딱딱해지는 것 같아 우정 농담을 내뱉었다.
"이제 강 시인의 새타이어〔풍자〕가 슬슬 터지기 시작하는군. 거, 얘길 하고 보니 강 시인의 새 타이어에 펑크가 났다는 얘기가 됐군, 하하하. 웃을 일이 없을 땐 이래서 웃어보는 거요. 안 그래요?"
"옳습니다."
그는 짧게 맞장구를 치고 나서 석쇠 위의 고기를 뒤집는 체, 입을 다물었다.
유신維新에 대해 얘기하다 보면 속이 끓어오를 것 같고, 그러다 보면 술김에 어떤 말들을 하게 될지 알 수가 없는 노릇이었기 때문이다.
사실 그는 갑작스레 생겨나 전염병처럼 퍼지기 시작한 '유신'의 정체를 확실히 알기 위해 얼마 전에 여러 책을 뒤져 보았었다. 그래서 '낡은 제도를 고쳐 새롭게 한다'는 뜻으로만 알았던 그 '유신'이 『시경詩經』에서 비롯된 것임을 알게 됐던 것이다.
덕치德治를 베푼 임금으로 유명한 주나라 문왕을 칭송한 '아악'의 가사가 "시경"에 실려 있는데, 그 가사 중 '문왕재상文王在上(문왕이 위에 계시니) 어소우천於昭于天(아, 하늘에 빛나시도다) 주리구방周雖舊邦(주나라가 비록 옛나라이나) 기명유신其命維新(그 명이 새롭도다)'에서 비롯된 것이라고 되어 있었다. 어쨌든 유신은 국가적 차원에서 낡은 제도를 고쳐 새롭게 한다는 뜻이요, 그것은 발전적이고 과감한 개혁을 의미하는 것이다. 그러나 박 정권의

'유신체제'는 반민주적이요 헌정 질서를 짓밟아 역사를 후퇴시킨 독재정치 체제라는 비판이 지배적이었다. 그럼에도 국회가 해산되고 정당 및 정치 활동이 금지되었으며, 일부 헌법 조항들이 그 효력을 정지당해 국민들의 눈과 귀를 가렸으며 입을 봉해 버렸다.

"흐르던 물길을 막아 가두면 언젠가는 반드시 둑이 터져 물난리가 나게 마련이라는 걸 왜 모르는지 난 그게 이해가 안된단 말이요!"

결국 이 부장이 씹고 싶었던 세상사가 바로 이것이었구나 하고 생각만 할 뿐 그는 말머리를 돌려 무거운 입을 열었다.

"아까 제게 할 얘기가 있다고 하셨는데……."

"아! 그래요. 할 얘기가 있지요. 깜빡 잊고 있었군. 강 시인, 혹시 철새떼 우두머리 노릇 할 생각 없소?"

'철새'란 철을 따라 먹이를 찾아서 옮겨 다니는 철새처럼 이 출판사에서 저 출판사로 이동하며 벌이를 해야만 하는 임시직 교정사원들을 일컫는 출판계의 은어였다. 대부분의 출판사들은 자기네가 기획한 출판물들이 본격적으로 제작에 들어가게 되면 그 기간을 단축시킬대로 단축시키기 위해 한꺼번에 그 '철새떼'를 끌어들여 교정이라는 먹이를 뿌려주었고, 제작이 완료되어 교정거리가 없어지면 '철새떼'를 풀어 날리곤 했다. 필요에 따라 언제든지 그리고 얼마든지 그런 '철새떼'를 끌어 모을 수가 있으므로 경영자들은 교정원을 고정직으로 채용하는 것을 어리석기 짝이 없는 짓으로 여기는 것이었다. 고정 사원에게는 도서 제작의 공백기에도 급료는 물론이려니와 수당, 퇴직금까지도 계산해야만 하기 때문이었다.

"그런 자리가 있긴 합니까?"

"한 일 년쯤 임시로 편집 책임을 맡는 일이오. 무슨 전집 기획을 세워 놓은 모양인데 그 전집이 나올 때까지 편집을 책임질 사람을 구하지 못한 모양입디다. 날더러 좋은 사람을 추천해 달라는 거요. 아주 유능한 사람으로. 그래 내가 한마디 해줬소. 유능한 사람은 얼마든지 있지만 그런 '철새 우두머리' 노릇을 하겠다고 할진 모르겠다고. 그랬더니만 일하는 동안 사람 됨됨이를 봐서 맘에 들면 정식으로 채용할 생각이라는 얘길 합디다. 그러나 요즘 세상에, 보증인까지 세워 도장 찍은 서류도 못 믿는 세상에 입에 발린 그 말을 어떻게 믿겠소. 그렇잖소?"

그는 대답 대신 입웃음으로 그 말에 수긍을 표했다. 그러자 이 부장은 잠시 후 자신의 말을 뒤집었다.

"하기야 남을 못 믿는 것도 병은 병이지. 서로들 남을 믿지 않으니까 세상이 이렇게 각박해진 거요. 그렇잖소? 얘기로는 보수도 다른 데에 비해 높게 책정할 작정이라니까 한번 해보시오."

"생각은 간절하지만 추천하신 이 부장님 욕이나 먹이지 않을까 걱정부터 앞섭니다."

"천만의 말씀! 그런 걱정은 안해도 됩니다. 밑져봤자 본전이니 한번 만나보는 것도 괜찮을 것 같소."

이 부장이 지갑 갈피에서 ㅎ출판사 사장의 명함을 꺼내 그에게 건네주며 말을 마쳤다. 그의 말대로 '밑져봤자 본전'이라고 생각하며 그는 그 이튿날, ㅎ출판사 사장을 만났고 면담 끝에 임시직 편집부장 자리에 앉게 되었다. 비록 임시직이긴 했으나 그에게 일 년 동안 맡겨진 임무는 중요한 것이었다. 기획 업무를 비롯하여 편집, 제작은 물론 임시 직원의 채용에 이르기까지 모두가 그의 권한이자 책임이었던 것이다.

그는 그 막중한 책임들을 1년 동안 성실하게 수행했으므로 ㅎ출판사의 정식 편집부장이 된 것이었다.

그가 임시직으로 1년, 정식 사원으로 채용된 뒤 1년, 도합 2년 동안을 ㅎ출판사에 근무하는 동안 그에게는 많은 변화가 일어났었다. 그 변화란 그의 행운을 뜻하는 것이었다. '불행은 어깨동무를 하고 다닌다'는 러시아의 속담과는 정반대인 그런 행운이었다. 임시직이긴 했지만 일자리가 생긴 것과 거의 동시에 윤진미를 아내로 삼아 가정을 꾸미게 되었고, 그 1년 뒤에는 정식 사원이 되는 것과 때를 같이 하여 첫아들을 얻게 되었던 것이다. 사글세방 신세를 면하고 전세방에서 살 수 있게 된 것도 행운이라면 행운이었다. '어깨동무를 한 행운'이 그에게 찾아들었던 것이다.

그에게서 회상의 장막을 걷어 준 것은 아내의 기척이었다. 그는 아내가 잠이 깼나 싶어 뒤돌아 보았으나 가벼운 잠꼬대였던 모양으로 여전히 아이를 낀 채 잠들어 있었다.

그는 정신을 가다듬고 펼쳐 놓은 책 위로 눈길을 깔았다. 서표가 끼워져 있던 갈피에서 책장이 넉 장이나 넘어가 있었지만 거기에 담긴 내용은 전혀 기억에 없었다.

책장 위로 사장의 얼굴이 펼쳐졌다. '무슨 회의일까?' 하고 여러 가지로 추측을 해보며 그는 고양이 걸음으로 문을 향해 다가갔다. 담배 생각이 간절했던 때문이었다. 그는 아내와 아이를 위해 방 안에서 담배 피우는 일을 삼가고 있었다.

사위질빵

"부장님 퇴근 안하세요?"
혜숙이 강정길의 책상 앞으로 다가서며 물었다. 그러나 그는 숙인 고개를 들지도 않고 대꾸했다.
"난 일이 있어서……. 너 학교에 늦을라. 어서 가거라."
"늦지는 않아요."
"좀 일찍 가는 게 낫지. 시간에 쫓겨 허덕이는 거보담."
그는 여전히 숙인 고개를 들지도 않고 말했다. 혜숙은 그의 책상 앞에서 물러섰으나 퇴근할 생각을 않고 있었다. 그제서야 그는 만년필을 원고지 위에 던지며 고개를 들었다.
"왜, 나한테 뭔 할 말이라도 있니?"
"아녜요. 퇴근을 하셔야……."

혜숙이 살짝 붉힌 얼굴에 무렴한 웃음을 지었다. 그러한 표정을 보고서야 그는 혜숙이 왜 퇴근을 못하고 있는지 그 까닭을 눈치챌 수가 있었다. 혜숙은 언제나 퇴근하기 전에 청소를 해 놓고 학교엘 가곤 했었는데 그가 퇴근을 않고 있으니까 청소를 할 수가 없었던 것이다.

"난 원고 쓸 게 있어서 그런다. 언제 끝날지 모르니까 어서 청소해 놓고 학교에 가렴."

"먼지 때문에……"

"글쎄 괜찮아!"

그의 목소리에 짜증이 배어 나왔다. 똑같은 말을 되풀이하게 만드는 것이 그날 따라 여간 신경에 걸리지 않았던 것이다. 이내 짜증낸 것이 후회스러웠지만 이미 엎지른 물이라 생각하며 그는 다시 만년필을 집어들며 부드러운 목소리로 말했다.

"네가 매일같이 마시는 먼진데 내가 오늘 한 번 못 마시겠니? 어서 청소해."

"네."

대답에 미안한 마음이 그대로 나타나 있었다.

혜숙은 강정길 아내의 외사촌 동생이었다. 그에게는 '장모 남동생의 막내딸'이었다.

그가 이 ㅎ출판사와 인연을 맺은 지 일 년쯤된 어느 날, 장모의 간절한 부탁이 있었다.

"애비가 죽은 뒤에 태어난 친정 조카딸년이 하나 있는데 걔 어디다 취직 시킬 수 없나? 야간학교에 다니는 애야. 학자금이라두 지가 벌어야지 그렇잖고는 형편이 어려워서…… 제발 자네가 힘

좀 써주게나."

"예, 알겠습니다."

그는 장모의 부탁에 가능할 것처럼 대답을 했으나 실은 누구에게 부탁을 해야할지 걱정이었다. 사실 따지고 보면 그도 실직자나 마찬가지였으며 '제 코가 석 자'인 주제에 남의 일자리를 부탁하고 다닌다는 것 자체가 웃기는 노릇이었다. 그런데 일이 잘 되어 장모에게 점수를 딸 수가 있게 됐던 것이다. "현대여성교양전집"이 완간되어 임시 직원들이 모두 떠난 뒤, 사장이 그만을 불러 정식 직원으로 채용하겠노라고 말했던 것이다.

"오늘부터 정식 편집부장이오. 그러니 다음에 낼 전집을 기획하도록 해요. 그리고 전화 받고 사무실도 지킬 만한 참한 여자애가 있으면 데려다 써요."

그는 그 얘기를 듣는 순간 자기가 정식 직원으로 채용된 기쁨 못지않게 장모에게 체면이 서게 됐다는 것 때문에 큰 기쁨을 느낄 수 있었다.

한 사무실에서 근무하게 되던 날부터 그는 혜숙을 생판 모르는 남인 것처럼 대했고 혜숙도 그랬다. 사장이나 다른 직원들이 둘의 사이가 인척간이라는 것을 알아서 이로울 게 전혀 없었으므로 직장에서는 남남으로, 상사와 부하직원으로만 행세하자고 약속이 돼 있었던 것이다. 그러나 그는 혜숙에게 여러 가지로 도움을 주었다. 이른 아침에 출근하여 청소하는 것이 안쓰러워 퇴근 때 미리 청소를 하게 한 것도 그 중의 하나였다.

혜숙은 청소를 끝내고 나서 인삼차를 타가지고 그의 책상에 올려 놓으며 말했다.

"청소하느라 부산을 떨어 원골 못쓰셨죠?"
"아냐. 그렇잖아도 차 한잔 마시고 싶었는데, 고맙다."
"진작 말씀하시지요. 어머, 한 장도 더 못쓰셨네요? 낼 아침에 일찍 나와서 할걸 그랬나봐요."
"원고 못 쓴거랑 네가 청소한 거랑은 아무 상관도 없어. 다 끝냈거든 어서 가거라."

그가 다시 원고지 위로 고개를 숙이며 말했다. 그가 쓰는 것은 수필이었다. 월간 "ㅇ"지의 김연호가 청탁한 원고였다. 아무 내용이나 괜찮으니 열다섯 장쯤 써서 담배값이나 하라는 호의를 외면할 수 없어 청탁을 받아들인 것이다. 그는 그때 문득 '웃음'에 대한 것이 머리에 떠올랐었다. 어떤 심리학자의 연구에 따르면 사람들이 웃는 웃음은 열여덟 가지나 되는데 그 중 단 한 가지 만이 진실한 웃음이고 나머지 열일곱 가지는 모두 사회학적 웃음, 즉 가짜 웃음이라는 것이었다. 그 웃음 얘기를 밑바탕에 깔고 쓰면 쉽사리 한 편 쓸 수가 있겠다고 생각했던 것이다. 그런데 막상 원고지를 메우자니 석 장째부터 붓방아가 시작된 것이었다.

혜숙이 그가 비운 찻잔을 집어들며 말했다.
"부장님 책상은 천상 낼 아침에 닦아야겠어요."
"그래라."
"아, 참!"

그녀는 깜빡 잊었던 생각을 돌이킨 모양으로, 그의 뒤로 돌아가 수명이 다 된 6월치의 캘린더를 뜯어냈다. 6월을 장식했던 사진은 불두화였다. 원예, 화훼, 조경 등이 주사업인 회사에서 찍어 돌린 그 캘린더는 열두 달 모두 각기 그 달에 피는 꽃의 사진들로 장식돼 있었다.

불두화의 사진을 떼자 어떤 토담을 온통 다 뒤덮다시피 한 사위질빵 덩굴 사진이 나타났다. 맨 처음 캘린더를 얻었을 때 한 번 보았을 뿐 까맣게 잊고 있었던 꽃 사진이었다.

"혜숙아, 그 사진 말이야. 그거 더럽히지 말고 칠 월이 끝나거든 잘 뜯어서 날 다구. 혹시 내가 잊을지도 모르니까 잘 기억해 둬. 알았지?"

"액자에 넣어 거시려고요?"

혜숙이 영업부 쪽의 벽에 걸린 제비꽃 사진 액자를 흘낏 쳐다 보고 나서 물었다. 그것도 지난 봄에 캘린더에서 뗀 것을 사진에 걸맞게끔 액자를 맞춰 건 것이었다.

"사위질빵꽃?"

혜숙이 사진을 설명한 자디잔 활자를 읽고 나서 혼잣말처럼 중얼거렸다. 이렇듯 볼품없는 꽃 사진을 뭣하러 액자에까지 넣으려 하는지 모르겠다는 투였다.

사실 이 세상의 어떤 꽃이든 각기 지니고 있는 독특한 아름다움이 있는 법이다. 그런데도 사람들은 자기 잣대로 꽃들을 평가하고 무시해버리기 일쑤이다. 뿐만 아니라 그런 자기 생각에 남들이 동조해 주길 바란다. 어떤 경우엔 강요까지도 한다.

"왜, 그 꽃 예쁘지 않니? 덩굴에 하얗게 다닥다닥 매달리듯 피어 있는 게 마치 눈 같기도 하고. 혜숙이 넌 그렇게 안 느껴져?"

"이런 꽃이야 쌔고 쌨잖아요."

"사람들은 흔히들 호박꽃도 꽃이냐고 하지만 난 호박꽃이 참 아름답게 느껴지더라. 여자에 비유한다면 건강하고 복스럽게 생긴 그런 아름다움을 지닌 여자. 하기야 이 세상 어떤 꽃도 아름답지 않은 꽃이 어디 하나라도 있겠냐만……."
"부장님도 참, 호박꽃에는 호박이라도 달리잖아요. 사위질빵꽃? 이 꽃에도 열매가 달려요? 설마 빵이 달리는 건 아닐 테고, 빵 모양의 열매가 달리는 모양이죠?"
그가 혜숙의 말에 너털웃음을 쏟고 나서 말했다.
"재미난 얘길 지닌 덩굴나무이긴 하지만 먹는 빵하곤 아무런 관계도 없다."
그의 입에서 '재미난 얘기를 지닌 덩굴나무'란 얘기가 나왔어도 혜숙은 별다른 호기심을 나타내지 않았다. 이렇듯 보잘 것 없는 꽃이나 피우는 주제에 뭔 재미난 얘기를 지니고 있겠냐는 투였다.
"부장님은 이 꽃이 어디가 그렇게 예뻐서 액자에까지 넣으실 생각이세요?"
그는 아까부터 어릴 때 살던 고향집 울타리를 초록 일색으로 물들인 뒤, 흰 눈이라도 내린 듯 착각하게 하리만큼 새하얀 꽃들을 소복하게 피우곤 했던 사위질빵 덩굴들을 떠올리고 있었다. 어머니의 얼굴도 떠올랐다. 그러자 어머니가 옛날 얘기처럼 들려주었던 얘기가 생생하게 들리는 듯했다.
"부지깽이도 덤벙댄다는 바쁜 가을철에는 사위들이 처갓집에 가서 가을걷이를 도와야 하는 풍습이 있었단다. 그러나 사위를 사랑하는 장모는 그 사위가 무겁게 짐을 지는 게 안쓰러워 지게 위에다 아주 조금씩만 짐을 얹어주곤 했지. 그러자 다른 일꾼들이 샘도 나고 화도 나서 저 덩굴나무를 가라키며 말했어. 사위녀

석의 지게 질빵은 담장에 기어오른 저 덩굴을 잘라서 만들어줘도 끊어지지 않을 거라고. 저 덩굴은 그렇게 맥없이 잘 끊어지는, 아주 약하디 약한 덩굴이거든. 그래서 그때까진 아무 이름도 없던 덩굴에 '사위질빵'이란 이름이 붙게 된 거란다. 네 외할머니께서도 네 아버지를 그토록 끔찍하게 위했었는데……."

얘기 끝에 어머니는 긴 한숨과 함께 혼잣말처럼 중얼거렸었다.

그가 유년시절의 한 추억을 더듬으며 혜숙에게 사위질빵 덩굴 이름의 유래를 설명했다.

그러자 혜숙이 말했다.

"아마 부장님께서 지게질을 하신다면 우리 고모님께서도 그렇게 아주 가벼운 짐만 지게 하실 거예요. 고모님은 우리 집에만 오시면 부장님 자랑하시느라고 정신이 없으세요. 입에 침이 마른다니까요."

"그래?"

"그러믄요. 침이 마르는 정도가 아니라 입이 닳을 지경이라고요."

"자아식, 너 학교 늦지 않니?"

그의 채근에 혜숙이 수줍게 웃으며 출입구와 가까운 자기 자리로 가 책가방을 들며 고개를 까딱해 보이곤 종종걸음으로 사무실을 빠져 나갔다. 그러나 그는 의자 등받이에 기댄 자세를 풀지 않고 멍하니 앉아만 있었다. 그는 다시 지난 일들의 생각에 빠져 있었다.

사실 혜숙의 말은 거짓말이 아니었다. 그러나 장모가 그를 그토록 끔찍하게 생각하기 시작한 것은 결혼 뒤부터의 일이었다.

결혼 전엔 '딸 도둑'으로 취급하기에만 골몰했었다고 해도 지나친 표현이 아니었다. 그 원인은 그에게 있었던 게 아니라 처제 선미에게 있었던 것이다. 선미가 바람을 피워 '연애질'로 신세를 망치더니 이제는 큰딸년까지 바람을 피워 사내를 집안에 끌여들였다고 펄펄 뛰었으며 사내놈들은 누구나 다 늑대인데 큰딸을 꾄 너도 음흉한 늑대에 지나지 않는다는 것이었다. 그런 늑대에게 큰딸이 몸이나 버리지 않았을까, 하는 의심만을 품고 있었다. 또 '두 딸년들이 모두 바람이 난 것은 조상의 산소를 잘못 모신 때문'이라며 푸닥거리까지 했다는 것이다. 때문에 그는 그런 얼음 같은 장모의 눈을 풀어 놓기 위해 그야말로 문턱이 닳을 정도로 드나들며 웃음을 뿌려대야만 했었다. 결국 그 웃음은 장모의 꽁꽁 얼었던 마음을 풀어 놓았고 세월이 흐르자 이제는 '사위 사랑은 장모'라는 말의 표본처럼 장모의 태도가 싹 바뀐 것이었다. 그에 대한 장모의 믿음 또한 대단한 것이었다. 그야말로 팥으로 메주를 쑨대도 믿을 만큼 되었으며 때문에 그의 설득으로 처제의 결혼도 무난하게 성사시킬 수가 있었던 것이다.

"자네가 믿는 사람이고 자네 뜻이 그렇다니 자네만 믿고 하자는 대로 하겠네."

장모는 처제와 김진철의 결혼에 앞서 몇 번이나 그 말을 되풀이 했었다. 그가, 김진철이란 사람을 오래 겪어봐서 잘 아는데 그만치 성실한 사람도 드물며 심성 또한 비단같이 고운 사람이라고 추켜세워댔기 때문이었다. 하기야 처가 식구들이 그의 뜻을 좇게 된 데에는 또 다른 큰 까닭이 있었다. '바람이 나 가출까지 한 딸년'인지라 번듯한 집안에 시집 보낼 자신이 없었던 것이다. 좋은 신랑감은 고사하고 이목구비만 성한 사내라면 어서 짝을 채워 놓곤 그 딸의 걱정에서 이제 좀 헤어났으면 하고 바라고들 있었던 참이기도 했다. 어쨌든 처제와 김진철의 결혼은 처제가 그토록 원했던대로 부모님의 축복 속에서 이루어졌으며 그로써 그는 자기네의 중신어미 노릇을 한 처제에게 품앗이를 한 셈이 됐던 것이다.

그는 그런 모든 일을 잘 이뤄지게 한 것이 당시 전국적으로 벌어졌던 스마일 운동의 덕이라고 생각했다. 그 스마일 운동에 힌트를 얻어 그는 장모에게 웃음 작전을 폈던 것이고 그것이 먹혀들었기 때문이었다. 장모가 그에게 최초로 호감을 보인 말은 '고생스럽게 자란 사람답지 않게 늘 웃는 얼굴'이라는 것이었다. '웃는 얼굴에 복이 들지 않을 수 없다'는 말로도 그를 칭찬했었다.

'그때 장모에게 웃음 작전을 펼쳤던 얘기도 쓰고 사위질빵 얘기도 곁들이자.'

그는 등받이에 기댔던 몸을 일으키고 심호흡을 한 뒤 만년필을 집어들고 책상에 가슴을 붙였다.

역린 逆鱗

 강정길이 사무실로 들어서자 선풍기 바람을 쐬고 있던 혜숙이 쪼르르 다가서며 빠른 입으로 물었다.
 "부장님, 도대체 어디서 점심 드셨어요? 근처 음식점이란 음식점은 다 뒤졌댔어요. 사장님께서 몇 번이나 찾으셨다고요."
 "그래? 왜?"
 그는 혜숙의 얼굴에서 궁금증을 풀만한 무슨 단서라도 찾겠다는 듯이 한참이나 빤히 쳐다보았다.
 "뭔 일인지는 몰라도 급한 일이 있나봐요."
 그는 혜숙의 대답이 채 끝나기도 전에 팽이처럼 재빨리 몸을 돌렸다. 사장실로 갈 작정이었다.
 "사장님 지금 안 계세요. 어디 다녀오신다며 부장님더러 퇴근하지 말고 기다리시랬어요."

 그는 자기 자리로 가 앉으며 담배에 불을 붙였다. 그리고는 사장이 자기를 찾은 용건을 짐작해 보았다. 그러나 무슨 일인지 통 가닥도 잡히질 않았다.

 "그게 몇 시쯤이야?"

 "한 시쯤이에요."

 한 시라면 그때 그는 "O"잡지사의 동료였던 김연호와 최준태 그렇게 셋이서 보신탕으로 유명한 '재령집'에 앉아 있었다. 김연호와 최준태가 그의 수필이 게재된 잡지와 원고료를 가지고 찾아온 것이었다.

 "투사한테 원고료 몇 푼 타게 해주고 비싼 점심을 얻어 먹으니 속이 안 좋군 그래."

 "난 장궤 생각관 달라. 투사가 투사다운 시를 쓰고 받은 원고료라면 그런 생각이 드는 게 당연하지만 잡문 원고료니까 미안할 게 없다는 생각이야."

 김연호와 최준태가 각기 '병 주고 약 주는 식'으로 한마디씩 했으므로 그도 껄껄 웃고 나서 대거리를 했다.

 "안달뱅이 말이 맞아. 조금도 미안하게 생각할 일이 아냐. 왜냐하면 원고료 받았다고 사는 것이 아니라 모처럼만에 반가운 손님이 찾아와서 기꺼이 사는 것이니까."

 그는 말을 마치고 나서 반주거리로 시킨 소주병을 들고 빈 잔들을 채워주었다.

 "이왕 애기가 나왔으니 물어보는데 이런 난세에 투사가 입을 다물고 있는 건 뭐라고 하지? 그것도 결국은 직무유기라고 해야지?"

최준태의 얘기에 강정길이 다시 입을 열었다.
"안달뱅이한테 그런 욕 먹지 않을려구 근사한 시를 한 편 쓰긴 썼지. 언젠가 장쾌 네가 들려준 얘기 있지? 청나라 학자 유월의 '안면문답'이라는 우화. 그걸 패러디해서 유신을 욕한 새타이어 〔풍자〕시를 한 편 썼는데 막상 발표를 하려니까 내 새 타이어가 펑크날까봐 걱정이 돼서 근 열 달이나 묵혀 두었더니 곰팡이가 슬더라."
"뭐가 네 새 타이언데?"
최준태가 끈질기게 붙들고 늘어졌다.
"그거야 모처럼만에 잡은 새 직장이 새 타이어지. 그리고 나도 나지만 어디서 실어줄 것 같지도 않더라구. 또 설사 실어주는 잡지가 있다 하더라두 나 때문에 그 잡지 발행인이나 편집자가 피를 보게 되면 내 기분이 또 어떻겠냐구. 그래서 내 딴에는 멋있는 패러디라고 생각은 하고 있는데두 서랍에 묻어 둘 수밖에."
아무런 일도 않으면서 얼굴의 맨 윗자리를 차지하고 있는 눈썹에게 눈과 코와 귀와 입이 힘을 합해 항의를 한다는 내용의 우화 '안면문답'을 패러디한 자신의 시에 대해 그는 계속 얘기했다. 낮술의 취기 탓이었다.
"이런 얘기가 나올 줄 알았더라면 그 시를 가지고 나오는 건데, 사무실 서랍에서 십 개월 가까이 계속 취침중이시거든."
"용기 있는 사람이 드문 시대야. 필자는 필자대로, 편집자는 편집자대로, 발행인은 발행인대로 각기 몸들만 잔뜩 사리고 있으니 이 나라가 언제나 바로 서게 될는지."
최준태가 한탄 끝에 한마디 덧붙였다.

"난 투사는 우리랑 좀 다른 줄 알아더니만 오늘 얘길 듣고 보니 투사도 별수 없군 그래."

"쓰긴 썼는데 발표를 해야 하나 어쩌나 갈등이 심했지. 허탈감도 크고. 그런데 막상 발표하겠다고 결심했더니만 이젠 발표해 줄 사람도 또 지면도 없는 거야."

그는 홧술 마시는 사람처럼 급히 잔을 비웠다.

"이를테면 금의야행錦衣夜行 수지지자誰知之者, 아무도 없는 한밤중에 비단옷을 입고 다니면 누가 알아주겠냐는 허탈감이겠군."

김연호가 '금의야행'의 고사를 늘어놓았다. 그 얘기 끝에 최준태가 흥분하여 단호한 어조로 말했다.

"삐걱거리는 소리가 너무 요란해. 아마 곧 폭삭 무너지고 왕창 깨질거야. 와우 아파트처럼 말야. 사실 지금 우리 나라는 커다란 와우 아파트야. 삐걱거리는 걸 그대로 두면 우리 국민은 와우 아파트 주민들처럼 일시에 깔려 죽고 말아!"

"차라리 무너질려면 빨리 무너지든지. 파괴가 건설의 어머니라 잖아!"

"옳은 소리야. 고름이 살 될 리가 없지. 하루 빨리 폭삭 무너져서 다시는 삐걱거리지 않게끔 튼튼하게 다시 세워야 해."

"그럼 니가 무너뜨려라."

김연호가 최준태에게 말했다.

"젠장, 술이나 마셔. 방 안에서 호랑이 잡는 소린 그만 하구! 호랑인 술먹다가 잡는 게 아니란 말야."

강정길은 말끝에 주인을 불러 소주 한 병을 더 시켰다.

그들 세 사람이 마신 술은 반주로는 과한 양이었다.

강정길은 두 사람과 헤어져 사무실로 향하다가 목욕탕이 눈에 띄어 그곳으로 들어갔다. 알근알근 감당키 어려운 주기를 빼기 위해서였다. 온탕에 들어가 땀을 낸 뒤 냉탕에서 열기를 식히곤 했다. 그러다 보니 세 시가 가까워진 것이었다. 그래도 그의 몸에서 완전히 취기가 가시진 않았다.

한잠 자고 나면 완전히 취기가 가실 것 같아 그는 잔뜩 젖힌 고개를 등받이 위에 올려 놓고는 눈을 감았다.

그는 입사 후 처음으로 사장에게 미움살 짓을 했다. 점심 시간으로 무려 세 시간이나 썼고 게다가 근무 시간에 술을 마셨으며, 뿐만 아니라 사무실에서 낮잠까지 잘 작정인 것이다. 그러나 그는 조그마치의 가책도 느끼지 않았다. 그 동안 대부분의 토요일과 일요일을 회사의 일에 바쳤고 숱한 밤을 사무실에서 새우잠으로 보내며 야간작업을 해 주었으며 특근 수당이나 야근비를 제대로 받지도 못했다. 그저 식대 정도의 비용만을 지급받은, 봉사와 희생의 나날이었다. 그러나 그는 그러한 과거를 보상받기 위해 오늘 그런 행동을 한 것은 아니었다. 신간 발행 계획을 세워 놓았으나 지난 번에 출간된 30권짜리 '현대여성교양전집'의 판매 대금의 회수가 본격적으로 이뤄지지 않은 상태라 제작을 늦추고 있기 때문에 할 일이 없었던 것이다. 빈말인지는 알 수 없으나 사장도 직접 그에게 본격적으로 작업이 시작 될 때까지 충분히 휴식을 취하라고 했으므로, 그가 점심 시간으로 세 시간이나 썼다든가 그리고 낮술을 마셨다든가 낮잠을 자는 일로 가책을 느낄 필요는 없었다. 또 사장이 찾을 때 자리에 없었다는 것으로 하여 겁을 내거나 주눅들어 있을 일도 아니었다. 다만 대낮에 술내를 풍긴다는 것만은 경영자에 대한 예의가 아니라고 생각할 따름이었다.
 그는 혜숙이 흔드는 바람에 잠에서 깨어났다.
 "사장님이 찾으세요."
 그의 반사적인 눈길이 벽시계를 찾았다. 여섯 시 이십 분 전이었다. 그가 잠이 덜 가서 뻑뻑한 눈을 끔뻑이고 있을 때, 어느 새 혜숙이 물수건과 냉수 컵을 가지고 와 건네며 말했다.
 "주무실 때 전화 온 게 있는데요. 곤하게 주무시길래 외출하셨다고 했어요. 이부일 선생님이시래요. 늦어도 좋으니 퇴근하시는 길에 들러 가셨으면 좋겠대요."
 "알았다. 혹시 늦거든 너 먼저 퇴근하거라."
 그는 얼굴이며 목덜미에 끈적끈적 배어 있는 땀을 닦고는 냉수로 잔입을 가신 뒤 사장실로 향했다.
 사장실에는 전무도 와 있었다.
 "점심 때 찾으셨다구요?"
 그가 사장에게 묻자 전무가 대신 대답을 했다.
 "강 부장한테 높은 사람을 하나 소개할랬더니만 자리에 없어서 우리끼리만 가서 만나고 지금 막 왔소."
 전무의 얘기가 끝나기 바쁘게 이번에는 사장이 뚱딴지 같은 질문을 했다.
 "강 부장 혹 자서전 써 봤소?"
 "자서전은 노후에 자기의 생애를 자기 스스로 회상하며 쓰는 것인데요."
 "그러니까 남의 자서전을 대신 써봤느냔 얘기요."
 그의 눈길이 사장과 전무 사이를 바쁘게 오갔다. 그러는 동안 문득 '누군진 몰라도 높은 사람의 전기를 쓰라는 얘기겠구나' 하는 짐작을 할 수 있었다. 그의 그러한 짐작은 적중했다.

사장이 그에게 내린 지시는 정계에 진출하려는 혁명 주체세력인 한 예비역 소장의 자서전을 쓰라는 것이었다. 빈한한 농가에서 태어난 그가 스타로 출세하기까지의 고생담이 눈물겨울 뿐만 아니라 잘만 쓰면 소설보다도 흥미로운 훌륭한 입지전이 된다고 덧붙였다. 그 얘기를 듣는 순간 그는 극심한 불쾌감에 휩싸이고 말았다.

'불쾌지수 탓인가?'

그는 치솟는 불쾌감을 억누르며 생각했다. 전혀 날씨 탓이 아니라는 것을 깨닫게 되자 인내심이 허물어졌다.

"사장님의 영업이 목적입니까, 그 분의 정계 진출을 돕는 게 목적입니까?"

사장과 전무의 눈이 휘둥그레졌다. 잠시 후 사장이 입을 열었다.

"일석이조, 아니 일석삼조지. 실은 그 사람이 국회의원에 입후보할 생각인데 그러자니 선거구에 뿌려야 되잖아. 그 숫자가 상당하니까 나는 가만 앉아서도 책이 팔려 좋고, 또 책을 받게 되는 사람들은 공짜로 재미있고 유익한 책을 읽으니 좋고. 그러니 일석삼조지."

"올바르게 군대 생활을 한 사람이 아니로군요?"

"그게 뭔 소리요?"

전무의 눈에 순간적으로 뱀같은 찬 기운이 서렸다. 대위 때 공금 유용 사건으로 군복을 벗기운 자신의 과거 때문에 민감해진 모양이라고 생각하며 그는 목청을 낮추어 말했다.
 "군대 생활밖에 안한 사람이 도대체 무슨 돈으로 그렇게 많은 경비를 들여 책을 만들어 공짜로 뿌린답니까?"
 "입후보자가 되면 정치 자금을 대주는 사람이 생기게 마련이잖소!"
 전무가 언성을 높였으나 그는 기가 죽지 않았다.
 "그렇다면 국회의원에 당선되면 정치자금을 댄 사람들에게 어떤 특혜를 주겠군요."
 "그거야 인지상정 아니오?"
 "그렇다면 훌륭한 정치가 노릇도 못하게 되는 것 아닙니까? 정치는 정치인에게 맡기고 군인은 나라 지키는 일에 힘써야죠. 상인은 상도덕을 지켜가며 올바른 장사를 해야하고······."
 "아니, 강 부장! 당신 지금 누굴 교육시키는 거요?"
 "아닙니다."
 "그럼 뭐요? 지금 그 얘기들이······. 올바른 장사를 해야 한다는 얘기, 우리에게 한 얘기요?"
 "아닙니다. 전 다만 삼베로는 비단 주머닐 만들 수 없다는 얘기를 하고 싶었던 겁니다. 삼베로 비단 주머닐 만드는 요술같은 재주가 있는 사람도 있겠죠. 하지만 적어도 글쟁이들은 독자들을 속이는 글을 써선 안된다는 생각입니다."
 그와 전무가 주고 받는 얘기에 사장이 끼어들었다.
 "강 부장, 우리가 이럴 것이 아니라 낼 다시 얘기하자구. 그러니 오늘 집에 가서 잘 좀 생각해 보라구. 세상살이엔 융통성이라는 것이, 곧 기계에 있어 기름과 같은 것이야."

"법도를 어기는 게 융통성은 아니잖습니까."

그의 얘기가 채 끝나기도 전에 전무가 용수철 튀듯 벌떡 일어서며 고함을 질렀다.

"보자보자 하니까 가관이네. 저게 대가리에 먹물 좀 들어 있다구······."

그도 벌떡 일어나 전무와 마주 섰다. 그나마 조금 남아 있던 인내심마저도 마치 달군 철판에 떨어진 물방울처럼 순식간에 온데 간데 없이 되었다.

"네 대가리도 군댓물로 썩은 대가리라 전혀 아무것도 든 것이 없어서 전무가 된 모양인데······."

사장이 일어나서 두 사람 사이에 끼어들었다.

"왜들 이래? 강 부장은 어서 밖으로 나가시오! 이 전무는 자리에 앉고!"

그는 밖으로 나왔다. 무슨 난리인가 싶어 모든 사람들이 창문으로 고개들을 빼고 그를 쳐다보고 있었다. 그러나 그는 오히려 차분해진 마음이었으므로 사열관처럼 유유히 복도를 지나 밖으로 나왔다.

밖으로 나오자 이부일 부장이 생각나 그는 그리로 가기 위해 버스 정류장을 향해 발길을 옮겼다.

ㄷ출판사는 다섯 정류장밖에 떨어져 있지 않아 이내 도착되었다.

이 부장은 그가 도착하기 바쁘게 단골인 푸줏간으로 데리고 갔다.

"오늘 회사에서 뭔 일 없었소?"

"최 사장이 전활 했던가요?"

자리에 앉자마자 이 부장의 질문을 받은 그가 불에 단 돌을 던지듯 즉각적으로 반문했다.
 "그게 아니라 다섯 시쯤 해서 날 만나고 갔소. 내게 묻기를 강형에게 누구 자서전을 쓰게 하면 제대로 써낼 수 있겠냐는 거요. 그래 생각 없이 그 사람이 문장력도 좋을뿐더러 아주 좋은 시를 쓰는 문인인데 그까짓 일을 못하겠느냐고 말해놓고 보니 뭔가 좀 이상한 느낌이 들어 누구 자서전이냐고 물어봤지요. 그랬더니 글쎄 국회의원에 출마할 예비역 소장인데 혁명 주체세력이고 어쩌고 해서…… 난 강형에게 그 일을 맡기지 않게 할 생각으로 또 생각 없이 불쑥 얘길 하고 말았던 거요. 삼선 개헌을 반대한 얘기랑……."
 그는 이 부장의 얘기를 끊고 회사에서 있었던 얘기를 하나도 빠짐 없이 털어놓았다. 그러자 이 부장의 입가에 묘한 웃음이 번졌다.
 "삼베로는 비단 주머니를 만들 수 없노라고 했단 말이죠? 군댓물로 썩은 대가리에 전혀 든 것이 없어서 전무냐? 온전 전, 없을 무의 전무. 그거 말이 되는 소리군!"
 "이 부장님 미안합니다. 절 소개하신 이 부장님을 생각해서라도 참아야 되는 것인데……."
 "아니오, 내 생각은 조금도 하지 마시오. 그러나 저러나 역린을 건드린 셈인데……."
 이 부장의 얼굴이 갑작스레 흐려졌다. 뭔가 불길한 예감에 사로잡혀 있는 사람의 표정이었다.
 "역린이라뇨?"
 "거스를 역逆, 비늘 린鱗."

그래도 그가 알아듣지 못하자 이 부장이 친절한 교사처럼 차근차근 설명했다.

사람은 잘만하면 용과 친해질 수가 있고 그렇게 되면 그 사람은 용을 탈 수도 있다는 것이었다. 그러나 용이 아주 싫어하는 짓을 하면 안된다는 것이며 그것은 다른 모든 비늘과는 방향이 반대되게 붙어 있는 턱 밑의 비늘 즉 역린을 건드리는 것이다. 직경이 한 자쯤 되는 그 역린을 건드리면 용은 그게 누구든 당장에 죽여버린다. 그 때문에 임금의 비위를 건드려 죽음을 자초하는 행위를 일컬어 '역린을 건드렸다' 고 하게 됐다는 등의 얘기였다.

"한비자에 나오는 얘기요. 그러나 저러나 그것 참 딱하게 됐군."

"옳지 못한 일을 하느니 사푤 내는 게 훨씬 마음 편합니다. 어느 책에선가 읽은 기억이 나는 얘긴데요. 그 저자가 이렇게 말했더군요. 물질적인 재화만을 위해 일하는 사람들은 그 재화로 자기도 모르는 사이에 자기 자신을 가두는 감옥을 쌓고 있다고요."

"일자리야 또 구할 수가 있겠지만 그 전무라는 사람이 뭔 짓을 할지 그게 걱정이요. 강형한테 보복을 하지 않는다고 장담할 수가 없소."

"제가 그만두면 그뿐이지 제까짓게 어떻게 보복을 하겠습니까! 한 가지 걱정이 있다면 제가 데리고 있던 사환 아입니다. 저 때문에 그만두게 되면 학꼴 다닐 수가 없는 아이거든요."

그의 가슴 속에는 계속 혜숙의 생각과 아내와 아들아이의 생각이 번차례로 들락거렸다.

"그렇게 되진 않겠지만 만약 사환 아일 내보내면 그 아인 내가 책임지겠소. 그게 문제가 아니라 강형이 문제란 말요."

속續 · 역린逆鱗

 강정길은 네 평 남짓한 방 안에 홀로 앉아 있었다. 아니 갇혀 있었다. 그 방 안에는 딱딱한 나무 걸상과 탁구대를 연상시키는 대형 테이블 이외에는 별로 눈에 띄는 집기가 없었다. 그러나 다행하게도 빛은 있었다. 그것은 자연광이 아니었다. 바닥의 넓이에 비해 턱없이 높은 천장에 장치된 막대꼴의 형광등에서 발산하는 빛이었다. 그 형광등은 천장 정중앙에 1미터쯤의 간격을 두고 나란히 매달려 있었다. 출입문과 대각의 위치인 벽 상단에 손수건 크기의 환풍구가 있을 뿐 창조차도 마련되어 있지 않았다. 그 환풍구도 환풍기로 막혀 있었다. 취조실로 꾸며진 공간임을 짐작할 수 있었다.
 그가 그곳에 갇힌 것은 30분 전이었다. 그러나 그 30분은 그에게 있어 세 시간, 아니 삼십 시간처럼 길고 지루하게만 느껴졌다. 때문에 지금 그의 신경은 살짝 건드리기만 해도 끊어지는 현弦처럼 아주 팽팽하게 긴장되어 있었다.

그럼에도 아직까지 그는 연행해 온 사람들이나 또 그 건물에 있는 어느 누구로부터도 자기가 그곳에 갇혀 있어야 하는 이유에 대해 전혀 얘기 들은 바가 없었다. 하지만 그는 자기가 갇히게 된 까닭을 알고 있었다. 물론 짐작이었지만 정확했다.

"나쁜 놈!"

그는 눈 앞에 떠오른 전무를 향해 욕설을 내뱉었다. '군댓물로 썩은 대가리라 머릿속에 든 것이 전혀 없어 전무냐' 고 했던 말과 '삼베로는 비단 주머니를 만들 수는 없다' 고 한 말이 군사정권을 욕한 걸로 됐을 것이며, 엎친 데 덮친 격으로 이 부장의 입에서 얼결에 나왔다는 '삼선 개헌 반대 서명자' 로 명확한 반체제 분자임이 입증됐을 것이다.

그가 아침에 연행된 곳은 ㅎ출판사 건물 앞이었다. 그는 회사 간판 앞에서 잠시 걸음을 멈추고 안주머니에 손을 넣어 사표를 만지며 사장과 전무의 얼굴을 떠올렸다. 그러면서 사표를 받아든 그들의 반응이 어떨지 상상해 보았다.

이유야 어떻든 직장에서 상사의 지시에 불복하고 모욕까지 준 행위는 분명한 하극상이었다. 설사 사장이 이용 가치를 생각해서 사표를 수리치 않는다 할지라도 그는 더 이상 ㅎ출판사에 근무할 생각이 없었다. 그러나 그런 결심을 하기까지 갈등이 없었던 것도 아니었다. 저축한 돈도 없는데 실직자가 된다는 것은 두려운 일이었다.

노동은 신성한 것이다. 식솔을 먹여 살릴 수 있는 양식을 얻을 수 있는 수단일 뿐만 아니라, 사회질서 유지에 할당된 자기 몫에 공헌하는 행위이기도 하기 때문이다. 그러나 한 사람, 그것도 스테이츠맨이 아니라 형편없는 폴리티션의 정치적 야망을 달성시키기 위한 떳떳하지 못한 자서전을 대신하여 집필해 주는 행위는 떳떳한 노동일 수가 없는 것이다. 물론 식솔을 위한 양식을 얻는다는 것은 중요하다. 그러나 그렇듯 떳떳치 못한 노동은 사회질서 유지에 반하는 행위가 아닌가. 그는 오랜 망설임 끝에 사표를 내기로 마음을 굳혔던 것이다.

'설마 산 입에 거미줄을 치랴!'

그가 멈췄던 발을 옮기려 할 때였다.

"강정길 씨?"

한 사내가 출입문 안에서 나오며 그를 막아섰다.

"그렇습니다만."

그는 사내 얼굴에 눈길을 꽂은 채 말꼬리를 삼켰다. 사내가 바지 뒷주머니에서 꺼낸 패스포트를 펼쳤다간 잽싸게 되접어 주머니에 넣었다.

사내는 단호하고도 위압감에 넘치는 얼굴이었다.

"갑시다!"

사내가 그의 팔뚝을 거머쥐듯 잡아 끌었다.

"아니, 어디로……."

그의 질문이 채 끝나기도 전에 어디에 있었는지 다른 사내가 남은 한쪽 팔목을 우악스럽게 거머쥐며 반말로 내뱉았다.

"가보면 알아!"

"뭣 때문에 이럽니까?"

"글쎄 가보면 다 알게 돼!"

"도대체 어딜 가자는 겁니까?"

그의 팔목을 거머쥔 사내가 손아귀에 잔뜩 힘을 주었다. 뼈가 저렸다. 대단한 악력이었다.

"한 번만 더 주둥일 놀리면……."

사내의 모가 선 눈에서 퍼런 빛이 튀었다. 그 서슬에 강정길의 몸은 반사 작용도 일으키지 못했다.

두 사내가 그를 10여 미터쯤 끌고가 시동을 건 채로 대기하고 있던 검정 승용차의 뒷문을 열고 밀어 넣었다. 마치 운반하기 불편한 물건이라도 다루듯이.

그가 두 사내 사이에 샌드위치 속처럼 끼게 되자 승용차는 미끄러지듯 전진했다.

'전무 그 사람이 뭔 짓을 할지 그게 걱정이오. 평이 안 좋은 사람이오. 강형한테 보복을 하지 않는다고 장담할 수가 없소.'

이부일 부장의 얘기가 되살아나며 그의 온몸을 오한같은 불안으로 휩쌌다.

그의 눈 앞엔 계속 아내와 아들아이의 얼굴이 떠올랐다. 사무실에서 그의 출근을 기다리고 있을 혜숙의 얼굴도 떠올랐다.

퇴계로를 지난 차가 남산으로 기어오르기 시작했다. 차는 비탈길을 오르면서도 쾌속으로 달렸고 좌우로 커브를 틀어댔다.

그가 승용차에서 사내들로부터 끌려 내린 곳은 말로만 들어왔던 정보부의 건물 앞이었다. 건물 안으로 끌려가 지하계단을 내리다 보니 층계참의 벽에 '음지에서 일하며 양지를 지향한다'는 표어가 커다랗게 적혀 있었다. 그가 갇힌 방은 층계참을 돈 뒤에 나타난 복도의 오른쪽 맨 끝방이었다.

그는 다시 손목시계를 들여다 보았다. 갇힌 지 40분이나 됐다. 그런데도 어느 누구 하나 코빼기도 보이지 않고 있는 것이다.

'도대체 어쩌겠다는 거야! 피를 말리겠다는 거야?'

그는 마른침을 긁어 시멘트 바닥에 퉤 뱉었다. 그러나 순간 그는 자신의 행위가 후회되었다. 방 안에서는 전혀 알아 볼 수 없는 감시구나 감시 렌즈같은 것이 설치돼 있어 갇힌 사람의 일거수 일투족이 모조리 체크될지도 모른다는 생각 때문이었다.

기분 나쁜 금속성을 울리며 출입문이 열린 것은 바로 그때였다. 혹시 어떤 감시의 눈초리에 마른침을 긁어 뱉은 것이 발각됐을지도 모른다는 생각을 하고 있던 참이어서 그의 가슴은 철렁했다. 그런 가슴인 채 출입구 쪽으로 급히 고개를 돌린 그의 눈길에 잡힌 것은 그를 연행해 올 때 패스포트를 내보였던 바로 그 사내였다. 잠시 사내의 구둣소리가 빈 방안을 무겁게 울리다가 멎었다.

사내가 그를 내려다 보며 천천히 입을 열었다. 빈 방을 울리는 목소리가 음험하게 반향되었다.

"가앙 저엉 기일!"

그는 대답 대신 숙였던 고개를 들어 사내의 얼굴에 눈길을 꽂았다.

"왜 여기에 왔는지 알아?"

"얘길 해주지 않았잖습니까."

"이 새끼 봐라!"

사내가 말도 채 끝맺지 않고 그의 뺨을 후려쳤다. 귀가 먹먹했다. 그러나 충격을 받지 않은 쪽의 귀는 사내의 말을 그런대로 들을 수 있었다.

"빨갱이 새끼!"

사내는 여차하면 또 한 차례 뺨을 후려칠 기세였다. 사내가 계속해 입을 놀렸다.

"너 개헌 반대 서명운동을 했지?"

"서명운동을 한 것이 아니라 서명을 했습니다."

"새꺄! 그게 그거잖아!"

"그 껀으론 이미 경찰서에서 조살 받았습니다."

"얼씨구 너 지금 일사부재리, 그거 얘기 하는 거야?"

"……."

"건방진 새끼! 아가리질이 보통이 아니라더니만……. 어디 한번 여기서도 아가릴 놀려봐!"

정 그렇게 나온다면 말 못할 것도 없다 싶어 그는 당당하게 얘기를 하기 시작했다.

"개헌 반대 서명을 한 것으로는 그때 이미 조사를 받았고 또 그 때문에 직장에서 쫓겨나기까지 했는데 새삼스럽게……."

"새꺄, 다 알고 있어. 전몰 경찰의 아들이라 경찰서에서 쉽게 풀려난 것까지 알고 있어. 그러나 여긴 경찰서가 아냐! 애비가 빨갱이한테 죽었는데 그 새끼가 빨간 물이 들어?"

그는 자신도 모르게 자리에서 벌떡 일어섰다. 전신이 분노로 떨리고 있었으며 두 주먹은 불끈 쥐어져 있었다.

"아무리 수사관이라도 너무 심하지 않습니까!"

"헛, 이 자식이 죽을라구 환장을 했군!"

사내의 손이 다시 날아왔으나 그는 잽싸게 피했다. 사내의 화를 가지껏 돋군 죄로 이번에는 양쪽 정강이를 구두 끝으로 마구 채였다. 통증을 이기지 못해 나무토막처럼 구르고 있는 그에게 사내가 씨근대며 지껄였다.

"하룻강아지 범 무서운 줄을 모른다더니만 나 원 기가 막혀서!"

사내는 입가에 웃음까지 띠고 있었다. 그 비웃음에 그는 자존심을 되찾고는 통증을 어금니로 깨물며 일어날 수 있었다.

사내는 계속해 입을 놀렸다.

"강정길, 너 이 새끼. 용꿈 꾼 줄이나 알아!"

"……"

사내는 들고 있던 서류를 살피고 있었다. 너댓 장쯤 되는 서류들을 꼼꼼히 살펴보고 나서 그는 몇 번이나 고개를 갸웃거렸다.

그는 사내가 흘린 '용꿈'이란 말에 어제 이부일 부장으로부터 들은 '역린'이 떠올랐다.

"용이 상상의 동물이지만 전설상으로는 사람들과 아주 친하게 지냈다고 돼 있어요. 용을 타고 하늘을 나르기도 하고……. 그런데 그런 용이지만 사람도 그 용이 아주 싫어하는 짓을 하면 당장에 물어 죽이거든요. 용이 제일 싫어하는 게 뭐냐, 그건 다른 게 아니고 턱 밑에 있는 역린을 건드리는 일이래요. 용의 턱 밑에는 다른 비늘들과는 방향이 반대되게 나 있는 비늘이 하나 있는데, 직경이 한 자쯤 되는 그 비늘을 건드리면 그게 누구든 그 자리에서 죽여버린다는 거요. 그 전설 때문에 옛날에는 임금의 비위를 거슬려 죽음을 자초하는 행위를 '역린을 건드렸다'고 표현했답디다."
 그가 이부일 부장의 얘기를 되살리고 있을 때 사내가 입을 열었다.
 "이봐, 너 이부일이라고 알아?"
 역시 반말이긴 했으나 그래도 욕지거리가 섞이지 않았고, 뿐만 아니라 목소리도 훨씬 부드러웠다.
 "압니다."
 그는 어떻게 대답을 해야만 이부일 부장에게 피해가 없을지 분간이 되지 않아 잠시 망설인 끝에 대답했다.
 "어떻게 아는 사이야?"
 "이 부장의 출판사에서 아르바이트도 했고……."
 "그러기 전에 알고 지냈으니까 일꺼리를 줬을 게 아냐!"
 "출판사는 책을 내는 곳이고 우리는 책을 쓰는……."
 "얼씨구, 너 지금 나한테 강의하냐? 이봐, 이부일이를 봐서 이번엔 특별히 용서하지만 아무한테나 주둥일 마구 놀렸다간 크게 다칠 줄 알라구."
 "……."
 "알았어?"
 "알겠습니다."
 사내는 그의 대답도 기다리지 않고 서류철에 끼어 있던 백지를 몇 장 뽑더니 책상 위로 떨구며 말했다.
 "개헌 반대 서명을 하게 된 경위를 소상하게 써!"
 "전말서를 쓰란 얘깁니까?"

"거 짜식 말이 많군. 그 얘기가 그 얘기잖아! 그리고 또 한 장에는 오늘 이후부터 허튼 소린 일체 않겠다는 서약서 한 통 쓰고!"

사내는 춤 동작처럼 몸을 가볍게 돌려 출입구 쪽으로 향했다.

망년회

 강정길의 전세방에서 망년회가 시작되었다. 그의 처제 내외가 느닷없이 찾아와 술판이 벌어지기 시작한 것인데, 그 술판에서 그가 '금년도 다 저물었으니 망년회로 생각하고 다같이 건배하자'고 제의했던 것이다. 그 제의가 나오기 바쁘게 모두 소줏잔을 높이 들었다 내리며 짤강짤강 잔들을 서로 부딪뜨렸다. 그리고는 일제히 입에 붙였다. 그와 동서 김진철은 첫잔을 깨끗이 비웠으나 그의 아내와 처제만은 그대로 상에다 내려놓았다.
 "처젠 왜 안 마셔?"
 그가 술을 권하자 그녀는 애교로 눈을 흘겨보이며 말했다.
 "형분 내가 술꾼인줄 아시나봐."
 그는 처제의 말에 속이 뜨끔했다. '그래 이젠 옛날의 그 윤선미가 아니지' 하고 생각했던 것이다. 그런 생각과 함께 순식간에 과거의 일들이 연속적으로 눈 앞을 스치며 흘러갔다.

월남에서 전사한 애인 때문에 눈물을 흘리던 얼굴, 그 애인의 아이를 갖고 입덧 때문에 카바이트 막걸리를 마시고 싶어하던 일, 술자리에서 성적 충동을 억제치 못한 자신에게 손을 잡히고 긴장하던 표정……. 과거를 회상하고 있는 그의 얼굴에 묘한 표정이 어렸다. '그때 윤선미의 육체를 범했더라면 이런 모임이 이뤄질 수가 없었을 거야. 만약 그런 일을 범하고도 이런 가족 관계가 이뤄졌다면 동서나 아내에게 얼마나 죄책감을 느끼게 됐을까. 천만 다행이야' 하는 안도의 표정이었다.

"형님, 속이 안 좋으십니까?"

김진철이 그의 굳어 있는 얼굴을 보며 근심스레 물었다.

"아냐. 무얼 좀 생각하느라고. 자아, 내 잔 받으라구."

당황한 그가 자신의 빈 잔을 건넸다.

"난 형님이 뭔 생각을 하고 계셨는지 다 압니다."

받은 잔을 단숨에 비우고 되건네며 김진철이 말했다. 순간 그의 온몸이 마치 건들린 엄살풀처럼 잔뜩 움츠려졌다. 혹시 동서에게 남의 속을 꿰뚫어 볼 수 있는 초능력이 있는지도 모른다는 생각 때문이었다. 그러나 그는 곧 긴장을 풀며 눙쳤다.

"허, 난 동서가 점도 치는 줄은 몰랐네. 어디 한번 말해봐. 뭔 생각을 했는지."

"뻔하잖습니까."

"뻔하다니?"

"아, 형님께서 생각하시는 거야 늘 시 쓰실 궁리 아니겠습니까."

그는 동서가 자기의 속을 눈치채지 못했다는 점에 안도하며 빙긋이 웃었다.
"난 또 점보는 재주가 있는가 했더니만……. 미안하지만 틀렸네."
"그럼 무슨 생각을 하셨습니까?"
"생각이라기보다 잠시 걱정을 했었어."
"뭐 걱정거리라도 있습니까?"
"있지."
김진철이 눈짓으로 걱정거리가 뭔지 털어놔 보라고 했다.
"자네 말마따나 뻔하잖나!"
"뭔지 말씀이나 해보세요."
"처자식 멕여 살려야 하는 걱정."
"에이, 난 또 큰 고민거리라도 생기셨나 했습니다. 그런 걱정거리라면 누구나 다 갖고 있는 거 아닙니까?"
"돈 있는 사람들이야 그런 걱정을 않겠지."
"형님, 형님 말씀대로 그런 걱정거리를 갖고 있지 않은 사람도 많긴 많죠. 하지만 그런 사람들은 또 다른 걱정거리를 끌어안고 사는 겁니다. 사실 따지고 보면 돈 있는 사람들은 돈 없는 사람보다 어떻게 보면 더 불행합니다. 제가 공자 앞에서 문자를 쓴 꼴이 됐습니다만."
김진철이 말을 하다 말고 급히 마무리를 지었다. 그의 아내에게 허벅지를 찔렸기 때문이었다.
"재 좀 봐. 왜 말하는 사람을 찌르고 그래?"
강정길의 아내가 못마땅한 얼굴로 말했다. 그러자 그녀는 대꾸 대신 애교로 눈웃음을 쳤다. 강정길의 아내는 동생을 나무랐다.
"너 그 버릇 고쳐야 한다, 얘."
"처형요, 이 사람이 날 위해서 그러는 겁니다. 말이 많으면 무식이 탄로나니까 말 많이 하지 말라고. 이 사람이 뭐라는 줄 압니까? 처형께선 늘 남의 말을 많이 듣고 자신의 말은 조금밖에 않기 때문에 덕을 보는 경우가 많은데, 자긴 언니랑은 반대로 남의 말을 듣기보다 말하기를 좋아해서 어릴 때부터 늘 손해를 봐 왔노라고. 제가 말을 많이 한다 싶으면 꼭 그 얘기를 하곤 합니다. 사실이 또 그렇고요. 그래서 전 이 사람이 제 말을 막는 걸 나쁘게 생각지 않습니다. 장기 둘 때 누가 훈수를 해주면 그다지 기분 나쁘지 않듯. 안그렇습니까, 형님?"
"맞는 말이지."
김진철은 그의 맞장구질에 신이 나서 계속 입을 놀렸다.
"실은 아까부터 하려던 얘긴데요, 우리 가까운 친척 중에 그런 사람이 하나 있습니다. 그냥 저냥 먹고 살 때는 얼굴에 늘 웃음을 띠고 있던 사람이 어쩌다 돈을 벌게 되니까 사람이 달라지더라고요. 웃음도 사라지고 사람들과 어울리지도 않고 아주 멋대가리 없는 사람이 되더라고요. 그리고 늘 남을 의심하는 거예요. 누가 자기한테 돈을 꿔달라지는 않을까, 혹 사기를 치는 것이 아닐까, 도둑이 들면 어쩌나, 별별 걱정을 다 하는 모양이예요. 그러니 속이 그런데 얼굴에 웃음꽃이 피겠습니까? 어떻게 해야 돈을 더 늘릴까, 어떻게 해야만 돈을 안 떼일까, 돈 꿔 달라는 사람을 어떻게 따돌릴까……. 결국은 불면증에 걸리고 소화불량으로 고생하고 그럽디다."

처제는 또 제 남편의 얘기를 막기 위해 잔을 홀짝 비우고 술을 권했다.

"당신도 알잖아. 나 술 취하면 말이 더 많아진다는 거. 이 잔 나한테 말 많이 하라고 주는 잔이야, 아니면 말 막으려고 앵기는 거야?"

김진철의 말에 모두들 한바탕 유쾌한 웃음을 웃었다. 그 웃음이 잦아들기를 기다려 강정길이 입을 열었다.

"아까 동서가 좋은 얘길 했는데, 돈이라는 게 아무한테나 태어나는 게 아니야. 돈을 가질 자격이 없는 사람한테 태어나면 그 사람은 그 돈 때문에 인생을 망치게 돼."

"꼭 그렇지만도 않데요 뭐. 사람도 사람같지 않은 사람들이 돈만 잘 벌더라구요."

그의 아내가 불평이라도 늘어 놓듯 말했다.

"언니, 우리 눈에는 사람같이 보이지 않는 그런 사람들이 바로 큰돈을 지니고 살 자격이 있는 사람들인 거야."

"얘기가 그렇게 되나?"

방 안엔 또 한바탕 웃음꽃이 피었다. 그 끝에 김진철이 잽싸게 입을 열었다.

"처형요, 그건 이 사람 얘기가 맞습니다. 백 번 옳은 말입니다. 보세요, 형님같은 시인한테 시가 태어났지, 어디 돈이 태어났습니까? 그래서 고생하시는 겁니다. 그러나 그깐 돈이 문젭니까? 그깐 고생이 문젭니까? 돈 버는 기계가 중요합니까, 시를 쓰는 시인이 중요합니까? 난 시인이 백 배 낫다고 생각한다고요. 박목월같은 시인, 그 분이 빚어 낸 시, 얼마나 기가 막힙니까? 강나루 건너서 밀밭길을 구름에 달 가듯이 가는 나그네, 술 익는 마을마다 타는 저녁놀. 기막히는 시 아닙니까?"

"얼씨구! '길은 외줄기 남도 삼백리'는 어디 가고 '술 익는 마을' 이야? 그놈에 술, 당신 자꾸만 공자 앞에서 문자 쓸래요?"

"정말 공자 앞에서 문짤 썼구만. 미안합니다, 형님. 그러나 제 말씀은 형님이야말로 멋진 인생을 사신다, 그런 말씀을 드리고 싶었던 겁니다. 형님, 조금만 더 참으십시오. 이 김진철이가 형님은 다른 걱정 않고 시만 쓰시게 하겠습니다. 형님의 스폰사가 되겠다 이겁니다. 이 김진철이는 돈을 벌 수 있다 이겁니다. 치사하게 벌지 않고 떳떳하게 벌 수 있다 이겁니다."

"얼씨구. 우퉁쳐대는 데는 뭐가 있어. 하여튼 술만 들어가면……. 형부, 요전에 그 얘기 한 번 더 들려주세요. 저 허풍쟁이 코가 납작해지게."

"요전에 그 얘기라니?"

"그거 있잖아요. 포도밭에 짐승 피를 뿌린 얘기 말예요. 형부 생신 때……."

"아, 그거. 들은 얘길 뭐하러 또 듣겠다고 그래?"

"그 날은 나도 정신이 없었지만 저이는 완전히 필름이 끊어져 그런 얘길 들었는지 어쨌는지 전혀 기억도 못하더라구요."

"그렇게 취한 것 같지는 않던데."

"말도 마세요. 어쨌든 그 얘기 한 번 더 해주세요. 저도 듣긴 들었는데 다 까먹었거든요."

"별것도 아닌 얘긴데 그러는군."

"재미나고도 좋은 얘기던데요 뭐."

"알아두면 해로울 거야 없지."

그는 반쯤 남은 잔을 비우고 나서 말문을 열었다.

"구약에 보면 이 세상에서 제일 먼저 농사를 짓기 시작한 사람이 누군가 하면 노아라는 사람이거든. 그 노아가……."

그는 담배에 불을 붙이기 위해 잠시 얘기를 중단했다가 다시 이었다.

노아가 포도밭을 일구고 있을 때 사탄이 찾아와 물었다. 지금 하고 있는 일이 뭐냐고. 노아는 포도를 가꾼다고 대답했다. 그러자 사탄이 그 포도를 어디에 쓰느냐고 물었다. 이 포도는 싱싱한 것이든 말린 것이든 단맛이 나는 아주 좋은 열매며, 이 열매로 술을 빚어 마시면 마음이 아주 즐거워진다고 말했다. 얘기를 듣고 난 사탄은 심술이 나서 양, 사자, 돼지, 원숭이를 차례차례 포도밭으로 끌고 가서 죽이고 그 피를 밭에다 흥건하게 뿌렸다. 때문에 포도주가 핏빛이 된 것이다. 뿐만 아니라 그로 인하여 포도주를 조금 먹었을 땐 양처럼 순하나 약간 취하면 사자처럼 되어 이 세상에 자기와 필적할 만한 사람이 없다고 허풍을 떨게 되며, 그보다 더 취하면 오물 속에서 뒹구는 돼지처럼 되며, 완전히 취하면 원숭이처럼 춤추고 만인 앞에서 음탕한 짓을 할 뿐만 아니라 자기가 한 일도 깨닫지 못하게 된다는 것이었다.

그의 얘기는 계속되었다.

"술을 적당히 마시면 약이 되지만 과하게 마시면 독이 된다는 말이랑 같은 얘기야."

말수가 적은 그의 아내가 모처럼만에 입을 열었다.

"그렇게 잘 아는 당신은 왜 그렇게 인사불성이 되도록 술을 마셔요?"

"언니, 형부 요즘도 그렇게 술 많이 드셔?"
"요즘은 아니지만 몇 달 전까지만 해도 거의 매일이다시피 고주망태셨어."
"현진건의 소설 '술 권하는 세상' 몰라?"
그가 무렴하여 껄껄 웃고나서 말했다.
"언니, 형부 말씀이 맞아. 이놈의 세상이 술 권하는 세상이잖아. 그래도 있잖아요, 형부. 몸 생각 하셔서 술 좀 줄이세요."
"요즘은 횟술을 먹고 싶어도 돈이 없어 못 먹는 판이야. 걱정 말라구."
그가 또 너털웃음을 뿌렸다. 그 웃음소리는 묘하게도 서글픈 감정을 자아내게 했다.
"형님, 조금만 더 참으세요. 이 김진철이가……."
김진철의 입을 잽싸게 막고 난 처제가 말했다.
"당신 조금만 더 마시면 이제 어떻게 되는지 알아요?"
"조금만 더 마시면 지금보다 조금 더 취하겠지 뭐."
모두들 웃었으나 처제만은 웃지 않고 있다가 남편에게 쏘아 붙였다.
"돼지가 된다구요. 똥구덩이 속에서 뒹구는 돼지 알아요?"
"이봐 처제. 모처럼 벌인 술자린데 좀 취하기도 하는 거지 뭘 그래. 처제답잖게 오늘은 바가지가 좀 심하군."
"형님, 우리 마누라 바가지는 제게 훈수가 됩니다. 상대방은 훈수를 두는 사람이 있는데 자기만 아무도 훈수를 둬주지 않으면 그것도 열난다고요. 우리 인생은 장기와 같은 거 아닙니까? 그런 장기판에서 훈수 둬주는 사람이 없다면 얼마나 외롭겠습니까?

그래서 전 마누라가 바가질 긁어도 좋다, 이겁니다. 그건 그렇고 형님 이제 몸은 괜찮습니까?"

김진철의 뜬금없는 질문이었으나 그는 대뜸 그 뜻을 알아차리고 대답했다.

"괜찮아."

"나랏일 잘 되라고, 좋은 나라 되라고, 다 같이 잘 살아보자고, 그래서 시인이 훈수 좀 뒀기로서니, 그랬다고 잡아다 매질하고 고문하고……. 이거 되겠습니까? 처형요, 그렇게 억울하게 당하고 홧술 안 먹으면 언제 홧술을 마십니까? 그러나 형님, 처형께서 형님이 두는 인생 장기판에서 훈수를 안두면 누가 둡니까?"

"당신 술 취했어요! 조심하세요. 지금도 형부 동태를 살피는 형사가 있다잖아요!"

처제가 조심스런 소리로 쏘아 붙였다.

"자아, 어쩌다 보니 망년회가 아니라 돈타령, 술타령, 훈수타령 판이 됐구먼."

그의 입에서 '망년회'란 말이 나오기 무섭게 또 김진철의 입이 참지를 못했다.

"망년회라는 게 뭡니까? 그 해의 온갖 괴로웠던 일을 다 잊자는 것 아닙니까? 그런데 그 잊어버리는 게 문젭니다. 딴 건 다 잊어도 좋은데 형님이 남산에 끌려가 매맞고 고문당해서 골병든 건 잊으면 안된다 이겁니다. 좋은 나라 만들자는 거였잖아요! 그런데 빨갱이로 몰아 매질을 해요? 대한민국이 북한 빨갱이 집단과 다른 게 뭔데요?"

"그만 하게, 이 사람아."

"형님이 그만 하라면 그만 하죠. 그러나 나처럼 못 배우고 무식한 놈도 훤히 다 아는 걸 왜 많이 배워 높은 자리에 앉은 놈들이 모른단 말입니까! 그게 이상하다 이겁니다! 형님. 제가 오늘 이 자리에서 딱 한 가지만 더 말씀드리겠습니다. 일천구백칠십사년 십이월 이십일, 그러니까 오늘까지 있었던 한 해의 모든 일을 잊어버립시다. 이 김진철이가 술주정한 것이랑 사업에 손댔다 실패한 것이랑 또 형님이 이런 저런 고생하신 여러 가지 모두 다 잊어버리자 이겁니다. 그러나 형님이 남산에 끌려갔던 일은 잊으면 안됩니다. 그리고 지금도 형사가 늘 뒷조사 하고 다니는 거, 그런 건 절대로 잊으면 안된단 말입니다. 그런 의미에서 우리 마지막으로 건배 한 번 더 합시다. 찰칵찰칵 잔을 부딪힙시다. 그런데 형님, 잔을 부딪히는 것은 왜 그러는 겁니까?"

김진철이 건배할 잔들에 술을 따르다 말고 뚱딴지같은 질문을 했다.

"그건 악귀를 물리치자는 뜻이야. 악귀들이 젤 싫어하는 소리가 쨍강쨍강 유리잔 부딪히는 소리래. 그래서 귀신을 쫓기 위해 그런대."

"형님은 정말 모르는 게 없습니다. 이 김진철이가 떼돈을 벌어서 형님이 고생 않고 시를 쓰시게 할 겁니다. 이 김진철이가 이래 봬도……."

"어서 술이나 마저 따뤄요. 그래야 건배 하든지 귀신을 쫓아내든지 할 게 아녜요!"

또 처제가 목청을 돋구었다. 그러자 김진철이 익살을 떨었다.

"이제 잔은 안 부딪쳐도 되겠어. 당신이 내지른 쇳소리에 악귀들이 벌써 다 도망쳤으니까!"

방 안에 다시 웃음이 가득찼다.

안 취하는 날

 강정길이 처제 내외를 버스 정류장에서 배웅하고 돌아올 때 까지도 그의 아내는 설거지를 하고 있었다. 에넘느레하게 어질러져 있던 술상은 이미 치워져 있었으며 방안도 깨끗이 정리되어 있었다.
 "더 늦기 전에 준용이부터 데려다 뉘지 그래."
 그가 부엌에다 대고 말했으나 틀어 놓은 수돗물 소리 때문에 듣질 못했는지 아무런 대꾸도 없었다. 그릇 달그락거리는 소리와 물소리만 들려왔다. 그는 탁상 시계 쪽으로 고개를 돌렸다. 여덟 시가 조금 지난 시간이었다. 워낙 이른 시간부터 벌인 술자리라 일찍 끝날 수밖에 없었던 것이다. 그는 다시 아들아이가 걱정이 되어 아내를 부를까 했으나 집주인 노인 양주가 워낙 친손자처럼 귀여워하여 늘 끼고 살다시피 해 왔으므로 그 걱정은 제물에 삭고 말았다.
　주인 노인네들은 슬하에 두 아들과 딸 하나가 있으나, 아들들은 모두 브라질로 이민을 갔고 딸마저 제철소에 근무하게 된 사위를 따라 포항에 내려가 살고 있었다. 칠십 줄에 들어선 그 외로운 두 노인네는 달리 소일거리가 없다보니 매일같이 눈만 뜨면 '우리 준용이. 우리 준용이' 하며 그들 내외로부터 아이를 빼앗다시피 하곤 했다.
　"어련히 잘 봐 주실려고."
　그는 작지 않은 소리로 중얼거리며 팔베개로 맨바닥에 벌렁 드러누웠다. 그때 그의 아내가 앞치마에 물손을 닦으며 들어왔다.
　"준용이는?"
　그가 누운 채로 아내를 올려다 보며 물었다.
　"곤하게 잔다고 그냥 두래요."
　"이러다 애비 에미도 몰라보는 자식 만드는 거 아닌지 모르겠네."
　그가 팔베개를 풀고 벌떡 일어나 앉으며 말했다. 농담처럼 한 말이긴 했으나 그 말에는 걱정이 배어 있었다. 아이가 부모의 정보다 남의 노인네들에게 더 정이 들어버린다면 자라나서 어떤 문제가 생길지도 모른다는 걱정이었다.
　그가 담배를 꺼내 물자 그의 아내가 재떨이를 갖다 놓고 마주 앉으며 물었다.
　"당신 술 많이 했죠?"
　"글쎄."

그는 비운 술병을 따져보았다. 2홉들이 소주 세 병을 깨끗하게 바닥냈었다. 처제와 아내가 마신 술이라야 모두 합쳐도 석 잔이 될까 말까였다. 그렇다면 동서 간에 주거니 받거니 하며 세 병을 비운 셈이었다.
"당신 지금 술 취했어요?"
그는 대답 없이 아내의 눈을 들여다 보았다. 뭔가 할 말이 있는 눈치였다.
"지금 취한 상태냐고요!"
아내가 재우쳐 묻자 그는 어정쩡하게 대답했다.
"취한 것도 아니고 안 취한 것도 아니고 그런 상태야." 왜 그래?"
"취하지 않았으면 뭐 좀 얘기할려구요."
"뭔 얘긴진 몰라도 얘길 못 알아들을 만치 취해 있진 않아. 적게 마신 것도 아닌데 왠지 취하질 않아. 정신은 말똥말똥해."
그가 얘기를 끌어내려고 아내를 빤히 쳐다보았으나 그녀의 입은 냉큼 열려지지 않았다.
"사람도 싱겁긴, 그럼 잠이나 자자구."
잠이나 자자는 말에 다급해졌는지 그녀의 입이 급하게 열렸다.
"나 말예요. 나도 뭔 일이든지 해서 돈벌이를 했으면 좋겠는데……."
아내의 입에서 돈벌이 얘기가 나오자 그의 표정이 돌처럼 싹 굳어졌다. 전혀 상상치도 못했던 얘기였기 때문이었다. 그리고 그 '돈벌이'가 새삼 그에게 실직자임을 깨닫게 했던 것이다. 실직자가 되어 아내로 하여금 돈벌이 걱정을 하게끔 만들었다는 자책감 때문에 그는 속이 아파 아무런 말도 못하고 있었다.

"권 할머니께서 우리 준용일 봐주시겠다며 일자릴 구할 수 있으면 구해보래요."

그는 아내의 말이 채 끝나기 전에 냅다 소리를 질렀다.

"아니, 내가 실직자가 되구 싶어서 된 거야?"

"……?"

"내가 밥을 굶겼냐구!"

"누가 밥을 굶겼댔어요?"

"그럼 돈벌일 하겠다는 애긴 왜 해?"

그의 목청은 점점 더 커졌다. 사실 그는 자기가 화를 낼 처지가 아니라는 것도 잘 알고 있었으며, 뿐만 아니라 억지를 부리고 있다는 것도 깨닫고 있었으나 생각과는 달리 목청이 높아졌던 것이다. 물론 그녀도 남편의 그런 언동이 자기에게 화를 내는 것이 아님을 알고 있었다.

"돈벌이 얘기 취소할 테니 제발 목소리 좀 낮추세요. 큰 싸움이라도 하는 줄 알겠어요."

그는 아내가 속삭이듯 하는 말에 맥이 빠져 입을 다물고 말았으나 가슴 깊은 곳에서 인 분노의 불길은 끌 수가 없었다.

사실 그는 아들아이가 주인 할머니 방에서 잠들었다는 얘기를 들었을 때 아내와의 격정적인 밤을 생각하며 '존 토머스가 제인 부인을 방문하고 싶다는군'이라고 말하려 했었다. 그것은 "채털리 부인의 사랑"의 주인공인 코니와 멜러드가 서로 상대방의 성기를 각각 존 토머스와 제인 부인으로 부른 것을 흉내낸, 그들 부부의 암호였다. 그러나 그에겐 그 성적 욕구가 이미 사라진 지 오래였다. 그는 벌떡 일어났다. 그러자 그의 아내가 앞을 가로막으며 말했다.

"화낼 일이 아니잖아요."

그녀는 그가 밖으로 나갈 낌새를 알아차렸던 것이다. 그러나 그는 아무 소리도 없이 그녀를 밀치며 벽에 걸린 점퍼를 떼어 입고 횡하니 밖으로 나오고 말았다.

"이 밤중에 어딜 가려고요?"

그녀가 그의 뒤꼭지에다 대고 물었으나 그는 역시 아무런 대꾸도 않고 철대문을 쾅 밀어 닫았다. 그러고는 점퍼 주머니에서 담배갑을 꺼내 한 대 피워 물며 생각에 잠겼다.

'그래 술이나 마시자!'

그는 무슨 큰 일이라도 하러 가는 사람처럼 힘차게 발걸음을 내디뎠다.

그가 걸음을 멈춘 곳은 골목 들머리의 허름한 빈대떡집 앞이었다. 그러나 그는 바지 주머니에 깊숙히 손을 찔러 넣은 채 마냥 서 있기만 할 뿐 좀처럼 들어설 생각을 않고 있었다. 아무리 실직자라지만 그 허름한 술집에서 계산할 정도의 술값은 있었다. 그럼에도 그가 냉큼 술집 문을 밀지 못하는 것은 독작이 영 내키지 않았던 때문이었다. 그가 술을 배운 것이 대학생 때니까 햇수로 친다면 10년도 훨씬 넘었다. 그러나 그동안 그는 단 한 번도 혼자서 술을 마신 일이 없었다. 늘 술친구들과 어울려 이런 저런 얘기를 나누며 마셨고 그러다보니 주량도 늘어나 이제는 '제법 센 편'에 속했다. 그러니까 남 못잖게 자주 그리고 많이 마시는 편이긴 했으나 엄밀하게 따진다면 술꾼은 못되었다.

그가 출입문을 막아 서듯 서 있을 때, 술 손님들이 뒤에 붙어 섰으므로 그는 어쩔 수 없이 술집 문을 밀치고 들어서야만 했다.
"어서 오세요. 세 분, 이쪽으로 오세요."
빈대떡을 부치고 있던 주모가 그를 뒤엣사람들과 일행으로 오해했기 때문에 그는 재빨리 그들과 떨어져 안쪽의 구석진 자리에 앉으며 말했다.
"전 따롭니다. 소주 한 병하고 빈대떡 한 접시요."
그는 담배를 뽑아 물며 술청 안을 휘둘러 보았다. 혼자 술 마시러 온 사람이 자기 말고는 아무도 없다는 것을 알게 되자 갑자기 더 외롭고 처량한 생각이 일었다. 이게 무슨 청승인가 싶었다. 그의 기분은 몹시 착잡해 있었다. 그런 채로 술잔을 비우고 있을 때였다. 누군가 앞에 와 서는 기척에 치켜다 본 그의 눈에 세모꼴의 얼굴이 클로즈업 되었다. 아내가 '세모돌이'라는 별명을 붙인 그 사내는 정보과 김 형사였다. 그는 일 주일에 한 번 꼴로 찾아와선 '지나다가 그냥 들렀습니다'라고 말하곤 했다.
"혼자 오신 것 같은데 앉아도 되겠습니까?"
김 형사가 말했다.
"지나다가 그냥 들렀습니까?"
그는 가타부타 대답 없이 비꼬았다.
"댁에 들렀더니 아주머니께서 바람 쐬러 나가신 모양이라고 하시기에……."
"내 말은 오늘도 지나다가 그냥 들른 것이냐, 아니면 내게 뭐 볼일이라도 있는 거냐, 그 뜻입니다."
"오늘은 얘기 좀 나누고 싶어서 일부러 찾아왔습니다만."

김 형사의 말에 그는 가슴이 덜컥했다. 또 무슨 꼬투리를 잡아서 끌고 갈 모양이구나 싶었던 것이다. 그는 속으로 '개새끼들아! 맘대로 해봐라. 난 아무 죄도 진 게 없어!' 했다. 그러나 그런 속과는 다른 말이 튀어나왔다.

"그런데 내가 여기 있는 건 어떻게 알았소?"

물론 그 물음 소리는 곱지 않았다. 미행당한 불쾌감이 잔뜩 묻어 있었다. 그의 물음에 김 형사가 웃음 밴 입으로 말했다.

"미행한 건 아니니 불쾌하게 생각지 마십시오."

역시 형사라 눈치가 빨랐다. 그는 자기의 속을 훤히 다 알고 있는 김 형사의 얼굴에 멍한 눈길을 보낸 채 입을 다물었다. 김 형사의 얘기가 이어졌다.

"댁에 들렀더니 아주머니께서 바람 쐬러 나가신 모양이라고 하시기에 혹 술집에 앉아 계실지도 모른다 싶더군요. 그래서 허허실실로 한 번 들러 본 건데 마침 계셔서……."

그는 유식한 체하는 김 형사를 잔뜩 비꼬며 웃었다.

"허허실실? 헛걸음할 셈치고 왔단 말이군요. 어쨌든 면전 박대는 할 수 없으니 게 앉으시오."

주모가 쟁반에다 술병과 안주 접시를 얹어 가지고 와 탁자 위에 늘어놓기 시작했다. 그러나 그의 생각은 김 형사에게서 떨어질 줄을 몰랐다. '개의 후각이 사람의 그것보다 40배나 발달해 있다더니 역시 이놈도 개새끼임에는 틀림 없구나!' 하고 있는데 김 형사는 마치 제가 사는 술인 양 소주병을 척 들더니만 술을 권하는 것이었다.

"자아, 한잔 받으시죠. 오늘 술은 제가 사겠습니다."

그가 어이없는 주객전도主客顚倒에 멍하니 있자 김 형사는 그의 잔을 채우고 나서 자작으로 자기 잔도 채웠다.
"자, 어서 드시죠."
김 형사는 넉살좋게 그의 잔이 와 부딪혀 주기를 기다리고 있었다. 어쩔 수 없이 그가 잔을 들어 부딪뜨리자 김 형사는 한 입에 털어 넣다시피 하여 빈 잔을 만들곤 그에게 건네며 말했다.
"알고 보니 강 선생님은 전몰 경찰관 유족이시더군요."
김 형사의 얘기를 듣는 순간 그의 눈 앞에 정보부 요원의 얼굴이 크게 떠올랐다. 뿐만 아니라 그 사내가 내질렀던 욕설도 귀에 쟁쟁했다.
"애비가 빨갱이한테 죽었는데 그 새끼는 빨간 물이 들어?"
그는 자꾸만 떠오르는 그 날의 일들을 지우기 위해 연거푸 술잔을 비워댔으나 허사였다.
그 날, 개헌 반대 서명을 한 것에 대한 전말서와 서약서만 쓰면 풀어줄 듯이 말했던 사내는 취조실에서 나갔다가 한참만에 들어오더니 다시 난폭하게 굴었다. 그렇게 태도가 일변된 까닭은 그의 작품인 풍자시 "안면문답"을 뒤늦게 입수한 때문이었다.
사무실 그의 책상 서랍에 있던 그 작품이 그 사내의 손에 들어가게 된 경위를 알게 된 것은 그가 정보부에서 보름만에 풀려난 바로 그날이었다.
정보부에서 풀려난 그가 맨 처음 들른 곳은 ㄷ출판사였다. 그가 나타나자 이 부장은 어쩔 줄을 모르고 쩔쩔매다가 또 자기 단골인 푸줏간 술집으로 데리고 갔다.
"강형. 날 용서해 주시오. 내가 무심코 한 한마디 때문에……."

용서하시오. 전번에도 얘길 했지만, 국회의원에 출마할 혁명 주체 예비역 장성의 자서전을 강형에게 씌울 생각인데 어떻겠냐고 묻기에 난 강형에게 그 일을 맡기지 않게 하려고 생각없이 불쑥 강형이 3선 개헌에 반대하는 서명을 했다는 얘길 했던 것인데, 그 말이 이런 끔찍한 일을······. 난 그 놈과는 완전히 의절했소!"

이 부장은 그에게 보름 동안 어떻게 지냈는지 이것 저것 캐문다가 자기가 ㅎ출판사 전무 이태진과 의절했음을 밝혔다.

"이 전무하고 친구셨습니까?"

그의 질문에 이 부장은 잠시 망설이고 나서 입을 열었다.

"실은 내 외육촌이오. 내가 생일이 한 달쯤 빠르니까 형인 셈인데다 중학교와 고등학교까지 동창이라 아주 가깝게 지냈소. 그런데 학교 다닐 때 까진 그렇지 않았는데 나중에 아주 저질 인간이 됐습디다. 집안이 어려워 대학에 진학할 수가 없게 되자 간부 후보생으로 들어가 장교가 됐는데 그런 영향 때문인지 학교 다닐 때완 영 딴 사람이 돼 버렸소."

"······."

"그리고 최 사장은 우리 고등학교 2년 선배요. 최 사장이 뭘 보고 그런 놈을 전무 자리에 앉혔는지 모르지만 모르면 몰라도 언젠가 그놈한테 크게 배신당할 거요."

"혹시 이 부장님과 아는 사람이 중앙정보부에 있습니까?"

그는 자신을 취조했던 사내가 몇 번이나 '이부일'이란 이름을 들먹였던 것을 상기하며 조심스레 물었다.

"그렇잖아도 그 얘길 하려던 참이었소. 실은 우리 고등학교 동기생 하나가 그곳에 있소. 이태진이가 개한테 강형이 3선 개헌을 반대하는 서명을 했다고 고해 바친 거요. 지독한 반체제 시인이고 어쩌고 하면서 강형한테 망신당한 보복을 했던 거요. 내 그럴 줄 알고 강형 사무실에 전활 했더니만 사환 아이가 하는 말이, 사무실에서 우연히 유리창 밖을 내다보고 있는데 강형이 어떤 사람들에게 끌려 차를 타더니 사라지더라는 거요. 아차 싶어 정보부에 있는 그 친구의 전화 번호를 수소문해서 전화를 했더니만 곧 풀어주겠다고 합니다. 나한테 강형 얘기를 자세히 듣고는 그 친구가 이태진이에게 전활 해 나무랐던 모양이오. 사사로운 일로 별 죄도 없는 사람을 큰 일이나 벌이고 있는 위험 인물인 양 고발했다고. 그러자 이태진이가 후끈 달아올라서 뭔가 강형의 꼬투리를 잡을 만한 것이 없나 해서 책상 서랍을 뒤지다가 강형의 작품 "안면문답"을 발견하게 되자 옳다구나 하고 즉시 그걸 갖다 준 모양이예요. 그래 이번엔 내 입장이 난처해졌소. 그자들이 그 "안면문답"을 전문가한테 의뢰했답디다. 중국 원전은 눈, 코, 입, 귀들이 자기네 윗자리에 떡 버티고 앉아 아무 일도 않는 눈썹을 성토하자 눈썹이 자기 잘못을 뉘우치는 내용이나 강형의 그 시는 눈썹이 반성은커녕 계속 횡포를 부려 눈, 코, 입, 귀들이 제 기능을 안해서 결국은 서슬 푸른 눈썹도 죽고 만다는 내용인데 어떻게 그런 불순분자를 두둔하느냐고 합디다. 어쨌든 내 입장도 입장이지만 강형은 강형대로 고초를 겪게 되고, 일이 그렇게 된 거요. 어쨌거나 내 실언으로……."

"아닙니다. 이제 모든 궁금증이 다 풀렸습니다. 난 중앙정보부 요원들이 내 책상 서랍을 뒤진 줄로만 알았었습니다."

"몸이나 상하지 않았어야 하는데, 몸은 어떻소?"

"보름 동안의 일은 누구에게도 발설치 않겠다는 각서를 쓰고 나오는 길입니다."

강정길이 웃으며 말했다.

"죽일 놈들!"

이 부장은 어금니를 물었다.

그가 그러한 이 부장의 모습을 떠올리고 있을 때 김 형사가 입을 열었다.

"강 선생님 잔을 기다리다 목젖 떨어지겠습니다."

"아하, 내가 또 법을 어겼나요?"

그가 자신의 앞에 놓인 빈 잔을 건네며 비아냥거렸다.

"원 별말씀을, 이젠 날 형사로 생각지 마십시오."

"술자리라고 형사가 주사로 바뀌는 건 아니잖습니까? 내 얘기는 잔을 받았으면 이쪽에서도 권하는 게 주법인데 잔을 받고도 권하질 않고 있었으니 주법을 어긴 게 됐다, 이런 말입니다. 주법도 법 아닙니까!"

"그렇게 말씀하시니 할 말이 없군요. 가시가 있는 말씀 같아서……."

김 형사의 목소리엔 힘이 빠져 있었다. 경찰관으로서의 위엄은 물론이려니와 불청객으로 부리던 허세마저도 완전히 꺾여져 있었다. 그런데 그와는 달리 강정길의 목소리엔 힘이 들어 있었다. 술기운과 더불어 증폭된 사찰 요원들에 대한 반감 탓이었다.

"내 말에 가시가 들어 있다고요? 가시가 아니라 뼈겠지요. 기왕에 법 얘기가 나왔으니 한번 물어보겠는데 도대체 법이 뭡니까?"

그의 느닷없는 질문에 김 형사는 그냥 웃음으로 얼버무리려 했다. 그러나 그의 태도는 집요했다. 그는 자신이 취해 있다는 것을 의식했으나 될대로 되라는 심정이었던 것이다.

"법을 집행하시는 분이니까 법에 대해선 빠삭할 것 아닙니까?"
"우리 다른 얘기나 합시다. 그건 간단하게 얘기할 수 있는 성질의 것도 아니고 또 재미도 없잖습니까."
"법이란 게 무엇인지 내가 한 마디로 정의를 내려볼까요?"
"해보세요."
"법이란 상식입니다. 한문으로 물이라는 수水자와 간다는 뜻의 거去자가 합쳐져서 법法자가 됐잖습니까. 물이 간다는 뜻이죠. 물은 어떻게 가는가, 높은 데에서 낮은 데로 흘러가지요. 물이 높은 데서 낮은 데로 흐르는 것을 모르는 사람이 어디 있습니까? 그건 상식이죠. 그러니까 결국은 법은 상식이다 이겁니다. 인간이 함께 살기 위해서는 그런 상식을 무시하는 행위를 제재하는 것이 법이란 말입니다. 그런데 우리가 인간답게 함께 사는 일에 기여하지 못하는 법이라면 그걸 법이라고 할 수 있습니까? 우리 국민들의 안정된 삶과 정의를 지켜주지 못하는 법은 악법이오. 악법!"

그가 들고 있던 술잔 밑바닥으로 탁자를 탕 내리쳤다. 술청에 있던 모든 이들의 눈이 그에게로 쏠렸다. 그러나 김 형사는 마치 이해심 많은 사람이 참을성 있게 친구의 술주정을 받아주듯이 허허 웃고 나서 말했다.

"악법도 법은 법이잖습니까."
"소크라테스가 독배를 마신 얘기를 하려는 모양이신데, 그가 독배를 마신 것은 '악법도 법'이라는 법실증주의의 소신으로 한 행동이 아니오. 악법에 저항하기 위한 수단으로 죽음을 택한 것이오. 순교자처럼! 악법 필멸이오, 악법은 반드시 멸망하게 돼 있소!"

그는 벌떡 일어서며 다시 한번 소리쳤다. 그러자 김 형사가 급히 그의 옷소매를 붙잡아 앉히며 말했다.

"그런 얘기는 나중에 하기로 합시다. 우선 오늘 내가 강 선생님을 만나러 온 얘기부터 들어보세요."

김 형사의 목소리는 나직했으나 위압감을 느끼게 변해 있었다. 그 위압적인 목소리로 강정길은 그의 직업을 생각하게 되었고 그 때문에 은근히 켕겼다.

"자아, 한 대 태우세요."

김 형사가 담배를 권한 뒤 불을 붙여 주었다.

"진작 얘기를 했어야 옳은데 직업상 밝힐 수가 없어서……."

김 형사가 하던 말을 중동무이로 만들고는 연거푸 담배를 빨고 나더니 다시 입을 열었다.

"제가 입학하던 해에 졸업을 하셨더군요. 제가 고등학교 후뱁니다."

김 형사의 얘기를 듣는 순간 피가 치솟는 듯했지만 그는 용케도 참았다. 그러는 동안 모교의 건물과 그 주변의 풍경이 영화 장면처럼 눈앞을 스쳤다.

"그게 사실이오?"

"그렇습니다. 이해해 주십시오."

"당신 지금 공무집행 중이오?"

"아닙니다."

강정길은 자신도 모르는 사이에 엉거주춤 일어난 자세가 되어 그의 뺨을 호되게 쳤다. 손바닥이 얼얼했다. 소란스럽던 술청 안이 갑자기 진공 상태처럼 되어버렸다.

"이 개자식!"

그가 또다시 김 형사의 뺨을 치려는 순간 누군가 그 팔에 매달렸다. 그의 아내였다.

"여보, 당신 술 취했어요?"

"뇌 돼! 공무집행방해죄는 아니니까! 너 이 자식, 죄 없는 사람을 그렇게 괴롭히고 이제 와선 후배라구? 게다가 미행까지 하고, 그럴 수 있는 거야?"

빈대떡을 부치던 주인이 달려오고 가까운 자리의 술손님들이 싸움을 말리려고 일어서고, 술청은 다시 술렁이기 시작했다.

"며칠 전에 사표 냈습니다. 사실 나도 그 동안 괴로웠습니다. 그래 오늘은 그런 얘길 하려고 온 겁니다. 미행한 게 아닙니다. 자아, 제 얘기부터 좀 들어보세요."

"난 너같은 놈 얘기 들을 시간 없어!"

그는 홱 돌아서서 술집을 나왔다. 그리고는 걸음을 서둘러 집으로 향했다.

그가 담배를 석 대 연거푸 피웠는데도 곧 뒤따라 올 줄 알았던 아내는 돌아오지 않았다. 혹시 뭔 일이라도 생겼는지 모른다 싶어 방문을 열고 구두를 신으려던 참인데 아내가 가쁜 숨으로 들어섰다.

"술값은 어떻게 됐어?"

"한사코 자기가 내겠다고 합디다. 그렇잖아도 당신한테 술 한 잔 사려고 왔다면서."

"그런데 왜 이렇게 늦었어?"

"당신한테 얘기를 다 못했으니 나한테라도 해야겠다고 해서……."

"개자식!"

"그 사람 며칠 전에 형사질 때려치웠대요. 자기 적성에 맞지도 않을 뿐더러 더 오래 형사질 하다가는 사람 버릴 것 같더래요. 그래 조그만 가겔 하나 냈다나봐요."

"……."

"그 사람도 먹곤 살아야겠고, 그러자니 위에서 시키는 대로 안 할 수가 없었겠지요."

"……."

"그만두고 나서도 늘 당신 생각 때문에 속이 편치 않았는데, 오늘 다 털어 놓은 데다가 뺨까지 한차례 맞고 나니 훨씬 마음이 가벼워졌다며 며칠 안으로 다시 오겠대요. 당신 그 사람이 형사 그만둔 것 알고 뺨을 친 거예요?"

"술자리니까 형사로 생각하지 말고 허심탄회하게 얘기하자는 줄로만 알았어. 뭔가 알아낼려고 수를 쓰는 줄로만 알았다구."

"오늘 당신한테 동서가 찾아와서 초저녁부터 술자리가 벌어졌었다고 얘길 했더니 자기도 당신이 전작이 있는 줄 알았다고 합디다. 당신 지금 취했지요?"

"안 취했다면 거짓말이지. 취하긴 했지만 많인 안 취했어. 그 새끼 땜에 외려 술이 깼다구."

"내가 오늘 얼마나 놀랬는지나 알아요? 난 세모돌이가 당신 잡아가려고 온 줄로만 알았어요. 그래 세모돌이 뒤를 밟았는데 술집으로 들어가더라고요. 유리문 틈으로 들여다 봤더니만 당신이 거기 앉아 있습디다. 그래 계속 엿보니 당신을 잡으러 온 것 같지는 않고, 당신은 뭔 얘기가 그렇게 긴지, 난 당신이 뭔가를 열심히 변명하는 줄로만 알았다고요. 그런데 느닷없이 세모돌이의 뺨을 후려치잖아요. 간 떨어지는 줄 알았다고요. 만약 세모돌이가 형사를 그만두지 않았더라면 어떻게 됐겠어요?"

"그래서 뺨을 치기 전에 물어 봤다구. 지금 공무집행 중이냐고. 그랬더니 아니라고 하길래 적어도 공무집행방해로 끌려가진 않겠구나 했지."

"당신 오늘 참 이상하네요."

"왜?"

"집에서 마신 술도 그렇고 술집에서 마신 술도 그렇고 상당히 많이 마신 술인데 별로 취한 것 같질 않으니까 하는 소리예요."

"내가 생각해도 그래."

그가 담배에 불을 붙이자 그녀는 잠자리를 보기 시작했다. 이부자리를 다 편 다음 그녀가 다시 물었다.

"세모돌이가 사표 낸 줄을 모르고 뺨을 쳤다면서요? 만약에 사표를 내지 않았으면 어쩔 뻔했어요? 난 지금도 가슴이 떨려요."

"고등학교 후배라는 말을 듣자 피가 확 치솟더라구."

"어머, 세모돌이가 당신 후배래요? 아까 술집에서 후배니 뭐니 한 게 그 소리예요?"

"아무리 무법천지라지만 후배 녀석이……. 이제 그 얘기 그만

해. 생각만 해도 열이 올라."

"……."

그는 아내가 잠옷으로 갈아입는 모습을 보며 담배를 껐다.

"준용인 안 데려와도 될까?"

"걔가 거기서 한두 번 잤어요? 걔 걱정 말고 당신이나 어서 주무세요."

그가 옷을 벗어 벽에 걸며 말했다.

"존 토머스가 제인 부인을 방문하고 싶대."

"제인 부인이 허락하겠대요."

그들은 유쾌한 웃음을 합쳤고 곧 뜨거운 몸도 이불 속에서 합쳐졌다.

화해

  다방 오아시스는 강정길에게 있어 아주 긴요한 곳이었다. 그의 유일한 연락처였기 때문이다.
  '오아시스'는 교통이 좋을 뿐만 아니라 그 주인이 한 동네에 살고 있어 어디서 무슨 연락이 와도 그 날 통금 직전까지 그는 모든 연락을 받을 수가 있었다. 다방 주인이 귀가 길에 그에게 온 전화의 내용을 알려주기도 했고, 사람이 직접 와서 맡겨놓고 간 일거리나 책 또는 메모 따위를 가져와서 전해주기도 했다. 또 그가 시내에 볼일이 있어 나가는 일이 있으면 으레 '오아시스'에 들러 자기에게 오는 전화를 직접 받기도 하고, 누가 맡긴 메모나 서적 따위를 찾아오기도 했다.
  어쨌든 이제 '오아시스'는 그의 연락처로 널리 알려졌고, 그곳

주인은 충실한 심부름꾼이 되어 있었다. 그 심부름꾼은 다른 사람이 아니라 3개월쯤 전, 그에게 따귀를 맞았던 세모돌이 김 형사였다.

세모돌이는 따귀를 맞은 이튿날 아침에 다시 그를 찾아왔었다.

아침상을 물리고 나서 준용이를 어르며 한가한 시간을 보내고 있을 때, 그의 아내가 세모돌이의 출현을 알리며 마음을 놓을 수 없다는 표정을 지었다. 그러나 그의 심정은 담담했다. 사표를 냈다는 세모돌이의 말이 떠오르긴 했지만 그 때문만은 아니었다. 될대로 되라는, 다 젖은 발인데 물구덩이가 무서우랴는 심정이었다.

그는 대문 밖에서 얼쩡거리고 있는 세모돌이에게 다가서며 말했다.

"아직도 내게 볼일이 있으시오?"

상대를 비웃는 당당한 목소리였다. 그러자 세모돌이가 멋쩍게 웃으며 대답했다.

"어젯밤에 좋게 헤어지지도 않고 해서 말입니다."

"그렇다면 고소라도 할 작정이오? 경찰복 벗은 뒤에 따귀 맞았으니 공무집행방해죄로 옭아 넣을 수는 없을 테고……."

그가 계속해 비아냥대자 세모돌이는 잠시 곤혹스러운 표정을 지었다. 그러고 나서 대답했다.

"어제도 말했듯이 사과도 드릴 겸……."

강정길이 그의 얘기를 중간에서 잘랐다.

"순전히 그런 뜻이라면 어제 이미 다 끝난 일 아니오?"

"제가 사과드리는 뜻으로 차라도 대접할 생각입니다만."

"당신이 어제 술값을 냈으니 난 이미 화햇술을 얻어 마신 셈이 됐소."

"길에서 이럴 게 아니라……."

"그렇다면 차는 내가 대접하겠소. 누추한 방이지만 들어오시오."

강정길이 세모돌이를 달고 들어오자, 그의 아내가 아이를 안고 급히 방에서 나왔다.

세모돌이는 강정길이 내놓은 방석 위에 앉아 방안을 샅샅이 둘러본 뒤 입을 열었다.

"책이 참 많군요. 부럽습니다."

강정길은 그의 말에 쓴웃음을 지은 채 대답을 않았다. 장롱과 창 밑에 붙여 놓은 책상, 그리고 출입문을 제외한 벽면에 모두 꽉 찬 책꽂이가 세워져 있었으므로 결코 적은 분량의 책이 아닌 것만은 사실이었다.

세모돌이의 얘기가 계속되었다.

"사람이 책을 많이 읽어야 되는데, 경찰이라는 직업은 책과 담을 쌓게 만듭니다. 경찰에 몸을 담고 있는 동안 책을 한 권도 읽지 못해 이제부터라도 책 좀 읽을 작정입니다."

"좋은 일이지요. 그런데 책을 읽어야 할 무슨 자극이라도 받았나요?"

강정길의 목소리는 어느 새 예의가 느껴지게끔 부드러워져 있었다.

"책을 안 읽으니까 머릿속이 텅 비어 있는 기분입니다. 사람들과 얘기를 하다 보면 종종 그런 기분이 들곤 했는데, 어제도 선배님하고 얘기를 하는 동안 그런 기분이 강하게 들었었습니다. 어제 법에 대해서 말씀 하시잖았습니까. 직업상 법에 대해서 선배님보다는 제가 더 잘 알아야 하는데, 막상 선배님과 법에 관해 얘기를 하다 보니 아는 게 없더란 말입니다. 정말 부끄러웠어요. 앞으로 좋은 책 좀 소개해 주십시오. 사실 저도 학교 땐 문학에 뜻을 둔 적이 있었습니다. 이젠 완전히 깨어진 꿈이 됐지만, 소설가가 되겠다는 꿈을 지녔었습니다. 의사지만 한때 문학에 빠졌던 제 당숙의 영향이었지요."

"그렇다면 소설책은 많이 읽었겠군요?"

"웬걸요. 그저 한때 그런 꿈을 지녔던 때도 있었단 얘기죠."

그와 세모돌이의 얘기가 한참 더 이어졌고, 그들 사이에는 찻상이 놓여지게 되었다. 그가 세모돌이에게 커피를 권한 뒤 물었다.

"왜 사표 냈소?"

"우리 경찰관들을 사람으로 취급하는 사회가 아니잖습니까. 사실 경찰관은 주어진 권한을 행사할 수가 있기 때문에 사람들은 경찰관 앞에서 머리를 숙이긴 합니다만 속으로는 뱀 취급을 한단 말입니다."

"그런 면이 없잖아 있지요."

"없잖아 있는 정도가 아니지요. 그런데 사람들이 경찰을 그렇게 취급하게끔 만든 것이 누구냐하면 바로 경찰관들 자신이란 얘깁니다. 경찰복을 벗고 나서, 경찰들에게 돌팔매질을 하는 것 같아 꺼림칙하긴 하지만 사실이 그런 걸 어떡합니까. 사실 경찰관들에게 권한이 주어지는 것은 엄정하게 법을 집행함으로써 시민들의 기본권을 지켜주는 대가거든요. 그런데 그렇지가 않더라 이 겁니다. 물론 모든 경찰관이 다 그렇다는 얘긴 아닙니다. 그러나 검은 돈 때문에 범법 행위를 비호하는 데에 자기에게 부여된 그 권한이라는 걸 악용하는 경찰관이 의외로 많다 이겁니다. 뿐만 아니라 높은 데서 내려온 지시 때문에 죄도 없는 사람을 괴롭혀 야 하는 경우도 있습니다. 특히 정보과에 근무하는 형사들이 그 렇습니다. 변명이 아니라 저도 그 때문에 선배님을 괴롭혀 왔잖 습니까. 어쨌든 이제 경찰복을 벗었으니 저와 선배님 사이에 있 었던 지난 일은 다 잊어 주십시오."

세모돌이의 진심어린 말에 그는 한참 동안 고개를 끄덕이고 나 서 다시 물었다.

"다른 일자리는 구했소?"

"예, 조그만 사업, 사업이라기보다 가겔 하나 냈다는 게 옳겠군 요."

세모돌이가 말을 마치며 양복저고리 안주머니에서 지갑을 꺼 내 명함을 한 장 뽑아 그에게 건넸다. 진초록의 야자수가 앙증맞 게 도안된 명함이었다. '김휘웅'이라는 이름 위에 오아시스라는 다방의 상호가 박혀 있었고, 이름 밑에는 업소의 소재지와 전화 번호가 깨알같은 활자로 찍혀 있었다.

"다방을 차렸군요?"

그가 명함에서 거둔 눈길을 세모돌이 김휘웅의 얼굴에 꽂았다.

"다방 이름이 촌스럽지요? 선배님께 부탁드렸더라면 시적인 근사한 이름을 얻을 수 있었을 텐데……."

"오아시스도 괜찮은데요, 뭘."

"시인께서 괜찮다니 다행입니다."
"찻손님은 많은가요?"
"많은 편이라고 할 수 있습니다. 서울 중심지인데다 교통도 좋고 해서요."
"다행이군요."
"우리 다방을 연락처로 삼고 있는 단골 손님들도 많습니다. 선배님도 우리 다방을 연락처로 삼으십시오. 마침 제 집도 이 동네니 선배님이 다방에 나와 계시지 않아도 제가 오가며 연결해 드릴 수가 있잖습니까."
"아니, 김 형사 댁도 이 동네라구요?"
"이제 김 형사가 아니라니까요."
"실수했소 김 사장……."
"사장이 아니라 다방 주인입니다. 업주죠."
"그래도 다들……."
"다들 사장이라고 불러주면 좋아하지요. 하지만 전 사장이라는 호칭이 딱 질색입니다. 서울역 광장에서 '사장님' 하고 부르면 지게꾼까지도 돌아다 본다잖습니까. 구둣방 주인도 사장, 빵집 주인도 사장, 술집 주인도 사장……, 회사도 아닌데 왜 사장이라고들 부르는지 알 수가 없더라고요."

그는 김휘웅이 쉬임 없이 쏟아내는 얘기를 듣고는 '이 친구가 보기보다 꽤 수다스럽구나' 생각하며 물었다.

"집이 이 동네 어디요?"
"이 집 대문 앞으로 양쪽에 골목이 뚫려 있잖습니까? 그 오른쪽 골목으로 약 백 미터쯤 들어가면 왼쪽으로 또 샛골목이 있는데 그 끝입니다. 집이 그곳에 있다 보니 선배님네 대문 앞을 지나는 경우도 있었는데, 그 때문에 선배님한테 오해를 받게 된 적도 몇 번인가 있습니다. 물론 위에서 선배님의 동태를 살피라니까 보고서는 써 올려야 하고 해서 우정 선배님을 찾아 왔던 적이 많긴 하지만……. 그건 그렇고 우리 다방을 연락처로 삼으십시오. 요새 전화 한 대 따기가 하늘의 별 따기보다도 어렵다잖습니까."

"전활 따낼 수 있대도 우리같은 사람은 돈이 없어서……."

"그러니까 우리 다방 전활 이용하시란 말씀이지요."

"차 주문 전화가 많을 텐데, 영업에 지장을 주면 곤란하지요."

"전화가 두 대니까 그런 걱정은 안 하셔도 됩니다."

"고맙소."

"전화 번혼 명함에 찍혀 있습니다. 외우기도 좋습니다. 하나는 오오아홉씩스, '오아시스'로 외우면 되고요. 또 하나는 넷팔구오니까 '네 팔 구 오'로 외우면 쉽습니다. 우리 다방을 연락처로 정해 놓으면 또 교통도 좋아서 편리할 겁니다. 꼭 그렇게 하십시오."

"고맙소."

그는 말 끝에 쓴 웃음을 흘렸다. 지난 밤에 그의 따귀를 갈긴 일이 떠올랐기 때문이었다. 그는 웃음을 거두고 정색을 하여 말했다.

"엊저녁엔 미안했소."

"천만에요. 전 선배님 심정 다 이해합니다. 전혀 그런 생각 하실 필요 없습니다. 그러나 저러나 글만 쓰셔서는 생활이 어려우실 텐데 어떻게 지내십니까?"

그는 여러 친구들과 선배들이 아르바이트 거리를 마련해 줘서 그럭저럭 밥벌이를 하긴 하지만 늘 불안한 생활이었다. 그러나 김휘웅에게 궁한 내색을 하기가 싫어 그냥 웃음으로 대답을 얼버무리고 말았다. 김휘웅은 그런 눈치를 챘는지 얼른 화제를 돌렸다.

"떡 본 김에 제사 지낸다는 속담이 있는데, 책들을 봤으니 한 권 빌려다 읽고 싶습니다."

"그러시오. 한 번 골라봐요."

"다방 주인이라는 게 바쁠 때는 바쁘지만 우두커니 앉아 있는 시간도 많거든요."

김휘웅이 자리에서 일어나 책꽂이를 살피기 시작했다. 한참동안 책을 살핀 끝에 오른손 검지로 토마스 만의 『마魔의 산山』을 짚으며 말했다.

"소설이지요?"

"소설은 소설인데 재미는 없을 거요."

"선배님이 재밌는 걸로 한 권 골라주십시오."

강정길은 『마의 산』 바로 옆에 꽂혀 있는 『아메리카의 비극』이 눈에 띄었기 때문에 그에게 물었다.

"미국 영화 '젊은이의 양지' 보셨소?"

"그런 영화가 있다는 얘긴 들었는데 보진 못했어요. 왜요? 그 영화 원작 소설이 있습니까?"

"지금 그 『마의 산』 바로 옆에 꽂힌 『아메리카의 비극』이 바로 그 원작 소설인데 재미있을 겁니다."

"어떤 스토립니까?"

"얘길 먼저 듣고 영활 보면 재미 없듯이 소설도 얘길 먼저 들으면 재미가 떨어지지요."

"그래도 대충 연애 얘기냐 탐정 얘기냐 하는 식으로······."

"사랑 얘기도 있고 범인을 수사하는 얘기도 있지요. 그러나 그보다 읽기 전에 알아두면 좋은 얘기가 있지요."

그는 일어나서 상·하 두 권으로 된 『아메리카의 비극』을 뽑아 들고 자리로 돌아와 앉았다. 김휘웅도 뒤따라 앉으며 그의 얘기를 기다렸다.

그가 시작한 얘기는 작자가 『아메리카의 비극』을 집필할 당시의 시대 배경에 관한 것이었다.

루즈벨트가 대통령으로 당선된 당시의 미국은 물질주의의 팽배와 정경유착, 도덕성의 상실 등으로 말미암아 사회가 날로 부패해지고 있었다. 이에 루즈벨트 대통령은 온갖 사회악을 뿌리뽑기 위해 그의 정치력을 발휘했으며, 모든 악에 철퇴를 가하고 대중의 이권 증진에 힘썼다. 그러나 그의 탁월한 정치력도 미치지 않는 곳이 있었다. 그것은 다름이 아니라 국민 개개인의 가슴 속에서 빠져 달아난 양심 바로 그것이었다. 그리하여 그는 미국 국민들이 상실한 양심과 도덕성을 회복시키기 위해 문학의 힘을 빌릴 수밖에 없다는 결론을 내렸다. 그는 국내 유수한 작가들을 백악관에 초대하여 만찬을 베풀었다. 그 만찬회 연설에서 루즈벨트는 미국의 장래를 위협하는 쓰레기들을 제거해 달라고 호소했다. 문학 작품만큼 대중 속에 파고들어 그들을 교화시킬 수 있는 힘을 지닌 것이 없다고 생각했던 것이다. 문학이 악을 고발함으로써 그것이 제거된다는 루즈벨트의 주장에 모든 작가들이 동조했다. 『아메리카의 비극』을 쓴 디어도어 드라이저도 그때 백악관 만찬회에 참석했고, 또 루즈벨트의 연설에도 적극적으로 동조하여 당시의 미국 현실을 폭로한 『아메리카의 비극』을 집필했던 것이다.

그는 어느 새 자신도 모르게 상기되어 있었으며 따라서 목소리도 점차 높아졌다.

"미국의 장래를 위협하는 쓰레기, 그 쓰레기들을 제거해 달라는 '쓰레기 제거'가 영어로 마크 레이킹(Muck Raking)인데 루즈벨트의 연설 때문에 그 단어가 '폭로문학'이라는 새로운 뜻으로도 쓰이게 된 거지요."

김휘웅의 눈길이 그의 입에서 떨어질 줄 몰랐다.

"김형, 어떻게 생각 합니까? 아까 김형 얘길 들어보니 김형이 몸담았던 그곳에도 그런 쓰레기가 많았던 모양인데 지금 우리 대통령이 그런 쓰레기를 제거하려는 노력을 하고 있다고 생각하시오?"

"……"

"난 대통령이 전혀 그런 노력을 않는다고 생각합니다. 유신 헌법 그 자체가 민주주의를 썩게 만드는 쓰레기가 아니냐구요!"

그때였다. 방문이 벌컥 열리며 그의 아내가 창백해진 얼굴을 들이밀었다. 그리고 떨리는 목소리로 나직하게 그러나 강한 어조로 말했다.

"지금 당신 정신이 있어요, 없어요? 도대체 때가 어느 땐데 그런 얘기를 큰 소리로 떠들어대고 난리예요? 난 당신 그럴 때마다 피가 바싹바싹 마른다구요. 그러니 제발 말 좀 조심하세요. 제발

나 좀 살려주세요. 제발!"

김휘웅이 입을 열었다.

"아주머니 말씀이 옳습니다. 밖에서 혹 술김에라도 그런 얘기를 하시면 안됩니다. 큰일나지요. 하지만 이렇게 집안에서 하면 스트레스도 풀리고……. 어쨌든 난 오늘 선배님 말씀을 듣고 느낀 바가 많습니다. 이 책 열심히 읽고 돌려드리겠습니다. 아까 말씀드린 대로 우리 다방을 선배님 연락처로 정해 주십시오. 그래야 좋은 책도 빌려 볼 수 있고 오늘처럼 유익한 얘기도 들을 수 있는 기회가 생길 게 아닙니까. 절 위해서도 꼭 그렇게 해 주십시오."

그가 아내를 향해 말했다.

"다방을 차리셨다는군. 오아시스라는."

"어머, 축하드립니다."

그녀는 핏기를 되찾은 얼굴로 상냥하게 말했다.

"감사합니다. 언제 외출하실 일이 있으면 한번 들르십시오. 우리 주방장 커피 내리는 솜씨가 일류라고들 합니다. 아, 깜빡 잊었었네요. 아주머니 커피 솜씨가 우리 주방장 솜씨 못잖습니다. 정말 커피 맛있게 마셨습니다."

"인사말인 줄은 알지만 그래도 듣기엔 좋군요."

세 사람의 합친 웃음이 잠시 무겁게 가라앉았던 방 안의 분위기를 확 풀어 놓았다.

쌍곡선

 오후 두 시경, 강정길은 깊은 잠에서 깨어났다. 밤을 꼬박 새우고 잠이 들어 있는데, 김휘웅이 방문을 두드려대며 '강 선배님! 강 선배님!' 하고 다급하게 불러댔기 때문이었다.
 그가 잠에 취한 상태로 문을 열자 김휘웅은 불한당처럼 방 안으로 뛰어들며 한바탕 늘어놓았다.
 "참 팔자도 좋으십니다. 지금이 몇 신데 오밤중입니까?"
 "몇 시지?"
 "두 시예요. 두 시!"
 그는 김휘웅의 말이 믿기지 않는다는 투로 책상 위의 사발 시계로 눈길을 주며 잔기침을 했다.
 "아주머니께선 어디 가신 모양이죠?"

"나 잠자라고 앨 데리고 나간 모양이야."
"혹시 도망가신 거 아닙니까? 그런데도 낮잠만 주무시고 계시니……."
그가 또 한차례 기침을 해대고 나서 김휘웅의 농을 받았다.
"이 사람아, 나 야행성인 거 몰라? 어젯밤을 홀딱 새웠어."
"작품 쓰셨어요?"
"작품? 발표할 데가 있어야 작품을 쓰지."
사실 그는 '안면문답' 사건 이후 작품이라고는 단 한 줄도 쓰지 않고 있었다. 쓸 수도 없지만 쓴대도 요시찰인의 낙인이 찍힌 그의 작품을 실어줄 지면이 없었다. 그가 밤을 새워 한 일은 ㄷ출판사에서 맡긴 번역 원고의 윤문이었다. 크리스 슈타트랜다라는 독일인이 쓴 "인간 베토벤"을 번역한 원고인데, 문장이 거칠 뿐만 아니라 틀린 곳이 많아 매끄럽게 뜯어고친 작업이었다.
"집사람이 없어 커피도……."
그가 기침 때문에 말을 끊자 김휘웅이 딱하다는 듯이 한마디 했다.
"커피는 무슨 커핍니까. 선배님, 내가 커피 장삽니다. 그러나 저러나 약을 좀 사 잡숫던지 하지 늘 기침을 달고 계시니 원."
그는 김휘웅의 잔소리가 질색이라는 듯이 또다시 기침을 해댄 뒤에 입을 열었다.
"그런데 이 시간에 웬일이야?"
"아참, 이런 정신머리. 급하게 연락이 됐으면 하는 전화를 받았습니다."
"나한테? 어디서?"

김휘웅이 대답 대신 윗주머니에서 메모를 꺼내 건네주었다. ㄹ화학 홍보실에서 급히 연락 바란다는 내용이었다.
"좋은 소식입니까?"
"글쎄. 홍보용 잡지를 낸다고 사람을 뽑는다기에 이력서를 내고 시험을 쳤었는데……. 거기 친구가 있거든."
"그럼 좋은 소식이겠네요. 어서 연락해 보세요."
"불합격 됐다고 연락하진 않겠지?"
"물론이죠. 어서 나가십시다."
그는 세수를 하는 둥 마는 둥 허겁지겁 김휘웅과 함께 밖으로 나왔다. 서로 방향이 달라 찻길까지 나와 헤어질 때 김휘웅이 그의 주머니에 뭔가를 넣어주었다.
"이게 뭐야?"
"택시 타고 가세요."
김휘웅이 재빨리 건널목 쪽으로 달아났다. 강정길은 그런 그의 뒷모습을 멍하니 바라보다가 빈 택시가 오는 것을 발견하고 급히 세웠다. 택시 안에서 김휘웅이 넣어준 돈을 꺼내본 그의 눈이 휘둥그래졌다. 택시비가 아니라 그의 처지엔 거금이었다.

ㄹ화학 특채 사원 합격자 서류제출 마감일이었다. 그 날 강정길은 탑골공원 팔각정 앞 벤치에 앉아 깊은 생각에 잠겨 있었다.
한참 동안 그렇게 앉아 있다가 무언가 마음을 굳힌 표정으로 무릎 위에 놓인 서류 봉투 속에서 종이 한 장을 꺼냈다. 재정 보증서였다. 그는 그 서류를 반으로 찢고 그것을 겹쳐 또다시 반으로 찢고 하여 화투짝만하게 잘게 찢어 봉투 속에 넣고는 또 다른 서류를 꺼내어 조각을 내었다. 재정보증서 · 신원증명서 · 서약서 · X선과 의사 소견서 등이 차례로 찢기어 봉투에 담겼다.
 그는 자리에서 일어나며 주머니에서 담배갑을 꺼내 갑채로 봉투 속에 넣은 뒤 성냥도 그렇게 했다. 그리고 복어처럼 배불뚝이로 변한 서류 봉투를 쓰레기통에 쑤셔 넣고 공원을 빠져나와 화신백화점 쪽을 향해 느릿느릿 발걸음을 옮겼다. 그러한 그의 발걸음이 멈춘 곳은 한 시간 전에 들렀던 X선과 병원 앞이었다.
 병원 간판을 올려다보는 그의 눈은 축축하게 젖어 있었다.
 한 시간 쯤 전, 그는 그곳에서 의사 앞에 앉아 있었다. 소견서를 쓰다 말고 의사가 말했다.
 "취직이 급한 게 아니라 치료가 급해요. 보름 동안 매일 스트렙토마이신 주사를 맞고 하이드라지트랑 파스를 함께 복용한 뒤, 다시 엑스레이 촬영을 해봅시다. 경과를 봐서 다시 처방을 해야 하니까요."
 "소견서만 잘 써주시면 취직한 뒤 치료를 받겠습니다."
 "폐결핵이 전염병이라는 걸 모르고 있소?"
 의사가 소견서를 다 써 건네주며 말했다.
 "다시 말하겠는데 취직이 중요한 게 아니라 치료가 중요한 거요."
 "이 소견서로는 취직이 불가능하잖습니까?"
 "건 내가 대답할 일이 아니오. 회사에서 심사하는 사람들 소관이지."
 "그래도 가늠은 하실 수 있잖습니까?"
 "정 알고 싶다면 알려주겠는데 내 생각으론 어렵다고 봐요."

의사의 말에 그는 맥이 탁 풀렸다. 병원만 아니라면, 의사 앞만 아니였다면 그 자리에 털썩 주저앉았을 것이다.
"취직이 그렇게 절실하오?"
"실직 생활을 오래한 가장입니다."
"그렇다니 하는 말인데 방법이 전혀 없는 건 아니지."
"어떤 방법입니까?"
"이런……."
냉기가 좀 가신 듯싶던 의사의 목소리가 다시 얼음처럼 변했다.
돈을 바치라는 얘기로구나 싶었으나 그는 암말도 않고 의사에게 받은 소견서를 서류 봉투 안에 넣으며 생각했다.
'나는 폐결핵 환자요! 하고 광고하는 이까짓 종이 조각을 뭣하러 받았지? 폐결핵 환자를 고용치 않기 위해 지정 병원 의사의 소견서와 엑스레이 사진을 제출하라는 것이 아닌가 말이야!'
그는 X선과 병원에서 나왔으나 갈 곳이 없어 탑골공원으로 향했다. 그의 눈 앞에 아내와 준용이의 얼굴이 크게 떠올랐다.
아침에 나올 때, 그는 아내에게 말했었다.
"이제 우리 고생도 끝났어. 그 동안 당신 정말로 고생이 많았어. 그리고 잘 참아주었고."
그의 위로에 아내는 새색시처럼 수줍어하다 끝내는 눈시울까지 붉혔다. 그러고는 눈물을 잦히느라고 잠시 여짓대다가 입을 열었다.
"당신한테 말 못한 얘기가 있어요."
"말 못한 얘기? 그 비밀이 뭐야?"

"…… 나 애기 가졌어요."

"그래애?"

그는 깜짝 놀라며 눈을 키웠다. 그리고 화난 듯이 목청을 돋구었다.

"왜 여태 얘길 안했어! 그런 좋은 일을 왜?"

"긴가민가 했는데 어제 병원 가서 확실하게 알았거든요."

그녀는 병원에서 중절 수술을 받을까 생각했었다는 얘기는 끝까지 숨길 작정이었다.

"그런 기쁜 일은 바로바로 얘길 해야지. 사람도 참."

"당신, 그렇게 기쁘세요?"

"그걸 말이라고 해? 기쁜 정도가 아냐! 춤이라도 추고 싶은 심정이야!"

그는 아내를 힘껏 포옹했다. 그러자 준용이가 제 어미를 괴롭히는 줄 알고 울음을 터뜨렸다. 그 바람에 깜짝 놀라 아내를 풀어 준 손으로 아이를 안아 올리며 얼렀다.

"임마, 네 동생이 생겨 좋아서 그런 거야. 이 바보!"

그는 준용이의 볼에 연신 뽀뽀를 해댔었다.

아들아이와 아내의 모습을 앞세우고 걷는 그의 발걸음은 한없이 무거웠다. 그의 손에는 X선 필름 봉투만 하나 달랑 들려 있었다.

'도대체 이 시련이 언제 끝난다는 거야? 끝이 있기는 있는 거야?'

그는 고래고래 소리를 지르고 싶었다. 어디 후미진 곳이라도 찾아가 통곡을 하고 싶었다.

그의 눈에 다시 눈물이 돌았다. 그 눈물을 잦히기 위해 고개를 젖히자 가로수의 짙푸른 잎새들이 눈에 가득 들어왔다. 그것은 굳건한 초록의 성문처럼 높은 곳에 버티고 있었다.

"내 울면서 두드리나니 이 문을 열어주세요. 내 울면서 두드리나니 이 문을 열어주세요!"

그는 아폴리네르의 시구를 주문呪文처럼 외면서 잦혀지지 않는 눈물을 주르르 흘리고 있었다.

어머니

 차창 밖으로 펼쳐지는 들녘은 가을빛을 띠고 있었다. 논에는 누런 색이 감돌았고 산에도 진초록이 퇴색하기 시작했다. 그런 을씨년스런 바깥 풍경을 배경으로 또다시 어머니의 주름진 얼굴이 떠올랐으나 강정길은 이제 애써 지우려하지 않았다 '어머니, 죄송합니다.' 그의 눈이 촉촉해졌다.
 그는 당시唐詩의 한 구절을 읊조렸다.

  춘잠도사사방진 (春蠶到死絲方盡)
  납거성회누시건 (蠟炬成灰淚始乾)

 누에는 죽는 날까지 실을 뽑고 촛불은 재가 되고야 비로소 눈물을 말린다는 뜻이었다. 그는 그것이 마치 자기 어머니의 처지를 두고 지은 시처럼 느껴져 자꾸만 되풀이하여 읊었다. 그러자 달달달………… 재봉틀 돌아가는 소리가 들려오는 듯했다. 그것은 그가 어릴 때 잠결에 들었던 소리였다. 아니 그 소리를 들으며 잠이 들기도 했고 또 한밤중, 그 소리에 잠이 깨기도 했다. 어머니는 밤낮없이 늘 아버지의 사진이 걸려 있는 벽을 마주하고 단정하게 앉아 재봉틀을 돌려댔다. 그를 시인으로 만든 것은 어머니의 그 재봉틀 소리였다.

국민학교 때 우연히 읽은 한 편의 동시에 그는 아주 깊은 감명을 받았는데 그것은 갈데없는 자기 자신과 어머니를 읊은 내용이었다.

달달달…… 어머니가 돌리시는 미싱 소리 들으며 저는 먼저 잡니다. 책 덮어 놓고. 어머니도 어서 주무세요, 네?
자다가 깨어보면 달달달 그 소리. 어머니는 혼자서 밤이 깊도록 잠 안 자고 삯바느질을 하고 계셔요.
돌리시던 재봉틀을 멈추시고, 왜 잠깼니? 어서 자거라.

어린 그는 이 동시를 읽고 나자 숨이 탁 멎는 듯했다. 누가 이렇듯 내 얘기를 자세히 알고 썼을까 싶었던 것이다. 그는 눈물을 흘리며 읽고 또 읽어 단숨에 외워버렸다. 그리고 시에는 남에게 감동을 주는 크나큰 힘이 있다는 것을 알게됨과 동시에 그의 진로도 확고해졌다. 그리고 끝내는 문학의 뜻을 이루기 위해 어머니와 형의 반대를 무릅쓰고 가출하다시피 서울로 올라와 대학에 진학한 것이었다.

그는 서울에 올라와 줄곧 고학을 하긴 했지만 그래도 어머니가 삯바느질로 번 돈을 적잖이 축냈던 게 사실이다. 그렇게 어렵사리 대학을 나와 처자식을 거느린 나이가 되었어도 밥벌이가 변변치 않아 늘 어머니의 얼굴에 구름 그림자같은 불안을 띠게 만드는 자신을 생각하며 그는 또다시 되뇌었다.

'어머니, 죄송합니다!'

사실 그는 어머니와 형을 무슨 낯으로 대하나 싶어 걱정이 컸다.

두 달 전, 어머니가 사촌 오라버니 칠순잔치 때 서울에 올라와서는 마흔 줄에 가까운 아들이건만 아직 단칸살림에서 헤어나기는커녕 직장조차 없다는 사실을 알고는 한숨 끝에 한마디 했다.

"이젠 그 성질 좀 죽여라. 네 아버지를 닮아 대쪽같은 그 성질, 고치기가 쉽진 않겠지만 처자식이 있는 몸 아니냐! 모난 돌이 정 맞는다는 속담도 있느니라."

"직장이 없어도 돈벌인 한다구요. 곧 취직도 될 거구요."

"네 말대로 그렇게만 되면 오죽이나 좋으랴. 취직이 되면 제발 '나 죽었소' 하고 다니거라. 하룻길을 가다 보면 개도 보고 말도 보는 게다."

"걱정하시지 말라니까요."

"네 몰골을 보고 어떻게 걱정을 안해? 얼굴이 반쪽이야, 반쪽!"

"……."

"무슨 병이나 있는 건 아닌지 모르겠다. 내 돈 줄 테니 진찰 한 번 받아 보거라."

2장 어머니 247

그는 가방을 집어 들려는 어머니의 손을 잽싸게 잡으며 버럭 화를 냈다.
"병은 무슨 병이 있다고 그러세요? 저 아주 건강하다고요!"
"건강한 얼굴이 그 모양이냐?"
"글쎄 걱정마세요. 요 며칠 급한 일거리 때문에 밤샘을 해서 그런 거예요."
그는 자기 손에 잡힌 어머니의 손등을 쓸며 거짓말을 했다. 손등의 주름은 얼굴의 주름보다도 훨씬 더 심했다. 오랜 세월 삯바느질을 해댄 손은 삭정이처럼 앙상하고 거칠었다. 그는 하마터면 그 손등 위에 눈물을 떨굴 뻔했다.
"에미 말 귓가로 흘려 듣지 마. 꼭 병원에 한번 가 보거라. 네 얼굴에 병색이 있어. 내 눈은 못 속인다."
어머니가 떠나신 뒤, 쌀집에서 배달이 왔다. 알고 보니 어머니가 쌀 한 가마를 배달시킨 것이었다. 쌀은 내가 팔아 줄 테니 쌀 판 돈으로 병원에 가 진찰을 받아보라는 뜻임이 분명했다.
'내 눈은 못 속인다.'는 어머니의 말대로 그는 병이 들어 있었다. 생각지도 않았던 폐결핵이었다. 그것을 알게 된 것은 어머니가 다녀가신 지 한 달 뒤의 일이었다. 어머니의 뜻에 따라 병원에 가서 진찰을 받아 본 결과가 아니라 ㄹ화학 입사 시험에 최종 합격자가 되어 구비 서류를 갖추기 위해 지정 X선과의 소견서를 받는 과정에서 알게 된 것이었다.
그는 창 밖으로 보냈던 시선을 거두고 눈을 감았다.
"네 얼굴에 병색이 있어. 내 눈은 못 속인다."
어머니의 목소리가 귀에 생생했다.

그는 양복저고리 안주머니에서 메모지를 꺼냈다. 고등학교 때의 단짝 이민섭의 직장 전화와 김 흉곽내과의 전화 번호가 적힌 것이었다. 그는 어디에 먼저 연락할까 생각해 보았다.

그가 고향인 ㅊ시에 오게 된 것은 뜻하지도 않았던 친구의 연락 때문이었다. 속달 우편으로 보낸 그 편지의 내용은 긴급히 상의할 일이 있으니 편지를 받는 즉시 내려와 달라는 것이었다. 그 편지가 배달되던 때 놀러 와 있던 김휘웅이 마침 잘 됐다며 말했다.

"이왕 내려가시는 길에 제 당숙께서 하시는 병원에 한번 가보세요. 김 흉곽내과 원장이시거든요."

"그래? 그 병원이 자네 당숙께서 하시는 병원이야?"

"실력도 실력이지만 양심적인 분입니다 소탈하시기도 하고. 우리 집안에서는 '김바이처'라는 별명으로 부른다고요. 제가 전화해 놓을 테니 내려가시는 즉시 찾아가세요."

그는 메모를 다시 안주머니에 간수 하면서 병원부터 들러야겠다고 생각했다. 자신의 병세가 어느 정도인지 확실하게 아는 것이 우선이었다. 아무래도 ㄹ화학 지정 X선과 의사가 영 미덥지 못했기 때문이었다. 그는 자세한 얘기도 없이 폐결핵이 전염병이라는 것도 모르느냐고 윽박지르듯 했던 것이다.

사실 그는 그 의사의 소견서 내용에 따라 취직 여부가 결정되는 것이었다. 때문에 취직하는 데 지장이 없게끔 소견서를 써주시면 직장생활을 하며 열심히 치료를 받겠노라고 통사정을 했었다. 그러자 의사는 한동안 잠자코 있더니 쌀쌀맞던 말투를 바꾸어 취직이 그렇게도 절실하다면 방법이 전혀 없는 것도 아니라고 말했다. 그 방법이 뭔지를 묻다가 무안을 당하고 나와서야 생각난 것이지만 취직이 걸린 문제를 맨입으로 부탁한 그 자체가 어리석었다는 뉘우침이었다. 의사의 눈빛이 뭔가 대가를 바라는 그런 것이었다는 생각도 들었다. 돈 봉투라도 마련해 다시 찾아갔다면 취직에 지장이 없는 소견서를 받아 낼 수 있었을 것만 같았다. 그러나 그에게는 그런 돈도 없었지만 검은 거래를 할 생각도 없었다. 결국은 그 어려운 입사 시험의 최종 합격은 물거품이 되고 말았다.

"서울에서 내려온 강정길이라고 합니다. 김휘웅 씨 소개로……."

원장은 이미 김휘웅에게 연락을 받았노라며 지금 곧 병원으로 오라고 했다. 친절한 목소리였다. 그러고는 덧붙여 물었다.

"우리 병원 위치는 아시나요?"

"예, 잘 알고 있습니다."

"아참, 여기가 고향이란 얘기 들었어요."

"지금 곧 찾아뵙겠습니다."

그는 전화를 끊고 이민섭에게 전화를 걸었다. 그는 이곳 여자대학의 기획실장이었다.

그도 자리에 있었다. 그와는 한 시간 뒤, 중앙공원 은행나무 밑에서 만나기로 약속했다. 김 흉곽내과가 중앙공원 입구에 위치하고 있었기 때문이었다.

그가 간호사에게 안내되어 원장실로 들어갔을 때, 원장은 신문을 펼쳐 들고 있다가 자리에서 일어서며 그를 맞았다.

"강 시인이죠?"

그는 초면인데다 환자의 입장이라 원장의 환대에 몸둘 바를 몰라 여짓거리고 있었다.

"자아, 어서 앉으시오. 내 조카 얘기로는 엑스레이 필름을 가지고 오셨다던데 우선 그것부터 좀 볼까요?"

그가 가방을 열고 필름을 꺼내는 사이에 원장은 간호사에게 차를 시키고는 그에게 필름을 받아들고 가 벽에 장치된 뷰어에 끼우고는 자세히 관찰하기 시작했다.

잠시 후에 자리로 돌아와 앉으며 원장이 말했다.

"아주 초기군요. 걱정할 것 없어요. 요즘은 약이 좋아 감기보다도 더 쉽게 낫습니다."

원장이 말 끝에 너털웃음을 달았다. 그는 폐결핵에 걸린 사실을 알기 전에 아내와 나누었던 입맞춤이며 준용이를 어르며 뽀뽀했던 일 등이 마음에 걸려 물었다.

"집안 식구들에게 전염이 됐을까봐 그게 걱정입니다만……."

"이런 상태면 안심할 수 있긴 한데 또 모르지요. 집안 식구들도 한번 사진을 찍어보는 게 좋겠지요. 그리고 옛날엔 목욕이나 성생활 등을 극단적으로 억제시키는 치료법을 썼지만 요즘은 되려 그것이 회복을 더디게 하는 역효과를 가져올 수도 있다는 연구 결과가 나왔어요. 체력에 무리가 없을 정도로 생활을 즐겨도 무방해요. 일반적으로 안정과 신선한 공기 그리고 충분한 영양을 섭취하는 게 폐결핵 치료에 근본적으로 필요한 조건인 것만은 틀림없는 일이오. 그런데 안정은 신체적 안정도 필요하지만 정신적인 안정이 회복에 훨씬 더 큰 영향을 미칩니다. 어쨌든 강 시인의 경우는 약과 주사로 치료를 하되 자신이 결핵 환자라는 생각을 버리시오. 이런 정도면 전염성도 희박하고. 어쨌든 정상적으로 생활을 즐기시란 얘기요. 내 처방을 해주리다. 이왕 내게 오셨으니 오늘은 내가 주는 약을 잡수시고 주사도 맞으시오."

원장은 간호사를 불러 몇 가지 지시를 하더니 처방전을 건네주며 말했다.

"내일부턴 약방에 가서 이 약들을 사, 여기 적힌 대로 복용하고 하루에 한 번씩 스트렙토마이신 주사를 맞으면 됩니다."

"바쁘신데 폐를 끼쳤습니다."

"아니오. 이 곳에 오래 계시면 또 들르세요. 강 시인하고 문학 얘기 좀 나누고 싶소."

"제가 그럴 실력이……."

"실은 나도 소시적엔 문학을 합네 했었소. 의사는 신체의 병을 고치지만 문학은 마음의 병을 고치는 예술 아닙니까? 나이가 드니까 더욱 간절하게 문학을 공부하고 싶어집디다. 잠시 기다렸다 약을 타 가세요. 주사도 맞고. 난 밖에 약속이 있어서……."

원장이 나간 뒤, 그는 주사를 맞고 조제실에서 약 봉투도 받았다.

병원에서 나와 약봉지에 적힌 복용시간을 살피던 그의 눈길에 막자사발과 RX라는 도안문자가 떠올랐다. R은 치료한다는 RECIPERE의 첫글자이고 X는 천상천하에서 전능한 그리스 신화의 제우스 신을 뜻한다는 것을 어느 책에선가 읽은 기억이 났다. 그것을 들여다 보고 있던 그는 자신의 병이 전능한 제우스 신에 의해 금세 완치된 기분이었다. 그는 가벼운 마음으로 이민섭과 약속한 공원으로 향했다. 그러다가 문득 탑골공원 근처의 ㄹ화학 지정 X선과 의사의 차가운 얼굴이 떠올랐으나 그는 얼른 그 얼굴을 지워버렸다.

공원 안으로 들어간 그는 그동안 알량한 서울살이를 하느라 까맣게 잊고 있었던 고향의 여러 유적들을 살피며 거닐었다.

이민섭은 정확하게 시간을 맞춰 나타났다. 그들이 한참동안 그간의 안부를 나누는 등 야단법석을 떨고 있을 때 한 노인이 물미박은 지팡이를 끌며 와 그들이 앉고 남은 벤취 한쪽에 엉덩이를 붙였다.

"야, 우리 조용한 데로 가서 얘기하자."

이민섭이 마치 노인을 꺼리는 것처럼 말했다.

"조용한 곳? 여기보다 더 조용한 데가 어디야?"

"야, 어디 가서 한잔하며 얘기하자는 뜻이야."

이민섭의 입에서 '한잔' 이라는 말이 떨어지기 무섭게 그의 눈 앞엔 어머니의 얼굴이 또 떠올랐다. 모처럼만에 고향에 내려와 어머니도 뵙기 전에 술부터 마셔서 되겠느냐는 생각이 들었던 것이다. 그는 어릴 때 달달 외우고 다녔던 동시를 흥얼거렸다.

    달달달…… 어머니가 돌리시는 미싱소리 들으며 저는 먼저 잡니다. 책 덮어놓고. 어머니도 어서 주무세요, 네?

    자다가 깨어보면 달달달 그 소리……

"뭐해? 어서 일어나잖구."

이민섭의 재촉에 그는 어쩔 수 없이 벤치에서 엉덩이를 떼긴 했으나 역시 어머니 생각은 지워지지 않았다. 그가 달갑잖은 목소리로 말했다.

"아직 집에도 못 들렀어."

"며칠 전에 네 주솔 알려고 찾아가 뵈었는데 네 어머님 아주 정정하시더라. 자아, 어서 가자. 긴한 얘기야."
그의 귀에서 김 흉곽내과 원장의 목소리가 되살아났다. 폐결핵이라는 걸 의식하지 말고 생활을 즐기라며 과음만 하지 않는다면 술도 그다지 해롭지 않다고 했었다.
"그래, 가자!"
그는 어느덧 어머니 생각에서 헤어나 있었다.

뜻밖의 제안

이민섭과 강정길의 술상에 있는 한 되들이 동동주 주전자는 거의 바닥을 드러내고 있었다. 그 주전자를 들어 강정길의 잔을 채워 완전히 빈 주전자를 만든 이민섭이 술집 여자를 향해 호기있게 소리쳤다.

"이봐요, 미쓰 박! 여기 한 주전자 더 줘. 빵꾸 안 난 주전자루."

자신의 농담을 알아 듣지 못해 의아한 눈으로 바라보고 있는 강정길에게 그가 다시 싱거운 소리를 늘어놓았다.

"이 집이 왜 삼미집이냐 하면 말씀이야, 첫째로 안주가 맛있고 둘째로 동동주가 일미고 셋째로 미쓰 박이 기막히게 맛있어서 삼미집인데 한 가지 흠이 있다면 술주전자들에 빵구가 나서 술이 금세 금세 바닥이 난다는 거야."

그때 술주전자를 들고 온 여자가 이민섭의 팔뚝을 되게 꼬집어 비틀었으므로 그는 마치 주사 맞은 아이처럼 팔뚝을 문질러대며 미간을 잔뜩 찌푸렸다. 여자는 30대 후반으로 '미스 박'이란 호칭이 과남했으나 미인 축에 드는 것은 누구라도 부인할 수 없는 얼굴이었다.

"대체 사람을 뭘로 취급하는 거예요?"

여자가 이민섭에게 손가락 집게를 들이대며 또 꼬집겠다는 시늉을 하자 그는 엄살스럽게 두 팔을 번쩍 치켜 들고는 옆으로 한 엉덩이 물러 앉았다. 때문에 긴 나무 걸상에 한 사람쯤 앉을 수 있는 빈 자리가 생겼다. 여자가 그곳에 엉덩이를 붙이며 여전히 토라진 목소리로 이민섭을 공격했다.

"목구멍이 포도청이라 먹고 살려구 술장사를 하지만 그래두 사람인데 날 안주하구 술하구 같이 취급을 하다니!"

"웃느라구 한 말에 초상난다더니만 꼭 그짝 나겠네. 내 말은 그게 아니라······."

"아니면 뭐예요? 술장사 하는 년은 밸두 없는 줄 알아요?"

여자가 계속 따지고 들었기 때문에 이민섭은 더 이상 변명도 못하고 잠깐 난처한 기색이더니 얼른 자기 잔을 비워 여자에게 권하며 말했다.

"내가 이 삼미집에 와서 한두 번 한 농담이 아니잖아. 변죽을 치면 복판이 우는 법인데 어째 남의 속도 모르고 이렇게 활 내는 거야? 그리구 그게 나만 하는 농담도 아니잖아."

"그 말 한번 잘했수. 듣기 좋은 얘기도 한두 번인데 이건 숫제

올 때 마다 욕을 해대니…….”

여자가 홧술 마시듯 벌컥벌컥 들이켜 빈 잔을 만들었다. 얼음장같은 분위기를 녹이기 위해 묵묵히 있던 강정길이 입을 뗐다.

“이 친구가 나한테 자기 단골집 자랑을 하려고 한 농담입니다. 내가 듣기론 미쓰 박이 미인이란 얘깁디다.”

그가 꼼꼼하게 끝까지 못을 박듯이 또박또박 얘기하는 동안 눈을 키우고 있던 여자는 안주 씹던 입으로 다따가 까르륵까르륵 웃어 젖혔다. 행여나 여자의 화살이 자기에게로 날아오면 어쩌나 하고 방패막음을 마련하느라 잔뜩 긴장돼 있던 그는 물론이려니와 사태를 이 지경으로 만든 게 거식하여 어리둥절해 있던 이민섭의 놀라움도 자못 컸다. 멀뚱해 있는 두 사내를 번갈아 바라보며 계속 깔깔대던 여자가 그 야단스런 웃음을 뚝 끊고는 자기 빈잔을 강정길에게 건네고 술을 붓기 시작했다. 그러다가 또 무슨 생각 때문인지 웃음 소나기를 퍼붓기 시작했는데 그 바람에 주전자 주둥이가 요강을 벗어난 오줌발처럼 대폿잔 밖으로 뻗쳐 그의 나들잇벌 앞자락을 허옇게 적셔 놓고 말았다.

여자가 ‘어머머’와 ‘죄송합니다’와 ‘이를 어쩌나’를 몇 번씩 되풀이해가며 물수건으로 술을 닦아내고 마른 수건으로 물기를 빨아낸 다음 담배를 피워 물고는 잔뜩 뽑아낸 연기를 술 엎진 곳에 뿜는 등 한바탕 수선을 떨고 나서 말했다.

“담배 연길 쐬면 얼룩이 안진다구요.”

“얼룩이 져도 괜찮습니다.”

“그런데 뭣 때문에 그렇게 웃다가 이 난리야?”

이번에는 이민섭이 조심성 없는 여인을 타박했다. 그러자 여자

2장 어머니

가 흘긴 눈으로 입가에 웃음기를 머금고 말했다.

"다 이 실장님 때문이예요. 하기야 다 제 복이지. 누가 그럽디다. 박복한 과부는 사내가 생겨도 고자만 생기고 다복한 과부는 넘어져도 가지밭에서 넘어진다고. 속담에 그른 말 없다더니……."

여자가 다시 웃었으나 그 웃음에는 자조의 빛이 역력했다. 강정길은 여자가 왜 그런 얘기를 하는지 알 수 없어 벙어리 입이 되었지만 이민섭은 뭔가 짚이는 것이 있는지 술기운으로 불콰해진 얼굴이 한층 더 진해졌다.

여자의 얘기는 계속되었다.

"똑같은 여자에 똑같은 물장산데 다방 여자는 사내 복이 있어……."

"어허, 그만해. 술이나 들라구."

이민섭이 손사래를 치고 나서 술잔을 안기며 여자의 말을 막았다. 그리고는 다급하게 강정길을 여자에게 소개시켰다.

"서울서 내려온 내 친구야. 강정길이라구 시인이지."

여자는 그제서야 정색을 하며 사과를 했다.

"전 멀리서 오신 손님인 줄은 모르고, 실례가 많았습니다."

"천만에요."

"실은 이 실장님한테 투정 좀 부릴려고, 농담인줄 뻔히 알면서도 일부러 시비를 건 건데 점잖으신 분 앞에서 일이 좀 요상하게 됐네요."

여자가 강정길에게 고개를 꿈뻑 숙여 보이고 나서 이번에는 이민섭을 향해 말했다.

"서울 손님 봐서 참는 거예요. 우리 다음에 따지자구요."

"따지던 빠지던 맘대루 해. 미쓰 박이 아무리 그래도 오늘 난 기분이 좋아 맘껏 취해야겠으니 술이나 따르라구."

"기분이 좋다구요? 뭣 땜에?"

"왜냐하면 '유붕有朋이 자원방래自遠訪來면 불역락호不亦樂乎아' 거든. 벗이 있어 먼곳으로부터 찾아오면 또한 즐겁지 않겠느냐는 말씀이야. 공자님 말씀이라구."

"어이구, 말이나 못하면 밉지나 않지. 오늘은 꾹 참고 있을 테니 손님 대접이나 잘해요."

여자가 자리를 뜨며 또 꼬집는 시늉을 했으나 이민섭은 이제 엄살스런 태도는 취하지 않았다.

여자가 떠난 뒤라 누구에게도 방해받을 염려가 없었지만 이민섭은 계속 시시껍절한 얘기들만 늘어놓을 따름이었다. 강정길 또한 이제나 저제나 하고 그의 입에서 나올 이야기가 궁금하면서도 그가 토해내는 너저분한 얘기들에 맞장구를 치기에 급급한 것처럼 보였다. 이민섭이 속달로 보낸 편지 내용의 골자는 '급히 상의할 것이 있으니 편지 받는 즉시 틈내어 내려오라' 는 것이었는데 그 편지를 보낸 사람도, 받아보고 내려온 사람도 똑같이 딴청만 부리는 꼴이었다.

그때 술청의 낡은 괘종이 그르륵 담 끓는 소리 끝에 종을 치기 시작했다. 강정길과 이민섭의 눈이 한껍에 그 시계 위에 얹혔다. 다섯 시였다. 시계 위에서 눈길을 거둔 강정길이 이민섭에게 물었다.

"급히 상의할 게 있댔잖니?"

"고상한 문학도 좋지만 요즘은 벗기는 소설 써야 돈벌이가 된 다드라. 너도 그런 소설이나 쓰지 그러냐?"

이민섭의 동문서답이었다.

"육체를 좀먹는 독약의 태반은 그 맛이 불쾌한 것이지만 나쁜 책이나 글같이 두뇌를 썩히는 독약은 한결같이 매혹적이며, 또 매혹적이면 매혹적일수록 사악한 거야."

"그건 누구 말씀이냐?"

"톨스토이 말씀이다. 그런데 넌 왜 급하다며 사람 내려오게 하고는 대낮부터 술타령만 하자는 거냐?"

"야, 가랑잎도 떨어질 때가 되어야 떨어지는 법이야."

"건 나도 많이 써먹는 소리다."

"옛날 단짝 친구 만난 반가움부터 나눈 다음, 사무적인 얘길 해야지. 아무리 바쁜 세상이라지만 순서가 중요하단 말씀이다."

"유붕이 자원방래면 불역락호아는 아까 했잖냐."

"그래 아까 했지. 그래서 슬슬 본론으로 들어가고 있는 중이다. 너 좀 전에 뭐랬니? 옷벗기는 소설 써서 돈 좀 벌지 그러느냐고 물었더니만 육체를 망가뜨리는 독약은 그 맛이 불쾌하고 두뇌를 망가뜨리는 독약은 모두가 매혹적이라고 했지?"

"그랬지."

"두뇌를 망가뜨리는 그런 글이 아니라면 뭐래두 쓸 수 있다는 얘기잖냐? 내가 돈벌일 시켜 줄려고 묻는 소리야."

그는 이민섭이 우통치는 것만 같아 덤덤한 얼굴인 채 다음 말을 기다렸다.

"돈벌이가 되는 글을 쓰게 해주겠다는데 왜 표정이 그러냐?"

"표정이 어때서?"

"꼭 빙판에 넘어진 황소 눈같다."

이민섭의 말에 그는 입언저리에 웃음꽃을 피웠다. 당황하고 겁먹은 자신의 눈을 상상하고 있었던 것이다. 그러나 그 웃음은 바람에 날려간 듯 이내 가시고 말았다.

"도대체 쓰라는 글이 뭔 글이냐?"

"어떤 사람의 입지전이다."

"입지전이라면 전기 아냐?"

"두말하면 잔소리지."

그는 눈 앞에 연달아 나타나는 여러 얼굴들로 혼란스러웠다. ㅎ출판사의 전무와 사장의 얼굴, 중앙정보부 사람들, 정보과 형사, 한때 자신의 뒤를 캐고 다니다 이제는 진정한 후배로서 적극적인 도움을 주는 김휘웅의 얼굴까지도 떠올랐다.

"글쟁이가 글 써서 돈 벌 기회를 준다는데 반응이 왜 그래?"

"글쟁이라고 아무 글이나 쓰는 줄 아냐? 그리고 난 글쟁이 휴업중이야."

"휴업? 건 또 뭔 소리냐?"

그는 차분한 목소리로, 밝히기 싫은 자신의 과거들을 털어놓기 시작했다. 3선 개헌 반대 서명운동을 벌인 죄로 경찰서에 연행돼 조사를 받았고 그로 인해 직장인 ㅇ잡지사에서 해고된 이야기, 혁명 주체인 어떤 예비역 소장의 자서전 집필과 간행 문제로 몸담고 있던 ㅎ출판사 전무와 다투다 그것이 빌미가 되어 중앙정보부에 까지 끌려가 고초를 받은 얘기, 청나라 유월이라는 학자의 '안면문답顔面問答'이라는 우화를 패러디한 풍자시가 문제 되어 결국엔 정치나 사상성이 조금이라도 있는 글을 쓰지 않겠노라는 각서를 강요에 의해 쓰고 풀려난 얘기 등이었다. 그는 친구가 그 얘기를 알아야만 될 것같은 생각이 들었던 것이다.

사실 그런 얘기들은 발설하기도 싫었거니와 또 당국으로부터 일체 외부에 발설치 말라는 협박까지 받았던 것이었으나 술기운도 있는데다 흉허물 없는 옛날 단짝 앞이라 별다른 부담감 없이 토로한 것이었다.

그 말 끝에 그가 쓴웃음을 실어 한마디 덧붙였다.

"이런 얘기들, 밖에 나가서 절대로 발설치 않겠다는 각서를 쓰고 풀려났다구."

"나도 못 믿겠다는 뜻이냐?"

"그런 세상이 됐잖냐!"

"그렇다면 왜 했냐?"

"내 경력을 알아야 네가 날 상대로 일하기가 편할 것 아니냐!"

그의 쓸쓸한 웃음에 이민섭도 공허한 웃음을 보냈다.

"그건 휴업이 아니라 영업 정지 먹은 거잖아?"

그의 빈 잔을 이민섭이 다시 채워 주었다. 그리고는 탁자 위에 꺼내 놓은 담배갑을 들어 권했다.

"나 담배 끊었어."

그가 급하게 손사래질을 하며 말했다.

"담밴 왜 끊어? 글 끊으니까 담배도 끊어지던?"

그는 폐결핵에 걸렸다고 말하려다 혹 이민섭이 전염 때문에 신경을 쓸지도 모른다 싶어 그냥 웃고 말았다.

"자아, 한 대 피워라."

이민섭이 재차 권하는 바람에 문득 정보부에서 풀려날 때 생각이 났다. 시말서와 각서를 읽고난 깡패같은 요원이 담배를 꺼내 권하며 딴 사람처럼 아주 부드러운 목소리로 말했다.

"담배나 한 대 태우고 가시오. 내 직책이 직책인지라……. 사실 나도 악한 사람은 아니오."

그 말에 그는 마음 속으로 세차게 도리질을 했었다. '네놈이 주는 담배도 안 태울 뿐 아니라 네놈이 악하지 않다는 말도 믿지 않는다' 는 뜻이었다. 정보부 요원이 은밀하게 귀띔이라도 해 주듯이 말했다.

"인제 쓸데 없는 글나부랑인 쓰지 마시오. 선생이 무슨 글을 어디에 쓰던 우린 낱낱이 다 알 수 있소. 자아, 수고했소. 그럼 가 보시오."

그는 사내가 내미는 손을 잡았으나 뱀을 만진 듯 재빨리 놓고 돌아서며 속으로 '삼년부동三年不動 불비불명不飛不鳴'을 무슨 구령처럼 뇌까리며 걸었었다.

이민섭이 권하던 담배갑을 탁자 위에 던지며 말했다.

"담배야 끊는 게 좋지만 글쟁이가 글을 끊으면 그게 바로 고자지, 다른 게 고자냐?"

"끊은 게 아니라 삼년부동 불비불명이다."

"건 또 뭔 소리냐? 무식한 놈 기죽이지 말고 알아듣게 얘기해라."

"옛날 어떤 왕이 말야. 왕위에 오른 지 삼 년이 되도록 정사는 돌보지 않고 술과 여자와 춤과 노래만 즐겼대. 그리곤 신하들이 말리지 못하게 그 놀이방 앞에다 '감간자사敢諫者死'라는 현판까지

내걸었지. 감히 간하는 놈은 죽여버리겠다는 거야. 그러자 한 충신이 꾀를 내어 왕의 놀이방으로 들어갔어. 그러자 왕이 방문 앞에 걸어 놓은 현판을 보지 못했느냐, 아니면 술을 얻어먹으러 왔느냐, 그도 아니면 노래를 들으러 왔느냐고 호통을 치자 그 신하가 여쭈어 볼 것이 있어 왔노라고 말하고 나서 물었어. 못보던 새가 한 마리 날아왔는데 삼 년이 되도록 꼼짝도 않고 앉아서 날지도 않고 울지도 않는데 그것이 무슨 새냐고. 그러자 왕이 뭐라고 대답했느냐 하면 '삼년을 앉아만 있는 것은 뜻을 굳히기 위해서고 날지 않는 것은 날개가 완전히 여물어지기를 기다리는 것이며 울지 않는 것은 사람들이 어찌하는가를 지켜보기 위함이라고.' 그리고는 계속해 말하기를 그 새가 한번 날면 하늘에 닿을 것이며 한번 울었다 하면 사람들이 놀랄 것이다. 내 자네 뜻을 알았으니 그만 물러가 있게, 라고 말한 뒤 그 이튿날부터 정사를 돌보기 시작했는데 그동안 그는 간신이 누구며 충신이 누군지 다 가려 놓고 있었으며 어떻게 다스려야 나라가 잘 될 것인가를 생각하고 있었던 거야. 그래서 숙청을 단행하고 선정을 베풀었다는 고사 때문에 생긴 말이 '삼년부동三年不動 불비불명不飛不鳴'인데 활동해야할 사람이 활동을 하지 않고 때를 기다리는 걸 뜻하게 된 거야."

"그러니까 너도 때가 되기를 기다리느라고 절필하고 있다는 애기로구나."

"헛소리로라도 그래야만 속이 편해서 해 본 소리다. 왜, 구역질 나냐?"

"구역질까지는 아니고 좀 떫다, 떫어."

두 사람의 웃음이 술청을 들썩거리게 했다. 웃음 끝에 이민섭이 진지하게 말했다.

"야, 배부른 소리 작작하고 아까 얘기한 전기나 써라. 원고료는 중앙지 연재 소설 고료 수준이야."

"누군진 모르지만 국회의원에 입후보할 모양이지?"

"천만에! 우리 학교 이사장님이야. 육·이오 때 이북에서 알몸으로 피난 내려와 허허벌판에다 흙벽집 짓고 전쟁통에 못 배운 구두닦이, 신문배달 소년들을 모아 야학으로 시작해서 지금은 중학교, 고등학교 그리고 대학까지 설립한 분이야. 평생을 육영사업에만 일관하신 분이라구. 그야말로 입지전적인 인물이야. 절대로 정치적인 분이 아냐!"

그는 구미가 당겼다. 어떤 한 개인의 역사에 있어 가장 중요한 것은 그 사람이 무엇을 목적으로 살아왔느냐 하는 것이 무엇보다도 중요하다고 할 수가 있으며 이민섭의 얘기대로 그가 순수한 육영사업을 목적으로 평생을 살아왔고 그것으로 성공했다니 그런 사람의 개인적인 역사를 다루는 글이라면 집필하는 보람이 있다고 생각됐던 것이다.

이민섭이 그의 표정을 살피고 나서 미끼를 던지듯 말했다.

"본인이 자기 일생을 술회한 녹음 테이프가 한 상자 가득해. 그걸 듣고 집필하면 되는 거야. 또 매주 한 번씩 본인을 만나 의문 나는 점이나 더 자세히 알고 싶은 것이 있으면 직접 취재를 할 수도 있고. 또 집필자가 요구하면 집필 장소도 제공할 수 있대. 우리 학교에다 조그만 집필실을 마련할 수도 있고 시골에 학교림의 관리 사무소가 있는데 그곳에다 집필실을 마련할 수도 있지. 관리 사무소라고 해도 별장이나 마찬가지거든. 어때? 이런 조건들이면 해볼만 하지 않아?"

그는 좋은 조건이라고 생각은 하면서도 그 미끼를 덥썩 물지는 않았다. 그런 좋은 조건이라면 많은 사람들이 군침을 흘릴 터인데 어째서 내가 집필자로 교섭의 대상이 되었을까 하는 것이 그의 심정이었다. 이민섭의 얘기는 계속되었다. 마치 그의 속을 훤히 들여다 보고 있는 듯한 얘기였다.

"내가 그 일을 맡았거든. 난 문학에 문외한인데다 내가 믿을 수 있는 글쟁이 너밖에 없어. 설사 다른 사람이 있다 해도 팔은 안으로 굽는 법이잖냐. 안 그래? 그리고 이사장님이 흡족해하는 결과여야만 내 입장도 떳떳하고……. 그리고 또 누가 알아? 네가 우리 이사장님 눈에만 든다면 우리 학교 교수가 될 기회가 생길지. 어때? 한번 열심히 써보라구."

"교수? …… 집필기간은 언제까지냐?"

"내년 5월 10일이 학원 설립 30주년인데 그때까지만 책이 나오면 돼. 우리 학원 30년사는 내가 쓰기로 돼 있어. 내가 쓰는 건 순전히 사무적인 글이라 정확성이 중요하지만 네가 쓰는 우리 이사장님 전기는 흥미롭고 감동적이고 그리고 문학적이어야 하니까 그래서 아무한테나 맡길 수가 없단 얘기야. 우리 한번 멋지게 해 보자구. 반승낙은 받은 걸루 알게. 너도 갑자기 받은 제안이라 오늘 당장 확답하기가 뭣한 모양인데 내일 점심 때 다시 한번 만나자."

마침 술도 바닥이 나고 안주도 더 이상 젓가락질 할 것이 없었으므로 그들은 미련없이 자리에서 일어날 수 있었다.

가지 않은 길

하여튼 사람들이 많이 다니는 길,
사람들이 좋아 하는 길,
빨리 달릴 수 있는 그런 길이 아닌 길로 갑시다.
사람들이 잘 안다니는 길,
사람들이 싫어하는 길로 갑시다!
늦어도 좋고,
뺑뺑 돌아가도 좋다 이겁니다!

줄어드는 키

 지하철이 생기고부터, 아니 좀더 정확히 말한다면 그것을 이용하기 시작하면서부터 강정길은 자기의 키가 작다는 것을 절실히 느끼게 되었다. 그 전에는 자신의 키가 중키라고 믿고 있었다. 사실 그는 국민학교와 중학교 그리고 고등학교를 졸업할 때까지 언제나 출석 번호가 중간이었다. 대학때에는 학번이라는 것을 가나다 순으로 매긴 데다가 신장순으로 정렬해본 기억이 전혀 없으므로 과연 어느 축에 속하는 키였는지 종잡을 수가 없었다. 그러나 철저하게 대열을 지어야 하는 군대에서도 그는 늘 중간 위치였었다. 그러니까 큰 키 때문에 덕을 보거나 해를 본 일이 없듯이 키가 작아서 보게 된 이해득실 또한 없었다. 더욱 키 때문에 열등감을 느낀 일은 단 한 번도 없었다. 그는 젊었을 때 어쩌다 키 얘기가 나오면 언제나 자신의 키가 표준임을 강조했을 뿐만 아니라 당당하게 자랑까지 했었다. 그런데 오십 줄로 들어서는 나이가 되자 이상스럽게도 키 큰 사람들이 자주 눈에 띄었고 그런 사람들이 은근히 부러워지기 시작했다.

  강정길의 마음 속에서 싹튼 그 장신에 대한 부러움은 어느 새 깊게 뿌리를 내리고 가지를 뻗어 무성한 잎을 달았다. 표준 신장이라는 자랑은 설 자리를 잃고 스르르 녹아버렸다. 이제 그는 자신의 키가 나날이 줄어들고 있다는 생각까지 하게 되었다. 그가 맨 처음 그런 생각을 품게 된 것은 전동차 안에서였다. 3년 전 그 날, 1교시의 강의 시간에 늦지 않게 허겁지겁 지하철 역으로 가 간신히 전동차를 탔다. 탔다기보다 역무원에 의해 꾸겨넣어졌다는 게 정확한 표현이었다. 165센티의 몸뚱이는 전후 좌우 장신의 벽에 끼어 옴짝달싹할 수가 없었다. 옴짝달싹은커녕 뼈가 바스러져 마른 오징어 신세가 될 판이었다. ㄱ대학으로부터 시간 강사 위촉을 받고 출강하는 첫 날이었다. 165센티짜리 인육포가 될 판이었으나 고개만은 간신히 움직일 수가 있었다. 아무리 고갯짓을 해 보아도 보이는 것이라곤 사람들의 등짝이나 가슴 또는 넥타이 매듭뿐이었다. 숨도 제대로 쉴 수가 없었다. 지하철이 아니라 그야말로 지옥철이었다. 그는 웬 꺽다리가 이렇게 많지? 라고 중얼거리다가 고개를 저었다. 자기 키가 줄어든 것이라고 생각을 고쳤던 것이다. 그리고는 다시 중얼거렸다. '장기 실업자 생활에 키만 줄었구나.' 그 날 이후로 그는 붐비는 전동차를 타기만하면 자기의 키가 줄어들고 있다는 생각을 하게 되었다. 어떤 때는, 이렇게 줄어들다가 나중에는 곡식의 키가 12미터나 되는 브룹딩낵에 간 스월로 호의 선의船醫 걸리버 꼴이 되는 게 아닌가 싶은 생각이 들기도 했다.

오늘도 그는 콩나물 시루같은 전동차 안에서 시달림을 받고 있었다.

차가 멎고 문이 열리기가 무섭게 밀려져 들어오는 승객들 때문에 여기저기서 비명들을 올려댔다. 그도 밀려져 들어오는 사람들의 압력 때문에 '헉' 하고 한꺼번에 허파 속의 바람을 내뿜지 않을 수가 없었다. 그와 동시에 바로 왼쪽 옆에서도 여자의 새된 비명이 터졌다. 고막을 찌르는 듯한 비명에 놀라 고개를 돌려보니 30대 초반의 여자였다. 화장이며 머리 모양새가 틀림없는 직장 여성이었다. 그는 그녀도 자기처럼 가슴에 심한 압박을 받았으리라고 생각했다.

'우리야 전쟁통에 자라나 굶기를 밥 먹듯 해서 이 모양으로 키가 안 컸지만 당신네 세대는 모두들 잘 먹고 자라 농구 선수 뺨치게끔 키들이 늘씬늘씬한데 당신은 어째서 키가 그 모양이요? 부모 잘못 만난 죄요?'

그는 자기 귀 밑에도 채 닿지 못하는 옆의 여자를 가여운 눈길로 내려다 보며 속으로 뇌까렸다. 그의 뇌까림은 계속되었다.

'부모 덕 못 본 데다가 남편 복도 없는 모양이군. 애들도 있을 텐데 매일같이 지옥철로……'

그는 가슴이 뜨끔하여 중얼거림을 멈추었다. '파출부라도 해야지 당신만 믿고 있다가 알거지 신세가 되기 십상'이라는 말이 입버릇처럼 돼 있는 아내의 얼굴이 떠올랐기 때문이었다. 그때 그녀가, 끝없이 못박고 있는 그의 눈길을 의식했음인지 고개를 돌려 치켜보았다. 여자와 눈이 마주친 그는 무안해 히죽 웃고 말았다. 여자는 등골이 서늘해지도록 매서운 눈으로 그를 쏘아대며 주변에 다 들리도록 큰 소리로 코방귀를 뀌었다. 그는 여자에게 치한으로 몰리고 있음을 깨닫고 얼른 눈길을 돌렸다. 여자의 눈이 계속해 자신을 쏘아보고 있음을 느끼며 그는 속으로 중얼거렸다.

'오해 마시오. 난 치한이 아니오. 단지 당신이 가여웠을 뿐이오. 내 갈비뼈가 으스러질 판인데 당신처럼 연약한 여자가 매일같이 이런 지옥철 속에서, 하기야 우리 사내들이야 가슴에 살집이 없으니까 뼈가 으스러지는 것 같지만 당신같은 여자들은 젖가슴 때문에 갈비뼈가 으스러지는 듯한 그런…… 아니지. 직장 때문에 어린 것 한테도 못 먹이고 나온 젖을 이놈의 전동차가…….'

그가 터져나오는 웃음을 죽이고 있을 때 전동차가 멎었다. 이번에는 서로 앞다투어 나가려고 난리를 치는 바람에 여기 저기서 비명이 터져나왔다.

빠져나간 승객의 절반에도 못 미치는 사람들이 탔으므로 지옥철은 연옥철로 바뀌었다. 그는 가방을 선반 위에 올리고 창 앞에 서서 손잡이를 잡았다. 심호흡을 하며 창유리에 눈을 주었다. 플랫폼을 벗어나자 창유리는 거울로 바뀌었다. 채광이 잘 되는 곳에 걸린 거울보다도 조도照度가 낮은 전동차 안의 창유리가 훨씬 더 솔직했다. 음양의 구분에 더욱 철저했다. 내 천川자를 이룬 눈살이며 눈꼬리에서 부챗살로 퍼진 주름살, 늘어진 아랫 눈두덩을 뚜렷하게 알려주었다. 보비위를 모르는 고지식한 친구의 입같이 창유리는 그의 얼굴에 나타난 모든 것을 낱낱이 까발려 놓고 있었다. 이제 막 50줄로 들어서는 나이건만 60줄의 나잇살로 보였다. 아침에도 거울에 담았던 얼굴이었지만 지금 창유리에 담겨 있는 그런 얼굴이 아니었으므로 그의 놀라움은 여간 크지 않았다.

'갈 데 없는 오이장아찌로구나.'

바른 말이 거슬려 귀를 돌리듯, 그가 마주하고 있던 자신의 다른 얼굴에서 눈길을 거두려할 때 그 얼굴이 먼저 그의 눈 밖으로 사라지고 말았다. 전동차가 다음 역의 플랫폼으로 진입하기 시작했던 것이다.

차가 멎자 창유리를 통해서 시가 담긴 패널을 볼 수 있었다.

'종소리'라는 시였다. 그가 좋아하는 시인의 작품이었다.

  나는 떠난다. 청동의 표면에서
  일제히 날아가는 진폭의 새가 되어
  광막한 하나의 울음이 되어
  하나의 소리가 되어

  인종은 끝이 났는가
  청동의 벽에
  '역사'를 가두어 놓은
  칠흑의 감방에서

  나는 바람을 타고
  들에서는 푸름이 된다
  꽃에서는 울음이 되고

천상에서는 악기가 된다
　　먹구름이 깔리면
　　하늘의 꼭지에서 퍼지는
　　뇌성이 되어
　　가루 가루 가루의 음향이 된다

　그가 '종소리'의 마지막 행을 읽고 있을 때 전동차는 다시 움직이기 시작했다. 그리고는 이내 속력이 붙었다. 그는 전속력으로 달리는 전동차를 향해 돌진하는 자신의 모습을 떠올리고 있었다.
　'가루 가루 가루의 음향이 된다'
　멀쩡했던 육신이 산산조각이 나고 그것들은 다시 가루로 날렸다.
　'가루 가루 가루의 음향이 된다. 내가 가루가 되어…… 아니, 아침부터 내가 왜 이러지?'
　그는 고개를 흔들어 흡반처럼 뇌리에 붙어 있는 생각들을 떨쳐 버렸다. 그러자 그 자리에 마치 군함의 함교부를 연상시키는 ㄱ 대학의 본관 건물이 들어앉고 말았다. 5층짜리였다. 강사 대기실은 그 건물 맨 아래층 오른쪽 끝에 위치하고 있었다. 강사 대기실 출입구에는 출강부가 마련되어 있다. 매일 그날치의 것으로 바뀌는 낱장짜리였다.
　오늘 강정길이 출강부에 도장을 찍어야 하는 칸은 모두 다섯 칸이었다. 맡은 강의는 두 강좌지만, '교양국어'가 두 시간, '문예사조'가 세 시간이니 도장을 다섯 번 눌러야 하는 것이다. 그 도장 하나가 7천 5백 원이었다. 그는 손잡이에 늘어지듯 매달려 눈을 감은 채 속으로 중얼대기 시작했다.

'오오는 이십오, 둘 올라간 데다 오칠은 삼십오를 보태니까…….'

그가 시간당 출강료에다 맡은 시간수를 곱해 얻은 답은 3만7천5백 원이었다.

그는 오늘 아침 여섯시에 일어나 부지런을 피웠다. 아침을 뜨는 둥 마는 둥하고 집에서 나와 버스를 타고 지하철역까지 왔고 전동차를 타고 오다 다시 한 번 갈아탄 것이었다. 이제 전동차의 종점에서 내려 ㄱ대학의 스쿨버스 기점으로 가 교직원용 출근 버스를 타야 하는 것이다. 그리고 다섯 시간 강의를 한 뒤, 저녁 여섯시 반에 출발하는 퇴근 버스를 타야만 한다. 그러고도 전동차를 두 번 타고나서 버스로 동네까지 가야 했다. 새벽 여섯시에 일어나 1교시 강의가 시작되는 아홉시까지 대부분의 시간을 차 안에서 보내야 하며 퇴근 버스에 오르는 여섯시 반부터 집에 도착되는 아홉시 반까지도 차에 실려 있는 시간이었다. 이렇게 차안에서 보내야 되는 여섯 시간을 제외한 나머지 아홉 시간이 학교에 갇혀 있는 시간인데 그 중 강의하는 시간은 다섯 시간에 불과한 것이다. 그러니까 다섯 시간 강의 때문에 열 시간 이상을 허송해야 된다는 얘기이다. ㄱ대학에서 매긴 한 시간의 값이 7천5백 원이니 그렇게만 계산한대도 3만7천5백 원을 벌기 위해 7만 원을 허비한다는 계산인 것이다. 1주일에 단 하루니까망정이지 1주일이 내내 그런 날이라면 도대체 사람이 어떻게 될 것인가.

하기야 ㄱ대학은 서울의 외곽도시인 ㅅ시에서도 시외 버스로 30분쯤 더 들어가야만 하는 곳에 있기 때문에 그렇지만, 그가 출강하는 다른 두 대학은 그토록 열악한 조건은 아니었다. 비록 강좌 수는 적었지만 서울에 있는 대학이었다. 다른 한군데서는 시간당 8천 원씩 치는 세 시간짜리 한 강좌를 맡겼고, 다른 한군데에서는 야간 강좌라고 시간당 9천 원씩 쳐주는 두 시간짜리 한 강좌를 맡긴 것이었다. 이 두 대학의 강의는 수요일 하루에 할 수 있었다. 세 시간짜리는 오후 한시부터 시작되는 5, 6, 7교시 연강連講이었고 두 시간짜리는 야간 1, 2교시 연강이었다. 세 시간짜리가 세시 50분에 끝나니까 느긋하게 차 한잔 마시고 야간 강의가 있는 학교로 가도 얼마든지 여유가 있었다. 그 수요일의 출강료는 ㄱ대학에 나가는 금요일의 출강료보다 4천5백 원이 더 많았다. 새벽부터 설치지 않아도 되었으며 가고 오는 데만 차 안에서 여섯 시간을 허비하지 않아도 되었다. 집에서 나갈 때 이른 점심을 먹으면 되므로 따로 점심값이 들지도 않았다. 물론 야간 강의를 하다보면 시장기를 느끼게 마련이지만 그것도 못 참을 정도는 아니었다.

어쨌든 그의 일 주일 출강료 수입은 5백 원이 모자란 8만 원이었으므로 월수입은 32만 원이 채 못되는 액수였다. 그나마도 방학 동안은 완전히 공치는 날이었다. 어디 방학때뿐인가. 강의 든 날이 공휴일이라든지 학교 행사 같은 게 걸려 출강부에 날인이 되지 않으면 그 날 또한 그 알량한 수입은 공치는 날이 되는 것이다.

그는 이런 계산에 묻혀 있다가 퍼뜩 정신을 차렸다. 전동차가 멎는 충격 때문이었다. 종점 두 정거장 앞이었다.

'오늘 내가 왜 이러지? 힘을 내자! 힘을 내자구!'

그는 어금니를 물며 속으로 외쳐댔다. 학생들에게 자주 강조하는 말이었다.

그는 '할 수 있었으면' 하는 생각을 '할 수 있다'는 생각으로 바꾸어 자신있는 삶을 영위하라고 학생들에게 강조해 왔다. 소망사고(Wishful thinking)를 지니고 모든 일에 임하라고.

'힘이 솟는구나, 힘이 솟아!'

그는 다시 한번 어금니를 물며 속으로 외쳤다.

스웨트숍

 처서가 지난 지도 열흘이 넘었건만 한낮의 기온은 여름을 방불케 했다.
 강정길 일행이 서울역에 도착한 것은 오후 다섯시가 가까운 때였다. 플랫폼을 빠져나와 역 광장으로 나서자마자 열기가 온몸을 휘감았다. 일행 중 제일 젊은 박진양이 접어들고 있던 신문지 한쪽 끝을 정수리에 걸쳐 얹어 차양을 만들며 소리쳤다.
 "와아. 뜨겁다, 뜨거워!"
 그의 호들갑에 장태화가 점잖게 한마디 던졌다.
 "이봐, 박 선생. 가을볕에는 딸을 내놓고 봄볕에는 며느릴 내놓는단 말, 듣지도 못했소?"
 "글쎄요. 그게 뭔 뜻입니까?"

"봄볕엔 얼굴이 타도 가을볕엔 괜찮단 얘기지."
"볕에 얼굴이 타기는 마찬가지지 봄볕 다르고 가을볕 다릅니까?"
"옛말 쳐놓고 그른 말이 없느니."
장태화의 착 깔린 목소리에 무안해진 박진양이 슬그머니 신문지를 내렸고 그는 그 꼴이 우스워 쿡쿡 죽인 웃음을 흘렸다. 웃음을 끊고 그가 장태화 쪽으로 고개를 돌리며 물었다.
"장 선생님. 태화라는 게 뭔 뜻입니까?"
"클 태太, 순할 화和. 태평이라는 뜻도 되고, 음악이라는 뜻도 되고 좀 더 어렵게는 음양이 조화된 원기라는 뜻으로도 쓰고, 내 이름이기도 하고!"
장태화가 장난기 가득한 웃음을 지으며 비웃적거리듯 대답했다.
"제 말씀은 그게 아니라, 아까 장 선생님께서 태화탕 먹으러 가자고 하셨는데 그 태화탕의 태화가 뭐냔 얘깁니다."
강정길과 박진양의 눈길이 장태화의 입술에 얹혀졌다. 그러나 그의 입에서 나온 말은 엉뚱했다. 태평로까지는 기본 요금에서 조금밖에 더 오르지 않으니까 택시를 잡자는 것이었다. 강정길과 박진양은 군소리 없이 그의 의견에 따랐다.
그들 일행이 택시에서 내려 5분 쯤 걸은 뒤 들어간 곳은 태평로 뒷골목의 한 주점이었다. 옥호도 없는 허름한 집이었다. 시간이 이른 탓인지 술손님은 단 한 사람도 없었다.
"태화탕 먹으러 왔소이다!"
인기척을 채지 못했는지 아무도 내다보는 사람이 없자 장태화가 목청을 돋우었다. 그제서야 열린 방문으로 40대 여인이 얼굴을 내밀며 반색을 했다.
"아따, 그렇잖아도 오실 때가 됐는데 했다구요."
"뻔질나게 드나들어도 주는 게 없으면서 기다리긴 왜 기다려?"
 장태화가 먼저 자리를 잡고 앉아서 둘에게 턱짓으로 자리를 권했다. 주인여자는 박진양과 강정길이 앉기를 기다린 끝에 장태화 옆에 바짝 붙어앉으며 콧소리로 아양을 떨었다.
"안 주긴 뭘 안 줬다구 그래요?"
"몰라서 물어?"
"저번에두 드렸잖아."
"언제 뭘 줬어?"
"태화탕!"
"허어, 이런 숙맥. 난 뭐 태화탕밖엔 먹을 줄을 모르는지 아는 모양이지?"
"태화탕 드시러 오셨는데 태화탕 드리면 됐지 그 연세에……."
 주인여자의 간드러진 웃음이 홀 안을 가득 채웠다.
"나 이거 원, 가는 곳마다 늙다리 취급이니 이거 원, 서러워 살겠나."
"그럼 아직두 그 힘이……."
 주인여자가 말허리를 뚝 자르더니 또 한번 간드러진 웃음을 쏟아댔다. 그러고나서 멀뚱멀뚱 자기네의 수작을 지켜보고 있는 강정길과 박진양을 번차례로 살피며 입을 열었다.
"점잖은 양반들 앞에서 초면에 내가 주책이지."
"알긴 아니 다행이군. 그 두 분은 대학 교수셔. 입조심 하라구."
"말이야 바른말이지 대학 교수분들이 더 엉큼하더라. 거 뭐라더라? 맞아. 이디피엑쓰! 대학교수분들 이디피엑쓰 정말로 끝내 주더라구요."

장태화의 말이 끝나기 무섭게 주인여자가 냉큼 받았다. 그녀가 말한 이디피엑쓰는 'EDPS'였다. 음담패설을 영어로 표기하여 각 음절 머릿글자를 따 모아 만든 대학생들의 최신 은어였다. 그 최신 은어가 벌써 이 허름한 술집여자의 입에 오르내리게 됐다는 것도 신기했고 '이디피에스'를 '이디피엑쓰'로 둔갑시킨 것도 재미있어 세 사람은 잠시 웃음을 모았다. 그 웃음에서 이상한 낌새를 챈 주인여자가 귓바퀴를 빨갛게 물들이며 물었다.

"이디피엑쓰 아녜요? 맞죠?"

주인여자의 눈길이 마치 탐조등처럼 자신의 오른쪽에 앉은 장태화로부터 박진양을 거쳐 강정길에게로 옮겨지더니 우뚝 멈추었다.

"맞습니다. 음담패설을 학생애들이 그렇게 말하죠."

그녀의 눈에서 긴장의 빛이 사라지자 강정길은 자신의 뜻이 이루어졌음을 흐뭇해 하며 계속해 입을 놀렸다.

"그런데 도대체 그 태화탕이란 게 뭡니까?"

주인여자가 요란한 웃음을 앞세우고 나서 대답했다.

"장 부장님이 어찌나 술을 즐기시는지 신문사 사람들이 장 부장님 이름을 따서 만든 말이라구요."

"그러니까 뭔 음식 이름이 아니고 술을 태화탕이라고 한단 말입니까?"

"그렇다니까요. 뭐 꾸며내는 데는 신문사 사람들 당할 사람이 없잖아요."

그와 박진양이 허탈기가 섞인 웃음을 날리고 있는데 장태화가 주인여자의 말에 보충을 했다.

　원래 태화탕太和湯이란 말이 있는데 싱겁고 뼈없이 좋은 사람을 조롱하여 일컫는다는 것, 자기의 키가 큰데다 남에게 모난 말을 못하는 성격이라 동료나 후배 기자들이 자기를 '싱겁고 뼈없이 좋은 사람'으로 잘못 알고 붙여준 별명이 '태화탕'이었다는 것, 어쩌다 이름까지 태화太和여서 자기가 즐기는 술이 태화탕이 됐고 또 좋아하는 안주가 홍어찜이어서 그것도 신문사 사람들 사이에선 태화찜으로 통하게 됐다는 것 등이었다.

　어느 결에 빠져나갔는지 주인여자는 벌써 주방으로 들어가 술상을 보고 있었다.

　"장 선생님은 신문사에 나가시랴 출강하시랴 바쁘시겠습니다."

　박진양의 질문이 장태화의 입 언저리에 서글픈 웃음을 번지게 했다.

　"작년에 정년 퇴직을 하셨대요."

　본인이 말떼기를 거북해 할 것 같아 강정길이 대신 대답을 했다. 지난 학기 중간고사가 끝나던 날, 그의 청으로 하루 저녁 술친구가 된 적이 있었는데, 그 때 '내 입으로 정년퇴직 당했다고 얘기하다보면 은근히 화도 나고 서글퍼지기도 한다'는 얘기를 들은 기억이 났기 때문이었다.

　"아니, 그렇다면 노인네 취급 받게도 됐네요."

　박진양이 나오는 대로 불쑥 쏟아놓았다. 강정길이 그의 무례함을 깨우치려고 팔꿈치로 옆구리를 건드렸으나 눈치를 챈 것은 박진양이 아니라 장태화였다.

　장태화는 그의 그런 태도에 허허 짧게 한 번 웃고는 짐짓 노인네들의 말투를 흉내냈다.
"처음엔 서운하더니만 이젠 제법 면역이 됐소이다."
"신문산 몇 세가 정년입니까?"
박진양의 질문은 집요했다. 장태화는 대답 대신 쫙 편 오른손을 먼저 들어올린 다음 왼손을 꼽아 보였다.
"신문쟁이 삼십 년에 조사부장 한 번 했지. 그것도 제대 말년에. 애초부터 신문사랑 궁합이 안 맞았던 거야. 촌지봉투 긁어모으고, 데스크에 상납하고, 난 그게 영 안 되더라고. 그러니 초장부터 귀양살이만 할 수밖에. 내가 신문사 적성에 안 맞는 건지, 신문사가 이 장태화 적성에 안 맞는 건지 원 참. 하기야⋯⋯."
그때 주인여자가 장태화의 얘기를 중동무이하게 했다.
"아기다리 고기다리 던찜태화 찜이나 갑니다요."
장태화가 그녀의 익살을 받았다.
"아버지 가방안에 들어가신 건 옛날 옛적 얘기니 어서 아기다리 고기다리던 태화탕 맛좀 봅시다."
잠시 후 주인여자가 쟁반에 술상거리를 잔뜩 얹어 와서 상을 보기 시작했다. 그녀는 상을 다 보고 나서 잔 셋을 모두 채우고는 주방으로 들어갔다.
장태화가 잔을 들며 말했다.
"작년에 왔던 각설이가 아니라 지난 학기에 만났던 보따리장수들이 이번 학기에도 또 만나게 됐군. 자아, 그럼 이제부터 본격적으로 개강 파티에 들어갑시다. 건배!"
강정길과 박진양이 차례로 자기 잔을 그의 잔에다 짤강짤강 부딪뜨리며 모은 목소리로 건배를 외쳤다.

장태화가 잔을 비워 박진양에게 권했다.
"강 선생하고는 지난 학기에 몇 차례 식사도 했고 또 술자리도 가졌었는데 박 선생하고는 이런 자리가 오늘 처음이군. 그런데 실례지만 올해 몇이시오?"
"서른다섯입니다."
"그래애? 난 기껏해야 서른을 갓 넘겼겠거니 했는데 생각보단 나이배기로군."
"딸애가 하나, 계집애 하나 그리고 여자애 해서 애가 셋이나 있습니다."
"허어, 박 선생도 보기완 달리 재미있는 사람 같소. 지난 학기엔 요일이 같아도 시간대가 맞지 않아 얘기 나눌 기회가 없었지만 이번 학기엔 우리 자주 만납시다."
"고맙습니다. 그런데 이번 학기 시간표는 너무한 거 아닙니까? 세 시간짜리 강좌를 중간에서 토막을 내놨으니 말입니다. 오늘은 개강 첫날이니까 이렇게 일찍 나올 수 있었지만……."
박진양이 말 끝을 흐리며 마시다 만 잔을 비워 강정길에게 건넸다.

사실 시간표대로라면 지금 그들은 ㄱ대학에서 강의를 하고 있거나 강사 대기실에서 다음 강의 시간이 되길 기다리고들 있어야 하는 처지였다. 그러나 개강 첫날이어서 교재와 참고도서를 소개하고 앞으로 한 학기 동안의 강의 계획을 알리는 것만으로 시간을 마치고 서울로 돌아온 것이었다.

이들 세 사람의 경우, 앞으로는 모두 여섯 시 반에 출발하는 퇴근 버스를 이용하지 않을 수 없게 되었다. 세 시간 연속 강의를 해야 하는 강좌를 중간에서 토막을 내어 그 사이에 한 시간 또는 두 시간씩 빈 시간을 끼워 놓았기 때문이었다.

"내가 하는 문체론은 말입니다. 그게 세 시간짜리 걸랑요. 그런데 1교시에 한 시간 한 뒤 껑충 뛰어 4교시와 5교시에 강을 해서 세 시간을 채우게끔, 시간표가 그렇게 짜여졌더라고요. 그리고 다시 두 시간을 띄어 8, 9교시가 두 시간짜리 교양국어고요. 그러니까 지난 학기처럼 시간표가 짜여지면 세시 50분에 강을 다 마치고 서울로 올라올 수가 있는데……."

"거, 박 선생한테는 점심 시간을 너무 많이 줬구먼."

장태화가 홍어 연골을 오도독오도독 씹어대며 우스개를 했다. 그러자 박진양이 '남의 일이니까 그렇게 웃을 수가 있는 겁니다' 하는 투로 물었다.

"장 선생님 시간은 어떻게 짜여졌습니까?"

"내 강좌들 별수 있겠소. 세 시간짜리 매스컴론인데 6, 7교시 두 시간 한 뒤, 한 시간 쉬었다가 9교시에 한 시간을 마저 채워야 해. 늙은이가 세 시간 연강을 하다 과로로 뭔 일을 당할까봐 중간에 푹 쉬었다가 다시 하라는 뜻인가봐. 그렇게 생각해야 속이 편하지. 안 그렇소?"

"강 선생님은요?"

박진양이 강정길에게로 얼굴을 돌렸다.

"난 1, 2교시가 교양국어고, 3, 4교시를 쉰 다음……."

"3학점짜리 문예사조사 맡으셨죠?"

"그 문예사조사가 토막났어요. 그거 끝내면 다섯 시가 다 되거든요."

"그래도 우리보담 한 시간 빠르군요."

"오십보 백보요. 어중간해서 어차피 퇴근찰 탈 수밖에 없으니까."

"이거 문제가 있습니다. 문제도 아주 큰 문제라고요. 세상에 시간표 그따위로 짜는 학교가 어딨습니까? 이거 큰 문젭니다. 생각해보세요⋯⋯."

박진양의 입에서는 젊은 혈기와 술기운이 합해진 울분이 터져 나오기 시작했다. 장태화가 재빨리 말막음을 했다.

"너무 흥분하지 말라고!"

박진양에게 빈 잔을 건네고 난 그는 계속해 입을 열었다.

"지금 박 선생이 말한 그 '큰 문제' 라는 게 학교측에선 강사들한테 있다고 진단한 거요."

"예?"

"우리한테 문제가 있다고요?"

박진양과 강정길의 입에서 동시에 질문이 퉁겨졌다.

"결론적으로 말하면 시간 강사를 시간 강도로 봤다 이겁니다. 시간 강사들이 학생들의 시간을 도둑질하고 있다는 거요. 강의 시간에 늦게 들어가서 일찍 나오고 심지어는 두 시간 짜리를 한 시간에, 세 시간짜리는 두 시간만 때우고 나오는 강사들이 많다 이거요."

이번에는 강정길의 느닷없는 웃음이 장태화의 얘기를 막았다. 그 웃음에 두 사람의 눈길이 그의 얼굴에 꽂혔다.

"왜 웃소?"

"바로 이 자리에 그런 사람이 있잖습니까. 바로 이 박진양 선생."

그는 말끝도 채 맺지 못하고 또다시 웃음 소나기를 퍼부었다.
"왜 갑자기 우리 박 선생을 시간 강도로 몰지?"
"본인한테 물어보세요."
그가 웃음을 삼키려고 애를 쓰며 대답했다.
"뭔 소리요? 강 선생 얘기가."
장태화의 질문을 받은 박진양이 무안한 듯 헛웃음을 치고나서 대답했다.
"시간 강사로서의 제 신조가 있거든요. 그것 때문에 저렇게 웃는 겁니다."
"그 신조라는 게 뭔데?"
"그게요, 강의에 임함에 있어 거북이처럼 들어가서 토끼처럼 나온다는 겁니다. 농담으로 한 얘긴데 그걸 가지고 강 선생님이 저 야단이지 뭡니까."
박진양이 부드럽지 않은 눈길로 강정길의 얼굴을 쓰윽 한번 훑는 동안 장태화가 너털웃음을 날려댔다. 그러나 강정길은 이제 그 웃음을 따라 웃을 수가 없었다. 박진양이 농담이라고 한 그 말은 진담으로 한 얘기였다. 그것이 진담이었다는 것은 그가 '거북이처럼 들어가서 토끼처럼 나온' 여러 차례의 현장 목격으로도 증명이 되는 일이었다.
'사람이 왜 솔직하질 못할까?'
강정길은 박진양을 일별하고나서 말문을 열었다.
"내 얘기야 말로 웃자고 꺼낸 것이었어요. 사실 난 강의 시간을 꼬박꼬박 채워야 된다는 의견에는 반대예요. 한 학기 동안의 강의 계획이 다 짜여져 있으니 그날 할 강의를 충실하게 하면 그만이지 좀 일찍 끝내는 게 무슨 흠이 되며 또 어떻게 시간 강도가 되는지 알 수가 없어요. 또 강의 시간이라고 해서 지식만 전달해서 되겠어요? 대학생들에게 유익한 얘기면 강좌하고 관계가 없는 얘기라도 들려줘야지 대학 강의실이 무슨 입시학원이예요? 아니면 취직시험을 위한 학원의 교실인가요? 시간 강사를 시간 강도 취급을 한다는 건 있을 수도 없는 일이에요. 물론 시간만 때우자는 그런 사람이 없는 것도 아니겠지요."

"그런 사람이 바로 저라는 얘기는 아니겠지요, 강 선생님?"

박진양이 강정길의 얘기에 찬물을 끼얹었다. 네가 바로 그런 작자인지도 모른다 싶었지만 그는 감정을 억제하며 하던 얘기를 이어나갔다.

"그야 물론. 내 얘기는 몇몇 불성실한 시간 강사 때문에 전체가 도매금으로 시간 강도 취급을 당할 수는 없다는 얘기예요. 내 경우지만 오늘 같은 날은 다섯 시간 강의 때문에 아침 여섯시에 나왔어요. 개강 첫날이라 일찍 끝나 이렇게 술집에 앉아 있지만 다음 주부터는 매주 금요일은 금요일이 아니라 죽을 사짜 사요일이라구요. 다섯 시간 강의 때문에 새벽 여섯 시에 일어나 나와 밤 아홉시나 돼야 집에 들어갈 수 있단 얘기예요. 그러고서 받는 강사료가 3만7천5백 원이더라구요. 강사료도 강사료지만 다섯 시간 강의 때문에 열 시간 이상을 허비해야 하는데 그래도 시간 강사가 아니라 시간 강돕니까?"

"옳소! 옳소!"

박진양이 들고 있던 나무젓가락으로 술상을 쳤다. 그러나 강정길은 얘기를 끝내려 들지 않았다.

"그 짓 안하면 될 거 아니냐고 하면 할 말이 없지만……."
이번에는 장태화가 그의 말을 막았다.
"스웨트 숍이라고 들어들 봤소?"
"땀가게란 뜻입니까?"
강정길이 반문했다.
"직역하면 그렇지만 그게 아니라 값싼 임금으로 혹사하는 업소라는 뜻이오. 스웨팅 시스템이라고 하면 노동자 착취제도인데 노동자들의 약점을 악용하여 열악한 환경 속에서 저임금으로 장시간……."
"그러니까 우리가 오늘 다녀온 그 학교가 스웨트 유니버시티라는 얘기 아니겠습니까!"
"재미없는 얘기 그만두고 우리 유쾌하게 취하자구!"
장태화는 박진양이 말곁을 다는 게 마뜩치 않았으나 내색치는 않았다.

3장 가지 않은 길 289

가방과 보따리

 강정길이 2교시를 끝내고 강사 대기실로 들어서기 바쁘게 박진양이 쪼르르 다가서며 말했다.
 "하마터면 눈 빠질 뻔했습니다. 쉬는 시간까지 강을 한다고 누가 비석을 세워준답니까, 강사료를 올려준답니까?"
 막 강의를 끝낸 참이어서 입 안이 바싹 말라 있는데다 말 할 기운도 없어 그는 말대꾸 대신으로 그냥 씨익 웃어보였다.
 "강 선생님은 늘 그런 걸 얻어 오시데요. 설마 학생들이 쉬는 시간까지 열강을 하셨다고 선물한 건 아닐 테고……."
 그는 박진양의 비웃적거림이 짜증스러워 들고 있는 오렌지 쥬스캔을 불쑥 내밀며 말했다.
 "한 시간 쉬는 동안 입·안에 곰 피지 않았소? 자아, 이거 드쇼."

"내가 왜……. 강 선생님 드세요. 그런데 곰 피는 게 뭡니까?"
"곰팡이 말이요."
"곰팡일 곰이라고도 하나요? 어디 사투립니까?"
그는 속으로 '문체론 강사님. 참으로 한심하오'라고 중얼거린 뒤 약간 불퉁스런 말투로 대답했다.
"미안하지만 사투리가 아니라 준말입니다. 아시겠어요? 바악 서언새앵니임!"
"아따, 거 되게 무안 주시네요."
박진양이 말과 얼굴을 한껍에 굳혔으므로 그는 나잇살이나 먹은 사람의 말이 연하에게 너무 몰풍스러웠구나 하고 후회했다.
"미안해요 박 선생. 먹은 마음이 있었던 건 아니고 아마 내가 지금 되게 피곤해 있는 모양이에요. 맘에 두지 말라고요. 그런데 왜 날 기다렸어요?"
그의 사과에 박진양의 굳어 있던 얼굴이 금세 풀렸다.
"멋진 아이디어가 떠올랐지 뭡니까!"
"뭔데요?"
"시간 아깝습니다. 가방 들고 빨랑 따라오세요."
"대체 어딜 가자는 거요?"
"빨랑 따라오시기나 하세요."
박진양이 가방을 들고 앞장섰으므로 그도 마냥 서 있을 수만 없게 되어 머쓱하니 자신의 가방을 집어들고 뒤를 따랐다.
강사 대기실에서 빠져나온 박진양은 본관 후문을 향해 걷다가 뒤쳐져 오는 그를 기다리기 위해 멈춰섰다.
"그야말로 아닌 밤중에 홍두깨죠?"

그가 다가서기를 기다려 박진양이 한 말이었다.

"장 선생님의 주장은, 그 속담에서는 홍두깨가 아니라 붉을 홍짜 홍도깨비라야 맞는답디다."

"어째서요?"

"홍도깨비가 옛날 은어로 사내들의 물건이었대요. 그러니까 아닌 밤중에 홍도깨비라야 말이 된다는 거죠."

박진양이 한동안 킬킬대고나서 말했다.

"도대체 장 선생님은 별 희한한 걸 다 알고 있습디다. 잡학박사더라고요. 걸어 다니는 잡학사전이더라고요."

박진양은 학교 뒷산으로 기어오르며 쉬임없이 지껄여댔다.

"박 선생, 대체 어딜 가자는 거요?"

"산에 올라가는 거 아닙니까."

"길도 없는 산엔 왜?"

"여기에 산이 있으니까. 하하하. 안심하십쇼. 다 사전답사를 끝냈으니까요."

"왜요?"

"피크닉 가자 이겁니다. 어서 오시기나 하세요."

강정길은 그제야 고개를 끄덕이며 박진양의 뒤를 따라 산을 오르기 시작했다. 여러 사람이 무시로 들락거리는 강사 대기실에서 도시락을 먹고 있노라면 왠지 겸연쩍기도 하고 또 스스로 생각해도 궁상스러워, 자연 급히 먹게 되는데 그러다보면 소화가 안되어 욕을 보게 되는 경우가 적지 않았던 것이다. 그는 힘이 들었지만 전혀 박진양을 탓할 생각이 없었다. 탓은커녕 상이라도 주고 싶은 심정이었다.

"자아, 어떻습니까? 명당 중의 명당 아닙니까!"

박진양이 자리잡은 곳은 산중턱의 노송 밑이었는데 그 그늘 안에 꼭 방석 석 장을 가로로 잇대어 놓은 너비의 바위가 박혀 있었다. 마치 누가 일부러 다듬어 놓은 것처럼 평평한 데다 네모 반듯하기까지 했다.

"박 선생, 대체 언제 어떻게 이런 명당을 발견했소? 박 선생이 달리 보입니다!"

"달리 어떻게요?"

"명당을 찾아냈으니 명지관으로 보일 수밖에."

"칭찬하는 말로 알아도 되겠습니까?"

그의 재빠른 눈길이 강정길의 눈을 쏘고 나서 입으로 옮겼다. 비아냥 댄 말인지 진심으로 한 얘긴지 종잡을 수가 없어 대답을 기다리는 것이었다.

"놀랍기도 하고 고맙기도 해서 한 말이에요. 대체 언제 이런 곳을……."

"문체론이 토막나서 2, 3교시가 빈 시간이 됐댔잖습니까. 두 시간을 강사 대기실에서 죽칠 생각을 하니 울화통이 치밀더라구요. 그래 바람이나 좀 쐴까 하고 본관 후문으로 나왔던 것인데 어쩌다 산으로 들어서게 되었고 한 발짝 한 발짝 오르다 보니 이런 명당이 나오더라 이겁니다."

"그래 자랑을 해야겠는데 강정길이란 자는 시간이 끝났는데도 나오질 않고, 그래 은근히 배알이 뒤틀리더라 이겁니다. 쉬는 시간까지 강일 한다고 누가 비석 세워줄 것도 아니고 그렇다고 강사료가 올라가는 것도 아닌데……."

강정길이 박진양의 말끝을 달아 그의 흉내를 내가며 말했다.
"아니, 독심술을 했습니까? 족집게네요. 배고프지 않아요, 강 선생님은?"
"배는 고프지만, 벌써?"
"보따리장사가 때 맞춰 밥을 먹습니까?"
강정길은 손목을 들어올려 시계를 보았다. 열한 시 20분이 다 돼 있었다.
"밥때도 되긴 됐어요."
"난 아침도 못 먹고 나왔다구요. 강 선생님은요?"
"한술 뜨긴 했지만……. 점심 먹읍시다."
두 사람은 가방에서 도시락을 꺼내 뚜껑을 열었다.
"보따리장사 하면서 때 맞춰 밥 먹을려다간 굶어 죽기 딱 알맞는다구요. 보따리장사란 말 누가 지어낸 말인지 참 잘 지어낸 말이지."
박진양은 연신 젓가락질을 해대면서도 지껄일 건 다 지껄였다. 강정길은 대학 때 '고대시가론' 강의를 맡았던 강사의 얼굴을 떠올렸다. 이름은 잊었지만 그 자신이 강사 생활을 하면서부터 불쑥불쑥 떠올리게 되는 얼굴이었다. 그는 늘 같은 양복을 입고 다녔는데 그 양복의 소맷부리와 바짓부리가 다 닳아빠져 풀린 올이 나달나달했다. 그리고 물자가 귀한 때이기는 했으나 항상 교재나 강의 노트 따위를 가방이 아닌 책보에 싸 달랑달랑 흔들고 다녔었다.
강정길은 박진양에게 그 얘기를 들려주었다.
"교재랑 노트만 싸들고 다니는 게 아니었어요. 그 책보를 풀면 분필도 나오고 안경집이랑 필통, 어떤 때는 담배갑도 나오더라고요. 그래 별명이 보따리장사였어요."

"혹시 강 선생님이 붙인 거 아닙니까? 그래 하느님이 그 벌로 너도 보따리장살 해봐라, 그래서 보따리장사를 하게 된 거 아닙니까?"

박진양의 우스갯 소리에 한바탕 웃고 나서 그가 입을 열었다.

"내가 진 별명은 아니지만 나도 그 별명을 애용하긴 했지요. 그래서 벌을 받느라고 보따리장살 하게 됐는지는 모르지만 어쨌든, 소맷부리가 다 닳아서 나달나달한 거랑, 그야말로 피골이 상접한 핏기 없는 얼굴이랑 책보를 풀면 나오는 안경집이랑 이런 모든 게 마치 조금 전에 봤던 것처럼 선명하게 떠오르는데 그분 성씨와 이름은 영 떠오르질 않는 거예요. 아마, 별명으로만 불렀기 때문인가봐요."

"나도 그짝 날까봐 무섭네요."

"난 이미 그짝이 났다구요."

강정길이 자조적인 웃음 띤 얼굴로 박진양을 바라보자 그가 물었다.

"강 선생님은 어쩌다 보따리장살 하게 됐습니까?"

"얘길 하자면 깁니다. 장편 소설입니다."

"단편 소설로 하십시오."

강정길은 박진양의 채근에 못이겨 보따리장사가 된 내력을 털어놓기로 마음 먹었다.

"단편 소설도 기니까 꽁트로 하죠. 고향에 있는 한 대학 기획실장이 고등학교 때 단짝인데 급히 만나자 해서 내려갔더니만 글쎄 자기네 학원 이사장 전기를 쓰라는 거예요. 정확히 말하면 전기가 아니라 그 사람의 회고록을 대신 써주는 겁니다."
"전기나 회고록이나 마찬가지 아닙니까?"
"왜, 차이가 있죠."
"그렇다고 하고, 그래서요?"
"그래 실직 상태이기도 했고 또……. 어쨌든 그걸 썼어요. 그랬더니 그 원골 읽으면서 이사장 본인이 울더랍니다."
"햐, 그래서요?"
"그걸 쓰기 위해서 그 분하고 자주 만났기 때문에 그 분도 나에 대해서 이것 저것 알게 됐거든요. 어쨌든 하룬 날 만나잔다기에 만났더니만 자기네 대학에 와서 강읠 하라는 거예요."
박진양이 또다시 그의 얘길 끊었다.
"그런데 왜 거기 전임이 안됐습니까?"
"그때 난 대학원을 안 했었거든요. 그래 그렇게 말했더니만 2년은 잠깐이니 빨리 석사학위만 따면 자기 대학에서 자리를 준답디다. 그래 있는 돈 없는 돈 다 긁어서 빚도 내고 그렇게 대학원을 다니고 있는데 졸업 학기에 그 대학에 재단 분규가 생겼네, 학생들이 학내 문제로 데모를 하네 하는 소문들이 무성합디다. 그러더니 일사천리로 문교부에서 법정 관리를 하고……."
박진양이 쩟쩟 혀를 차대며 제 일처럼 안타까워 했다.
"야아, 아깝다! 아까워! 젠장……."
"그래 석사 따느라고 디민 돈이 아까워 한 푼이라도 건질려고 이 학교 저 학교 나가다 보니……. 나도 이젠 이래뵈도 보따리장사에 이력이 났습니다. 그런데 뭔 얘기가 이렇게 빗나갔지? 아,

그렇지! 그건 그렇고 아까 그 선생님 얘긴데……."
　강정길이 잠시 뜸을 들이고 나서 잊었던 얘기의 실마리를 찾아 입을 열었다.
　"그 선생님 강의 내용은 다 잊어버렸는데 강의 시간 틈틈이 들려주신 말씀들은 아직도 기억에 남아 있는 것들이 많아요."
　"그 중에서 재미난 걸로 하나만 들려주십시오. 애녀석들 졸 때 하나 터뜨리게요. 열두 시에 시작하는 시간이잖아요. 점심은 먹었겠다, 그렇잖아도 조는 녀석들이 태반인데 식곤증은 생겼겠다, 에라 모르겠다는 식으로 퍼져들 잔다구요. 코까지 고는 놈이 다 있다니까요. 내 참, 한심스러워서!"
　"글쎄, 뭔 얘길 할까?"
　그가 잠시 생각을 더듬은 끝에 한 얘기는 고려 때의 한 선비 얘기였다.
　노극청이라는 선비였는데 그는 생활이 어려워 생각 끝에 집을 줄이려고 내놓았다. 그런데 그가 밖에 나간 틈에 그의 절친한 친구가 사람을 시켜 은 열한 근을 주고 노극청의 집을 사게 했다. 가난한 친구를 본인 몰래 도와주려는 것이었다. 밖에서 돌아온 노극청은 아내로부터 은 열한 근에 집이 팔렸다는 얘기를 듣고 깜짝 놀라 아내를 꾸짖었다. 왜 집값을 그렇게 많이 받았느냐는 꾸지람이었다. 그의 아내는 자기가 집값을 부른 게 아니라 사는 사람이 집을 둘러보고 나서 은 열한 근을 냈다고 대답했다. 그러나 노극청은 그러한 아내의 얘기를 듣는 둥 마는 둥 하고 집값을 치른 사람을 찾아가 말했다. 자기가 팔려고 내놓은 집은 삼 년 전에 은 아홉 근을 주고 샀으며 그 집에서 살아온 삼 년 동안 단 한

군데도 수리를 하지 않았는데 그런 집을 은 열한 근에 팔 수는 없는 노릇이라고. 그러면서 노극청은 받은 집값에서 은 세 근을 덜어서 내놓았다. 자기 집은 은 여덟 근 값어치밖에 안 된다는 얘기였다. 집을 산 사람은 깜짝 놀랐다. 다른 사람이 시켜서 한 일이기 때문이었다. 그렇다고 실토를 할 수도 없는 노릇이었다. 그는 한참 생각을 한 끝에 은 세 근을 도로 주며 노극청에게 말했다. 집을 꼼꼼하게 살펴보았는데 은 열한 근 값어치가 있더라고. 그러자 노극청은 도로 내놓은 은 세 근을 되밀치며 자기는 집값으로 은 여덟 근을 넘게 받을 수가 없다고 했다. 집을 산 사람도 남의 부탁으로 한 짓이니 입장이 곤란해, 집이 은 열한 근 값어치가 충분하므로 그 값에 사야된다고 고집을 피웠다. 이렇게 한참 동안 실랑이를 하던 끝에 노극청은 화까지 내며 집을 팔지 않겠다고 했다. 그리고는 집값으로 받은 은 열한 근을 고스란히 내놓고는 돌아섰다.

그의 얘기를 듣고 난 박진양이 하품을 물며 말했다.

"강 선생님은 시만 쓰시는 줄 알았더니 소설도 쓰시는 모양이군요. 소설이라도 그렇지, 소설이라는 게 '있을 수 있는 거짓말'인데……."

"그 분한테 들은 얘기라니까요. 노극청이라는 이름까지 전해지는 걸 보면 실제로 있었던 일인 모양이예요."

"대학생 때 들은 얘기라면서 어떻게 얘기에 나오는 이름까지 다 기억을 하시죠?"

박진양이 의심 품은 눈으로 물었다.

"내 기억력이 그렇게 좋아 탈이라구요."

두 사람은 얼굴을 마주하고 웃음을 쏟았다. 웃음 끝에 강정길이 말했다.

"실은 내 매제가 똑같은 이름이거든요. 그런데 살아 있는 노극청이는 얼마나 짠지 우리 집안에선 노랭이로 통한다구요. 어때요? 애들한테 들려줄만 하잖아요?"

"다른 거 뭐 재미난 건 없어요? 내가 들어도 따분한데……."

강정길의 심상찮은 눈길에 박진양은 얼른 입을 다물었으나 전혀 무렴한 기색이 아니었다. 사실 그는 '내가 뭐 틀린 얘기 했어요?' 하고 속으로 중얼거리고 있었던 것이다. 그러나 강정길은 또 강정길대로 '이봐, 박 선생. 당신이니까 따분하게 들었지 학생애들이 왜 따분하게 들어?' 하고 뇌까리며 불쾌한 감정을 내보이지 않으려고 애를 쓰고 있었다.

"자, 내려갑시다!"

강정길은 빈 도시락을 가방에 넣고 덮개 자물쇠를 딸깍 채웠다. 그 야무진 쇳소리에 고개를 돌린 박진양이 신기한 물건이라도 발견했을 때처럼 탄성을 올렸다.

"강 선생님 그 가방, 이제 보니 신품이네요? 얼마 주셨습니까?"

"산 게 아니고 어쩌다 보니 얻어 걸렸어요."

그의 가방은 선사받은 것이었다.

ㅇ대학에 출강할 때 그에게 강의를 받은 제자가 선물한 것이다. 그는 ㅎ그룹의 한 계열사 사보 담당자였다. 청탁받은 에세이를 주고 일어서려는데 잠시만 기다리라며 나가더니 가방을 들고 온 것이었다. 헌털뱅이 비닐 가방이 눈에 걸려 구내 매점에 가서

가죽 가방을 사온 것이다. 그는 원고료를 받은 것도 있고 해서 값을 치르려 했으나 자기가 선사하는 것이라며 한사코 값을 대지 않았다. 사원용으로 제작하여 실비로 판매하는 것이라고만 말했던 것이다. 가방을 선물 받아 들고 오면서 한 학교의 강사료 한 달치를 다 들여도 살 수 없을 것이라는 생각을 했었다. 그만치 고급 제품이었던 것이다.

"요즘은 가죽인지 비닐인지 분간할 수가 없더라고요. 가죽 가방처럼 뵈는 게 괜찮습니다."

"아니, 가죽으로 만든 건데 가죽 가방처럼 뵌다니요?"

"무슨……, 인조피라는 거겠죠."

"정말 가죽이라니까 그러네."

"진짜 가죽 제품이면 돈이 얼만데요?"

그는 어이가 없어 박진양의 얼굴에서 눈길을 거두지 못하고 있었다. '네 주제에 가죽 가방을 선물로 받다니 믿어지지 않는다'는 얘기로만 들렸던 것이다.

"자아, 이래도 못 믿겠어요?"

그가 쇠를 풀어 가방 덮개를 뒤로 젖히곤 낙인(烙印)된 재벌 그룹의 마크를 짚어 보였다.

"어, 진짜 가죽이네요? 거 값깨나 나가겠군요. 우리같은 보따리장사한텐 분수에 넘치잖아요?"

"……."

"도대체 몇 시간이나 아가리 품을 팔아야 그런 가방 하나 장만할 수 있을까요? 그 알량한 강사료 생각하면 가방 보기가 부끄럽겠어요. 안 그래요?"

"그러니까 요점이 뭐요? 개발에 편자다 이거요?"

그는 치미는 부아를 찍어 누르다 못해 불뚝성을 내고 말았다. 그러자 박진양은 계속해 손사래를 쳐대며 발명하기에 바빴다.

"아니, 아니, 그게 아니라 보따리장사 신세 한탄을 한 겁니다. 강 선생님만을 두고 한 말이 아니라 우리 모든 보따리장사가 가죽 가방 하날 장만하려면……."

"그만해요. 알겠다구요."

그는 열어젖혔던 가방 덮개를 덮고 다시 쇠를 채우며 박진양을 향해 속으로 욕을 끌어부었다.

'야 이녀석아! 내가 가죽이랄 때는 안 믿더니 재벌 그룹 마크를 보고는 깜빡 죽는 까닭이 뭐냐? 보따리장사 주둥이는 가방에 찍힌 재벌 그룹 마크만도 못하다는 거냐? 네놈 같은 놈들 때문에 시간 강사가 시간 강도 취급을 받고 그러는 거야.'

"저기 저 들국화 좀 보세요, 강 선생님. 누가 뭐래도 완연한 가을이지요?"

그는 가방을 들고 일어서며 그때까지도 박진양의 손가락이 가리키고 있는 곳을 바라보았다. 서너 발짝 앞에 무더기져 피어 있는 것은 들국화가 아니라 구절초였다.

'서울놈들은 비만 오면 풍년 든다고 한다더니만…….'

그는 얼른 마음을 뒤집었다. 별것도 아닌 일로 꽁해 있는 자신을 타이르며 부드러운 목소리로 말했다.

구절초가 국화과이기는 하나 자세히 보면 다른 데가 있다며 친절하게 일러주었다.

주석방담 酒席放談

 강정길이 장태화의 전화를 받은 것은 오후 두 시경이었다. 다른 약속이 없으면 저녁때 좀 만나자는 것이었다. 용건을 묻는 그에게 장태화는 '사람이 살아가면서 꼭 용건이 있어야 만나는 거요? 서로 얼굴 보는 일도 따지고 보면 중요한 일인 거요. 이따 만납시다' 라며 전화를 끊었던 것이다.
 그는 약속 장소로 향하면서 장태화가 무슨 일로 만나자는 것인지 이리저리 짐작을 해봤지만 땅띔조차 할 수가 없었다. 전화로 한 얘기대로 단순히 '서로 얼굴 보는 일'일지 모른다는 생각이 들기도 했다.
 지난 학기 중간고사가 끝나던 날, 술집에서 나누었던 얘기들이 떠올랐다.

그때 장태화는 술기운 탓이었던지 좀 장황하리만치 자기 소개를 늘어놨었다. 시골에서 부농 소리를 듣는 집안의 장남으로 태어나 결혼을 일찍 한 탓에 2남 3녀의 아버지가 됐다는 것, 첫째가 아들인데 아들 하나를 더 낳자고 한 것이 내리 딸만을 낳게 되어 그만 단산을 시키려다 혹시나 해서 하나를 더 낳았는데 다행하게도 아들이었다는 것, 그 막내아들만 빼고 모두 다 짝을 채워 현재 손자·손녀가 여섯이나 됐는데 그 중에서 친손자·친손녀가 하나씩이고 외손자가 셋에 외손녀가 하나라는 것, 맏아들은 물론이려니와 사위들도 벌이들이 좋아 생각지도 않게 경제적인 도움을 많이 받고 있다는 것, 대학에 출강하는 것은 별다른 취미가 없는 자기에게 있어 친한 사람과 벌이는 술자리와 더불어 훌륭한 소일거리가 된다는 것 등이었다.

그는 잠시 걸음발을 늦추며 손목을 들어올려 시계를 보았다. 약속 장소까지는 꽤 걸어야만 되지만 충분히 시간에 댈 수 있을 것 같았다. 그가 집에서 나온 것은 해가 거운할 즈음이었으나 이제는 완전한 밤이었다. 정신을 차릴 수가 없으리만큼 어지럽게 명멸하는 네온의 숲을 지나 '상록수' 다방으로 들어서자 카운터 가까이에 자리하고 있는 장태화가 한 손을 번쩍 추켜 올렸다.

"일찍 나와 계셨군요."

그는 혹시나 자기가 시간을 어긴 게 아닌가 싶어 시계를 보며 말했다. 그러나 그는 벌떡 자리에서 일어서더니 카운터로 다가가 차값을 계산했다. 그리고는 또 성큼성큼 출구로 걸음을 옮기는 것이었다. 마치 화가 난 사람 같았다. 원래 곰살궂은 성격이 아니라는 것은 알고 있었으나 이렇듯 뚝바리같은 면이 처음이라 그는 팬스리 마음을 펼 수가 없었다.
"술 한잔 합시다. 어디가 좋겠소?"
다방에서 빠져나온 장태화가 뒤처진 그를 기다려 물었다. 그러나 그는 입을 다문 채 뜨악한 빛을 감추지 못하고 있었다.
"술값 걱정은 마시오. 그러니까 어디든 말만 하시오."
장태화가 말끝에 헙헙한 웃음을 달았다. 그러나 여느 때와는 달리 그 웃음 끝에 쓸쓸한 여운이 감돌고 있다는 것을 그는 느낄 수 있었다.
"장 선생님, 뭔 일입니까?"
"뭐가 뭔 일이오?"
장태화가 놀란 눈을 했다.
"뭔 일이라도 생겼냔 말씀입니다."
"뭔 일이 생기겠소. 이 나이에."
"그래도 제 느낌이……."
"거 공연한 신경 쓰는군. 전화로 얘기했잖소. 서로 얼굴이나 보자고. 좀 구체적으로 말하면 오늘 강 선생이 내 술동무가 돼 달란 얘기요. 어디 적당한 데 없소?"
"전 이 동네완 별로 인연이 없어놔서, 요전에 개강 파티 했던 그 집……."
"그럼 천상 내가 앞장을 서야겠군. 자아, 갑시다."
장태화는 강정길을 달듯이 하고 찻길로 나와 육교를 건너고 다시 골목으로 접어들었다.
"아니, 요전 그 홍어집하곤 반대 방향 아닙니까?"
"오늘 메뉴는 오리 요리로 합시다."

장태화가 문을 밀치고 들어선 곳은 그들이 만났던 다방에서 5분 안팎의 거리였다. 그 집은 홀이 꽤 넓은데도 손님들이 가득했다.

그들이 들어섰을 때, 마침 계산을 하고 나가려는 손님이 있어 구석진 자리나마 용케 차지할 수가 있었다.

그는 '절에 간 색시'가 되어 장태화가 하는 양만 멀뚱하니 지켜볼 수밖에 없었다. 그가 시킨 안주는 오리볶음과 송화단이라는 것이었다. '송화단'이 뭔가 싶어 벽에 붙여 놓은 음식 이름들을 훑어보는 동안 그는 술집 주인이 중국 사람이라는 짐작을 하게 되었다. 음식 이름은 모두 한자였고 그 옆에 우리글로 풀이가 돼 있었기 때문이었다. 오리볶음도 '압초鴨炒'라는 한문 옆에 씌어 있었다. 그런데 장태화가 시킨 또다른 안주는 오리알이라고 풀이해 놓고는 한문으로는 엉뚱하게 '송화단松花蛋'이라고 씌어져 있는 것이었다. '단蛋' 자가 새알을 뜻하니까 그 글자는 맞게 씌어진 모양인데 그 앞에 붙은 '송화松花'는 오리와 무슨 관계가 있는지 영 알 수가 없어 그는 장태화에게 물었다. 그러자 질문이 나올줄 알았노라며 신나게 설명하기 시작했다. 석회점토·소금·재·속겨·등을 섞은 진흙으로 오리알을 싸서 일정 기간을 두면 오리알의 흰자위가 청포처럼 되는데, 오리알이나 달걀 삶은 것과는 달리 투명하다는 얘기였다.

"박 선생 얘기가요, 장 선생님을 숨쉬는 잡학사전이라고 해서 저도 그 말에 동조했습니다. 도대체 무불통지니……"

"무불통지? 야아, 강 선생. 비행길 너무 높이 띄웠소. 이게 바로 송화단이오. 어서 맛이나 좀 보소."

그때 안주와 술이 나왔던 것이다.

그가 강정길의 잔에 술을 따른 뒤 자기 잔은 자작으로 채웠다.

"그런데 왜 새알 '단' 짜 앞에 '송화'가 붙는 겁니까?"

"중국 절강성 송화라는 곳에서 비롯된 음식이랍디다. 우리 오늘 맘껏 취해 봅시다."

"사실 전 술이 약합니다."

"첫잔도 비우기 전에 엄살부터 하기요? 요전에 보니까 실력이 보통이 아니던데. 특히 강 선생은 유머가 프로급입디다. 여느 땐 잘 몰랐는데 얼큰해지니까 그게 아닙디다. 난 정말 놀랐소."

"지금 절 태우신 게 비행깁니까?"

"벌써 슬슬 나오기 시작하는군. 그 유머 때문에 내가 강 선생한테 반했다니까. 요전 개강 파티 때 얘기한 거 그거 한번 더 해보소."

강정길은 숫기 없는 사람이 대중 앞에서 노래를 지명받았을 때처럼 얼굴까지 붉혔다.

"거 왜, 뭐더라? 그래, 출강 5불문 말이오."

"그거야, 농담이었지요."

"농담이니까 재밌지. 뼈있는 농담이더라고. 뭐뭐더라? 첫째가……."

"첫째가 수입불문이죠."

"강사료가 많든 적든 가리지 않는단 얘길 테고."

"둘째, 과목불문."

"뭔 과목이던 시키는 대로 가리지 않고 다 하겠다는 거고."

장태화는 고수鼓手의 추임새처럼 꼬박꼬박 뒤풀이를 달았다.

"셋째, 거리불문."
"거리가 멀든 가깝든 서울도 좋고 제주도도 좋다는 거고."
"넷째, 주야불문."
"밤낮으로 뛰겠다는 건데⋯⋯ 옳지, 주간이건 야간이건 안 가리겠다?"
"다섯째, 시간불문."
"시간불문은 뭐지?"
"주당 스무 시간이든 마흔 시간이든 마다할 내가 아니다, 이런 말입니다."
"강 선생. 거 다섯 번째는 더운밥, 찬밥 안 가린다는 얘기와는 좀 다르잖소?"
"제게 그렇게 인심 쏠 학교도 없지만 어디서 한번 미친 척하고 몇백 시간이라도 맡겨보라 이겁니다. 피가 마르고 뼈가 닳도록 뛰겠다 이겁니다. 왜 그 소망사고라는 것도 있잖습니까. '할 수 있다'고 자꾸만 생각하면 불가능한 것도 이뤄진다는⋯⋯."
장태화가 빈잔을 건네며 말했다.
"강 선생도 박사 학위 좀 따지 그래. 전임 될려면 그게 있어야잖소?"
"박사 딴다고 다 전임이 되면 박사 안 딸 사람이 어디 있겠어요?"
"그래도 일단 자격을 구비하고 있어야만 기회가 생기잖소."
"그건 그렇지만 돈도 없는데다⋯⋯. 장 선생님께서도 젊은 학생들 만나는 것이 좋고 또 소일거리도 돼서 출강하신다고 하셨지만 실은 저도 그와 비슷합니다."

"비슷하다니?"

"파자마 맨을 면해보자는 게 주목적입니다. 맨날 집안에서 파자마 바람으로 빌빌거리는 거 애들한테 보여주는 게 싫은 겁니다. 수입이야 있건 없건 그래도 일 주일에 이틀쯤, 강의가 있는 날입네 하고 가방 들고 들락거리면 식구들 눈에도 그렇고, 이웃 눈에도 그렇고, 시쳇말마따나 그림이 좋잖습니까!"

"그렇다면 박사를 따고 재수가 좋아서 전임이 되면 시간 강사가 아니라 진짜 교수님이 돼서 들락거리니까 그림이 좋은 정도가 아니라 명화지, 명화! 그러니 돈 계산 말고 박사 코스부터 밟으라고. 많이는 못 보태도 나도 조금은 보탤 수 있으니."

그는 장태화의 진지한 태도에 부담을 느꼈으므로 재빨리 우스개로 눙쳐버릴 심산이었다.

"장 선생님, 이 강정길이 죽일 일 있습니까?"

"건 또 뭔 소리야?"

"박사 따고 삼 년 나기 어렵단 얘기, 듣지도 못하셨어요?"

"왜, 듣기야 들었지만……."

"그거 괜한 유행어가 아닙니다. 제가 야간 강의 나가는 학교에서도 저번 주에 어떤 교수가 그렇게 죽었습니다. 박사 딴 지 딱 일 주일만에요."

금년에 50줄로 들어선 사학과 교수였다. 박사 학위가 없어 동료 교수들에게 무시당하다 못해 이를 악물고 논문에 매달렸는데 결국은 그토록 어렵사리 박사 학위를 따놓고 1주일 후에 세상을 뜬 것이었다. 강의 시간을 철저하게 지키기로 유명해 '시보원時報員'이란 별명까지 붙어 있는 그 교수가 그날따라 강의 시간이 시작된 지 10여분이나 경과했는데도 나타나지 않아 반대표가 연구실로 찾아가 보았더니 책상 앞에 앉은 채로 죽어 있더라는 것이었다.
"그거 참, 일 년도 아닌 단 일 주일이라니."
"처자식의 눈 여덟 개가 나 하나만 바라보고 있는 형편입니다."
"이보소, 강 선생. 아까 뭐랬소? 박사 따서 전임 되면 박사 안 딸 사람 없댔잖아? 그런 식으로 말한다면 말야, 박사 따는 사람이 다 그렇게 죽으면 이 세상에 박사 씨가 마른다고. 안 그래?"
"그 말씀도 맞는 말씀이네요. 하지만 실제로 그런 일이 많이 일어나는 건 사실이에요. 방학 끝나고 학교에 나가보면 어느 과의 어떤 교수가 암으로 죽었네, 어느 대학의 누구는 저녁 잘 먹고 죽었네 하고……. 그게 인사더라고요. 듣고보면 대부분이 박사 학위 따고 삼 년을 못 넘긴 사람들이에요. 그래 교수들은 누가 죽었다 하면 우선 그 사람의 박사 학위 취득 년도부터 따지느라고 난리예요. 들리기엔 박사 학월 취득한 교수가 있어도 한턱 내라거나 축하주를 사겠다는 말이 없어졌다는 거예요. 어느 학교인진 잘 모르지만 박사학위 땄다고 축하주를 샀는데 글쎄 술먹다 쓰러져 병원에 입원시켰답니다. 그 사람도 결국은 병원 영안실 신세를 지더랍니다. 그러니 축하하려고 술을 산 사람은 어떻게 됐겠어요?"
"아까 강 선생한테 박사 따라고 권유했던 거 지금 당장 취소!"
장태화의 협협한 웃음을 따라 웃고 나서 그는 다시 입을 열었다. 주기가 그를 그토록 수다스럽게 만든 것이었다.

"며칠 전에 어떤 여류 수필가의 수필을 한 편 읽었는데 그 내용 중에 이런 실화가 소개됐더라고요. 읽고 또 읽고 하도 읽어서 외우라면 외울 수도 있다구요. '가장 아름다운 그림은' 이란 제목인데 그 수필가의 친척 중에 학위를 둘이나 딴 사람이 있다는군요. 그런데 그 사람이 심한 우울증에 빠졌다는 거예요. 그 박사의 아내는 아무도 몰래 신경안정제를 복용하고 있고요. 그 여자는 이십대부터 시작한 학문의 길을 오십대가 기울도록 걷고 있는 자기 남편을 위해 내조를 해왔지만 그러는 동안에 그 여자의 인생은 소리 없이 부숴졌다는 겁니다. 그래 결국은 그 여자가 신경정신과 의사를 찾아가게 됐고 그 의사한테 털어놓은 얘기가 있는데 그게 눈물 겨워요. 그 여자는 수십 년간 남편에게 늘 똑같은 말 두 가지밖에 들은 게 없었다는 거예요. 서재의 문을 안에서 잠가 버린 남편에게 차를 들고가 노크하면 두꺼운 원서에서 눈도 떼지 않은 채 문을 열어주고, 앉아 있는 돌부처처럼 움직이는 법도 없고 입을 여는 법도 없다는 겁니다. 그래도 여자는 이제나저제나 혹시 남편이 눈길이라도 줄까하고 기다리다 못해 '차가 식으니 어서 드세요' 하면 꼼짝 않고 앉은 채 '놓고 가구려' 하고 대답만 보낼 뿐이랍니다. 젊은 시절에 잠을 이루지 못해 예쁜 잠옷으로 차려 입고 가서 문을 두드리면 문도 따주지 않고 '먼저 자구려' 했다는 겁니다. 그러니 그 여자가 어떻게 됐겠어요? 수필가는, 그 여자가 '마음의 유배지로 떠밀려 갔다'고 표현했고 그렇게 된 아내를 바라보며 한숨만 쉴 수밖에 없게 된 그 박사의 심경을 '마치 이어달리기 경주에서 주행선을 달려 결승점에 남보다 먼저 와서 보니, 바톤을 놓치고 온 허탈감' 에 비유했더군요. 일등으로

골인하고 보니 어딘가에 바톤을 놓치고 온 선수…… 실은 저도 고민이 많습니다."

그는 자기도 모르게 푸우, 한숨을 내쉬고 말았다.

"아니, 강 선생. 갑자기 왜 그래?"

장태화의 물음에 그는 자기가 신세 한탄 끝에 한숨까지 쉬었다는 것을 깨닫게 되었다. 그는 '에라 모르겠다. 엎어진 김에 쉬어 가자' 는 생각으로 속을 털어놓기 시작했다.

"장 선생님께서도 아시다시피 제가 그래도 명색이 시인 아닙니까? 그런데 시는 안 쓰고 시간 강사, 아니 시간 강도 취급을 받고 있지만 어쨌든 그 짓을 하고 있으니……."

"그렇다면 간단하군. 아까 읊은 그 다섯 가지 불문을 몽땅 불싸지르라구!"

장태화도 이제 제법 취기가 올라 혀가 부드럽게 돌지 않았다.

"장 선생님, 그게 그렇게 쉬운 게 아닙니다. 절대루 쉬운 게 아니다아, 이거예요. 처자식들의 그 반질반질한 눈이 여덟 개나 되거든요. 그러니 그야말로 가장의 의무를 불석신명不惜身命하고 발분망식發憤忘食하여 수행해야 되잖습니까. 그래서 수입불문, 과목불문, 주야불문, 거리불문하고 뛰고 있는 겁니다. 장 선생님도 아시다시피 시가 밥 먹여 줍니까? 싯줄로 밥줄을 이어갈 수가 있으면 얼마나 좋겠습니까? 그게 안되니까 사보 같은데다 잡문도 쓰고 출판사에서 일거리를 얻어다 아르바이트도 하고 그걸로도 못 살겠으니까 아니꼽지만 시간 강도로 몰리더라도 좀 보태보자는 거지요."

"그런데 도대체 어쩌다 보따리장사에 발을 디밀었지? 이 세상에 그 숱한 일을 다 놔두고."

"처음부터 보따리장사를 한 게 아니죠. 저도 처음엔 잘 나가다가 이 모양이 된 겁니다."

"강 선생에 대해 나도 좀 들은 얘긴 있지만 그래도 본인한테 직접 좀 들어 봅시다."

"아이고, 아니올시다. 다 지나간 일이지요. 앞날의 얘기가 얼마든지 있는데 지나간 얘길 해서 뭐 합니까? 어쨌든 말이지요. 전 장 선생님처럼 애들 다 내놓으면 소일거리로도 보따리장사는 사절입니다. 절대로 사절합니다. 새도 있고 별도 볼 수 있는 그런 곳에 가서 시 좀 쏠랍니다. 그때를 바라고 지금 열심히 뛰고 있는 겁니다. 피가 마르고 뼈가 닳도록 뛰고 뛰고 또 뛰는 겁니다. 그렇다고 전 돈벌레가 아니예요. 전요, 학생들을 열심히 가르칩니다. 교과목도 열심히 가르치지만 '가르친다는 것은 모르는 것을 알게 하는 것이 아니라 행동하게 하는 것'이라는 걸 알고 가르친다 이거예요. 저는 출강하는 날마다 마크 트웨인이 한 이 말을 외우고 나갑니다. 그런데도 시간 강도라니! 스트레스가…… 스트레스가 뭡니까? 장 박사님. 대체 그게 뭔데 암도 그것 때문에 생기고 정신병도 그것 때문에 걸리고 또 그것 때문에 그 숱한 사람이 죽어가니 대체 스트레스의 정체가 뭡니까?"

"캐나다의 의학자가 주장한 건데, 이름이 한스 세리에라는 사람이지. 그 사람이 아주 멀쩡한 쥐를 묶어 놓고 못살게 굴었어. 덥게도 했다가 아주 춥게도 했다가 하며 자극을 주기도 하고 고양이를 데려다 공포에 떨게도 만들고 쉴 틈도 없이 움직이게 하여 피곤하게 만들고 톡톡 때려서 성질이 나게 만들기도 하고……. 그래 놓고는 조사를 해봤더니만 흉선이 위축되고 부신이 비대해지고 위에서는 출혈을 하고. 그러더니 결국은 죽고 말더라는 거야. 한스 세리에가 그런 실험 끝에 사람도 쥐와 마찬가지로 과로하거나 극심한 자극을 받게 되거나 정신적 긴장이나 부담이 쌓이면 그게 병을 일으키는 원인이 된다고 주장했거든. 그 유명한 쥐의 실험 결과가 스트레스 학설을 낳게 한 거지. 그러니까 스트레스 환자라는 것은 심리적으로나 감정 면에서 밸런스를 잃어 그게 원인이 되어 병이 걸린 사람이고 그 병을 극복 못하면 죽는 수밖에 없는 거라고. 그런데 스트레스가 쌓이지 않게 하는 데는 이게 최고거든."

 장태화가 술잔을 들어보이고 나서 단숨에 비웠다. 그는 그 빈 잔을 건네며 계속해 입을 놀렸다.

 "박사 따는 데 얼마나 치사한 일들이 많으면 그렇게 많은 사람들이……. 전엔 박사 학위 받고 나서 삼 년을 못 넘겼다는 얘기 들어보질 못했는데 말야. 공식적인 심사비 말고도 촌지봉투를 집어넣어줘야 되고……."

 "다 아시고 계셨으면서 아까는 왜 절더러 그 짓을 하라고 하셨습니까?"

 "허허, 잘못했으면 스트레스사 교사죄로 콩밥 먹을 뻔했군 그래. 쌓인 스트레스 풀리게 어서 그 술잔이나 비우소."

 장태화의 협협한 웃음이 다시 한번 쏟아졌다.

 "전 너무 취한 것 같네요."

 "취한 사람이 취한 걸 어떻게 알아? 약으로 알고 어서 비우라니까 그러네."

"스트레스에 술이 약이라는 것도 한스 세리에의 학설입니까?"
"스트레스 쌓인 쥐한테 술을 먹였더니만 오백 년을 살더래."
 장태화의 웃음은 한층 더 유쾌해졌다. 그는 그 웃음을 따라 웃으며 '태화탕太和湯'이라는 말이 그의 성격에 걸맞는 별명이라고 생각했다. 그야말로 싱겁고 뼈없이 좋은 사람이라는 생각이었다.
"아니, 강 선생. 여태 잔을 안 비우고 있잖아?"
"술이 과한 것 같아서요."
"허어, 그것 참. 시인이 그깐 술을 마시고는 과하단 소리를 하다니. 삼배三杯는 통도通道요, 일두一斗는 합자연合自然이라 했거늘!"

처제

 강정길은 골목길을 오르다 잠시 걸음을 멈추고 시계를 보았다. 보안등 불빛을 받으며 초침은 문자판 위를 부지런히 돌고 있었다.
 "아홉시 십분이라, 오늘은 좀 이른 편이구나."
 그는 옆에 말상대가 있기라도 한 듯 소리내어 지껄이곤 다시 걸음을 옮겼다. 그 보안등 밑에 이르러 시간을 읽는 것은 매주 수요일마다 되풀이 되는 그의 버릇이었다.
 보안등이 있는 지점에서 20미터만 더 올라가면 골목이 막히고 만다. 골목을 막고 있는 집이 그의 집이었다. 그 집은 '게딱지'라는 명예롭지 못한 수식이 붙어 있었다. 작기 때문에 붙는 말이지만 허술하기로도 동네에서 둘째가라면 서운해 할 그런 집이었다.

이렇듯 허술하고 작으니 '게딱지'를 떼어버릴 방도는 없지만 그래도 그는 그 말이 여간만 귀에 거슬리는 게 아니었다. 지금은 그 자신도 이따금 '게딱지'라고 표현하게 됐지만 처음에는 그 소리를 들을 때마다 피가 치솟는 느낌이곤 했었다. 어떻게 마련한 집인데 '게딱지'냐 싶었다. 그야말로 송곳 하나 꽂을 땅도 없는 사람이 하늘의 별처럼 널려 있는데 그만하면 궁궐이지 어째서 '게딱지'냐! 고래고래 소리를 지른 적도 있었다.

  큰아이가 유치원에 들어가기도 전의 일이었다. 내 집을 장만했다는 성취감에 마냥 부풀어 있던 아내였지만 달이 지나고 해가 바뀌자 차차 시들해지기 시작했다. 아내의 그 터질 것 같던 성취감의 풍선이 건포도처럼 쪼그라들었는지 툭하면 '게딱지'를 입에 올렸다. 그즈음 어느 날이었다. 집에 들어서는 그를 맞은 것은 큰애의 질문이었다. 나중에 알고보니 '게딱지'가 뭐냐는 질문이었지만 그때는 무슨 말인지 알아듣질 못했다. 딱지를 갖고 싶어서 그러는 모양이다 싶어 잔돈 몇 닢을 쥐어주었으나 연방 고개만 흔들어대는 것이었다.

  '돈 줬잖니! 딱지 사가지고 와서 놀아!'

  불퉁스런 목소리로 위엄을 부려보았으나 어린 것은 막무가내였다. 무엇을 요구하는 것인지 정확히 알 수가 없어 답답하고 짜증스러워 참을 수가 없었다. 아내가 있으면 애가 무얼 요구하는지 단박에 알 수가 있을 텐데 아내는 쪽지와 아이를 두고 시장에 가고 없었다. 그는 어쩔 수 없이 아이를 이끌고 동네 구멍가게로 내려갔다. 딱지를 사서 쥐어줬지만 고개를 세차게 흔들며 말했다.

  "이렇게 쪼그만 거 아냐, 씨이 우리 집만치 큰 딱지야, 씨이."

그는 그제서야 아이가 말한 것이 놀이용 딱지가 아니라 아내
입에 단골이 되어 있는 '게딱지'임을 알 수 있었다. 그 일로 그
날, 그는 아내와 심하게 다투었다. '게딱지 게딱지' 해싸도 돈 못
벌어들이는 죄로 꾹꾹 눌러왔던 분노가 터진 것이었다. 그때 그
큰애가 군에서 제대를 한 나이가 되어 또 툭하면 '게딱지'를 내
뱉곤 했다. 키가 크고 몸집이 불어나서 현관은 물론이려니와 부
엌·공부방·화장실, 어느 한곳 자유롭게 운신할 수 있는 곳이
없는 때문이었다.

"네깐 것들한테는 게딱지로 뵈겠지만 내겐 아직도 궁궐이다.
궁궐!"

그는 소리내어 중얼거렸다. 누가 그의 그런 꼴을 봤더라면 영
락없이 술꾼으로 생각했거나 아니면 좀 실성한 사람으로 여겼을
것이다.

"아니, 이게 뭔 소리지? 이거 우리 집에서 나는 소리잖아?"

강정길은 대문 앞으로 급히 다가서서 귀를 안쪽으로 갖다댔다.
밖에까지 퍼져나오는 왁자한 웃음소리는 분명 그의 집 안에서 비
롯된 것이었다.

"거, 이상한 노릇이군."

그는 고개를 갸웃거렸다. 아내도 그렇고 아이들도 그렇고 아예
웃을 줄을 모르게 태어난 것처럼 지낸다는 것을 누구보다도 그가
제일 잘 알고 있었기 때문이었다. 그는 잠시, 텔레비젼을 틀어 놓
은 모양이라고 생각했으나 이내 그럴 리가 없다고 생각을 바로잡
으며 다시 대문 안을 향해 귀를 모았다. 분명 텔레비젼 앞에서 웃
어대는 그런 웃음판이 아니었다. 고물 텔레비젼이 한 대 있긴 해

도 대학 입학 시험을 코앞에 둔 아이 때문에 틀어볼 엄두도 못내는 지가 옛날인 것이다. 어쩌다 꼭 봐야 할 프로가 있으면 이어폰을 꽂고야 켜곤 해왔다.

"손님이 온 모양인데 대체 누가 왔을까?"

그는 다시 한번 궁시렁거리고나서 벨을 눌렀다. 집 안의 소음이 단칼로 베어 없앤 듯이 끊겨버렸다.

잠시 후, 신발 끄는 소리가 났고 뒤이어 그의 아내 목소리가 철대문을 타넘었다.

"당신이에요?"

"음, 누가 왔나?"

빈 총을 격발시키는 소리와 함께 철대문의 이빨이 벌어졌다.

"오늘은 어째 이르네요?"

"누가 왔냐니까 딴 소린."

"영훈네요."

"영훈네가? 웬일이지? 뭔 일이 있나?"

살갑지 못한 그의 말본새에 이력이 난 그의 아내 말투 역시 말랑한 맛이 없었다.

"뭔 일은 무슨."

"그런데 왜?"

"동생이 언니 찾아온 게 뭐 잘못된 일이에요?"

"허, 이 사람이 이거……."

"어서 들어가기나 하세요."

영훈네란 그의 처제 윤선미를 가리키는 말이었다. 그 동서가 이것저것 벌여 놓는 일마다 재미를 못 보다가 4년 전, ㅅㅅ에 내려가서 통닭집을 차렸다는 얘기는 그도 이미 들어 알고 있었다. 통닭집도 또 거덜을 낸 게로구나, 싶은 생각과 함께 영훈네가 안쓰러워 어떻게 대할까 걱정부터 앞섰다.

원래 그의 처가는 ㅅ시에 있었는데 둘째 딸을 그곳 태생이며 중학 동창인 김진철에게 여읜 뒤 장인·장모가 ㄷ시에 살림나 있던 아들네와 합치고부터는 처가가 ㄷ시로 옮겨지게 된 것이었다. 때문에 고향으로 내려가 살게 된 처제는 입버릇처럼, 친정이 없어진 고향은 타향과 하나도 다를 게 없다고 말해왔다.

그가 현관으로 들어서자 마루 끝에까지 나와 기다리고 있던 영훈네가 눈물까지 글썽이며 반색을 했다. 근 5년 동안이나 만나질 못했는데도 크게 변한 게 없는 얼굴이어서 그는 적잖게 마음이 놓였다.

"처제, 안 늙는 비결이 뭐야?"

"어머머, 형부도 빈말을 할 때가 다 있네요? 형부야말로 여간 좋아지시지 않았네요 뭐."

"아니, 폭싹 늙은 것도 좋아진 걸로 치나?"

"좀 늙으신 건 사실이지만 근사하게 늙으셨으니 하는 말이죠."

"근사하게 늙다니? 늙은 것이 근사하다니 그건 무슨 논법일까?"

"그 말씀하시는 폼하며 그 멋쟁이 가방하며 옛날엔 죽어라구 안하시던 넥타이까지 척 하시구, 완전히 교수님 티가 난다구요."

"교수가 아니라 별 볼일 없는 시간 강사야. 장사에다 비하면 보따리장사 격이지."

"엄살 그만 부리세요. 진지 드시구나면 꼭 따질 일이 있다구요."

달그락달그락 상차리는 소리가 나자 영훈네는 몹시 유감스런 일이 있다는 투로 말하고는 언니의 일을 돕기 위해 부엌으로 향했다.

그가 저녁상 물릴 때를 기다리고 있다가 영훈네가 따지고 들었다.

"아니 그래, 형부 그럴 수가 있는 거예요? 나 조금 전에 그 얘기 듣구 얼마나 섭섭했는지 모른다구요. 제가 뭣 때문에 이러는지 아시겠죠?"

"공연히 변죽만 울려대지 말고 뭐가 왜 섭섭했는지 툭 털어놔 보라고."

켕길 일이 없는 그의 목소리도 팽팽했다.

영훈네가 털어놓은 얘기는, 1주일에 하루씩 ㄱ대학에 출강하면서 어째 자기네 가게에 한번도 들르질 않았느냐는 것이었다. 출강하게 된 지가 한 달, 두 달 전의 일도 아니고 2년이 넘었다면서 한번도 들르지 않았다는 것은 튀김기름이나 묻히고 사는 자기들을 무시하기 때문이라는 것, ㄱ대학 앞에서 시내 버스나 다름없이 자주 서는 시외 버스가 있고 그 차를 타면 ㅅ시까지 40분밖에 걸리지 않으니 교통이 불편해서 못 들르는 게 아니잖느냐는 것, 자기 남편은 제 코가 닷 자나 빠져 허덕일 때도 '내가 이렇게 살기 어려운데 가난한 시인 형님은 오죽하랴'며 늘 걱정을 하곤 했는데 형부가 ㄱ대학에 출강한다는 걸 알게 되면 얼마나 섭섭하게 생각하겠느냐는 등의 얘기였다.

"언니한테 얘기 들었는지는 몰라도 새벽 여섯시에 나가 밤 아홉시 반이나 돼야 겨우 집에 들어오게 되니······."

"그렇잖으면 들를 생각이셨어요?"

그는 대답을 할 수가 없었다. 처가가 대전으로 옮기기 전에는 그래도 명절 때만큼은 꼭 처가에 들르기 때문에 자연 처제네 식구를 만나게 됐었다. 그러나 그 이후에는 한 번도 만나지를 못했다. 사실 동서가 ㅅ시에서 통닭집을 차렸다는 얘기도 들어서 알고 있었으며 아내가 전화 번호 적어놓은 게 있었으므로 생각만 있었다면 그 동안 적어도 서너 번은 들를 수가 있었을 것이었다. 그러나 전혀 그런 생각을 먹어본 적조차도 없었던 것이다.

"이제 그만 섭섭한 마음 좀 풀어. 가까운 시일 안으로 꼭 한번 들를 테니까. 내가 처제 입장이었대도 섭섭하지. 이제 그만 풀어 버려. 그러나저러나 오늘 무슨 바람이 불었기에 이렇게 먼 나들이 한 거야?"

그가 말머리를 돌렸으나 영훈네는 못들은 체 딴전을 피웠다.

"형부 저한테 잘 보이셔야 해요. 제 얘길 들으시면 까무러치실지두 몰라요."

"한번 까무러쳐보고 싶군."

"제 얘기 들으시려면 맨입으룬 안 된다구요."

영훈네가 마냥 뜸을 들일 눈치이자 여태 벙어리 노릇만 하고 있던 그의 아내가 나섰다.

"쟤가 짓궂긴, 형부 고단하셔. 어서 주무시게……."

"아따따, 아까하군 영 딴판이우. 내가 누구유? 난 엄연히 언니랑 형부의 중신에미유. 이 중신에미가 모처럼 교수님 좀 벗겨먹읍시다. 언닐랑 굿이나 보구 떡이나 잡수시우."

"쟤가 그래도…… 벗겨먹힐 게 있어야 벗겨먹든 씌워먹든 할

게 아니냐. 아까 그렇게 얘기했건만……. 중신에미? 그래, 넌 나한테 뺨 석대 감이야."
 "누가 알우? 혹 딴 주머니 차구 있는지."
 "딴 주머니 같은 소리 작작해. 딴 주머니도 뭐 넣을 게 있어야 차지."
 "누가 알우? 형부 나가시는 대학이 세 군데라니까 그 중 어디에 돈 많은 과부 여교수님이 있어서……."
 "제발 그런 사람이라도 있으면 좋겠다. 나도 그 덕에 돈 좀 한번 풍풍 써보고 죽게."
 "얼씨구! 언니, 동생이 척척 잘도 맞는구먼. 조금만 더 앉아 있다간 그 장단에 곱추춤 추게 될까 무섭군."
 그가 자리에서 일어서자 영훈네가 급히 바짓자락을 잡으며 말했다.
 "형부, 제 입이 너무 걸어 비위가 상하셔서 그러세요?"
 "그게 아냐."
 "아니긴 뭐가 아녜요. 계란이 아빠랑 계란이 엄마랑 빨가벗겨서 튀기다보니 내가 생각해두 많이 변하더라구요. 그리구 말이 좋아 치킨센타지 술장사라구요. 아마 하나님두 술장살 삼 년만 하믄 천당 가시기 어렵게 될거라구요."
 열등감에 절어 있는 얘기였다. 그렇잖아도 피곤한 데다 영훈네의 그런 얘기를 계속해 듣고 있다가는 자신도 모르게 고함을 지르고 말 것만 같았으므로 그는 더 이상 자리를 지키고 있기가 두려워졌다.
 "애들은 다들 어디 갔나?"

아우가 떨어대는 주책 때문에 난처해 있는 아내를 내려다보며 그가 물었다.

"준용인 아직 안 들어왔고 둘은 독서실에 간다고 나갔어요."

"처제 이부자리부터 수진이 방에다 봐주지 그래. 일찍 쉬게."

"형부, 이제부터 재미난 얘기가 나올 판인데 왜 날 일찍 재우지 못해서 그러세요?"

"그게 아니라, 나도 그렇고 처제도 피곤할 것 같아 일찍 쉬라는 뜻이야."

"그럼 이제 더 이상 질질 끌지 않고, 거두절미해서 한 마디만 여쭤보겠어요."

또 무슨 소리로 사람을 피곤하게 하려고 이러나 싶어 그는 긴장한 눈으로 뻣뻣하게 선 채 영훈네를 내려다보았다.

"형부, 혹 조옥준 교수라구 아세요?"

"지금 조옥준 교수라구 했어?"

"네, 맞아요. 조오오옥주운!"

그는 자신도 모르게 그 자리에 슬그머니 주저앉았다. 도대체 조옥준의 이름이 어떻게 영훈네의 입에서 나올 수가 있는지 궁금하기 짝이 없었다. 마치 마술사의 속임수를 알아내고야 말겠다는 집념에 사로잡혀 있는 사람의 그것처럼 그의 눈은 계속해 그녀의 얼굴에 꽂혀 반짝였다. 그녀의 얼굴에는 이제는 날 괄시할 수 없을 게다, 하는 빛이 역력했다.

"처제가 그 사람을 어떻게 알지?"

기다리다 못해 그가 먼저 입을 열고 말았다.

"비록 통닭장사는 할망정 그래두 알 건 다 안다구요."

"처제! 거기에 왜 통닭장사 얘기가 나와? 그리고 통닭장사가 무슨 죄짓는 일이야?"

그의 얼굴이 붉게 상기되어 있었다. 그러자 분위기를 눅이려고 그의 아내는 전에 없이 새살을 떨기까지 했다.

"쟤가 저녁 먹을 때 반주를 몇 잔 하더니만 아직도 그 술기운이 있는 모양이에요. 얘! 내가 뭐랬니? 너, 전보다도 더 말이 많아졌다구 했지? 형분 수다스런 여자가 질색이라는 걸 너두 알잖냐!"

"내가 실수했수?"

영훈네가 풀죽은 목소리로 말하고는 시무룩한 표정을 지었다.

"술을 한잔 했었구먼. 그런데 얼굴엔 통 술 먹은 빛이 없는데 그래!"

"술장사 하라는 팔잔가봐요. 아무리 마셔두 얼굴색이 안 변하니……."

"그럼 잘 됐군. 난 처제가 술을 끊은 줄로만 생각 했지. 오랜만이고 하니 술 한잔 하자고."

"저야 좋지만 형분 피곤하시잖아요?"

"괜찮아. 낼 밖에 나갈 일이 없으니까 푹 쉬면 돼. 그런데 우선 조옥준 교수 얘기 좀 해봐."

"지금 하면 이따 안주는 뭘루 하라구요?"

영훈네는 또 뜸을 들이기 시작했고 그는 하품을 물었다.

"쟤 고등학교때 은사래요."

남편이 궁금증에 시달리고 있는 게 편치 않았던지 그의 아내가 술상을 보러 나가며 영훈네의 말보를 무너뜨려 놓았다.

새벽 두 시가 가깝도록 그는 영훈네와 술상을 끼고 앉아 있었다. 사뭇 조옥준 교수의 얘기로 일관되던 화제가 막판에 휘딱 뒤집히고 말았다.

"멀기두 하지만 늙으신 부모님이 계셔서 오빠네루다 갈 순 없구 해서 형부댁으루 찾아는 왔지만 전 낼 간다구요. 그러나 김진철이 그 인간한테 가는 게 아녜요. 마누라 술장사 시켜서 등 따숩구 배부르게 먹구 살면 됐지, 솔직히 김진철이 지가 날 무시할 순 없는 거예요! 안 그래요, 형부?"

"뭔 일이 있었지? 내 그런 줄 알았어. 김진철 그…… 아니, 영훈 애비가 우리 처젤 어떻게 했다고?"

두 사람은 술에 취해 혀가 꼬부라지기 시작했고 그의 아내는 초장부터 하품만 줄창 입에 달고 있다가 윗목으로 엇비뚜름하게 눕더니만 그 길로 잠이 들어 이제는 코까지 골아대고 있었다. 그 모습을 안쓰런 눈으로 지켜보고 있던 영훈네가 말했다.

"몹시 피곤한 모양이예요. 형부 뒷바라지하랴 세 아이……. 그래도 난 중신에미 노릇한 거 잘못했단 생각 눈꼽만큼도 없다구요. 딱한 건 바로 나라구요! 나는……."

영훈네의 목소리는 코맹맹이가 되다가 끝을 흐렸다. 그가 그 말끝을 이었다.

"피곤하지. 피곤한 인생이라고. 처제도 그렇고 내 마누라도 그렇고 나 또한 그렇고……. 인도 속담에 말야, 이런 게 있어. 그게 뭐더라? 음, 그렇지. 불행을 이기려면 모두가 불행해봐야 한다는 거야."

"형부, 그럼 난 여태 불행하게만 살았는데 왜 불행을 이길 수가 없나요?"

"그렇다면 불행을 이길만치 불행해보지 못했다는 얘기지."
"형부, 지금 날더러 아직 고생을 덜했다는 얘기예요?"
"글쎄."
"대학 교수님, 정말 뭣 같으네요. 날 젤 잘 아는 형부까지도 날더러 아직 고생을 덜했다니!"
"난 대학 교수도 아니지만, 그거 내 얘기가 아냐. 인도 사람들이 쓰는 속담이랬잖아. 어서 잔이나 비워. 삼배는 통도요, 일두는 합자연이다아, 이거야."
그의 눈앞에 장태화의 얼굴이 나타나 있었다. 그는 그 환영이 뿌려대는 협협한 웃음을 흉내내어 크게 웃기 시작했다.

발없는 말이

  전형적인 가을 날씨였다.
  짙푸른 하늘에 티가 될까봐 구름 한 점 얼씬거리지 않았고 거침없는 가을볕 아래 산국·구절초·다닥꽃취·왕수리취 등의 국화과 여러해살이 풀들이 시새워 꽃을 피워 내고 있었다.
  그 날도 역시 박진양과 강정길은 ㄱ대학의 뒷산에 올라 도시락을 비운 뒤 팔베개를 하고 누웠다. 서둘러 내려갈 필요가 없었던 것이다. 그들은 1교시가 끝나기 바쁘게 산으로 올랐고 도시락을 펼친 것도 열 시 반밖에 안된 이른 시간이었다. 다른 날은 2교시가 끝나야만 오를 수 있었지만 그날은 2교시에 강정길의 강의를 듣는 사학과 학생들이 답사 여행을 떠났기 때문에 그 덕을 본 것이었다. 어쨌든 박진양은 앞으로 한 시간 여나 더 산에 머물 수 있는 여유가 있었으며 강정길에게는 그보다 배나 되는 자기 시간이 주어져 있었다. 박진양은 4교시에 강의가 있었으며 강정길은 5교시에 강의가 있는 것이었다.
"강 선생님."
박진양이 침묵을 깼다.
"왜요?"
그가 팔베개를 한 채 박진양 쪽으로 고개를 돌리며 물었다.
"주무시나 해서요."
"사색의 계절에다 날씨까지 이렇게 청명한데 낮잠을 잔다면 그건 가을에 대한 모독이죠."
"시상을 가다듬는데 내가 훼방을 놨나요?"
"천만에요."
"그게 이태백의 시죠, 아마? 푸른 하늘을 종이삼아 시를 짓겠다고 했던가요?"
"이태백 시죠. 청천일장지靑天一張紙, 사아복중시寫我腹中詩."
사실, 그는 박진양이 말을 걸기 전에 장뢰張耒의 '산로추청송백향山路秋晴松柏香'이라는 시구를 새김질하며 맑게 갠 가을날, 소나무랑 잣나무가 우거진 산길을 걷고 있는 자신의 모습을 상상하고 있었던 것이다. 추청秋晴이라는 단어에 걸맞게끔 맑은 가을날이 빌미가 된 상상이긴 했으나 그는 그런 상상의 근본이 현실에서 도피하려는 잠재의식이라고 생각했었다.
"시 한 수 읊으세요. 날씨도 좋고 하니."
"박 선생도 참 짖궂소. 시 폐업한 사람더러 시를 읊으라 하니."
"소문으로 들은 얘긴데⋯⋯. 폐업한 것이 아니라 폐업당했다고 해야 되잖습니까?"

"그게 무슨 얘기지요?"

"……내 귀도 아직은 멀쩡합니다. 박통 죽은 지가 벌써 얼맙니까, 이젠 숨길 필요가 없는 일 아닙니까?"

박진양이 한동안 망설이던 끝에 말했다.

'이 친구가 뭘 몰라도 한참 모르고 있구먼. 누구한테 무슨 말을 들었는지는 모르지만, 아는 척하지 말라는 주의도 단단히 받은 모양이야.'

그가 속말로 중얼거리며 벌떡 자리에서 일어나 앉아 박진양의 얼굴을 내려다 보았다. 그러자 위에서 내리쏟는 그의 부담스런 시선을 피하기 위해 박진양도 일어나 앉았다.

"누가 잘 알지도 못하고 쓸데없는 말을 한 모양인데 누가 뭔 얘 길 하던가요?"

그가 재우쳐 묻자 박진양은 멋쩍은 웃음을 앞세워 또다시 변죽만 울리는 대답을 했다.

"험담이 아니라 칭찬을 들은 겁니다. 세상에 비밀이 있나요? 죄지은 일은 특히 더 잘 퍼지지만 칭찬받을 일도 결국은 다 알게 되는 것 아닙니까?"

박진양의 대답을 듣는 동안 그의 눈앞에는 장태화의 모습이 떠올랐다. 지난번 점심 대접을 받았던 날의 모습이었다.

그날도 장태화가 전화를 걸어와 왠일이냐고 묻자 점심이나 같이할까 싶어 그런다는 대답이었다. 그렇잖아도 번번히 술을 얻어마시게 되어 미안한데다 오리 요리 전문점에서 압초鴨炒니 압증鴨蒸 · 송화단松花蛋 따위의 별스런 안주를 대접받은 직후라 무슨 수를 써서라도 점심값을 내리라 벼르고 나갔던 것이다. 그날의 점심값은 물론이려니와 식사를 마치고 입가심으로 커피를 마시는 자리에서도 그는 커피를 날라온 종업원에게 재빨리 찻값을 선불했다.

그는 하도 어이가 없어 농 반, 진 반으로 한마디 내뱉었다.

"장 선생님, 제 입이 공짜만 들어가는 입인 줄 아십니까?"

"허어, 이 사람. 또 그 '장 선생님' 소리! 한번 호형 호제하기로 했으면 지켜야지, 오늘만 해도 벌써 몇 번째야?"

장태화가 짐짓 화낸 얼굴로 꾸미며 호통치듯 말했다. 배우 뺨치는 연기였다.

"취중에 그러긴 했지만 멀쩡한 정신으로야 어디…… 장 선생님……."

"그래도 또 그 '장 선생님' 소리! 내가 듣기론 자네 머리가 썩 좋다고 들었는데, 내가 잘못 들은 건 아닐 테고……."

"누가 그러던가요? 요전에도 누구한테 뭔 얘길 들으셨는지 술자리에서 그러셨잖아요. 저에 대해 들은 얘기가 있지만 저한테 직접 듣고 싶다고요."

"이 세상에 비밀은 없어. 다 알게 마련이지."

"누굽니까?"

"관서공자."

"관서공자라뇨?"

"그건 별명이고, 자네 양진이라는 사람 알지?"

"양진이오?"

그가 미간을 좁히며 생각을 짜내고 있자 장태화가 허허, 웃고 나서 말했다.

"농담이야. 양진이라는 사람은 후한때 사람으로 관서지방에서 태어난 공자로까지 우러름을 받았던 이야. 그가 태수 벼슬에 있을 땐데 어떤 사람이 금 열 근을 뇌물로 가지고 왔대. 그런데 양진이 그걸 거들떠 보지도 않고 되돌려 보내려 하자 뇌물을 가지고 온 사람이 말하기를 '지금은 한밤중이옵니다. 아무도 알지 못하는데 어떻사옵니까. 어서 거두어 주시옵소서' 라고 했거든. 그 얘기를 듣고 양진이 '하늘이 알고 땅이 알고 자네가 알고 내가 아는데 어찌 아무도 모른다는 소릴 하는가!' 하고 호통을 쳐 그자를 쫓아냈다는 얘기가 있어. 우리 이제 그만 일어나지."

장태화는 말을 마치기가 바쁘게 자리에서 벌떡 일어나 출입문 쪽으로 발길을 옮겼다.

그는 그러한 장태화의 모습을 지우며 마치 겨냥한 화살을 날리듯이 말했다.

"장 선생님이지요?"

박진양은 대답이 없었으나 그는 자신의 겨냥이 적중했음을 그의 눈빛으로 알 수 있었다. 그러나 그는 확인을 위해 다시 물었다.

"장태화 선생님, 맞지요?"

박진양은 대답 대신 고개만 끄덕거렸다.

'장 선생님이 어떻게 내 일을 알고 있지? 유신維新 때의 일 만일까, 아니면 다른 것들도 알고 있는 걸까?'

사실 그는 장태화가 자신에게 술이며 식사 따위를 대접하는 까닭도 이상했고 호형호제呼兄呼弟를 제안하는 등의 호의도 왜 베푸는 것인지 궁금했었다. 그러나 이제는 그런 궁금증에 새로운 궁금증이 더 엎혀 그를 압박하기 시작했다. 그리고 그는 자신의 내부에서, 궁금증이 단순한 궁금증을 벗어나 수상쩍음으로 탈바꿈하고 있는 것을 느낄 수 있었다.

드디어 박진양이 말을 떼기 시작했다.

"바로 지난 주였어요. 강 선생님은 삼학년 엠티 때문에 그날 오전 강의만 마치고 일찍 갔잖습니까? 바로 그날이에요. 장 선생님하고 퇴근 버스를 같이 탔었거든요. 서울에 닿자 날더러 술 한잔 어떠냐고 하시데요. 그 전날 논문도 다 끝내고 해서……."

"드디어 논문을 끝냈군요. 우선 축하부터 해야겠네요. 용하십니다."

그는 자신의 궁금증을 푸는 것도 급했지만 남의 경사를 흘려버릴 수가 없었다.

"감사합니다. …… 장 선생님을 따라갔지요."

"그날 내 얘길, 무슨 얘길 하던가요?"

"간단해요. 시대의 희생자 중에 한 사람이라고요. 유신체제에 반대했다면서요? 아주 철저한 반골이었다고 하시더라구요. 자기가 듣기로는 그때 절필을 강요당했다고 하시더라구요. 이게 전붑니다. 아, 한 가지 빠뜨렸어요. 참 좋은 사람이라는 얘기도 했어요."

"박 선생도 참 싱겁군요."

"정말입니다."

박진양은 혹시 빠뜨린 얘기가 있는지 생각을 정리하는 눈치더니 다시 입을 열었다.

"그리곤 곧 다른 얘기를 했어요. 마르틴 니메라는 신학자 얘기였어요."

"……."

"누구나 할 것 없이 히틀러라는 말만 들어도 무서워 벌벌 떨던 때 마르틴 니메라라는 목사가 겁도 없이 히틀러와 과감하게 맞섰답니다. 그러니 히틀러가 가만두겠습니까! 강제수용소에다 집어넣었지요. 1937년에 갇혔는데 1945년, 히틀러가 죽은 뒤에 극적으로 구출된 겁니다. 그 뒤 그가 '수용소에 갇혔던 8년 동안은 나치의 유태 박해에 대한 나의 알리바이는 성립된다. 그러나 히틀러가 등장한 1933년부터 내가 체포되기까지 4년 동안 나는 나치의 공범자였다'고 말했답니다. 나치가 등장한 1933년부터 체포되기 전까지 4년 동안, 그는 자기가 나치의 잔혹을 방관만 하고 있었던 것에 대해 아주 심한 양심의 가책을 느끼고 한 말인데, 그 말은 또 나치의 잔혹을 방관했던 그 수많은 사람들에게도 반성을 촉구하는 뜻이 담겨져 있어 아주 유명한 말이 되었답니다. 그 얘기를 듣다가 웃기는 일이 벌어졌다구요. 지금은 이렇게 웃으면서 얘기할 수 있지만 그땐 참 심각했습니다. 아, 글쎄 내 목에 생선가시가 걸린 겁니다. 안주가 생선찌개였는데 그걸 잘못 먹었지 뭡니까. 그래 캑캑거리고 있는데 이 양반이 싱글싱글 웃기만 하더라구요. 한참 그렇게 욕을 보고 있는데 음식점 주인더러 날계란 두 알을 깨서 가져오라더니 그걸 마시라는 거예요. 그걸 마셨더니 직빵이더라구요. 하여튼 모르는 게 없이 별의별 걸 다 아는 분이예요."

"에라, 잠이나 자야겠군."

강정길은 괜스리 이런저런 생각에 시달리며 시간을 허비할 게 아니라 잠이라도 보충하겠다는 속셈이었다.

3장 가지 않은 길 333

그가 팔베개를 하고 눕자 박진양이 놀렸다.
"사색의 계절이요 청명한 날씨인데 낮잠을 잔다는 건 가을을 모독하는 거라면서요?"
"생각이 달라졌습니다."
"내가 공연한 얘길 꺼내어 지난 상처를 긁어 놓지나 않았는지…… 실은 장 선생님도 그래서 날더러 아는 체를 않는 게 좋다고 하셨는데……."
"박 선생도 눈이나 좀 붙이세요. 우리 함께 가을 모독죄 좀 지어 봅시다."
"실은 나도 아까부터 꼭 한잠 잤으면 싶었는데, 아무도 없는 이 산 위에서 둘 다 깊은 잠이 들어봐요. 난 근 한 달 동안 제대로 자질 못해 한번 잠이 들었다 하면 아마 누가 업어가도 모를 겁니다."
"논문 때문에?"
"왜 아닙니까."
"그래도 큰일 했네요. 그래 통과됐겠지요?"
"웬걸요. 지난 주일에 제출했다니까요. 일단 내 손에서 떨어져 나가긴 했는데…… 목돈 들 일이 남아 큰일입니다."
"심사비가 그렇게 많아요?"
"심사비야 으레 내야 하는 거니까, 그걸 말하는 게 아니죠. 아니 왜 모르십니까? 자꾸만 꼬투릴 잡아 여기 고쳐라, 저긴 왜 그러냐 하면서 돈을 뜯어내고…… 또 그 입이 한둘입니까? 다섯 아닙니까. 안 그런 데도 많다는데 하필이면……."
"아마 그 사람들도 목돈 내고 박사 된 모양이지요. 그러니까 본전을 뽑자는 거 아니겠어요?"

"그렇다면 말도 않지요. 선배들마다 얼마를 바쳤네 또 얼마가 들었네 하니 내가 들은 얘기만으로도 본전의 몇십 배는 뽑았겠습디다. 원 제기랄!"

"박 선생도 드러눠요. 잠을 자면 모든 근심을 잊게 되는 거요. 우리 잠이나 잡시다."

그가 박진양을 올려다보며 씨익 웃어 보였다. 만약 박진양이 박사 학위 논문을 심사하는 위치에 있다면 과연 공명 정대한 심사를 할 수 있을지 어떨지를 점쳐보고 있었던 것이다. 그러다가 이내 그 부질없는 생각을 날리며 말했다.

"모든 걸 잊는 데는 잠밖에 없어요. 괜스리 복잡한 생각 할 것 없이 잠이나 자자구요."

"아니, 강 선생님. 지금 그 얘기 좀 이상하게 들리네요."

"뭐가 이상해요?"

"마치 동반 자살하자는 얘기로 들린다구요. 고민거릴 잊기 위해선 잠자는 게 최고라면 아예 죽어버리면……."

"그것도 말은 되는 소리네요."

두 사람의 웃음소리가 합쳐지며 바람처럼 산자락을 쓸었다.

흥정

 강정길이 2교시 강의를 마치고 강사 대기실로 들어섰을 때, 박진양 앞에 앉아 있던 학생들이 일제히 일어나 인사를 했다. 그에게 '문예사조사' 강의를 듣는 3학년생들로 남학생이 둘, 여학생이 셋이었다. 아직 학기의 반도 넘기지 못했기 때문에 그들의 이름을 외울 수는 없었지만 수강 태도며 출석률 등으로 미루어 모범 학생 축에 든다는 것은 알고 있었다. 2학년때 박진양에게도 강의를 들은 학생들이기 때문에 강정길은 그에게 용건이 있어 왔겠지 하고는 들고 있던 교재를 빈 탁자 위에 내려놓고 그들로부터 돌아섰다. 분필가루 더벙이가 된 손을 씻기 위함이었다. 그가 막 세면기가 설치 돼 있는 구석 쪽을 향해 걸음을 떼려 할 때였다.
 "강 교수님."

여학생 하나가 그를 다급하게 불러 세웠다.
"왜?"
"손 씻으러 가시는 거야."
그와 박진양의 입에서 동시에 튀어나온 말이 그 여학생을 부끄럼타게 만들었는지 그녀는 여짓거리기만 했다. 박진양이 여학생의 대답을 대신했다.
"이 학생들, 강 선생님 만나려고 아까부터 기다리고 있는 거예요."
"날, 왜?"
그가 자기를 불러세운 여학생의 얼굴로 눈길을 옮겼다.
"손부터 씻으세요."
"그러지."
그는 세면기 앞으로 다가가 물을 틀었다. 박진양의 목소리가 물소리에 섞여 그의 귀를 어지럽혔다.
"햐아, 강 선생님 인기가 그야말로 충천입니다."
그가 비눗기를 헹구며 돌아다보자 박진양이 턱짓으로 조교 쪽을 가리켰다. 그와 함께 조교가 높인 목소리로 그를 향해 말했다.
"전화 왔습니다."
"어디서?"
"학과장님이세요."
그는 서둘러 물기를 닦고 경보 선수처럼 재빠르게 다가가 송수화기를 받아 들었다. 조옥준은 그의 사정을 묻지도 않고 상의할 일이 있으니 곧 자기 연구실로 와달라는 얘기만 하고 전화를 끊었다.

"뭔 전화가 그렇게 싱겁게 끝납니까?"
"호출 전환데 길 필요가 없잖아요. 상의할 게 있답니다."
그가 박진양에게서 거둔 눈길로 기다리고 있는 학생들을 일별하고나서 입을 뗐다.
"오래 기다리게 해서 미안하군. 그런데 뭔 일이지?"
"드릴 말씀이 있어서요. 잠깐만 틈을 내주면 되겠습니다."
안경 낀 남학생이 말했다.
"난 지금 교수회관 건물로 가야하는데, 자네들 학과장님 연구실 말야. 가면서 얘기하면 안 될까?"
"충분합니다."
"그럼 그렇게 하기로 하지."
그는 학생들에게 말하고 나서 다시 박진양을 돌아다보았다.
"한 십 분만 기다려보시다 안 오면 혼자 가세요."
"시간 걸리는 일인가요?"
"뭔 일인지는 나도 모르지만 어째 예감이 오늘 난 패러다이스에 못 갈 것 같네요."
패러다이스는 학교 뒷산의 그 명당을 뜻하는 것이었다. 그의 얘기는 그냥 해보는 소리가 아니라 전화를 받을 때 느낀 것이었다.
"시인의 예감이니 정확하겠죠."
그는 박진양의 얘기를 등으로 받으며 학생들을 달고 강사 대기실을 빠져나왔다.
교수회관 앞에 이르기까지 학생들이 제각기 한마디씩 했지만 종합하면 간단한 내용이었다.

1학년부터 4학년까지 국문과 학생 일곱 명이 '넝쿨'이라는 문학 서클을 결성했다는 것, 전체 인원 중에서 현재 두 명이 빠졌는데 그들은 각기 2, 4 학년으로 현재 강의를 받고 있다는 것, 지도 교수가 되어달라는 것, 동인지에 실릴 작품을 다듬기 위해 합평회를 가질 예정인데 참석하여 총평을 해달라는 것, 교수님이 편한 시간에 합평회 날짜와 시간을 정하시되 되도록 빨랐으면 좋겠다는 따위였다. 물론 합평회와 관련된 것들은 그가 지도를 맡겠다고 승낙한 뒤에 나온 얘기들이었다. 그는 '지도 교수'로서가 아니라 옵서버의 자격으로만 지도할 수가 있다고 자신의 뜻을 분명히 밝혔다. 시간 강사이기 때문에 지도 교수가 될 수 없을 뿐만 아니라 동인지 따위의 인쇄물에 '지도 교수'라는 게 밝혀진다면 그것은 전임 교수들에 대한 예의가 아니라고 못박아 말했다. 사실 그는 문학도들의 열정에 찬물을 끼얹고 싶지 않아 귀찮고 힘든 일을 수락한 것이었다.

　그는 학생들과 헤어지기 전에 다시 한번 자신의 뜻을 명확하게 밝혔다.

　"다시 한번 분명히 말하지만 나는 지도 교수의 입장이 아니라 한 문학인으로서 문학도인 자네들을 돕겠다는 거야, 알겠지? 동인지나 팸플릿 등에 내 이름과 관련시켜 '지도 교수'라는 명칭을 사용하면 절대로 안 돼, 알겠지? 지도 교수라는 명칭이 필요하면 형식적으로라도 전임 교수 중에서 자네들이 좋아하는 분을 한 분 모시면 되겠지. 조옥준 교수님이 어때? 학과장님이시기도 하고······."

　그의 의견에 모두들 피식피식 헛웃음을 쳤다. 학생들의 그런 반응이 의외여서 그가 의아한 표정을 짓자 한 남학생이 재빨리 입을 열었다.
"괜찮습니다. 저희들은 '지도 교수' 명칭이 필요한 게 아닙니다. 진짜로 저희들을 지도해주실 교수님이 필요한 겁니다. 그럼 다음 주에 연락 올리겠습니다."
남학생이 얘기를 끝내고 허리를 꺾어 인사를 하자 나머지 학생들도 급히 인사를 한 뒤 돌아섰다. 교수회관으로 들어서는 강정길의 등에 그들의 요란한 웃음소리가 날아와 부딪쳤다. 그 웃음 속에 노골적인 비난들이 섞여 있었다. 전임 교수 모두를 싸잡아 하는 비난으로 들렸다. 전임 교수들에게 지도를 받기는커녕 외려 학생들이 지도를 해줘야 될 판이라는 얘기였다. 그는 학생들을 불러 세워 존조리 타이를까 싶었으나 다음 기회로 미루고는 계단을 오르기 시작했다.
그는 노크에 응하는 무겁고도 느린 조옥준의 목소리가 끝날 때를 기다려 연구실 문을 밀쳤다. 조옥준은 책상 앞에 단정히 앉아 책을 보고 있었다. 강정길이 들어가서 문을 닫을 때까지도 그는 책에서 눈을 떼지 않고 있었다. 남에게 보이기 위해 꾸민 태도임이 느껴졌다.
"무슨 책에 그리 열중이십니까?"
그가 책상 앞으로 다가서며 인사를 보내자 조옥준은 그제야 얼굴을 들며 자리에서 일어섰다.
"강 교수님, 그렇게 무심할 수가 있소?"
조옥준은 악수 푼 손을 응접 소파 쪽으로 돌리며 자리를 권했다. 그리고는 그가 자리에 앉자 뒤따라 앉으며 방금 했던 얘기를 되풀이했다.

"그래, 그렇게 무심할 수가 있는 겁니까?"

그는 문득 영훈네 생각이 떠올랐다. 그는 무심이라는 말을 영훈네와 연관지어 풀어보려 했으나 풀리지 않아 계속 의아한 눈길로 조옥준을 쳐다보았다.

"내 연구실을 잊은 것도 아닐 텐데 놀러 오시지도 않고 말야."

조옥준은 마치 부하 직원을 책망하는 투로 말하며 고개까지 뻗더듬하게 젖히고 있었다.

별달리 악의가 있는 게 아니라 원래 난 체하기를 좋아하는 성격 때문이라고 이해하며 그가 대꾸를 했다.

"아, 그 말씀이시군요."

"내 연구실엔 안 오셔도 다른 교수 연구실엔 잘 갑디다."

"지난 학기에 최 교수님 연구실에 딱 한 번 들렀었지요. 박사 학위 논문 책자를 강사실로 보내주셨기에 인사드리러 들렀던 겁니다."

"아이고, 강 교수님도 순진하시긴…… 이렇게 순진파시니 좋은 글을 쓰시지. 내 얘긴 내가 그래도 명색이 학과장이고 한데 강의시간 빌 때 오셔서 차라도 좀 드시고 가시지 그러느냐는 얘깁니다. 하기야 남들은 내가 실세니 뭐니 하니까 혹 오해라도 받을까봐, 자주 오고 싶어도 못 오는 모양입디다만…… 내가 높은 분과 친척되는 건 사실이지만 강 교수님도 날 겪어보셔서 대강은 아실 겁니다. 그래 내가 언제 강 교수님한테 단 한 마디라도 그런 얘길 비칩디까? 자기네들끼리 쑥떡쑥떡 실세니 뭐니…… 잠깐 실례."

노크 소리에 조옥준이 재빨리 일어나 문을 열었다. 누군지는 모르나 손님을 맞는 것이 아니라 들어오지 못하게 한다는 느낌을 갖게 했다. 그의 뇌리엔 영훈네가 신바람 나서 떠들던 모습이 떠올랐고 귀에서는 또 그녀의 애기가 쟁쟁 울려댔다.
"그 사람 고등학교 선생때랑 똑같아요. 조금두 달라진 게 없더라니까요. 작년이던가 글쎄 추리닝 바람으루다 우리 가게엘 나타났지 뭐예요. 깜짝 놀랬어요. 술장사 하는 게 챙피하기도 하구. 주방으로 들어가 갈 때까지 숨어 있을려다 그래도 은산데 그럴 수가 없어 인사를 했더니만…… 그래 그 뒤부터 툭하면 들르는데 두 번에 한 번씩은 꼭 외상하재요. 말이 좋아 외상이지, 제잔데 어떻게 은사한테 외상값을 내라고 하겠어요? 외상하자는 애기부터가 공술 먹자는 애기구…… 어떤 땐 옆에 앉으라고 하구는…… 알고 보니 손버릇두 더럽게 들었더라구요. 그런데 그걸 영훈 아빠가 본 모양이예요. 그렇잖아도 술장사 시작하구부터 영훈 아빠 그 인간이 의처증이 생겨서 난린데, 그런데두 조옥준이 한테는 행패까진 안 부립디다. 못마땅해 죽을라구 하면서두 대학 교수라니까 야코부터 죽는지…… 어쨌든 난 조옥준이가 대학 교수 된 건 이해하겠는데 그 학교 학생들이 그냥 놔두는 건 이해가 안되더라구요. 고등학교때도 애들이 실력 없다구 난리를 피웠는데 그 실력으로 어떻게 교수질을 하는지 모르겠더라구요. 대학 교수가 된 거야 우리 그 고등학교 재단하구 그 대학하구 같은 재단에다 이사장이 친척이니까 일단 교수가 되긴 된다고 쳐두…… 요새 학생들 걸핏하면 데모두 잘하던데 하기 싫은 공부 하는데 교수가 실력이 있으면 어떻고 없으면 또 어떤가 그건가요?…… 조옥준이 얼마나 엉터리냐 하면요, 우리 선배 중에 누구 하나가 졸업하구 나서 자기는 학생때 스승의 날에 꽃다발 갖다 줬는데 그것 때문에 시험때 백지 낸 국어 점수가 90점이 나왔더라는 얘길 했나봐요. 그게 우리 귀에까지 들어와 삽시간에 퍼진 거예요. 그래 그해 스승의 날에 꽃다발 사태가 벌어진 거예요. 교무실 책상에도 잔뜩 쌓였지만 누가 가봤는데 그 집 방 안은 아예 화원이더래요. 그런데 그 이튿날, 조옥준이 학교엘 안 나온 거예요. 알구 봤더니 꽃가루 알레르기 때문에 병원에 입원한 거였어요. 거짓말이 아녜요. 그런데 요즘은 사람꽃을 그렇게 밝히더라구요. 툭하면 나한테 그런다구요. 닭장사 하니까 사람 영계도 데려다 놓으라구. 아무리 술장사하는 제자지만 제자는 제잔데…… 사내들이란 하나같이 숟갈질 할 힘만 있어두 딴 여자 볼 궁리를 못 버린다던데 조옥준이두 다 늙어빠져서…… 형부는 거기다 대면 청년이지요 뭐. 언니가 그럽디다. 형부가 딴 맘 안 먹는 그거 하나는 믿을 수 있다구요. 언니는 그거 하나 믿구 여태껏 살아왔다구 하데요. 그래서 얼마나 웃었다구요. 형부한테 이롭다면 내가 형부 처제라는 거 조옥준이한테 밝힐께요……"

조옥준은 방문객과 한참 동안 얘기를 나누다가 그냥 문 앞에서 돌려보낸 뒤 찰칵, 도어 핸들의 배꼽을 눌러 잠그고는 제자리로 돌아와 앉았다. 강정길은 시계를 보았다. 박진양과 얘기된 10분을 초과한 지 오래였다. 벌써 20분 가까이 지나 있었다.

"단도직입적으로 얘기를 하겠습니다. 실은 우리 학교에서 5개 학과에 걸쳐 이부를, 야간부 말입니다. 이부를 개설할 계획이거든요. 물론 우리 국문과도 그 중에 하나죠. 그러면 교수를 초빙해야 하는데…… 어쨌든 이런저런 일로 신경도 많이 쓰이고 문교부

3장 가지 않은 길 343

에 가랴, 이런저런 서류도 갖추랴 영 시간이 없어요. 게다가 강의는 강의대로 해야죠. 남들은 내가 실세여서 그냥 놀고 먹는 줄 아는데…… 밤에는 여기저기 유관 기관의 실무자랑 높은 사람이랑 만나 술대접 해야지요. 그래서 생각다 못해 강 교수님께 협조를 청하려고 이렇게 모신 겁니다. 이제는 강 교수님께서도 나이도 있고 하니 전임으로 자릴 잡고 앉으셔야죠. 내 청을 들어만 주시면야, 나도 독어망은…… 하여튼 신세는 갚을 줄 아는 사람입니다. 또 그게 우리네 선비들의 의리 아닙니까?"

그는 터져나오려는 웃음을 억지로 참았다. 득어망전得魚忘筌을 '독어망은'이라고 얘기하다 뜻풀이가 안되어 쩔쩔매는 꼴이 꼭 희극 배우의 연기처럼 느껴졌던 때문이었다. 일단 폭발하는 웃음은 참았으나 조옥준의 그 모습이 자꾸만 눈앞에서 알짱거리며 웃음을 자아내려 했으므로 뭐 웃음을 터뜨릴 핑계거리가 없을까 하고 연구실 이곳저곳을 살펴보았다.

"강 교수님. 뭘 그렇게 보세요?"

조옥준이 마치 해찰하는 사람을 일깨우듯이 그를 불렀다. 그리고 계속해 말했다.

"연구실이 너무 삭막하죠? 꽃이라도 꽂아 놓으면 좀 덜할 텐데 내가 원래 꽃가루 알레르기가 심해놔서……."

그는 더 이상 견딜 수가 없어 웃음보를 터뜨리고 말았다. 쌓인 꽃다발, 입원실, 사람 영계…… 그런 환상과 환청이 뒤범벅이 되더니 끝내는 웃음보를 터뜨려버린 것이었다.

"아니, 왜 그러시오?"

조옥준이 얼굴을 굳히며 눈을 똥그랗게 떴다.

"꽃가루 알레르기 말씀을 하시니까 제 친구녀석이 생각나서요. 거짓말인지 진짠지는 모르지만 그 친구 얘기로는 애인하고 꽃놀이 갔다가 그 꽃가루 알레르기 때문에 쓰러져 입원까지 했답니다. 그 얘기가 생각나서요."

그가 둘러댄 얘기는 다행하게도 조옥준에게 먹혀들었다.

"웃을 일이 아닙니다. 실은 나도 비슷한 경험이 있거든요. 그건 그렇고 우선 하던 얘기나 마저 합시다. 아까 그 얘긴데 나 좀 도와주시오."

그는 조옥준의 얘기를 뒷전으로 하고 영훈네의 얘기만 생각하고 있었다.

'술에 취해 허풍을 떠는 줄만 알았는데 진짜였구나! 참, 한심한 친구로군.'

"인사 문제는 미리부터 이런다 저런다 말하는 게 아니지만, 강교수께서 날 도와만 주신다면야 내 위치에서 그거야 못하겠습니까!"

"제가 도울 수 있는 일이라면 왜 돕지 않겠습니까?"

"강 교수께서는 문학을 하시고 또 좋은 글 쓰시는 분이라는 건 이미 잘 알려진 사실 아닙니까. 그런 문장력으로는 아마 한 달이면 후딱 해내실 수 있을 겁니다."

"대체 그게 뭔 일인데요?"

"단도직입적으로 말씀드리자면 내 박사 학위 논문 좀 써주십사 하는 부탁입니다."

그는 상상도 못했던 청을 받게 되자 기가 콱 막혀 대답조차 할 수 없었다.

"허락하시겠죠?"

"아닙니다. 전 못합니다. 석사가 어떻게 박사 과정도 밟지 않고 박사 논문을 쓸 수 있겠습니까? 설사 박사 학위가 있다 하더라도 남의 논문을 대신 쓴다는 것은 있을 수 없는 일이라고 생각합니다."

"그래요?"

그의 단호한 거절에 조옥준의 얼굴이 납빛으로 변해버렸다. 조옥준으로서는 그토록 무참하게 거절당하리라곤 상상도 못했던 것이다.

"내가 한 부탁이 물론 옳은 일은 아닌 걸 잘 압니다. 그러나 내가 학교의 발전을 위해서 뛰다보니 논문을 쓸 시간이 없는 것이지요. 그러니 내 대신 그 일을 해준다면 나뿐만 아니라 재단측에서 그 공을 몰라주겠냐 이겁니다. 그게 상부 상조라는 거 아닙니까. 다른 사람에겐 청을 넣을 생각도 없지만 강 교수니까…… 강 교술 빼면 박진양 선생이 글을 좀 쓰는 모양이던데 그 분은 또 자기 박사 논문을 쓰고 있어놔서……."

"지난 주일에 다 끝냈답니다."

그는 자신도 모르게 내뱉고나서 아차 했다. 그러나 이미 엎질러진 물이었다.

"그랬답니까? 언제요?"

조옥준의 눈이 반들거렸다.

"심사중이니까 수정 지시가 내리면 또 바쁘겠죠. 그리고 바쁘지 않더라도……."

그는 마치 자기가 살자고 남을 자기 대신 사지로 몰아넣은 기분이어서 착잡하기 이를 데 없었다. 조옥준이 그의 그런 마음 속을 꿰뚫기라도 한 듯이 말했다.

"강 교수가 거절한 일인데 박 선생이라고 달가워할 리가 있겠소. 강 교수는 나랑 같은 또래의 연배여서 이해하리라 믿고 부탁한 거지만 젊은 사람한테야 어떻게 그런 부탁을 하겠습니까. 나도 자존심이라는 게 있고 또 학자로서의 양심이…… 학교 일을 다른 사람에게 맡기고 내가 직접 쓰겠소. 한 두 달쯤 고생하면 되겠지요."

조옥준이 박사 논문을 두 달로 잡고 쓰겠다고 한 말에 놀라지 않을 수가 없었으나 그런 놀라움보다 그가 남의 힘으로 박사 학위를 따겠다던 생각을 버린 것이 그로서는 고맙게까지 느껴졌다. 그것은 자기가 무심코 내뱉은 말 때문에 곤욕을 치를 뻔했던 박진양이 그런 곤욕을 당하지 않게 됐다는 안도도 포함된 고마움이었다.

"잘 생각하셨습니다. 사실 박사 학위라는 건 평생을 따라다니고 사후에도 그 학문이 후학들에게 영향을 미치는 것인데 마땅히 본인이 직접 연구해서 쓰셔야지요."

그의 음성은 명랑했다.

"고맙소, 강 교수. 오늘 내 방에서 있었던 일은 없었던 걸로 합시다."

"물론입니다."

"사실 난 깊이 생각지도 않고 남들이 흔히 그러기에 학교 일은 바쁘고 시간은 없지 해서…… 이런 얘기는 하지 않아야 되지만 실은 아까 말씀하신 최 교수의 그 논문도 그게 다……."

"전 그만 일어서겠습니다."
그가 조옥준의 말을 중동무이로 만들어 놓고 자리에서 벌떡 일어섰다. 좋은 기분으로 바뀌었던 속이 다시 왈칵 뒤집혔기 때문이었다.
'도대체 당신들은 왜 서로 못 잡아먹어 야단들이요? 누가 개고 누가 원숭이기에 견원지간인 거요?'
버럭 소리지르고 싶은 말을 속으로 뇌까리며 그는 조옥준의 연구실에서 서둘러 나왔다.
1주일에 하루씩 나오는 강사들의 눈에도 거슬릴만치 국문과 전임 교수 네 명은 서로 으르렁거렸다. 네 명 중 누구 하나를 만나 얘기하다 보면 으레 나머지 세 명은 '상종 못할 놈'이요 '죽일 놈'인 것이었다. 무슨 원한이 그들을 그토록 갈라지다 못해 찢어지게 만들었는지 그 까닭은 알 수 없으나 강정길의 눈에는 그들 네 명의 교수 모두가 다 '똥 묻은 개'로 보였다.
조옥준의 연구실에서 나온 이후로 그의 얼굴엔 사뭇 어둠이 끼어 있었다. 강의도 제대로 되지 않았다.
"이 사람, 뭔 걱정거리라도 있어?"
5교시를 끝내고 강사실로 들어서는 그에게 강의실로 향하던 장태화가 말했다.
"걱정은요, 무슨······."
"그런데 왜 그렇게 고갤 떨구고 다녀?"
"제가 그랬습니까?"
그가 꾸민 웃음을 흘리며 말했다.
"자네가 고개를 들고 있었다면 날 봤을 게 아닌가. 오늘은 만나는 사람마다 다들 날 못 보고 지나가니 이거 내가 투명인간이 된 건가? 아까는 교문으로 들어서는데 박진양 선생이 학과장 차를 타고 나가더라고, 그래 손을 들어 아는 체를 했더니만 모르는 체하고 그냥 휙 달아나는 거야, 나 원 참. 날 못 봤을 리가 없는데 말야."

"박 선생하고 학과장하고 같이 나가더라고요?"

"그래애. 박 선생은 이번 시간하고 다음 시간 강의가 있는 줄로 알고 있는데, 맞지?"

"아니에요. 8교시하고 9교시에 있지요."

"그럼 공강 시간을 이용해 잠시 나갔다가 올 모양이구만. 자아, 난 약장사 시작하러 가네."

장태화는 그의 어깨를 다정하게 두드리고 나서 강의실로 향했다.

잠시 밖에 나갔다가 강의 시간에 맞춰 오겠거니 생각했던 박진양은 9교시가 시작되었는데도 나타나지 않았다.

그는 혹시나 하고 기다렸지만 퇴근 버스가 떠나기 직전까지도 박진양은 모습을 보이지 않았다. 다른 날 같으면 셋이 나란히 앉기 위해 5인용인 맨 뒷좌석을 차지하곤 했지만 박진양이 빠졌기 때문에 굳이 그럴 필요가 없었다.

장태화와 강정길은 내리기 편한 앞쪽에 자리를 잡고 앉았다.

'미끼로는 그보다 훌륭한 미끼가 없지. 그러나 날카로운 미늘 때문에 도저히 빠져나올 수 없는 낚시바늘이 숨겨 있다는 걸 알아야지. 아니지, 오히려 박진양이 그런 미끼가 던져지기를 고대하고 있었는지도 모르지.'

"무슨 생각을 그렇게 해?"

"예? 아, 어떻게 살아야 잘 사는 것인가, 그런 걸 생각하고 있었지요."

장태화의 질문에 퍼뜩 정신을 차린 그가 선잠 깬 사람처럼 생기 없이 대답했다.

"이 사람이 오늘 왜 이래? ……여태까지, 자넨 열심히 잘 살아왔잖나!"

"그럼 형님께선 여태 잘못 살아오셨단 말씀입니까?"

그가 찍자부리듯 말했다.

"형편없이 살아왔지. 물에 술 탄 듯, 술에 물 탄 듯. 그래서 요즘은 남은 인생, 좀 더 잘 살아보려고 노력을 하지."

"형님께서 잘 살아보려고 노력하시는 게 어떤 건데요?"

"…… 어떤 노파가 있었어. 늙어서 힘을 쓸 수도 없고 돈도 없는 노파였지. 그 노파가 생각했어. 얼마 남지 않은 인생이지만 죽는 날까지 남을 좀 돕고 싶다고. 왜냐하면 여태까지 남의 도움만 받고 살았거든. 그래 조금이라도 그 빚을 갚고 저 세상으로 가고 싶었던 거야. 그런데 힘도 부치지 돈도 없지, 도저히 남을 도울 방법이 없는 거야. 그래 힘 안 들이고 또 돈을 쓰지 않아도 남을 도울 수 있는 방법을 생각하게 된 거야. 오랜 궁리 끝에 드디어 한 가지 일을 생각해냈어. 뭔고 하니 골목으로 난 자기 방 창가에서 등불을 들고 앉아 어두운 골목을 비춰주는 일이었어. 힘도 안 들고 돈도 안 드는 일이었지. 그러나 그 가로등도 없고 또 비만 오면 진구렁이 되는 그 골목을 늦은 밤에 지나는 공장 사람들이나 막벌이꾼들에게는 참으로 포근하고도 고마운 빛이 되었지."

"꾸민 얘기지요?"

"픽션이든 논픽션이든 그게 중요한 게 아니잖아."

"그야 그렇지만요."

"내가 꾸민 얘긴 아냐. 확실히 어떤 책에서 본 것인데, 아주 오래 전에 본 것이라 까맣게 잊고 지내왔는데 몇 년 전에 느닷없이 그 얘기가 생각났어. 하느님이 내게도 이제 그렇게 살아보라고 내려주신 계시 같기도 하고……."

퇴근 버스는 벌써부터 물들기 시작한 단풍들을 듬성듬성 품고 있는 산을 끼고 열심히 달렸다.

"형님. 오늘도 형님 술 얻어마실 수 있을까요?"

"그러잖아도 별일 없으면 술동무가 돼 달라고 아우님한테 부탁하려던 참이었소이다."

두 사람은 얼굴을 마주한 채 오랫동안 밝은 웃음을 나누었다.

녹음 테이프

 기말고사 기간이었다.
 강정길이 시험 감독으로 들어가는 시간은 6교시와 7교시였다. 느지감치 가서 일찌감치 오는 날이었다. 시험 감독을 마치면 세 시 50분, 그 이후부터 신학년도가 시작되기 전까지는 해방인 것이다. 물론 채점과 성적 보고서 작성 그리고 성적 보고서 제출 등의 잔무가 없는 것은 아니었으나 그런 일들은 기일만 어기지 않는다면 시간이나 장소 따위에 구애받지 않아도 되는 일이었다. 성적 보고서도 왕복 여섯 시간이나 허비하면서 직접 제출할 필요는 없었다. 등기나 등기속달 등의 편리한 우편제도를 이용하면 되는 것이었다.
 강사료 수입이 없어진다고 방학 무용론을 입에 올릴 바보 천치

같은 시간 강사가 대한민국에 단 한 명이라도 있을까 하는 것이 그의 생각이었다. 시쳇말로 '코끼리 입에 비스킷' 만도 못한 강사료 때문에 그 백금과도 같은 방학을 포기할 시간 강사가 있다면 그 사람처럼 불행한 사람도 없다는 것이 그의 생각인 것이다. 사실 순전히 강사료만 목적으로 시간 강사 노릇을 하는 사람은 그가 알기로는 단 한 사람도 없었다.

'시간 강사로 출강하다보면 전임 교·강사의 유고시有故時가 없으란 법도 없으니 그 자리를 노리는 환상파가 있고, 가족이나 이웃에게 백수 건달로 취급받기 싫은 탈백건파脫白乾派도 있으며, 별다른 취미도 없는데 정년은 되어 소일삼아서 출강하는 소일파, 학생들을 모아놓고 호통쳐대는 재미를 누리겠다는 대성일갈파大聲一喝派, 연구하며 가르치고 가르치며 연구하면 공든 탑이 되고 만다는 적공축탑파積功築塔派…… 따지고 캐물으면 그 출강 사유가 구구각각이겠지만 순전히 강사료만을 목적으로 출강하는 시간 강사는 여태 내 눈으로는 한 사람도 본 적이 없으니 방학 무용론자도 있을 리가 없지 않느냐. 우리는 무노동 무임금에 순종하는 양 떼들이 아니냐!'

ㄱ대학에 도착한 그는 우선 시험 시간표부터 꼼꼼하게 살펴보았다. 그러나 그 날짜의 어떤 시간에도 박진양과 장태화의 이름은 적혀 있지 않았다. 한 학기 내내 같은 날 출강해왔던 그로서는 완전히 외톨이가 된 기분이었다. 소외감·배신감 비슷한 감정까지도 이는 것이었다. 그런데 그런 고독감을 깨끗이 쓸어내며 그 자리에 처제와 동서 생각이 스며들더니 이내 조그만 빈틈도 없이 가득 차버리는 것이었다.

'그래. 그렇잖아도 한번 들러야 돼. 튀김기름이나 묻히며 산다고 사람 괄시하느냐며 얼마나 찍자를 부렸냐 말이야. 그래, 가봐야지. 같은 날 출강했던 사람들이 모두 딴 날에 시험감독을 하게 되어 혼자 떨어져도 이렇게 외롭다 못해 왠지 소외당한 것 같고 배신당한 것만 같고 그런 판인데 한 핏줄인 언니요 동생 사이, 그 언니와 한 몸뚱어리에 한 마음이라 일컫는 형부와 처제 사이, 언니의 남편과 동생의 남편인 동서 사이에 몇 년씩이나 왕래가 없이 지냈다니…… 이런 게 바로 헛 사는 게 아니고 뭐야? 그래 만사제폐하고 오늘 영훈네를 찾아봐야지. 동서하고 코가 삐뚤어지도록 마셔보자고!'

그의 가슴은 소풍 가게 된 어린아이의 그것처럼 부풀었다. 아니, 애인과 만나기로 약속된 시간을 기다리는 조급함 같은 것이었다. 그는 두 시간 동안의 시험 감독을 이렇듯 지루하게 느껴본 기억이 없었다.

그가 ㄱ대학 앞 정류소에서 시외 버스를 탄 것은 정확하게 네 시 반이었다. 그러나 ㅅ시에 도착하여 머릿속에 입력된 약도를 앞세워 거리를 헤매는 동안 어느 새 해거름이 되고 말았다. 영훈네가 남편의 행패를 미리 피해 와서 술 취한 입으로 그려넣어주었던 바로 그 약도였다. 아무래도 그때 처제가 입으로 그린 그 약도가 잘못된 듯했다.

'젠장 전화 놓고 살 형편이 안되면 수첩이라도 꼼꼼하게 챙겨 다녀야 되는데 대가리만 믿었으니…….'

아무리 생각해도 처제네 치킨집 전화 번호가 확 잡히질 않았다.

설레던 가슴에 짜증만 부글부글 끓게 되었을 즈음 저만치서 수탉 한 마리가 그의 눈을 끌어당겼다. 헛 게 보인 듯하여 다시 한 번 살펴보았으나 분명히 수탉이었으며 수탉이 올라 서 있는 담장은 그게 담장이 아니라 '꼭와요 치킨센타'라는 간판 글자였다.

"형부, 우리 가게 닭은요, 꼬끼오 하고 울지 않고 꼭 와요 하구 운다구요. 그러니까 꼭 와야해요. 아시겠죠?"

영훈네의 목소리가 새벽 닭의 울음처럼 그의 머릿속에 낀 어둠을 몰아냈던 것이다. 반갑기도 하고 화풀이도 급하고 해서 달려 들어간 그의 눈에 제일 먼저 뛰어든 것은 영훈네의 왼쪽 눈에 달라붙어 있는 달걀이었다.

"어마, 형부! 난 몰라, 형부!"

영훈네의 눈에서 달걀이 떨어지면서 비명이라고나 해야 될 새된 목소리가 홀 안을 찌렁 울렸다. 문지방에 걸터앉았던 영훈네가 어느 결에 그의 목에 대롱대롱 매달렸다. 새된 목소리와 무참하게 깨진 달걀과 그의 목에 매달려 대롱거리는 영훈네의 몸뚱이, 이 셋 중에서 어떤 것이 먼저고 어떤 것이 나중인지 분간할 수조차 없을 지경이었다.

한참만에야 목을 제대로 쓸 수 있게 된 그의 입이 먼저 떨어졌다.

"좀 조심하잖고! 눈이 그게 뭐야?"

"형부, 저것 좀 보세요. 수탉이 꼭 와요 하고 운다구 요즘 손님들이 꼭, 다시 오는 줄 아세요? 암탉이 달걀걀걀걀 하고 알 겯는 소릴 내야 숫놈들이 꾀죠. 안 그래요, 형부?"

"……."

어이없어 입을 봉하고 있는 그의 손을 두 손으로 감싸잡은 채 영훈네의 입술이 계속해 나불거렸다.

"수탉이 꼭와요오 하고 백날 울어보라구요. 그런다고 다시 꼭 들르는 암컷들이 얼마나 되겠어요? 수탉은 날샜다구 울구 암탉은 달걀걀걀 하구 알 겯는 소릴 하는데……."

"그만, 그만! 김서방은?"

"그 웬수!"

영훈네가 시퍼렇게 멍든 왼쪽 눈을 살살 쓸어대며 말 끝에 휴우, 반쯤 휘파람이 섞인 기묘한 소리로 한숨을 쉬었다.

"웬수? 그래 그 웬수, 어디 있어?"

"마누라 술장사 시킨 게 누군데…… 지가 어리장수 된 게 뭐 내 탓인가. 아이구 웬수!"

"어리장수라니?"

"오토바이 몰구 나갔어요. 닭 사러."

"늦나?"

"아마 지금쯤은 계란이 엄마랑 병아리 아빠 빨가벗기고 있을 거예요."

"김서방이 직접?"

"네에. 지가 사서 닭백정질을 한다구요. 그래야, 한 푼이라두 더 이문이 난다나 어쩐다나. 이문 좋아하네. 그래 한 푼이라두 더 벌겠다는 웬수가 툭하면 남의 찰 들이받구 그것두 모자라 사람을 치구 해요? 그 돈 합하면 젠장, 양계장 다섯은 사겠다, 다섯이 뭐야. 열두 더 사겠다!"

"……."

"그런 주제에 의심은 많아서 지 마누라가 어떤 놈팽이하구 붙어먹었나 싶어서……."

"그만, 그만! 손찌검하는 거야 백 번 나쁘지. 하지만 손찌검을 하게 만……."

"형부! 그럼 형부도 날 그렇구 그런 년으로 취급하는 거예요, 지금?"

"그게 아니라 좀 조심을 하라는 얘기지."

"조심을 어떻게 해요? 내가 원래 상냥하구 친절한 건 형부두 아시잖아요! 지놈두 그것 때문에 나한테 반했잖아요. 그런데 살 살거린다구 패구, 언제 또 오실거예용 했다구 그게 뭐 꼬리친 거라나? 그래 콧소리 냈다구 치구. 어디 그뿐인 줄 아세요?"

그는 허허 웃을 수밖에 없었다. 아까부터 뭔가 그들 부부 사이를 원만하게 할 수 있는 방법이 없을까 궁리를 거듭하고 있었으나 뾰족한 수가 떠오르지 않았던 것이다.

"김서방은 한 푼이라도 더 벌겠다며 사고 내서 돈 물어내기 바쁘고 처젠 걸핏하면 얻어맞아 치료비네 약값이네 헛돈 쓰게 되고, 무슨 방돌 세워야지, 안 그래?"

"방돈 딱 한 가지 뿐이예요. 자식새끼들하구 시집 식구들 멕여 살릴려면 이 짓을 그만둘 순 없는 거구, 그러니까 그 웬수가 마누랄 의심하는 거 그것만 버리면 되는 거예요. 방도는 바로 그거예요."

"그렇게 의처증이 심해?"

"심한 정도가 아니예요. 중증도 그런 중증이 없다구요. 조기다가 쬐끄만 방을 한 칸 들였거들랑요."

영훈네가 고갯짓으로 그가 들어올 때 문턱에 걸터앉아 있던 방을 가리키며 또 그 휘파람소리 나는 한숨부터 쉬었다.
그녀의 얘기로는 심심찮게 방을 찾는 손님이 있는데 그런 손님을 놓치는 것이 아깝기도 하려니와 손님이 뜸할 때는 부부가 교대로라도 잠깐씩 눈을 붙여야 하기 때문에 그러한 공간도 필요했다는 것이었다.
"나두 찬성을 했지만 방을 들이잔 얘긴 그 웬수가 먼저 꺼냈다구요. 그래놓군 뭐 사내눔들하구 수작 할려구 방 들이잘 때 반댈 않은 거라나요. 방 손님이 불러 앉혀 놓구 딱 한 잔만 하라는데 할 수 있어요? 앉아 있다봄 웃기는 얘기, 음탕한 얘기두 듣게 돼 같이 웃기두 하구 또 맞장굴 쳐줘야 될 때두 있구."
그가 소매를 치워 시계를 보았다. 들으나 마나 뻔한 얘기가 지루했기 때문이었는데 영훈네는 그의 생각을 잘못 짚었다.
"그 웬수, 가게에 나타날려면 아직두 멀었어요. 여긴 주로 월급쟁이 손님이라 손님들두 한참 있어야 들기 시작하거든요."
"그렇담 잘됐군. 내가 개시해줄게. 안주하구 술 좀 내와."
"형부, 난 재수 같은 거 안 따져요. 개시니 뭐니 그딴 소리 하시면 의절할래요. 난 좀 있다가 그 웬수가 오면 같이 드시게 할려구했는데."
말끝을 흐리며 발딱 일어선 영훈네가 잠시 후 맥주와 마른 안주를 내왔다. 그러고는 또 얘기를 풀어내기 시작했다.
"글쎄 날더러 얼굴값 한다나요? 하긴 맞는 얘기죠. 얼굴이 반반하니까 술두 권하구 농두 걸구 만질려구 하지 못생겼대봐요. 지눔이 죽네 사네 쫓아다니기 시작한 것두 내 얼굴 때문이었잖아요. 뭐 저만 눈깔이 있는 줄 아나? 딴 사람들두 이쁜 건 이쁘게 뵈는 법인데 왜 그걸 모르느냐 이거예요. 술장사루 먹구 살만치 장사가 되는 것두 다 그 덕분인데 왜 그걸 모르느냐 이거예요, 내 말은."

"질투야. 질투 때문에 그러는 거라구."

"질투요? 글쎄 그게 아니라구요. 앗 참, 수다 떨다가 깜빡했네요."

영훈네는 따르던 술을 급히 마저 따르고는 휙휙 몸바람을 일으키며 방으로 들어갔다. 곧 이어 방안에서는 여기저기를 뒤져대는 기척이 났다. 무언가를 찾는 모양이었다.

방에서 나오는 영훈네 손에는 테이프가 들려 있었다. 그녀가 의자에 엉덩방아를 찧고는 말했다.

"형부, 이게 뭔지 아세요?"

"노래, 카세트 테이프?"

영훈네가 머리를 살래살래 흔들어대며 말했다.

"우선 여기에 뭐가 녹음돼 있는지 그것부터 말씀드릴께요. 조옥준이 어떤 젊은 교수 하나를 데리구 와서 술을 마신 적이 있거들랑요. 그 둘이서 나눈 얘기들이라구요."

그녀의 눈빛은 칭찬을 기다리는 아이의 그것 같았다.

"처체. 왜 남의 얘길 녹음해? 그거 절대로 안 되는 짓이야. 잘못하면······."

"아따따, 누가 교수님 아니랄까봐······."

"그게 아니라 남의 사생활을······."

"그게 아니라는 말은 내가 할 얘기네요. 끝까지 듣구 말씀하시라구요. 어떻게 녹음된 건지는 나중에 말할게요. 우선, 내용은 조옥준이가 젊은 교수한테 뭔지는 몰라두, 여기엔 그게 확실하게 녹음이 안 됐어요. 뭔가 제때에 써주기만 하면 전임을 시켜준다는 얘기구 젊은 교수는 최선을 다해서 쓸 테니 꼭 전임이 되게 해달라는 거라구요. 전임이라는 게 뭐예요? 짐작은 가는데……."

영훈네가 말꼬리를 사린 것은 그의 얼굴에 순간적으로 긴장의 빛이 스치고 지나갔기 때문이었다.

그는 조옥준의 얘기를 떠올리고 있었다.

"강 교수는 나랑 같은 또래의 연배여서 이해하리라 믿고 부탁한 거지만 젊은 사람한테야 어떻게 그런 부탁을 하겠습니까. 나도 자존심이라는 게 있고, 학자로서의 양심이……."

그는 마음을 가라앉히며 말했다.

"대학교 선생이라도 크게 둘로 나눌 수가 있어. 장수로 말하자면 가게를 갖고 있는 붙박이장수와 가게가 없어 이 동네 저 동네로 떠다니는 보따리장수랑. 내가 보따리장수잖아. 전임은 붙박이장수야."

"그럼 전임이 수입이 많잖아요?"

"물론이지. 시간 강사랑은 비교가 안 되게 많다구."

"그럼 그게 뭔지는 몰라두 형부두 그걸 써주구 전임 되지 그래요, 왜?"

"그건 아무나 쓰는 게 아냐."

"내가 조옥준이한테 부탁할까요? 형부께서 좀 챙피할 테지만 아무개가 우리 형부라구 밝히구 왕창 멕이죠 뭐. 봉투두 넣어주구요."

"쓸데없는 소리!"

"형분 왜 그리 꼬장꼬장하게만 사세요? 이 테이프에두 형부 욕이 좀 들어 있더라구요. 아주 쬐끔, 시인이랍시구 자존심이 너무 강하답디다. 조옥준이가 한 얘긴데, 그런다구 누가 알아주기나 하느냐는 거예요. 사실 맞는 말이지 뭐예요. 한 이불 덮는 언니두 그러던데요 뭐. 조옥준이한테는 내가 약을 쓸 테니 제발 그 자존심 좀……"

"그만! 그만!"

"형부두 그 성질 좀 고치세요. 언니 고생하는 거 딱하지두 않아요? 내가 조옥준……"

"글쎄 그건 아무나 쓰는 게 아냐! 자격이 있어야 해."

"뭔 자격요?"

"…… 나이 많은 사람은 쓸 자격이 없어. 법이 그래."

"뭔진 몰라두 무슨 놈의 법이 그래요?"

그의 임기 응변에 속은 영훈네가 불만스럽게 투덜거렸다.

"그런데 왜 그런 얘길 녹음했어?"

"내가 한 게 아니라 그 인간이 했다구요."

"김서방이? 왜?"

"조옥준이가 여기 오면 꼭 방에 들어앉아 술을 먹거든요. 아무리 바빠두 꼭 내가 옆에 앉아야만 술을 먹는다구요. 자기는 음복 술도 여자가 따라줘야만 마신다나 어쩐다나 하면서. 그날은 그 인간이 닭백정질을 안하는 날이었거들랑요. 조옥준이가 오자 그 인간이 방을 치워야 하니까 잠시 홀에서 기다리라며 방으루 들어가더라구요. 금방 청소한 방인데 왜 그러냐니깐 지가 뭐 치울 게 있다더라구요. 글쎄, 기가 막혀서 말이 안 나온다니까요. 글쎄 나중에 알게 된 거지만 그때 녹음이 되게 해 놓은 거예요. 나하고 가까운 손님이나 지 눈에 좀 수상쩍다 싶은 손님이 방에 들어갈 눈치면 매번 그러드라구요. 그래 그 날, 조옥준이 돌아간 뒤에 술상을 치우는 척하면서 샅샅이 살펴봤더니만 녹음기가 있더라구요."

그때였다. 밖에서 오토바이 멎는 소리가 나자 영훈네는 들고 있던 녹음 테이프를 급히 그의 주머니에 넣었다.

"그 인간이 왔어요! 그거 뵈면 안 된다구요!"

잠시 후, 김진철이 비닐 보따리를 양 손에 들고 힘겨운 몸짓으로 들어섰다. 그는 강정길을 보자 손에 들고 있던 보따리들을 그 자리에 내팽개치며 달려들었다.

"아이고 형님! 이게 얼마만입니까? 영훈 엄마한테 물어보십시오. 내가 얼마나 형님을 보고 싶어했는지, 얼마나 형님 걱정을 했는지 물어보십시오."

"얘기 다 들었어, 고맙네. 내가 너무 무심했어, 미안해. 자네 건강한 모습 대하니까 반갑군. 힘들지?"

"힘은요, 뭘. 놀이삼아 합니다."

"헬멧부터 벗지. 오랜만에 회포 한번 풀어보세나!"

"마누라 팬 날 장모 온다더니만, 제가 꼭 그짝 났습니다. 게다가 약속두 못지키구. 정말 면목없습니다."

"약속? 무슨 약속?"

그가 고개를 갸웃대며 묻자 김진철이 얼굴까지 붉히며 말했다.

"제가 늘 말씀 드렸잖습니까? 이 김진철이가 돈을 벌어, 부자가 돼서 형님은 가만 앉아 시만 쓰시게 하겠다구요. 그런데 이렇게……."
"에이, 이 사람. 난 또 뭐라구."
그가 껄껄 웃자 김진철도 따라 웃으며 자리를 잡았다.

풀린 수수께끼

"자네 혹 손가락 다친 거 아냐?"

장태화가 전화를 걸어놓고 한 첫마디였다. 강정길은 무슨 똥딴지같은 소린가 싶어 고개를 갸웃거리고 나서 물었다.

"무슨 말씀이세요? 손가락을 다쳤냐니요?"

"음, 손가락 멀쩡하냐고."

"멀쩡하지요."

"그런데 왜 전화 다이얼 한번 안 돌리는 건가?"

"아, 난 또…… 죄송하게 됐습니다. 맨날 대접만 받게 되니까……."

"그건 그렇고 자네하곤 이제 학교에선 만날 수가 없게 됐더군. 거리불문, 수입불문이라면서 왜 안 나오는 거야?"

"무슨 말씀이신지 통 모르겠네요."

"지금 시간표가 우송돼 와 살펴봤더니만 자네 이름이 없어. 자네가 싫다고 한 게 아냐? 자네 3학년 학생들한테 했던 강의를 모두 박진양이가 하는 걸로 돼 있더라고."

"시간표가 언제 왔는데요?"

"지금 받았다니까 그래."

"전 시간표도, 아무 연락도 못받았습니다."

"학과장한테 뭔가 밉보인 게 틀림없군 그래."

그는 대답할 말이 없었다. 어째서 자기에게 위촉했던 강의를 몰수한 것인지, 그 과목이 어째서 박진양에게 맡겨졌는지는 너무나도 뻔한 일이었다. 조옥준의 처사가 괘씸스럽긴 했으나 출강치 않게 된 점은 터럭만큼도 서운치 않았다. 원래 그가 ㄱ대학에 출강하게 된 것은 그쪽에서 간곡히 부탁해왔기 때문이었다. 거리가 너무 멀어 냉큼 대답을 못하고 있자 1주일에 단 하루니까 시골에 맑은 공기 쐬러 나오는 셈 치고 허락해 달라고 사정을 해왔던 것이다. 거리가 멀고 대우가 시원치 않아 다들 고개를 저어대는데 강 교수님까지도 마다시면 참으로 큰일이라고 했었다. 서울 ㅈ대학 학과장이 친구여서 사람 좀 추천해 달랬더니 강 교수님을 추천해주더라며 '강 교수님의 훌륭한 글'을 많이 읽었으며 깊은 감명을 받았다는 얘기까지도 덧붙였었다. 그런 거짓말을 한 사람이 바로 조옥준이었다. 그 말을 들으며 순간적으로 그는 생각했다.

'내 글을 많이 읽었다니. 이름을 밝힌 작품을 써 본 지가 옛날이고 사보나 기관지 같은 데다 잡문만 써왔는데 어떻게 내 글을 많이 읽었다는 거야? 조심할 사람이구먼.'

장태화가 그의 머릿속에 엉기는 과거를 거둬내 주었다.
"그러게 학생들한테 너무 인기가 좋아도 미운 털이 박히는 법이라고 했잖아!"
"그 미운 털 때문이라면 미운 털에게 고맙다고 해야겠네요. 그렇잖아도 구차하게 핑계를 댈 수가 없어 울며 겨자 먹기로 그 대학엘 나갔던 거예요."
"나도 알아. 그 뭐지? 그래 그 5불문 얘기할 때, 그때 눈치챘었어. 시간 강사로 떼돈 벌려고 작심하고 5불문을 정했다고 얘기했을 때, 그때 난 벌써 알아차렸지."
"……"
"그런데 당자한테는 사전에 한 마디 얘기도 없었다는 게, 그 방법이 나쁘단 말야. 안 그래?"
"어떤 분야든, 무슨 일이든 간에 수단과 방법을 가리지 않는 시대 아닙니까?"
"그게 문제야. 다른 곳도 아니고 소위 상아탑이라는 곳에서."
"저로서는 전혀 서운할 게 없는 결과니까 학교 쪽 사람들의 좋잖은 방법 또한 전혀 서운하게 느껴지지 않습니다."
"오뉴월 겻불도 쬐다 말면 서운한 법이라잖나."
그는 조옥준에 대한 자신의 솔직하지 못한 감정을 들킨 듯하여 문득 부끄러워졌다. 실은 속담대로 오뉴월 겻불을 쬐다 만 기분이었던 것이다.
"그건 그렇고 지금 당장 나오라고."
"왜요, 뭔 일이 있습니까?"
"또 그 '뭔 일 타령'이 나오는구나. 꼭 일이 있어야 나오나? 서로 만나 정담 나누는 것도 일 중에 큰 일이라고 했잖나. 그것 말고도 오늘을 기념할 일이 있어."

"뭘 기념하는 건데요?"

"그거? 두 이=짜가 셋 든 날이잖아. 오늘이!"

"네? 그게 뭔 날인데요?"

"드문 날이지 뭐야. 2월 22일. 3월 33일도 없고 4월 44일도 없고 5월 55일도 없고……."

"그렇지만 1월 11일은 있잖습니까?"

"하지만 그건 지나갔잖아."

"그러면 11월 11일이 있잖습니까. 1자가 네 개나 겹친."

"그야 그렇지만 그날은 너무 오래 기다려야 하잖아. 어쨌든 드문 날이니까 술 한잔하잔 말이야."

"그럼, 드문 오늘만은 저한테 술값 낼 기획 주세요. 약속하시지 않으면 전 안 나갑니다. 실은 형님한테 약줄 대접해야 할 일도 있거든요."

"그래? 그럼 오늘은 날이 날이니만치 술을 사게 함세. 어서 나오게."

장태화가 전화를 끊을 기세였으므로 그가 다급한 목소리로 물었다.

"어디서 몇 시에 뵐까요?"

"이런 정신머리 좀 봐. 만날 장소도 얘길 않고 전활 끊을뻔했네. 건망증이야, 늙었어."

그가 장태화의 엄살에 우정 찬물을 끼얹었다.

"그럼 양노원에서 뵐까요?"

3장 가지 않은 길 367

"허허허, 이 사람 좀 보게나. 늙은일 놀리면 못써. 오늘은 태화탕에다 태화찜이나 먹세! 여섯 시면 어떻겠나?"

언젠가 장태화가 박진양과 그를 데려 갔던 광화문 뒷골목의 홍탁집을 말하는 것이었다.

막걸리 한 주전자가 거의 바닥났을 때쯤 장태화가 홍어 연골을 오도독오도독 씹으며 물었다.

"나한테 술대접해야 할 일이란 게 뭐야?"

"절 여러 번 비행기 태워주셨잖아요."

"대체 뭔 소리야?"

"박진양, 그 사람이 그러데요. 제 칭찬을 입이 마르도록 하셨다구요."

"대체 언젯적 얘기야? 칭찬을 했다니 망정이지 욕을 했댔다면 큰일 날뻔했군."

장태화가 호탕하게 웃어 넘겼다.

"언젯적 얘기나마나 도대체 형님은 제 얘길 누구한테 들어서 아시는 겁니까?"

"허, 이 사람 좀 보게."

"그렇게 웃어 넘길 얘기가 아닙니다. 오늘은 확실히 알아야겠습니다."

장태화는 마치 기도라도 하듯 눈을 지긋이 감고 어금니까지 물었다. 뭔가 중대한 결단을 내리려는 태도였다. 둘 사이에 미묘한 정적이 감돌았다. 어떻게 보면 경건하게조차 느껴지는 그런 장태화의 모습이 허물어진 것은 한참 뒤였다.

"아우님, 이태진이 기억나지?"

그의 묵직한 베이스 목소리에 강정길은 화들짝 놀라 하마터면 들고 있던 술잔을 떨어뜨릴뻔했다. 그의 얘기는 계속되었다. '자네'라는 호칭이 '아우님'으로 바뀐 걸로 보아 술기가 오르기 시작하는 모양이었으나 그렇다고 술 취해 하는 헛소리가 아님은 분명했다.

"잊어버릴 수가 없는 인물일꺼야. 이부일도 그렇겠고!"

"아니, 형님이 그 두 분 다 아신단 말입니까? 도대체 형님하곤 어떤 사입니까?"

그는 극도로 혼란스러웠다.

"아우님이 놀래는 거 당연해. 둘 다 내 불알친구야. 정확히 말한다면 둘 다 내 동창인데 그 중 하나는 친구지만 다른 하나는, 뭐랄까 원수라고까지는 할 수 없지만……. 어쨌든 그 녀석은 인간 말종이야. 누굴 친구라하고 누굴 인간 말종이라고 했는지 알지?"

그는 고개만 끄덕일 뿐인 강정길을 빤히 쳐다보았다.

"형님, 이부일 부장님은 지금 어디 계십니까? 요즘 건강은 어떱니까?"

"아우님은 그 사람을 언제 만나고 못 만났어?"

"출판사 그만 두실 무렵에요. 건강이 좋지 않아 그만 두셔야겠다고 하더라구요. 그래 며칠 뒤에 찾아 갔더니만 벌써 그만 두셨더라고요. 연락철 아는 사람도 없구요. 그렇게 연락이 끊어졌는데 그때가 아마……어쨌든 길에서 한번 우연히 만났어요. 얼굴이 영 안됐더라구요."

그는 이 부장을 마지막으로 봤던 때의 일을 되살렸다. 그때도 이 부장은 그의 취직 문제를 크게 걱정했었다. '강형이 빨리 좋은 직장에 정착해야 될 텐데.' 하는 말을 몇 번이나 되풀이하며 이것 저것 사는 형편을 자세하게 물었었다. 그가, 수입은 적지만 대학에도 몇 군데 시간 강사로 나간다는 얘길하자 이 부장은 눈을 반짝이며 '빨리 전임이 돼야 할 텐데. 그렇게 될꺼야' 라고 주문을 외우듯 몇 번이나 되풀이 했었다.

"참 좋은 친구였는데……."

장태화가 혼잣말처럼 하던 말끝을 흐렸다.

"네?"

그가 이부일의 얼굴을 지우며 급히 반문했다.

"아우님도 알겠지만 참 좋은 사람이야. 그만한 사람 찾기 힘들지."

"그럼요. 전 이 부장님 신셀 아주 많이 졌습니다. 그래서 하는 말이 아니라 참 반듯한 분이예요. 술 취하기 전에 이 부장님 연락처라도 적어야겠네요."

그가 메모할 것을 찾기 위해 주머니들을 뒤적거리자 장태화의 얼굴에 구름 그림자처럼 잠시 어둠이 깔렸다간 걷혔다. 그리고 빠른 말로 그의 행동을 제지했다.

"적을 필요없어."

"제가 필요합니다. 찾아봬야 합니다."

장태화는 그의 의아한 눈길을 무시하고 한바탕 협협한 웃음을 쏟아 놓은 뒤 말했다.

"지금 여기 와 있다구."

"네? 어디요? 에이 형님두, 진작 말씀하실 일이지!"

그는 금방이라도 찾아갈 양으로 엉거주춤 일어나 술청 안을 휘둘러 보았다. 술손님들이 여기 저기 서너 패 앉아 있었으나 그의 눈에는 냉큼 이부일의 모습이 띄지 않았다. 그가 의자에 엉덩이를 되붙이며 말했다.

"형님도 참, 형님 한테도 이렇게 짓궂은 면이 있다는 걸 오늘 첨 알았네요."

"아우님 눈에는 안 뵈도 내 눈에는 보이는 걸."

그는 혹시 자기가 잘 못 봤나 싶어 다시 술손님들을 살펴 보았다. 그러나 어디에도 이부일은 없었다.

"거기가 아니라 저 위쪽이야."

장태화가 오른손 검지로 천장을 가리켰다. 그의 그 손가락질에 반사적으로 천장에 눈길을 주던 그는 그제야 얼굴까지 굳히고 화난 사람처럼 목청을 돋우었다.

"돌아가셨군요! 그래요?"

"그래. 저 위에서…… 아니, 아우님 옆에서…… 아니지, 내 옆에서 우리가 술마시는 걸 보고 있어."

"그렇담 진작 이 부장님한테 먼저 잔을 올렸어야 되잖습니까!"

그가 항의투로 말하자 장태화는 그 특유의 웃음을 웃고 나서 말했다.

"그럴 수가 없었던 게 그 친구가 술 때문에 간암으로 죽었거든. 그런데 어떻게……."

"도대체 언제 돌아가셨습니까?"

"작년 오늘! 그 친구가 간암으로 입원했다는 소식을 듣고 병원에 갔었는데 그때 날더러 정년 퇴직했으니 소일거리가 있어야 하잖느냐고 걱정을 하더라구. 그래 일 주일에 하루 ㄱ대학에 나가

'매스컴론'이라는 걸 가르치는데 그게 훌륭한 소일거리가 된다구 했지. 강의가 없는 날은 가르칠 거 준비도 하고. 그랬더니만 갑자기 눈에 생기가 돌면서 그 학교 국문과에 시간 강사로 나가는 강정길이가 있는데 한번 만나보라는 거야. 그러면서 아우님에 대한 얘기를 많이 하더라구. 힘 닿는대로 좀 도와주라는 거야."

그가 주체할 수 없는 눈물을 가까스로 거두고 나서, 이번에는 원망투로 말했다.

"그랬으면 저한테도 말씀 좀 해 주시지. 참, 형님도 너무하셨습니다!"

"그렇잖아도 문병 갈 때 마다 자네 얘길 해대서 자넬 데려오겠다고 했더니만 펄쩍펄쩍 뛰는 거야. 자기 병든 모습, 추한 모습, 죽어가는 모습을 절대로 보이기 싫다는 거야. 나한테 알린 걸 갖고도 그 친구 마누라가 치도곤일 맞았다면 알쪼 아냐?"

"그래도, 아무리 그래도 그렇지요. 전 지금 마치 배은망덕한 놈이 된 기분입니다."

그의 눈에 다시 눈물이 고였다가 주르르 흘러내렸다.

"내일이라도 시간 좀 내셔서 산소에 함께 가 주실 수 없나요?"

"화장해서 뿌렸어. 그게 유언이었어. 죽은 사람이 뭣하러 땅을 차지하냐는 거야. 나라가 좁아 살아 있는 사람이 쓰기도 부족한 땅인데 뭣하러 죽은 자가 땅을 차지하냐는 거야. 이봐, 아우님. 우리가 살아있는 동안은 매년 2.22에 만나자구. 그럼 그 친구도 좋아할 거야. 오늘처럼 우리 만나서……."

장태화의 눈에도 눈물이 고였다.

그날, 두 사람은 고 이부일 부장의 1주기 음복술로 대취했다.

가지 않은 길

 대학들이 개강한 지 한 달쯤 되는 어느 토요일이었다. 그 날, 강정길에게 또 장태화가 먼저 전화를 걸었다. 서로의 안부도 나누기 전에 강정길이 서둘러 말했다.
 "또 형님이 먼저 전활 주셨군요. 전 형님 전활 받을 때마다 꼭 선수를 뺏긴 기분입니다."
 "그런데 왜 번번이 선술 뺏기느냐고 물으면 자네는 이렇게 말하겠지."
 장태화가 큼큼 헛기침으로 목청을 가다듬고 나서 그의 목소리와 말본새를 흉내냈다.
 "형님한테 맨날 대접만 받게 되니까 부담스럽잖습니까. 마치 전활 드리면 술이 고파서 한 것 같고, 그렇게 만든 게 형님 아닙니까. 그래서 무소식이 희소식이란 속담만 믿기로 했는데 그러다 보면 형님이 전활 하셔서 또 선수를 뺏긴 기분으로 만들어 놓고……."

강정길이 웃음을 터뜨려 그 흉내를 방해하고 나서 말했다.

"형님, 요즘 성대모사 배우십니까?"

"이 사람아, 웃을 일이 아냐. 자네 그 결벽증 좀 버리라구. 술값이야 처지가 난 사람이 내는 게 당연하잖나. 그리고 자네랑 술 마시는 거, 그거 몇 푼 안들어. 룸싸롱에 가는 것도 아니구, 양주를 마시는 것두 아니잖아! 자네가 늘 하는 얘기, 무소식이 희소식이란 속담, 그거 이제 요즘 세상엔 안 통해. 자네 오늘 좀 나와야겠어."

"왜요, 뭔 일이 있습니까? 앗차, 또 혼날 소릴 했네요. 이번엔 내가 형님 흉낼 내 볼까요?"

그는 잠시 사이를 두었다가 장태화의 흉내를 냈다.

"또 그 '뭔 일 타령'이 나오는군. 꼭 뭔 일이 있어야만 나오나? 서로 만나 정담 나……."

장태화가 그의 말을 뚝 끊고 심각한 목소리로 말했다.

"틀렸네. 오늘은 일이 있어! 정담 나누는 일이 아냐!"

"정말로 뭔 일이 있는 겁니까?"

"놀라지 마. 박진양 선생이 죽었대."

"네? 언제요? 왜요?"

"나도 자세한 사인은 모르겠는데 조교 얘기로는, 강사 대기실 조교 있지?"

"김 조교요?"

"그래. 김 조교한테서 조금 전에 연락을 받았는데 어제라던가, 강사 대기실에서 쓰러져 병원으로 옮겼지만 결국은 중환자실에서 그렇게 됐다는군. 과로사래. 발인은 내일 아침이구."

그의 뇌리에 '박사 따고 삼 년 나기 어렵다'는 교수 사회의 신종 속담이 화살처럼 와 박혔다. 동시에 학과장 조옥준의 얼굴도 크게 떠올랐다. 그의 뇌리에 엉겨붙기 시작한 '결국엔 사람 하나 잡았구나!' 하는 생각을 몰아낸 것은 자신과 조옥준이 나누었던 말들이었다. 박진양이 글을 잘 쓰니까 그에게 맡기고 싶지만 그도 자기 박사 논문을 쓰고 있기 때문에 부탁을 하기가 뭣하다며 조옥준이 난색을 표했을 때 그냥 잠자코 있었으면 되는 것을 생각 없이 불쑥 박진양은 이미 논문을 끝냈다고 밝혔던 것이다.

그리고 그는 자기의 그 한마디가 박진양의 죽음에 빌미가 됐을지도 모른다는 자책을 하고 있었다.

그는 장태화가 병원 이름과 위치를 설명하는 바람에 퍼뜩 정신이 들었다.

"형님은 몇 시에 가실 겁니까?"

"강남이니까 거기서는 아무래도 시간이 걸리겠지? 가만 있거라, 지금이 네 시 좀 안됐으니까 여섯 시에 만날까? 영안실에서."

그는 전화를 끊고도 그 자리에 허수아비처럼 선 채 박진양의 사인에 대한 생각을 떨칠 수 없었다. '조옥준 그 인간!' 하고 힘주어 주먹을 쥐었다가도 '내 요놈의 혀!' 하는 자책감으로 제풀에 스르르 힘이 빠지곤 했다.

얼마를 그러고 있다가 문득 이러고 있을 때가 아니다 싶어 부의금 봉투를 준비하고 옷장을 열었다. 옷이랑 넥타이가 마땅한 것이 없어 낡긴 했으나 남의 눈에 거슬리지 않을 회색 계통으로 차리고 나섰다.

그가 병원에 도착한 것은 여섯 시가 채 안된 때였다. 장태화는 이미 와 있었다. 영안실에는 친지들로 보이는 몇 사람과 유족들 그리고 너댓 명의 조문객이 보일 뿐, 쓸쓸하기 그지 없었다.

서둘러 영정 앞으로 다가가 명복을 빈 다음 유족 쪽을 향해 조문을 하려던 그의 눈에 핑 눈물이 돌았다. 아빠의 죽음을 실감치 못한 어린 계집아이들의 천진스런 모습을 대하자니 늘 판에 박은 듯이 '딸 애가 하나, 계집애가 하나, 그리고 여자애 해서 고만고만한 애들이 셋'이라던 박진양의 말이 귀에 생생하게 살아났던 때문이었다. 애들은 애들이라 그러려니와 박진양의 아내 역시도 전혀 남편의 죽음을 실감치 못하는 듯했다. 그저 얼빠진 모습이었다.

문상을 마친 그가 장태화에게로 가 마주 앉으며 힐끔 박진양의 세 딸들에게로 눈길을 돌리자 장태화가 묻지도 않은 말을 했다.

"큰애가 열두 살이고 …… 두 살 터울이라는군."

"남의 일같질 않네요."

"글쎄 그렇다니까. 그래서 얘긴데, 아직 좀 이르긴 하지만, 지금 같아선 문상객이 별로 많잖을 것 같고……."

그때 고인의 친척으로 보이는 50대의 여인이 일회용 접시와 컵에 담긴, 절편과 녹차를 내려 놓으며 말했다.

"병원에서 약주 대접을 못하게 해서, 이거라도 좀 드세요. 국밥을 마련했습니다만 좀 시간이 걸릴 것 같아서 우선……."

"괜찮습니다. 외려 잘 된 일인 것 같습니다."

여인이 물러간 뒤, 장태화가 말했다.

"이 사람아. 뭐가 잘 돼, 잘 되긴. 이따금 오는 문상객들도 술이 없으니까 썰렁해서 모두들 금방금방 돌아가는데. 그래서 하는 얘긴데, 아까 하던 얘기야. 이 근처 어디 가서 저녁도 먹을 겸 술 한잔 하고 와서 우리라도 늦게까지 좀 있어줘야겠어."

"그렇잖아도 전 밤샐할 각오로 왔습니다."

"그래? 역시 우리 아우님이 최고야."

"아우님은 얼근하셔야 나오는 소린데 오늘은 웬일이시죠?"

"하하, 내가 그랬던가?"

"그 학교에선 다들 다녀간 모양이죠?"

"글쎄 그런지도 모르지. 저기 방명록 한번 들춰보라구. 누가 다녀갔는지."

그는 출입구에 마련된 접수 테이블로 향했다.

방명록에 적힌 이름은 스무 명 안팎에 지나지 않았고 아무리 살펴봐도 ㄱ대학 국문과 교수들의 이름은 하나도 없었다. 다른 교수들은 몰라도 조옥준의 이름만은 당연히 있어야 했다.

"아니, 이럴 수가!"

그가 자기도 모르게 소리내어 말하자 접수를 보던 청년이 물었다.

"뭐가 잘못됐습니까?"

"아니오."

그는 다시 장태화 앞으로 가 앉았다. 그러자 심상찮은 낌새를 차린 장태화가 물었다.

"왜?"

"그 학교 교순 한 사람도 없네요."

"…… 그럴 수도 있지."

장태화의 입 언저리에 잠시 묘한 웃음이 머물다 스러졌다. 그는 어떻게 그럴 수가 있다는 것이냐고 반박하려다 그 웃음의 의미를 확실히 파악할 수 없어 잠시 유보하기로 했다. 다른 교수라면 경우에 따라 못 올 수도 있다지만 조옥준의 경우는 무슨 일이 있어도 꼭 다녀가야 할 사람이었다. 더구나 학과장이 아닌가, 아니 자기 박사 논문을 대신 써 준 사람인데 문상조차 않을 수가 있다는 말인가. 그의 분노는 거푸집 안으로 흘러들어간 납물처럼 그렇게 굳어지고 있었다.

"자네 왜 그래. 어디 불편해?"

"……."

"우리 나가서 바람도 좀 쐬고 요기도 하고 그러자구."

장태화가 일어서며 소매를 잡아 끌었으므로 그는 가까스로 조옥준에 대한 분노를 참아 낼 수가 있었다.

그들은 영안실 쪽으로 난 병원 후문으로 나왔다. 그곳은 차도에서 떨어진 소방도로였다. 그 소방도로 건너 엇비슷한 정면에, 한눈에도 꽤 커 보이는 한식집이 있었다. 보나마나 문상객들을 겨냥하고 차린 음식점일시 분명했다.

"가까운 데로 가자구."

장태화가 말하며 앞장섰다. 그도 뒤를 따라 길을 건넜다.

짐작대로 상복을 입은 사람들이 여기 저기 눈에 띄었고 넓다란 홀은 거의 다 차 있었다. 그러나 다행하게도 안쪽 구석에 빈 자리가 있었다.

"특별히 먹고 싶은 음식 있어?"

"제가 뭐 입덧이라도 하는 줄 아십니까?"

조옥준에 대한 식지 못한 분노가 엉뚱하게 분출된 것을 스스로 깨닫고 그는 얼른 말투를 바꿔 계속 입을 놀렸다.

"형님 잡숫고 싶은 걸루 아무거나 시키세요."

"아니 이 사람아. 자네 식으로 말하면 내가 이 나이에 입덧을 한단 얘기잖나!"

"아이고 형님, 그만 둡시다. 남들이 들을까 무섭습니다."

합친 웃음을 끝낸 그들에게 옆자리 노인들의 말소리가 크게 들리기 시작했다. 그 노인들은 병원측이 영안실에서 술을 못 마시게 한 처사에 대해 찬·반으로 나뉘어 있었다. 찬성하는 이유는 영안실이 경건한 분위기여야 된다는 것이었고 반대 측은 자고로 초상집은 술판도 벌이고 화투판도 벌여 밤샘을 할 수 있어야만 유족들은 물론 망자의 영혼도 위안을 받게 된다는 주장이었다.

강정길과 장태화가 수육을 안주로 소주 한 병을 비울 때까지 노인들은 줄기차게 그 문제 하나로 옳다거니 그르다거니 떠들어대다간 자리에서 일어났다. 옥수수 알갱이처럼 다닥다닥 붙어 앉았던 옆자리가 비어 조용해지자 장태화가 먼저 입을 뗐다.

"지금 저분들 얘기, 아우님은 어느 쪽 손을 들어주고 싶어?"

"두 편 다 일리가 있네요."

"그렇더라도 더 기울어지는 쪽이 있을 게 아니냐구."

"전 술대접을 하게끔 하는 것이 좋다는 쪽이지만 그야 우리가 여기서 따질 문제가 아니고, 따지고 싶은 건 조옥준이란 그 인간

3장 가지 않은 길 379

이 그럴 수가 있느냐는 겁니다. 형님께선 아까 그럴 수도 있다고 하셨지만."

장태화가 한바탕 헙헙한 웃음을 웃고 나서 말했다.

"거 아까 한 얘길 아우님이 오해했구먼 그래. 내 아우님 속 다 알지. 그러니까 한마디로 말해서 아우님은 박진양 선생, 과로사의 원인 제공자일 수도 있는 그가 코빼기도 안 보인다, 그럴 수가 있느냐! 그거잖아?"

"그렇잖습니까! 또 그렇지 않더라도 말입니다. 인간적인 면에서도, 자기가 학과장인데 자기 학과에 소속된 시간 강사가 죽었으면 당연히 문상을 해야 옳지요."

"학과장이 아니라 이번 학기부턴 인문대학 학장이야."

그의 목청이 점점 높아지자 장태화가 잔을 비워 건네고 술을 따랐다. 흥분을 가라앉히려는 속셈이었다. 그러나 그는 잔을 내려놓고 계속 열을 올렸다.

"쳇! 제까짓 게 학장할 실력이면 젠장……. 형님도 골드 타월 사건, 얘기 들으셨죠?"

"골드 타월? 아, 그걸 '골드 타월 사건'이라고 하나? 그거 아우님이 명명했구만! 하하하."

장태화가 코미디라도 보고 있는 양 거침없이 웃어댔다. 그 '골드 타월 사건'은 그야말로 조옥준이 연출한 한 편의 코미디였다.

재작년 2학기 개강 후, 첫 주에 일어난 일이었다. 강사 대기실에 마련된 메일박스들에 두툼한 봉투가 하나씩 들어 있었다. 국문과에 소속된 시간 강사들의 메일박스에만 그런 봉투가 빠짐없이 들어 있었던 것이다. 내용물은 노란색 타월이었다. 타월의 한

쪽 끝에는 '조옥준 교수 부친 고희기념'이, 다른 한쪽 끝에는 연월일이 인쇄되어 있었다.

국문과에 소속된 시간 강사는 모두 30여명이었다. 4명의 전임 교수가 맡은 전공 필수 과목 이외의 전공 선택과 교양 과목은 모두 시간 강사에 의해 강의가 이뤄지기 때문에 그토록 시간 강사를 많이 써야만 했다. 특히 국문과는 전교 1학년들이 수강해야 하는 교양 필수인 '대학국어'를 국문과에서 관장했기 때문에 인문대학에서 영문학과, 사학과와 더불어 채용하는 시간 강사 수가 많기 마련이었다. 그렇듯 많은 시간 강사들 사이에 노란색 타월을 두고 말들이 많았다.

"고희를 맞은 분 이름을 인쇄해야지 어째 '조옥준 교수 부친'이야? 이렇게두 하는 건가?"

"방학 동안에 있었던 잔친데 뭣하러 기념 타월을 돌릴까? 아무래도 고지서로 봐야겠지?"

"30명으로 치고 2만 원씩만 낸대도 60만원이란 얘긴데, 그거 괜찮은 장사군."

"벼룩의 간을 내먹는 게 낫지, 원!"

"아흔아홉 섬 가진 부자가 한 섬 가진 가난뱅이한테 백 섬 채운다며 그걸 뺏는다잖아."

모두들 이렇게 빈정거리면서도 '피같은 돈' 2만 원씩을 축의금이 아닌 타월값으로 냈던 일이 있었는데 그 타월의 색깔이 노랄 뿐만 아니라 고지서성이 농후했으므로 강정길이 '난 이 황금 수건, 즉 골드 타월을 강사 대기실에다 기증하겠다'고 선포하며 그 자리에서 세면대 수건걸이에 척 걸어 놓았었다.

장태화가 웃음 끝에 말했다.
"시간 강사 주제라 황금 수건을 쓸 수 없다며 강사 대기실에 기증했다며? 그러니 강의를 몰수당할 수밖에. 그 말이 내 귀에까지 들어왔는데 당자에게 안 들어갔을 리가 없잖아? 그러니 미운 털이 박힐밖에!"
"형님은 누구한테 그 얘길 들었습니까? 혹시……."
그가 갑자기 입을 붙였으므로 하던 얘기가 중동무이되고 말았다. 고인의 이름을 입에 올리지 않으려 했기 때문이었다.
"낮 말은 새가 듣고 밤 말은 쥐가 듣는다잖아."
"방학 때 치룬 자기 아버지 칠순 잔치 축의금을 거둬들이기 위해 그렇게 더라운 짓을 하는 인간이 여긴 문상도 안 오는 것을 보십시오. 그럴 수는 없는 겁니다."
"참, 아까 그 얘길 해명해야겠는데, 내가 그럴 수도 있다고 한 것은…… 대감 말 죽은 데는 가도 대감이 죽으면 안 간다잖아. 옛날에도 그랬는데 각박한 요즘 세상엔 더하지."
"그럴 수도 있다는 말씀이 그런 뜻이었습니까?"
"실은 다른 뜻도 있어. 그 자가 혹 문상을 왔다가 자넬 만나면 얼마나 불편하겠어? 그리고 또 미망인한테 망신 당할 수도 있다고 생각하면 올 수가 있겠느냐구."
"미망인한테 망신을 당하다니요?"
"아우님도 알고 있을 것 같아서 하는 얘긴데, 원래는 조옥준이 박사 논문을 아우님한테 부탁했는데 아우님이 거절해서 자기가 쓰게 됐다고 박 선생이 그러더군. 자기 논문 때문에 진이 다 빠져 있는 상태였지만 전임 시켜 주겠대서 무리를 했는데 다 써주고

났더니 원고료라고 몇 푼 주더니 언제 전임 얘길 했더냐는 식으로 입을 싹 씻는다며 나하고 술 먹다 말고 펄펄 뛰더라구. 그러니 미망인이 그걸 모를 리 없잖아? 조옥준 그 자가, 자기가 한 일이 있는데 겁이 안 나겠느냔 말야."

"이미 아시고 계셨군요. 형님 말씀이 그런 뜻이었군요."

그때 왁자지껄 소란스럽더니 대여섯 명쯤 되는 30대 후반으로 뵈는 사내들이 들이닥치며 빈 자리를 찾았다. 그 일행이 앉을만한 빈 자리는 강정길과 장태화가 앉은 옆 테이블밖에 없었으므로 그들은 낮은 곳으로 흐르는 물처럼 자연스럽게 그리로 와 아까 그 노인네들처럼 다닥다닥 붙어 앉았다. 그들 일행은 모두 여섯 명으로 대개는 감색이나 검정 계통의 양복을 입고 있었는데 그중 '뚱보'라는 별명이 붙었음직한 사내만은 회색 해링본 양복을 입고 있었다. 뚱보는 앉기가 바쁘게 담배부터 피워대며 투덜거렸다.

"젠장, 나 원! 내 여태 살았어도 부조는 부조대로 하고 술값은 술값대로 따로 써야하는 문상은 첨이네."

"그렇게 연세가 높으셔? 억울하면 유언장을 써. 이 병원 영안실에서 장례를 치뤄 달라구."

앞자리의 검은 뿔테 안경이 이죽거렸다.

"짜아식, 농담을 해두 재수 없게 시리. 날더러 유언장을 쓰라구? 임마, 길을 막고 물어봐라. 백이면 백 사람 다 이 중에서 제일 먼저 과부 메이커 감을 꼽으라면 바로 널 꼽을 거다."

"알았다, 알았어. 네 놈 마누라한테 부좃돈 내기 싫어서래두 먼저 떠나주마."

그들 일행이 일제히 소나기 웃음을 퍼부었다.
장태화와 강정길은 그들의 소란에 얘기를 잃고 묵묵히 술잔을 주거니 받거니 하고 있었다. 그러자니 자연 그들의 얘기에 귀를 기울이게 되었다. 아무리 보아도 그들의 나이나 행색 등으로 미루어 박진양의 친구일지도 모른다는 생각을 장태화도 또 강정길도 똑같이 하게 됐다.
종업원이 주문을 받으러 오자 다시 뚱보가 소리치듯 말했다.
"네놈들하고 술마셨다 하면 맨날 내가 바가질 쓰는데 오늘은 나 돈 없어. 돈 낼 놈이 어서 시켜!"
"이따가 고스톱 쳐서 돈 딸 놈이 내면 되겠네."
"아냐, 이 중에서 제일 일찍 죽고 싶은 놈이 너냐? 우리 모두 네 마누라한테 부좃돈 넉넉하게 갖다 바칠 테니 오늘 술은 네가 사라."
"야, 임마! 말이 씨 된대. 그렇게 공술 마시고 싶으면 진양이 마누라한테 가서 말해. 우리 죽을 때 진양이가 부좃돈 못 내게 됐으니 오늘 술값 좀 내달라구."
장태화와 강정길이 서로 눈짓으로 웃음을 나누었다. 우리가 짐작한대로 박 선생 친구들이였어, 하는 웃음이었다. 그들은 주문받을 종업원을 세워둔 채 한바탕 실랑이를 벌인 끝에 술과 안주를 시켰고 얼마 뒤엔 옆 좌석 손님들이 짜증스러울 술판을 벌였다. 그런 술판에서 흘러나온 누군가의 얘기가 강정길과 장태화의 귀를 쫑긋하게끔 했다.
"야, 느덜 너무한다. 아무리 여기가 술집이래두 그렇지, 진양이가 누워 있는 영안실이 바로 지척인데……."

누군가 고인이 듣는다면 서운해 했을 얘기를 한 모양이었다. 그의 얘기는 계속 됐다.

"올망졸망한 딸래미를 셋이나 두고 어떻게 눈을 감았을까. 짜아식, 벌써 작년 일이 됐다만 크리스마스 때 날 찾아 왔더라구. 애들 선물 사러 나왔다며. 별것도 안 샀는데 빈 주머니가 됐다면서 그냥 집에 들어가기도 그러니 날더러 술 한잔 사라더라. 그래 샀더니만 소주 반 병이나 마셨을까. 뻥 가더라구. 전엔 안 그랬는데, 한 얘길 또하고 이 얘길 했다 저 얘기 하고 횡설수설이더라. 아주 간단한 얘긴데 말야. 그 내용이 뭐냐하면 새 학기부터는 보따리장사가 아니라 진짜 교수가 된다며, 그때 룸싸롱에 데려가 왕창 살 테니, 이깐 소주 사면서 재지 말라는 거야. 어느 대학이라더라, 거기 이사장 친척인 실세 교수가 있는데 자기가 박사 시켜 줬기 때문에 그 보답으로 그 사람이 자기를 전임 시켜 주는 것이래. 난 대학교 그 쪽은 캄캄해서 잘 모르겠는데, 그거 말이 되는 소리냐?"

"말이 왜 안 돼. 신문에두 텔레비에두 자주 나오잖아. 돈 멕이고 교수 되는 거. 그런 판인데 실세인 사람, 박사 따게 해줬으면 교수 되고도 남지."

"그야 그렇지만 내 말은 남의 박사를 대신 따 줄 수가 있느냔 말이야."

장태화가 더 이상 그들의 얘기를 듣고 있기가 민망했던지 강정길에게 말했다.

"아우님, 우리 딴 데 가서 이차 하자구. 시끄러워 우리 얘길 할 수가 없잖아?"

그는 좀 더 그들 얘기를 듣고 싶었으나 장태화가 이미 자리에서 일어섰으므로 따라 일어서지 않을 수가 없었다. 그러나 그는 엉덩이 추진 사람처럼 엉거주춤하니 선 채로 미적거리며 냉큼 장태화를 따라 나서지 못했다. 생각 같아선 그들과 합석하여 박진양에 관한 이런 저런 얘기를 더 듣고 싶었던 것이다.

그때 또 다시 옆자리의 얘기가 귀에 와 박혔다.

"박사 따느라고 또 고생은 얼마나 했냐. 심사 교수 멕여야 된다며 나한테 돈 빌리러 왔더라. 일이십 만원도 아니고 큰돈이더라구. 그래 못 빌려줬지만, 나중에 얘길 들어보니까 박살 따긴 땄다더라구. 그렇게 딴 박사 학윌 써먹지도 못하고, 비석에나 써먹으면 모를까, 원."

계속 미적대는 강정길의 소매를 잡아당기며 장태화가 채근했다.

"어서 가자구."

그들은 음식점에서 나와 소방도로를 타고 내려 찻길로 나섰다.

"영안실에 안 들릅니까?"

"아까 그 친구들 얘기하는 걸 들으니까 술 한잔씩들 하고는 다시 영안실로 가서 고스톱판을 벌일 모양이야. 박 선생하고 학교 동창들인 모양인데 그 친구들이 있으니까, 우린 그냥 가도 되겠어. 아우님, 우린 어디 가서 한잔 더 하자구."

그는 장태화의 의견에 따르기로 했다. 실은 영안실에서 밤샘할 각오도 되어 있었지만, 술집에서 박진양의 친구들로부터 들은 얘기며 장태화가 했던 얘기들이 그런 생각을 싹 가시게 만들었던 것이다.

"어디가 좋겠습니까?"
"아우님 좋을대로. 가만있자, 태화탕집은 어때?"
"좋습니다."
 장태화의 말에 그는 적극 찬성했다. 지난 2월 22일, 이부일 부장의 1주기에 그곳에서 음복을 했던 기억이 떠올랐고 취기 탓인지 그곳에 가면 그가 혼자서 쓸쓸히 술을 마시고 있다가 아주 반갑게 맞을 것만 같은 생각이 들었던 것이다.
 그들에게 목적지가 정해졌으나 좀처럼 빈 택시는 오지 않았다.
"버슬 타던지 지하철로 가는 게 낫겠어요."
 목을 빼고 빈 차를 살피기에 여념이 없는 장태화에게 그가 말했다.
"아우님은 어디서 뭔 버스를 타야 하는지 알아?"
"전 형님이 아시는 줄 알았죠. 별걸 다 아시는 분이라, 하하하."
"나도 이쪽 지리엔 캄캄이라 지하철로 왔는데, 지하철 역까지 택시로 가야 되거든. 아우님, 좀 더 기다려 보자구."
"그러죠. 그런데 말입니다, 아까 하신 조옥준이 얘기 말입니다. 전임 시켜준다는 바람에 무릴 해서 박사 논문을 써 줬드니만 전임 얘긴 입 싹 닦고 원고료만 몇 푼 주더라는 얘기 말입니다. 그럼 그게 사기꾼이죠. 형님 얘기가 맞아요. 유족들한테 맞아 죽을까봐 안 온 거예요. 그 사기꾼!"
"범죄 심리학에선 남의 기대 심리를 이용해 손해를 끼치는 악질적인 지능범을 사기꾼이라고 규정하지. 그러니까 사기꾼인 것만은 확실한데…… 그 얘길 듣고 나서 내 박 선생한테 분명히 말했어. 당신한테도 문제가 있었다구. 강정길 선생처럼 단호하게 거절했어야 했다구 말이야……. 그런 일을 하면 안된다는 걸 알면서도 박 선생은 그걸 한 거야. 그런데 왜 했느냐, 욕심이 과했던 거야. 전임 자리 딸리는 욕심에 눈이 멀었던 거지. 모든 사기 사건을 가만히 살펴보면, 반드시 가해자만 나쁜 게 아냐. 피해자의 과욕에도 상당한 책임이 있는 거란 얘기야."

"약은 쥐가 밤눈 어두운 격이죠. 제 꾀에 제가 넘어간 겁니다. 지름길인줄 알았더니만 그게 바로 저승길이었단 말입니다. 젠장할, 그러니 남은 식구들은 이제 어떡합니까……. 생각하면 이 부장님처럼 반듯하게 사신 분도 드물어요."

"암, 반듯했고 말고! 정도를 걸은 사람이지!"

"형님, 혹시 이 부장님 단골 술집 아십니까?"

"그 친구 단골집이라면, 종로 뒷골목 푸줏간?"

"네, 아시는군요. 이왕이면 글로 가는 게 어떻습니까?"

"그것도 괜찮지. 종로니까 아우님도 집에 가기가 괜찮고."

그들이 택시를 잡은 것은 여덟 시가 지난 때였다.

택시에 올라 장태화가 목적지를 말하자 운전사가 물었다.

"어떻게 가면 좋겠습니까? 지금 곳곳에서 학생들이 데모를 해서 길이 막히거든요."

"이번 데모 이슈는 뭐랍니까?"

"청계 피복 노조 합법화랑 노동 3권을 보장하라는 데모래요. 어떻게 갈까요?"

"그거야, 기사님이 알아서 할 일이지요."

"내가 알아서 가면 어떤 손님들은 가까운 길을 두고 왜 뺑뺑 돌왔느냐고 난리를 치거든요."

운전사가 그들에게서 술내를 맡고 혹시나 해서 미리 침을 놓은 것이었다.

강정길이 운전사의 얘기 끝에 소리치듯 말했다.

"남들이 잘 안 가는 길로 갑시다."

운전사의 얘기를 듣다가 퍼뜩 프로스트의 시 '가지 않은 길'이 떠올랐던 것이다.

"그게 어떤 길입니까?"

"나도 모르죠. 하여튼 사람들이 많이 다니는 길, 사람들이 좋아하는 길, 빨리 달릴 수 있는 그런 길이 아닌 길로 갑시다. 사람들이 잘 안 다니는 길, 사람들이 싫어하는 길로 갑시다! 늦어도 좋고, 뺑뺑 돌아가도 좋다 이겁니다!"

그의 말에 장태화가 그 특유의 협협한 웃음을 날렸고 운전사는 짜증스럽게 내뱉았다.

"난 그런 길을 모릅니다!"

"그럼 내가 가르쳐드릴 테니 잘 들으세요. ······훗날에, 훗날에 나는 어디선가 / 한숨을 쉬며 이 이야기를 할 것입니다 / 숲속에 두 갈래 길이 갈라져 있었다고 / 그래서 나는 사람이 적게 간 길을 택했노라고 / 그럼으로 해서 모든 것이 달라졌더니라고."

장태화가 취객의 주정에 불안해하는 기사를 안심시키는 동안에도 그는 잇달아 큰 소리로 프로스트의 시를 되읊어댔다.

"······ 숲속에 두 갈래 길이 갈라져 있었다고 / 그래서 나는 사람이 적게 간 길을 택했노라고 / 그럼으로 해서 모든 것이 달라졌더니라고."

가지 않은 길

초판발행 · 1999년 4월 10일
1판 2쇄 · 1999년 4월 25일

지은이 · 김문수
펴낸이 · 최정헌
펴낸곳 · 좋은날
주   소 · 서울시 서대문구 충정로 3가 8-5호 동아 아트 1층
전화번호 · 392-2588~9
팩시밀리 · 313-0104

등록일자 · 1995년 12월 9일
등록번호 · 제 13-444호

값은 표지 뒷면에 있습니다.
ISBN 89-86894-53-X 03810
*잘못된 책은 바꿔 드립니다.
*저자와의 협의에 의해 인지를 생략합니다.